명성황후는 시해 당하지 않았다

이 소설은 역사적 사실을 근거로 하여 전개했음을 밝혀둔다.
환국 9208년 첫 달, 감곡성당 상평공소에서 신용우

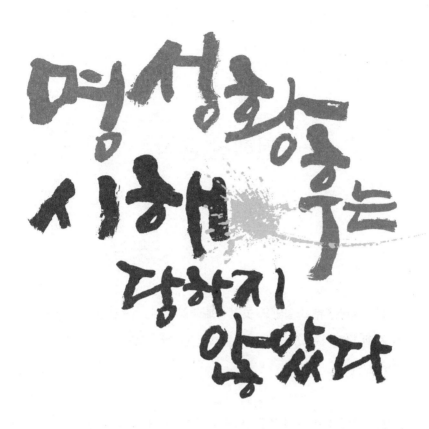

명성황후 시해배후는 당하지 않았다

신용우 역사소설

작가와비평

전해진 흔적

나는 지금 3류 소설만도 못한 「에조 보고서」[1] 때문에 명성황후께서 시해 당했다는 오류를 범하는 현실을 바로잡으려고 혼신의 힘을 다하고 있다.

오랜 만에 울린 휴대폰을 집어 귀에 댔다. 작업 중에 벨이 울려 누군지 이름도 보지 않았다.

"작가님 어디세요? 저녁에 맥주 한 잔 하시겠어요? 연말도 다가오는데?"

낯익은 목소리다.

"조부장?"

"예. 조인범입니다. 갑자기 작가님 생각이 나서요."

---

1) '이즈카와 에조'라는 일본 낭인이 명성황후 시해 장면을 일본 법제국 장관 스에마스 가네즈미에게 보냈다는 보고서. 일본 국회도서관 보관 중 발견.

"그래? 하지만 안 될 것 같은데? 내가 지금 감곡성당 상평공소에 글 쓰러 와 있거든."

"그게 어딥니까?"

"참. 자네는 신자가 아니니까 모르겠군. 여기가 충북 음성군 감곡면 상평리야."

"무슨 작품을 쓰시기에 거기까지 가셨어요?"

"「명성황후는 시해 당하지 않았다」는 글이야. 주제가 그렇다 보니 조용하고 한적하면서도 지금 쓰는 글과 연관도 있는 곳을 찾던 중 아주 딱 맞는 곳을 찾았지."

"아니, 명성황후께서 일본 놈들한테 시해 당했다는 것은 이미 「에조 보고서」에 다 나타난 일 아닙니까?"

"이 사람, 신문사 문화부장 맞아? 자네 그 보고서 읽어 봤을 것 아닌가?"

"그럼요. 읽고말고요. 명성황후 시해장면이 자세히 묘사되어 있지 않습니까?"

"시해 장면이 자세히 묘사되어 있다? 그 보고서 어디에 시해장면이 자세히 묘사되어 있나? '칼로 세 번 베고 발가벗겨 국부검사를 하고 소실시켰다.'는 것이 시해 장면의 전부인데 그게 자세히 묘사한 건가? 그건 삼류 소설만도 못한 거야. 자신들이 제거하려는 대상이 왕비라는 것을 밝히고 자신들이 소실시킨 여인이 왕비라고 써 놓았다고 그게 정말 왕비라는 보장이 있나? 에조가 명성황후의 얼굴을 한 번이라도 본 적이 있어? 그 날 난입한 낭인들 중 멀리서라도 명성황후를 본 경험이 있는 사람이 과연 몇이나 될까?"

일본이라는 존재가 조선의 국모를 시해하여 자신들이 조선에서 추구하는 욕심을 채우기 위해서 벌인 일이라는 것을 실토한 자술서에 지나지 않아. 그 보고서 어디에도 명성황후께서 시해 당했다는 확실한 근거는 없어. 우리 민족의 자존심만 짓밟는 삼류 소설만도 못한 글일 뿐이야."

"그럼 작가님은 명성황후께서 시해 당하지 않았다는 근거를 제시할 수 있어요?"

"물론이지. 그렇지 않고는 철저하게 굳을 대로 굳어 있는 고정관념을 어떻게 깰 수 있겠나?"

"그래요? 그럼 내일이 마침 토요일이니 제가 한 번 놀러가도 될까요?"

"놀러오는 것까지야 내가 뭐라고 할 수야 없지 않은가? 자신의 마음이지."

"알겠습니다. 그럼 내일 뵙겠습니다."

지금 마무리 작업 때문에 한참 머리가 아프다. 하지만 평소 형제처럼 다정하게 지내던 사이다. 내가 바쁜 작업을 한다고 놀러온다는 것까지 막을 수는 없는 일이다. 아니, 오히려 이렇게 마무리가 어려워서 힘들어 할 때 그가 와서 함께 대화라도 하면 기분 전환이 되어 좋은 결과를 가져올 수도 있다.

작업실 문을 열고 밖으로 나왔다. 그리고 깊게 심호흡을 한 번 하고는 담배를 한 가치 꺼내 물고 불을 붙였다.

참 공기가 맑다. 사방이 산으로 둘러싸인 것처럼 앞뒤로 산이 병풍처럼 드리워져 있다. 이곳은 겨울이면 서울의 기온보다 평균 3도 이하 더 내려가는 곳이다. 하지만 바람만 안 불면 낮에는 아주 아늑하고 따뜻하다. 그리고 해가 지면 금방 추위가 엄습해 온다. 사방이 산으로 둘러싸인 까닭인지 해가 지는 시간도 생각보다 빨리 온다. 지금이 12월인데 5시면 어두워진다.

오늘은 바람도 없고 기온도 영하 5도밖에 안 되니 이런 날은 정말 아늑하다. 거기다가 지금은 하루 중 가장 온도가 높을 시간인 오후두 시다. 이런 때는 공소 앞에 난 길을 따라 죽 걸어본다. 멀지 않은곳에 있는 작은 개울에 가서 흐르는 물소리도 들어보면서 기분 전환도 한다. 하루 종일 작업실에 앉아 노트북을 두드리며 느끼는 피곤함이 그때 싹 가신다.

작업실에서 서쪽으로 10분만 걸어가면 임오군란 때 명성황후께서피난 중 잠시 쉬었다 갔다는 느티나무가 있다. 그리고 동쪽으로 20여분 가면 역시 임오년 난을 피해 피난 가다가 들렸다는 멧터(하치)[2]가있다. 다른 사람들이 들으면 웃을지 모르지만 내게는 그 분의 숨소리가 들리는 곳들이다.

이튿날은 바람이 몹시 불었다. 나는 아침이지만 이곳 분들에게는한낮인 9시경에 일어나서 지척에 있는 공소에 잠깐 기도하러 가는 길도 너무 추웠다. 조부장은 하필 이런 날 오는지 모르겠다는 생각을하면서 작업실로 쓰고 있는 컨테이너 집으로 들어섰다.

---

2) 경주 정씨 중앙종친회 정지균(84세) 회장 구술 증언. 멧터 바로 옆 다릿골 거주.

가스난로를 켠다. 햇볕이 잘 들기는 하지만 이곳 날씨에 햇볕 가지고는 어림도 없다. 그리고 커피포트에 물을 끓인다. 아침에 일어나자마자 마시는 물 한 잔과 이 커피가 평소의 아침식사다.

커피를 마시면서 어제 끝낸 부분 이후를 어떻게 이어나가 결론을 낼 것인지를 생각한다.

이제 소설은 막바지에 다다랐다. 마무리만 남은 셈이다. 이 마무리를 잘 해야 독자들에게 '명성황후가 시해 당하지 않았다'는 진실을 올바로 전할 수 있다. 만일 잘못 되면 이 소설은 영원히 허구로 끝을 맺고 만다.

한참 생각에 골몰하고 있는데 전화가 울렸다.

"아, 조부장. 온다면서 웬 전화?"

"지금 가고 있는데요. 우리 국장님께서 필요한 것이 뭐 있나 여쭤보라시네요?"

"장석호 국장님도 같이 오시나?"

"예. 굳이 같이 가자고 하시네요. 작가님 뵌 지 오래 됐다고."

"필요한 것 없으니까 그냥 몸만 오시라고 해."

"이거 오랜만이오. 작가님 본 지가 벌써 한 6개월도 더된 것 같은데? 그렇게 바쁘시오?"

"그러네요. 3월에 뵙고 못 뵈었으니까요."

장석호는 나를 보자마자 악수를 하면서 여간 반가워하는 것이 아니다. 나도 반갑기는 마찬가지다. 어쩌면 장석호와의 인연이 오늘의 내가 설 수 있는 기틀이 되었는지도 모른다.

내가 작업실로 쓰고 있는 컨테이너 집에 들어서자 두 사람은 나를 쳐다보면서 이해할 수 없다는 표정을 짓는다.

컨테이너 하나를 패널 벽으로 침실, 주방 겸 작업실, 화장실을 일렬로 나눠 놓았다. 난방이라야 작업실은 가스난로, 침실은 전기장판에 의지하는 환경.

무슨 의미인지 잘 안다. 왜 편한 집 놓아두고 고생을 사서하느냐는 의미다. 하지만 그런 눈총에 개의치 않는 나라는 것을 잘 알기에 그들도 말은 안 했다.

"「명성황후는 시해 당하지 않았다」는 글을 쓰고 있다면서?"

장석호가 조심스럽게 묻는다. 작가가 쓰고 있는 글의 내용을 먼저 말하기 전에 물어보는 것은 사실은 실례다. 장석호는 그런 기본을 알기에 어렵게 입을 연 것이다.

"예. 이제 끝나갑니다."

"그래? 소설 치고는 황당한 주제를 잡았네?"

"황당한 주제를 잡은 소설이 아니라, 엄연히 존재하는 사실을 제 직업이 작가다 보니 소설로 쓴 것뿐입니다. 만일 제가 인정받는 역사가라면 정식 논문으로 승부를 걸었겠지요. 하지만 저는 역사가가 아니라 작가입니다. 그렇다고 제가 단순히 작가적인 육감만 가지고 말하는 것은 아닙니다. 명성황후께서는 시해 당하지 않았다는 확신이 있습니다.

단순한 확신이 아닙니다.

그 분의 시해를 주장하는 자료들, 그 시대 상황을 그린 자료들, 그날 관련된 인물들에 관한 자료들을 모아서 분석해 보면 그 분은 절대로 을미년 그 날 시해 당하지 않았습니다."

"그래? 기왕 왔으니 그 이야기 좀 들어볼 수 있겠나?"

"하루만 더 늦게 오셨어도 작품이 끝날 수 있었을지도 모르는데, 하루를 빨리 오시는 바람에 작품을 끝내기 전에 말씀을 드려야겠네요."

"아니, 마음에 걸리면 말 안 해도 탓하지 않겠네. 그런 질문을 한 내가 예의 없는 사람이니까."

"아닙니다. 어차피 어떻게 마무리할까 고민하던 중입니다. 이렇게 이야기를 하다가 보면 더 좋은 생각이 나서 결론을 좀 더 잘 맺을 수도 있어요."

나는 장석호가 머쓱해하는 것 같아서 얼른 괜찮다고 했다. 하지만 내가 한 말이 단지 장석호의 입장을 편하게 해주기 위한 것만은 아니다. 이 소설의 결론을 유도해 내기 위한 한 가지 방편일 수도 있다. 두 사람이 이야기를 듣고 그들의 반응을 보면 황후께서 시해 당하지 않았다는 사실을 독자들에게 전하기 위해서 어떤 결론이 더 좋은지를 알 수도 있다.

"2002년 우리나라가 발칵 뒤집혔죠. 명성황후 시해 사건과 관련 있는, 공개된 러시아 외교문서[3]가 국민들에게 알려진 겁니다.

TV에서도 방송으로 다뤘지요. 하지만 아쉽게도 그 방송은 명성황후께서 시해된 것을 전제로 이야기를 전개했습니다. 오직 명성황후

---

3) 《신동아》 2002년 1월호. 박종효(전 모스크바대) 교수에 의해 명성황후 시해 관련 러시아 외교문서가 소개된 인터넷 기사 참조.

를 시해했다는 일본의 만행을 규탄하는 데 초점을 맞춘 것입니다. 하지만 러시아 외교문서는 물론 백과사전[4]에까지 실려 있는 사실 하나를 등한시했습니다. 그 당시 사바틴이라는 러시아 경호원이 사건 전날 궁궐에 변란이 있을 것이라는 정보를 입수했다는 사실입니다. 제가 보기에는 공개된 외교문서에서 가장 중요한 것입니다.

문서에 의하면 사바틴이 그냥 흘려듣고 대책을 마련하지 않아서 일이 벌어졌다는 겁니다. 근무태만이라는 거지요.

제 의문은 여기에서 시작되었습니다.

아무리 그 당시 조선의 사정이 힘없고 약한 나라였다지만, 그래도 한 나라의 궁궐에서 변란이 일어난다는 정보를 입수했는데 그냥 넘어갔다는 것이 도저히 납득이 가지를 않았습니다. 그렇지 않아도 명성황후 시해에 관해 의구심이 많던 나는 자료를 모았습니다. 그 결과 의외의 사실을 발견했습니다.

역사가 기록하는 바에 의하면 사바틴이라는 그 경호원은 원래 건축가로 을미난동 후에 상당히 많은 일, 특히 경운궁[5]에 중명전, 석조전, 정관헌을 설계한 것은 물론 건축에도 관여했습니다. 물론 그 외에도 독립문 등 많은 일을 했습니다[6]만 궁궐공사를 주시해야 할 이유가 있습니다.

---

4) 위키백과 사전 '을미사변' 참조.

5) 현 덕수궁.

6) 사바틴은 중명전, 석조전, 정관헌, 독립문 등의 건축물 이력에 확실하게 증명되어 있다. 뿐만 아니라 제물포구락부, 손탁 호텔, 홈링거양행 사옥 등 많은 건물을 을미난동 이후에 설계 혹 건축에 관여했다.

경운궁은 명성황후께서 시해 당했다고 알려진 을미난동 후, 고종이 아관파천에서 환궁한 궁궐입니다. 그곳에 고종이 머물 공간을 건축하고자 한다면 국왕의 윤허를 받고 그 설계 및 공사 역시 국왕이 재가를 할 텐데…?

이상하지 않습니까? 자신이 사랑하는 아내를 근무태만으로 죽게 한 사바틴에게 그 설계를 맡기고 공사에 참여하게 한다는 것이? 물론 을미난동 이후 사바틴이 경호원 직은 그만 두었다지만 고종이 그런 사람에게 일을 맡기라고 재가를 했겠습니까?

이미 시작된 제 의문은 단순한 의문이 아니라 강하게 가슴을 치고 오르는 묘한 느낌이었습니다.

혹시 그 날 명성황후께서 시해 당하지 않은 것은 아닐까? 그래서 고종은 사바틴에게 그런 공사를 허락한 것이 아닐까?

이렇게 강한 의문을 품고 여러 가지 자료들을 조사하여 비교 분석을 해 보았습니다. 그 결과 앞서 말한 사바틴의 건축수주 이외에도 의문은 꼬리를 물고 생겨났습니다.

목격자들의 증언이 일치하지 않는 것은 물론 시신을 봤다는 위치도 제각각입니다. 정확히 본 사람도 없이 그저 왜놈들이 죽였다니까 그런 것으로 알고 있는 것이라는 생각이 들었습니다.

저는 명성황후께서 절대 시해 당하지 않았다는 믿음을 가지고 더 광범위하게 자료를 조사해서 공개된 러시아 문서와 비교 분석을 해 보았습니다. 그런데 자료를 모으고 분석하면 할수록 명성황후께서는 시해 당하지 않았다는 확신이 섰습니다.

역사적 자료들 안에서만 볼 수 있는 확신으로 그것을 저 혼자만 알고 있기에는 너무나 아까웠습니다.

그리고 그 확신은 단순히 명성황후께서 시해 당하지 않았다는 것에서 멈추지 않았습니다. 자신들이 엄연히 거사(擧事)를 계획하고 난입했지만 성공하지 못한 그 사건을 가지고, 광복이 된 지 65년이나 지난 지금까지도[7] 우리 민족의 자존심을 긁어대는 왜놈들의 가증스런 모습을 벗겨주고 싶은 욕심으로 확대되는 확신이었습니다.

여기까지 생각이 미치자 저는 명성황후께서 시해 당하지 않았다는 주제를 가지고 작품을 쓰고 싶었습니다. 그 작품을 쓰는 것이야말로 작가인 제 소명이라는 생각까지 들었습니다. 저는 하느님께서 저에게 글을 쓰는 능력을 주신 것이 바로 이 작품을 쓰기 위해서라는 생각까지 들 정도로 걷잡을 수 없는 아름다운 유혹에 빠졌습니다. 그 누구도 관심을 갖고 사실을 밝히기보다는 일본이 만들어낸 설에 이끌려 명성황후께서 시해 당한 것으로 우리 스스로 민족의 자존심을 훼손하는 것이 안타까웠습니다.

왜놈들이 자신들 마음대로 지어낸 잘못 된 이야기를 바로잡고 싶었습니다. 명성황후께서 시해 당하지 않았다는 것은 변하지 않는 사실이니까요!

그렇게 마음먹고 준비한 자료를 토대로 글을 써 보려고 하는데 어

---

7) 야마베 겐타로, 「민비사건에 대하여」(논문), ≪코리아평론≫, 1964년 10월호; 쓰노다 후사코, 김은숙 옮김, 『민비 암살』, 조선일보사, 1988 등에 명성황후를 시해하고 능욕했다는 설이 등장한다.

떻게 풀어야 할지 시작의 끈을 영 잡을 수 없었습니다.

그런데 작년 늦봄 출판사에서 웬 노인 한 분이 저를 꼭 만나고 싶어 한다며 그 분의 연락처를 제게 주었습니다.

연락을 했더니 자신은 고려인 4세로 연해주에 사는데 꼭 만나서 할 이야기가 있다는 겁니다.

"제가 바로 그 작가입니다. 혹시 이호준 선생님 아니십니까?"

"그렇습니다. 제가 이호준입니다."

누가 가운데에서 중재해 주는 것도 아니다 보니 서로의 옷차림을 알려주고 찾기로 했다. 나는 호텔로비에 미리 가서 기다리다가 엉거주춤하는 그 모습을 보고 일흔이라는 그의 나이를 떠올리자 그가 이호준이라는 직감이 들었다.

"그런데 저는 어떻게 아시고?"

"작가님의 소설을 읽고 알았습니다. 책에 나와 있는 출판사 전화번호로 연락을 한 겁니다."

나는 커피숍으로 자리를 옮겨 나를 알게 된 동기를 물었다. 동기를 알면 이 사람이 내게 하고자 하는 이야기의 감을 잡을 수 있을 것 같아서다. 하지만 작품을 보고 알았다는 말에 조금은 당황했다. 하지만 한편으로는 그저 팬이라는 단순한 이유로 그랬을 수도 있다는 생각에 커피 한 잔 마시며 기분 전환하는 시간으로 가볍게 넘길 생각을 했다.

"차 드시죠. 제가 또 일이 있어서 가 봐야 합니다."

"또 일이 있어서 가신다고요? 그럼, 언제 또 시간이 있는데요?"

자리를 끝낼 생각으로 차를 들고 일어서자고 했더니 언제 또 만날 수 있느냐고 한다. 그때는 정말 당황스러웠다.

"이렇게 뵈었으면 되지 또 뵐 이유라도 있습니까?"

"예. 짧은 시간에 끝날 이야기가 아닙니다."

"무슨 말씀인지 모르지만 지금 하시면 안 될까요?"

"지금은 또 일이 있어서 가셔야 한다면서요?"

"아니요. 무슨 말씀인지 해보세요. 아직은 시간이 있으니까요."

"예. 사실 저는 고려인 4세로 저희 집안에서 보관해 오다가 사라진 일기장 이야기를 해드리려고 했던 겁니다."

"일기장이요? 왜 하필 일기 이야기를 제게 해주시려고요?"

나는 차츰 짜증이 나려고 했다.

자기 집안 일기 이야기를 해준 후에는 소설로 한 번 써 보라고 하려는 것이다. 거기다가 아주 기발한 소설 자료라는 말은 꼭 덧붙인다.

작가 초기에는 누가 좋은 소재가 있다고 하면 일단 들어 보았다. 하지만 항상 결론은 똑 같다. 누구든지 자기가 사는 인생은 기막히게 많은 사연을 가지고 사는 것처럼 보이고, 남들은 다 편히 잘 사는 것으로 보이는 게다. 내가 보기에는 평범하기 그지없는 삶의 이야기를 해놓고는 엄청나게 기구한 삶을 이야기한 것처럼 언제 글을 쓸 것이냐고, 나를 꼭 실명으로 써 줘야 한다고 하면 정말 할 말이 없다.

나는 지금 내 앞에서 일기 이야기를 들려준다는 이호준이라는 고려인 4세 역시 같을 것이라고 결론을 내렸다.

하기야 연해주에서의 삶이었으니 평범하지는 않았을 것이다. 거기다가 집안에서 전해오는 일기였다니 1세부터 시작해서 쓰인 일기라면 조금은 다를 수 있다는 생각이 들기는 했다. 하지만 지금은 그런 것에 시간을 허비하고 싶지 않다.

명성황후께서는 조선의 마지막 자존심이다. 왜놈들이 그 분을 시해해서 조선의 자존심을 짓밟아 뭉갰다는 것이, 사실이 아니라는 것을 밝혀 조선의 마지막 자존심을 회복해야 한다. 그 실마리를 풀 수 없는 것이 나를 힘들게 하는 시간이다. 다른 곳에 투자할 시간이 없다.

하지만 기왕 이렇게 커피숍에 앉았고, 연해주 이야기라니 시간을 조금 투자해도 손해되지는 않을 것 같은 생각이 들었다.

"제 작품을 보고 저를 아셨다는데 왜 하필 저에게 그 일기 이야기를 해주려고 하시나요?"

"작가님의 소설을 보면서 작가님이야말로 역사를 바르게 소화해서 써주실 분이라는 생각을 했습니다."

"그 말씀은 참 고맙습니다. 하지만 요즈음 제가 작업을 하려는 테마가 있어서 집안 일기 이야기를 들어도 쉽게 작업을 할 수 없을 것 같습니다. 연해주 1세부터 4세까지의 이야기를 담은 이야기라면 나름대로 정말 좋은 소재이기는 합니다만 제게 어울리는 이야기는 아닙니다."

"작가님은 주로 역사소설을 쓰시지 않습니까? 그것도 요동 이야기 같이 진취적인? 같은 고려시대 태후 이야기를 써도 남들은 고려 왕궁의 요녀로 쓸 때 작가님은 요동수복을 꿈꾼 진짜 태후로 묘사하시잖아요. 재미보다는 역사에 충실하게 쓰는 것을 우선으로 하시잖아요."

순간 이상한 예감이 스쳐 지나갔다. 저 분은 내가 어떤 작품을 쓰는지 잘 알고 있다. 그런데 자신의 집안 이야기를 쓴 일기를 내게 작품으로 쓰라고 하는 것은 아니라는 생각이 들었다. 집안에 전해오는 일기라고 했지 집안 이야기라고 하지 않았다.

"그렇다면 아까 말씀하신 일기가 집안 이야기가 아니라는 말씀입니까?"

"예. 집안 이야기가 아니라 집안에 전해오던 일기입니다."

나는 가슴이 콩닥거리기 시작했다. 혹시나 하는 기대감이 일어나면서 궁금증을 참지 못했다.

"죄송하지만 그 일기 내용이 뭔가요?"

"내용을 이야기하려면 한참 걸리고 제목은 '황후마마를 모시면서' 입니다. 저희 3대조 할아버님이 쓰셨다고 전해 오던 것인데 그만 제가 …."

나는 내 귀를 의심했다. 하지만 끓어오르는 흥분을 감출 수 없어서 그의 말을 끊었다.

"황후마마를 모시면서라고 했습니까?"

"예. 황후마마 맞습니다."

"그게 명성황후마마 말씀하시는 겁니까?"

"예. 맞습니다. 명성황후마마께서 연해주로 피신해 계셨던 시절의 이야깁니다."

나는 호흡이 멎을 것 같았다. 내가 그렇게 실타래를 못 풀어 나가던 그 이야기가 바로 내 앞에 있다. 어쩌면 이호준이라는 이 노인이 나를 찾은 것은 바로 명성황후께서 내게 안내해 주신 것이라는 생각이 들었다.

사랑하는 황제와 조국을 두고 죽어도 죽을 수 없는 그녀가 시해 당했다고 책임 없이 말해대는 이들에게, 조선의 마지막 자존심은 절대 시해 당하지 않았다는 것을 보여 주라고 안내해 주신 것이리라.

나는 저절로 '하느님 감사합니다.' 하는 기도가 나왔다.

"그럼 그 일기를 지금 가지고 계시다는 겁니까?"

"원래는 가지고 있어야 하는 거지요. 하지만 지금은 제 손에 없습니다."

"지금 손에 없으시다면 어디 잘 보관하신 겁니까?"

은근히 불안한 생각이 들었지만 나는 내 불안한 마음이 사실이 아니기를 바라면서 물었다.

"아닙니다. 제 불찰로 다른 사람 손으로 넘어 갔습니다.

작년 가을일입니다. 제 아들 녀석이 그곳에서 그리 크지는 않지만 짭짤한 수입을 올리는 무역회사를 경영하고 있습니다. 한국은 물론 일본, 중국 등과 거래를 하지요. 그런데 이 녀석이 일본 출장을 갔다가 자기 딴에는 자랑삼아 그 일기를 가지고 있다는 것을 이야기했다고 합니다. 그런데 얼마 전에 조카가 장가를 가는 바람에 내가 먼 곳으로 출타를 했습니다. 한 번 가기도 쉽지 않은 거리인지라 오랜만에 동생을 만난 김에 동생 집에서 근 이십여 일을 머물다가 왔습니다. 동생과 잘 지내고 집으로 돌아온 저는 아들이 보다 크고 좋은 집으로 이사를 한다는 말을 들었습니다. 저는 사업이 잘 되어 그리된 것으로 알고 내심 기뻤습니다. 하지만 아들과 며느리의 이야기를 듣던 저는 아연실색해서 결국 넋을 놓고 말았습니다."

"그래? 그동안 열심히 일한 보람이 나는구나. 수고했다."

"수고는요? 제가 번 것도 아니고 애 어멈이 번 돈인데요."

"애 어멈이? 어멈이 무슨 돈을 벌었다는 게냐?"

"예. 얼마 전에 저도 일본으로 잠깐 출장을 다녀왔어요. 그 사이에 우리 동네에 일본 사람이 고서적을 사러 왔었답니다. 별 볼일 없는 것에도 후한 값을 쳐 주는 것을 보고 애 어멈이 아무 생각 없이 그 일기를 가지고 갔데요. 그랬더니 무려 집 한 채 값이 넘는 값을 쳐 준다기에 팔았답니다. 그래서 이렇게 이사를 하게 된 겁니다."

"그 이야기를 듣는 순간 전 정말로 잠시 정신을 잃고 말았습니다. 제가 정신을 차리자 아들은 그게 뭐 그리 귀중한 것이라고 정신까지 잃으시냐고 핀잔을 주는 투로 말했습니다. 제가 평소에 귀한 것이니 잘 보관해야 한다는 말도 그에게는 아무 소용이 없던 겁니다. 이제 우리 후손들은 고려인이라는 자부심도 사라져 가고 있는 겁니다. 당장 눈앞의 이익이 가장 중요한 겁니다.

하지만 전 아들을 탓할 시간도 없이 며느리를 불러서 왜놈이 어디로 갔느냐고 물었더니, 어디로 간지도 모를 뿐 아니라 그 일기를 사고는 그날부로 동네를 떠났다고 했습니다.

순간 제 머릿속에 떠오르는 단어가 있었습니다. 바로 일기에서 읽은 '겐요사'라는 조직입니다. 그리고 오카모도 류노스케라는 놈이 생각났습니다. 당시 일을 주도했던 그 잔당들은 그 시대에 끝나지 않고 지금까지 황후마마께서 시해 당하셨다는 거짓말을 사실화시키려고 노력하고 있다는 겁니다.

아들 녀석이 실수로 일기가 있다고 자랑삼아 말한 것이 화근이 되어 저와 아들이 집을 비우기를 노렸다가 일을 낸 겁니다."

그 말을 듣는 순간에는 나 역시 혼절할 것만 같았다.

"아니, 그 귀중한 것을 어쩌다가…?"

말을 잇지 못하는 나를 보면서 이호준은 진심으로 미안해 했다. 아니 단순히 미안해 하는 것을 넘었다. 정말 무슨 큰 죄라도 지은 표정이다.

"막상 일을 당하고 나자 저는, 그 일기를 누군가에게 왜 진작 전하지 않았을까 하는 후회를 했습니다. 그러나 제 변명 같지만 그 일기를 전할 마땅한 곳을 찾지 못하고 있었습니다. 이미 대한민국에서는 명성황후께서 시해 당했다는 것을 기정사실화하고 있었습니다. 제가 그 일기를 들고 나타나면 미친 영감 취급을 받을 것 같았습니다. 그런 연유로 그 일기를 전할 분을 찾던 중에 일을 당한 것입니다.

일을 당하자 저는 넋 나간 사람처럼 며칠을 보냈습니다. 하지만 그렇게 넋 나간 사람처럼 앉아만 있어서는 아무 도움이 안 된다는 것을 깨달았습니다.

나는 이미 그 일기를 통해서 왜놈들의 속내를 들여다본 사람입니다. 그들이 그 일을 사실화시켜 묶어두려는 의도 뒤에는 반드시 곡절이 있을 것이라고 생각했습니다. 비록 내 작은 소견으로 그 곡절까지는 모르겠지만 그들이 획책하려는 다른 일이 일어나기 전에 그 일기를 찾던가 아니면 복원을 해야겠다고 생각을 바꾼 겁니다.

다행이라면 다행인 것이 원래 저희 아버지께서 그 일기는 우리 가문의 가장 큰 보물이라고 강조를 하시는 바람에 제가 몇 번을 읽으면서 자세히 메모를 해 둔 것이 있었습니다. 물론 필사본만큼은 못할지 몰라도 거의 필사본 수준입니다. 더 나이를 먹어서 기억이 퇴화되기 전에 이것을 근거로 구술이라도 전해야 한다는 생각이 든 겁니다.

그런데 우연히 작가님의 소설을 보고 이 작가라면 우리가 잃어버린 그 일기를 되살려 주실 분이라는 생각이 들었습니다. 저도 나이가 있는지라 제 기억 속에 살아 숨 쉴 때 그 일기를 복원하고 싶었습니다. 그래서 아들에게 제가 한국에 나가서 작가님을 만나게 해 달라고 했습니다. 물론 한국으로 와서 작가님의 다른 소설도 읽어 본 후 확신이 서서 이렇게 연락을 드린 겁니다.

그렇다고 제 이야기를 들으신 후 반드시 소설이나 그 외 어떤 책으로 내 달라는 조건은 아닙니다. 물론 그렇게 해주신다면 더 없는 영광이겠지만 만일 그리 하시지 않고 제 이야기를 정리해 주신다면 그 사례를 드릴 수도 있습니다."

나는 일기가 없어졌다는 말에 실망이 이만저만이 아니었다. 하지만 그가 필사본에 가까운 메모를 바탕으로 이야기를 할 수 있다고 하니 일단은 들어보기로 했다.

커피숍은 이야기를 듣는 자리로는 적당하지 않은데다가 마침 그가 메모해 놓은 것도 숙소에 있다고 하기에, 그 분의 숙소를 자리로 정하고 3일에 걸쳐 그의 이야기를 들었다. 이야기를 들으면서 나 역시 아주 자세하게 메모를 했다. 그 분은 자신이 적어 놓은 것은 일기의 원본을 찾을 때까지 자신이 보관해야 한다고 하면서 반드시 일기를 찾을 것이라고 했다.

목차

명성황후
시해배후는
당하지
않았다

기다림과
대답

:

1896년 병신년 정월.

초하루가 지나고 대보름을 향해 밤마다 달이 커져가던 날.

"누가 오기로 했어요?"

이준서가 아침나절부터 틈만 나면 남쪽에서 집으로 향해오는 길을 쳐다보고 서 있자 점심 경에 아내가 물었다.

"오기로 하긴 누가 오기로 해. 그냥 어쩌다 눈이 가니까 바라보는 거지."

"거짓말 시키지 말아요. 당신하고 살대며 산 지가 벌써 이십 년이 넘었어요. 나 혼자 산 날들보다 더 긴데, 당신 모습 그리고 기침 소리만 들어도 당신 심경을 알아요. 설령 누가 오기로 한 것은 아닐지라도 누군가를 기다리신다는 것. 아니죠, 올 사람이 없으니 기다리시지는 않겠지요. 다만 누군가가 그리울 수도 있겠지요. 그 대상은 사람이 아닐 수도 있고요."

"여편네하고는? 그래 내가 누구를, 아니 무엇을 기다리고 그리워하는 것 같소?"

"그거야 모르지요. 단순히 그렇다는 것밖에는."

"기다리는 사람도 기다리는 소식도 올 리가 있을까만 오늘은 왠지 그렇군. 사람이든 소식이든 무언가 꼭 올 것 같은 생각이 들어. 내가 이러고 있는 것이 부질없는 짓이겠지? 하기야 벌써 이곳 연해주로 건너온 지가 십 년도 더 됐으니 고향이 그리워 그런 생각이 든 건지도 모르겠지만."

이준서는 거기까지 말하고는, 말하는 자신이 무색해졌다. 남쪽을 바라보면서 마치 무엇인가를 기다리는 모습을 아내에게 눈치 채인 것 같아 갑자기 머쓱해졌다. 하늘을 한 번 쳐다보고는 들을이도 없는 말을 남기며 방문을 열고 안으로 들어섰다.

"눈이 오려나? 하늘이 잔뜩 찌푸렸어. 하기야 지난 섣달에 눈이 안 왔으니 정월에라도 와야지. 제발 희망을 싣고 오는 눈이었으면 좋으련만."

아내는 쓸쓸하게 방으로 들어서는 이준서의 뒷모습이 정말 안쓰러웠다.

"시절을 잘못 만나서 저러지. 아까운 양반인데."

아내는 혼잣말을 남기며 점심을 준비하러 부엌으로 들어갔다. 점심이라야 감자 삶은 것에 보리를 조금 넣어 지은 보리감자밥으로 끼니를 때워야 하지만 그래도 거를 수는 없다.

김소현은 감자를 삶아 으깨고 보리 삶은 것과 함께 넣어 밥을 지으면서 고향생각을 했다.

이준서와 그의 아내 김소현은 같은 동리인 경기도 여주에서 태어났다. 그것도 바로 이웃집이다.

두 살 차이 나이로 김소현은 이준서의 동생 옥분이와 동갑내기다. 어렸을 때부터 옥분이는 물론 그 오라비인 준서와 자주 어울릴 수밖에 없었다. 갓난아기 시절을 지나 걷기 시작하면서 바로 이웃집 친구와 그 오라비와 어울리는 것은 당연한 일이다.

여름이면 논에 나가서 개구리를 잡았다. 개구리 뒷다리를 구워주는 준서가 그렇게 멋있어 보였다. 개구리를 잡아서 볏짚으로 핀 불에 통째로 넣어 구운 후 앞쪽 몸통을 발로 밟고 뒷다리를 잡아 빼면 하얗게 익은 뒷다리 살만 나온다. 그렇게 고소할 수 없다. 아삭거리는 것이 고기를 많이 못 먹던 그 시절에는 더 없이 맛있는 고기였다. 늦여름에는 논으로 메뚜기를 잡으러나간다. 메뚜기를 잡아 윗부분에 부드러운 솜털로 덮인 이삭이 달린 강아지풀의 가운데 줄기를 뽑아서 거꾸로 하나씩 꿰다 보면 어느 순간에 한 줄이 차고 두 줄, 석 줄 늘어만 간다. 해질녘이 되어가고 아직 부모님이 논밭에서 돌아오시기 전에 집으로 와서 아무 냄비에나 메뚜기를 넣고 소금을 조금 넣은 후 불에 올린다. 냄비 뚜껑에는 돌을 올려놓는다. 냄비 안에서 살아있는 메뚜기들이 처음에는 밖으로 나오려고 퍼덕이지만 이내 잠잠해진다. 잠잠해지고 나면 돌을 내리고 냄비를 들어서 한 번 휘휘 돌린 후 다시 불에 조금 더 올려놓았다가 뚜껑을 열면 노릇노릇 구워진 메뚜기가 고소한 냄새를 한껏 풍긴다. 그 메뚜기가 입에 들어가면 그렇게 고소할 수 없다.

가을 추수가 끝나고 나면 우렁이를 잡아서 짚불에 던져 넣고 구워서 알맹이만 까먹는다. 그 역시 뭐라 표현할 수 없는 맛이다. 씹으면 쫄깃쫄깃한 것이 씹을수록 단맛을 나게 한다.

거기다가 겨울이 오고 눈이 많이 내려서 며칠을 갈 때면 어김없이 새를 잡는다. 눈 쌓인 논 한가운데 짚동가리 근처로 가서 커다란 소쿠리의 배가 하늘을 향하게 한 후 그 한쪽을 나무로 바친다. 그 밑에 낱알 몇 개와 콩을 뿌려 놓으면 짚동가리로 오던 새들이 낱알과 곡식을 보고 소쿠리 밑으로 들어간다. 시점을 잘 맞춰서 나무에 묶은 끈을 잡아당기면 소쿠리가 엎어지면서 새는 그 안에 갇히고 만다. 인내와 순발력이 필요한 일이다. 하지만 준서는 그렇게 새를 잘 잡았다. 어떤 날은 여러 마리 잡아서 옥분이네랑 자기네 집으로 반씩 가져가서 반찬을 해먹기도 한다.

준서는 자신의 동생 옥분에게는 물론 김소현에게도 먹을 것을 똑같이 챙겨주었다. 오빠도 남동생도 없이 외동딸로 자라는 김소현에게는 준서가 오빠였고 살붙이였다. 게다가 옥분이가 열세 살 어린 나이에 갑자기 궁으로 들어간다는 결정이 나자 준서는 들어가기도 전에 부쩍 외로워했다. 김소현은 이제 준서에게는 자기뿐이라는 생각까지 들었다. 결국 부모들까지 그런 눈치를 채 가던 중 서덕원 어르신이 반 농담 삼아 중매를 했고 양가에서는 그것을 흔쾌히 받아들여 결혼을 했다.

고향의 논과 도랑들이 한 눈에 선하게 보이는 것 같다.

한참 파랗게 오른 벼들이 논에 가득차고 개구리 우는 소리가 환청으로나마 들려온다. 이제 벼의 이삭이 오른 논에서 메뚜기를 잡고 있다. 추수가 끝나고 우렁이를 잡고 눈 내린 논에서 지금 새를 잡고 있다.

그때 구수한 냄새가 나서 김소현은 정신을 차렸다. 벌써 밥이 익고 타기 시작하나보다. 김소현은 얼른 나머지 불을 빼서 된장국이 끓고 있는 옆 아궁이에 넣었다. 잠시 후 밥솥 뚜껑을 열자 하얀 김이 피어오르며 구수한 냄새가 온통 진동한다. 고향에서 먹던 개구리 뒷다리와 메뚜기, 우렁이, 새고기 냄새가 모두 그 안에 배어 있다.

"은만이는 어디 갔어?"

아내가 보리감자밥에 김치와 된장국을 얹은 밥상을 들고 들어서자 준서가 자리를 고쳐 앉으며 물었다.

"참, 당신도? 동네 아이들하고 새 잡으러 간다고 그랬잖아요. 아침에 당신한테도 이야기하고 갔건만."

"총도 없고 눈도 안 왔는데 무슨 새를 잡는다고? 하기야 특별히 소일거리가 없으니 그러는 거지만? 그 시간에 책이나 읽으라니까."

"그냥 놓아두세요. 춥다고 방 안에서 웅크리고 있으면 더 꼴 보기 싫어요. 그나마 아무리 추워도 나가서 애들하고 어울려 뛰다 보면 건강에도 좋고 여러 가지 좋잖아요. 오늘은 토끼를 꼭 잡아 온다고 했는데 그거야 제 마음이지 누가 그 말을 믿을까? 하지만 그렇게 튼튼하게 커 주니 좋아요."

"하기야. 다 망해가는 나라, 글은 읽어서 뭐할까만 그럴수록 공부를 해야 돼. 그래야 나라가 망하지 않고 또 설령 잘못된다손 치더라도 언젠가는 되찾지."

"무슨 말씀을 그리 험하게 하세요? 나라가 망하다니요?"

"당신한테 말 안 했지만 어제 내가 해삼위 장에 나갔다가 아주 험한 말을 들어서 하는 말이오. 지난 여름에 중전마마께서 돌아가셨다는 소문이 여기까지 났었지? 대원군이 중전마마를 해쳤다고. 그런데 어제 해삼위에 가서 국밥집 아저씨 이야기를 들으니 대원군이 그런 게 아니라는 거야. 대원군께서도 일본 놈들에게 이용당하신 거라는군."

"아니? 무슨 말씀이세요? 남의 나라 국모를 왜 그 놈들이?"

"그러니 다 망한 나라지 뭐요? 국모를 왜놈 깡패 놈들이 죽여도 말한 마디 못하는 현실인데 무슨 말이 더 필요하겠소? 게다가 중전마마만 돌아가신 것이 아니라 옆에 있던 궁녀들 중에서도 목숨을 잃은 사람들이 상당수 있다는 거야. 옥분이는 중전마마를 항상 측근에서 모셨는데…?"

자신도 모르게 한 숨을 쉬는 준서는 어느새 숟가락을 내려놓았고, 김소현 역시 무의식중에 숟가락을 내려놓고 있었다. 밥맛이 싹 가셨다.

"그래서 오늘 당신이 유독 남쪽을 보시면서 무언가 기다리셨군요. 옥분아가씨 생각이 나서? 하지만 무슨 일이야 있었겠어요. 저는 잘 몰라도 중전마마를 해친 것은 이유가 있어서 그랬겠지요. 하지만 아무리 금수만도 못한 놈들이라도 이유 없이 궁녀들까지야 어찌 했을라고요."

말로는 신랑을 위로하고 있지만 김소현의 눈에는 눈물까지 글썽였다.

"글쎄, 그랬다면 오죽이나 좋겠소. 하지만 내가 듣기로는 이번 중전마마를 시해한 왜놈들은 금수만도 못해도 한참 못한 놈들이라는구려. 제발 목숨만 살아 고향으로 갔다면 우리가 여기 있는 것을 듣고 찾아 올 수도 있으련만…."

이준서는 아내의 눈에 맺힌 이슬방울을 보면서 자신의 가슴에 흐르는 강물 같은 눈물 줄기를 느꼈다.

"그래서인지 모르지만 오늘따라 남쪽만 쳐다보게 되는구려. 이 세상에 남은 피붙이라고는 자식 말고 그거 하난데 걱정이 안 될 수야 있겠소만 걱정한들 무슨 소용이 있겠어. 하지만 자꾸 남쪽을 쳐다보게 되네."

"왜 그런 이야기를 혼자 마음속에 담아두세요? 그래서 어젯밤에 잠 한숨 못 이루고 헛기침만 하시더니 아침도 안 드신 거잖아요? 제가 알아야 아무런 도움이야 못 되지만 이야기라도 하고 나면 그래도 낫잖아요. 부부가 뭐예요. 괜히 제가 걱정할까 봐 말씀 안 하신 거야 알지만…."

김소현은 끝내 옷고름으로 눈을 찍었다. 그것도 한 번이 아니라 연신 눈을 찍어 댔다. 아내는 흐르는 눈물을 차마 드러내지 못하고 감추려 했지만 감출 수가 없었다. 준서도 콧잔등이 시큰 해지는 것을 느꼈다.

두 사람이 밥상을 사이에 두고 말없이 앉아 아내는 눈물을 훔치고 준서는 눈물을 참으려고 헛기침만 하는 어색한 분위기를 깨려고 준서가 입을 열었다.

"숭늉이나 있으면 한 사발 주구려."

"그만 드시게요? 아침도 안 드셨는데…. 알았어요. 마침 밥이 좀 눌

어서 숭늉은 맛있을 거예요. 금방 가져올 게요."

아내는 자신도 밥맛이 없는데 준서에게 더 먹으라고 한들 먹지 않을 것을 안다. 숭늉을 가지고 오겠다는 말에 눈물을 가득담은 채 상을 들고 일어섰다.

"눈 오네요?"

상을 들고 방문을 나선 아내가 눈물기가 잔뜩 밴, 그러나 조금은 상기된 목소리로 말했다. 아까 준서가 희망을 가득 싫은 눈이 오라고 한 말에 대한 화답이다. 그러지 않아도 눈이 많이 오는 연해주에 눈 오는 것이 그리 큰 일도 아니건만 준서도 일어나서 방문을 열고 밖을 내다보았다. 그리고 툇마루로 나와 서서 또 남쪽을 바라보면서 혼자 말을 했다. 하지만 마치 누군가가 들어주기를 바라는 말투다. 아니, 들어주는 사람이 꼭 있어 주기를 바라는 말투다.

"정월 보름 전에 눈이 많이 와야 가을에 풍작을 거둔다는데 올 해는 풍작을 거두기는 하려나…?"

아내가 숭늉을 쟁반에 받쳐 들고 부엌에서 나오자 준서가 받아들고 방 안으로 들어갔다. 그리고 곧 들어오는 아내를 위해 문을 닫지 않았다.

"왜 안 들어와? 방문도 열어 놓았는데? 추워, 어서 들어와 방문 닫아."

"여보, 저기 좀 보세요. 누가 와요. 여자 둘이 오는 것 같은데? 우리 집에 오는 건지는 모르겠지만 누가 와요?"

순간 준서는 튕겨 일어서듯이 일어서 나가 툇마루에 섰다. 하지만 이내 시큰둥한 소리를 냈다.

"그러네. 오기는 오네. 하지만 이 길 지나는 사람이 가끔 있잖아. 우리 집에 올 사람이 누가 있겠어."

시큰둥한 소리를 하면서도 눈을 떼지 못했다. 오히려 오른손을 눈썹 위로 가져가 대고 멀리 잘 보려고 발돋움까지 했다.

"하지만 여기 집이라야 우리까지 네 집이고 더 가려면 5리는 더 가야 하는데 이리로 오는 것을 보면 설령 우리 집이 아니더라도 이리로 오는 손님이겠지요?"

"우리 집이나 옆집이나 누가 오겠어? 지나는 손님이겠지."

준서는 말은 그렇게 하면서도 다가오는 사람들에게서 눈을 떼지 못하고 있다. 아니 조금이라도 잘 보려고 연신 발돋움을 하고 오른손은 눈썹 위에서 떼지를 못하고 있다.

"잠깐만요? 내가 헛것을 보나? 저거 옥분아가씨예요."

"이 사람이 갑자기 무슨 소리야? 금방 내가 한 소리에 눈이 어떻게 된 것 아냐?"

"아녜요. 제가 헛것을 보지 않는 한 맞아요. 아무리 사람이 궁에 들어가서 바뀐다고 해도 자기 걸음걸이는 남 못줘요. 제가 태어난 날부터 궁에 들어가기 전까지 옥분아가씨와 함께 자랐는데 그 걸음걸이를 모르겠어요?"

김소현은 옥분이가 다가오고 있는 모습이 보였다. 점점 다가올수록 얼굴로는 확인이 안 되지만 걸음걸이가 옥분이다.

"쓸데없는 소리? 옥분이가 지금 여기를 어떻게 와? 더욱이 지금 살았는지 죽었는지도 모르는데?"

준서는 아내의 말을 듣고 옥분이라는 말에 가슴이 사뭇 뛰었다. 하지만 그럴 리가 없다.

"아, 은만이는 왜 안 들어와? 눈이 조금 오고 말 눈은 아닌 것 같은데."

"오겠지요. 그 애도 이제 열네 살이예요. 세 살배기 등에 업고 이곳으로 왔는데, 벌써 십 년이 지나고도 일 년이 더 되네요. 그 애도 이제 이곳 생활에 익숙해서 이 정도 눈이 오면 하늘을 보고 짐작해서 들어와요. 많이 올 눈이구면요."

일부러 말을 돌리는 준서의 마음을 읽었다. 옥분이가 온다면 더 없이 좋아할 그다. 하지만 공연히 마음 상하고 싶지 않아서 아니라고 부정을 하면서도 그렇기를 바라는 마음을 아들 은만이에게 미뤄 표현한 것이다.

오늘같이 공연히 외로워하는 날은 말대답이라도 잘해 줘야겠다는 생각에 말대답을 하면서도 연신 눈은 다가오는 두 사람에게 가 있다. 하지만 두 사람이 다가오면 다가올수록 옥분이다. 걸음걸이가 영락없는 옥분이다. 궁에 들어간 후로는 한 번 잠시 보았을 뿐이라 잘 모르겠지만 예전에 비해 조심성 있게 걷는 것을 제외하고는 바로 그녀다. 더더욱 지금 여기는 궁이 아니다. 그렇다면 예전 들판과 내에서 걷던 그 걸음걸이가 살아났을 것이다. 김소현은 옥분이라는 확신이 들었다.

"그나저나 정말 옥분아가씨라니까요. 이러고 있을 것이 아니에요. 마중 나가봐야지."

김소현이 방으로 들어가더니 짐승의 털로 만든 겉옷을 걸치고 나왔다. 그리고 신을 챙겨 신더니 곧장 밖으로 나간다. 준서도 따라 나가고 싶었지만 자신마저 따라 나섰다가 만일 아니면 그 실망감을 감출 수 없을 것 같아 그냥 멈췄다. 다만 멀어져가는 아내의 모습과 다가오는 두 여인의 모습에 번갈아 가면서 눈을 떼지 못한다. 그러던 순간, 준서의 눈이 화들짝 열렸다.

맞다. 옥분이다.

준서는 옷을 덧입을 생각도 없이 신도 제대로 못 신고 한 걸음에 내달았다. 옥분이와 두 손을 맞잡고 있는 아내 곁에 어느새 와서 서 있는 자신을 보았다.

이모
중전마마

마음 같아서는 눈이 오던 날씨가 춥던 그대로 서있고 싶다. 하지만 먼 길을 온 옥분이도 피로하고 옆에 있는 일행도 생각해서 서둘러 길을 재촉해 방으로 들어왔다.

방으로 들어와 아직 자리에 앉기도 전이지만 준서의 머릿속은 엉키고 있다. 기적처럼 만날 때는 반가운 마음에 모르겠더니 일행이라는 분이 어디서 뵌 듯 하기도 하고 예사 분은 아니셨다. 얼굴에 기품이 서려 있다. 감히 범할 수 없는 서기가 살아 움직인다. 비록 행색이 빼어난 것은 아니지만 결코 초라해 보이지 않는다. 무슨 치장을 한 것도 아니다. 다만 얼굴 전체에 풍기는 기상이 근엄하기 그지없다. 그런데 분명히 어디서 보기는 본 얼굴이다. 누구였더라?

순간 준서의 머릿속에 떠오르는 기억이 있었다. 바로 14년 전 여주에서 뵌 바로 그 분이다.

"중전마마."

준서는 자신도 모르게 무릎을 꿇고 엎드렸다.

"이런 일이 어찌 있사옵니까? 중전마마를 이런 누추한 곳에서 뵙다니 이 무슨 일이옵니까?"

죽었을지도 모른다고 생각했던 동생이 살아 돌아온 것은 추후의 일이다. 동생을 만난 반가움에 추운 줄도 모르고 길가에서 손을 잡고 있을 때와는 또 다르다. 준서는 너무 놀라 부복한 채 더 이상 한 마디도 못했다.

그 상황에서 더 놀란 것은 김소현이다.

조금 전에도 분명히 중전마마께서 왜놈들의 손에 돌아가셨다는 이야기를 했다. 그리고 그 와중에 궁녀가 더 죽었는데 옥분이가 항상 중전마마를 가까이에서 모셨으니 충분히 그럴 가능성이 있다고 했다. 그런데 옥분이가 살아 돌아와서 한 걸음에 달려가 함께 들어왔다. 그런데 갑자기 중전마마라니 어이가 없었다.

"당신은 뭐해? 중전마마 앞에서? 어서 엎드려 절하지 않고?"

이준서가 갑자기 당한 일에 정신이 없어 어안이 벙벙해하는 아내에게 어서 절을 하라고 채근을 했다.

김소현은 어이가 없었지만 중전이라는 말에 자신도 모르게 넙죽 엎드려 절을 하고는 고개를 들지 못했다. 죽었던 중전이 살아왔다면 이 무슨 일인가? 고개를 숙이고 그 생각만 할 뿐이다. 하지만 이준서는 그런 혼란도 없는지 말도 잘 했다.

"마마. 미처 마마를 알아 뵙지 못하고 큰 죄를 저질렀습니다. 그저 송구스러운 죄 죽어 마땅하옵니다. 그리고 사는 것이 이런지라 어찌할 수 없이 이런 누추한 곳에서 마마를 뵙는 것을 통촉하시옵소서."

"아닙니다. 백성들이 이렇게 살 수밖에 없는 나라꼴을 만든 우리들이 더 죄인이지요. 그리고 염치없이 살아서 이렇게 불쑥 찾아온 것은 더 염치가 없는 짓이고요."

"마마, 무슨 말씀을 그리 섭섭하게 하시옵니까? 국모이시니 만백성의 어머니이십니다. 어머니가 자식을 찾는데 무슨 염치를 말씀하십니까?"

"부모가 부모 노릇을 못했으니 더 그렇지 않겠습니까? 백성들 볼 면목이 없는 것입니다. 하지만 죽고 싶어도 죽을 수 없는 것 역시 백성들 때문이었습니다."

중전의 눈시울이 붉어지고 있었다. 중전은 자신의 눈이 붉어지는 것을 감추기 싫었다. 하지만 이런 이야기를 더 끌어가다가는 정말 눈물이라도 흘릴 것만 같았다.

"자, 이제 고개를 드시고 바로 앉으세요. 어쩌면 오랫동안 신세를 질지도 모르는데 이렇게 대하시면 불편해서 신세를 질 수 없어요."

그러나 두 사람은 감히 고개를 들지 못했다. 중전이 옥분이에게 눈짓을 하였다.

"오라버니 일어나세요. 올케언니도요. 중전마마께서 말씀을 하셔야 하는데 불편해서 말씀을 못 하신대요."

옥분이의 말을 듣고 고개를 들자 중전은 바로 앉을 것을 권했다. 준서와 아내가 바로 앉자 중전이 입을 열었다.

"이곳 사정도 모르면서 이렇게 불쑥 찾아와서 정말 무어라 할 말이 없습니다. 다만 한 가지 여건만 허락이 된다면 이곳에 당분간 머물러야 할 것 같은데 그게 가능한지 묻고 싶습니다."

중전이 하대를 하지 않는다. 준서는 존칭을 쓰는 중전의 어투가 너무 듣기 힘들었다.

"마마. 당연히 머무르시게 해드려야지요. 그것이 백성된 도리입니다. 하지만 너무 누추해서 그것이 마음에 걸릴 뿐입니다."

"누추하다니요? 백성들을 이렇게 살게 한 것이 모두 저희들 책임인데 어찌 그런 말을 하십니까? 이곳 사정은 저도 잘 압니다. 제가 이곳 사정을 알면서도 택한 이유가 있습니다.

첫째는 이곳 연해주는 고대부터 우리 조상들이 다스리던 우리 땅임으로 제가 기거를 해도 부담이 없습니다. 둘째는 다른 나라로 갈까 생각도 해봤습니다만 일단은 러시아가 곁에 있어서 안심이 됩니다. 물론 러시아도 자기들 잇속 챙기기에 바쁘겠지만 지금 우리나라 사정으로는 그래도 기댈 곳이 러시아밖에 없어서입니다. 지리상으로도 가깝고요. 마지막으로 이곳에서 멀지 않은 곳에 있는 항구, 해삼위를 이용한다면 조선과 비밀리에 연락하기가 좋아서입니다. 조선과 연락이 쉽게 닿아야 무슨 일을 해도 할 수 있지 않겠습니까? 게다가 이미 전에 한 번 도움을 주셨던 적이 있는 옥분이 오라버니께서 여기 사신다기에 염체 없이 이곳을 택한 겁니다.

막상 이곳을 택하고 이곳에 사는 우리 백성들을 똑바로 쳐다 볼 수 있을까 하는 고민을 많이 했습니다. 하지만 백성들에게 잘못한 것을 피한다고 해결되는 것이 아니라는 생각이 들었어요. 그 속에 같이 기거하면서 백성들의 진짜 아픈 모습을 보는 것도 한 가지 방법이라고 결론을 내렸지요. 지난 임오년에는 도피해서 그저 숨어 살기에 바빴습니다. 하지만 이번에는 그렇게 살지 않을 겁니다. 숨어 있지 않고 백성들과 함께 살아볼 겁니다. 물론 제가 중전이라는 신분이 드러나면 그마저도 안 되겠지만요.

그런 마음으로 연해주를 택하기까지 고민도 많이 했지만 그만큼 각오도 남달랐지 않았겠습니까? 저 하나 고생하는 것을 말씀드리는 것이 아닙니다. 저야 백성들 앞에서 죄인이니 당연히 고생을 해야지요. 다만 이곳의 우리 동포들이 살림살이가 어려운 것으로 알고 있는데 큰 짐을 지워드릴까 봐 하는 말입니다."

"그런 걱정은 마십시오. 배불리 먹지는 못해도 굶지는 않습니다. 송구한 말씀이오나 어찌 보면 세금과 수탈에 견디지 못하는 고향보다 낫다고 할 수도 있습니다. 그리고 다행인 것은 저희가 자식이 하나밖에 없는데 이제 열넷입니다. 지금은 그 아이가 건넌방을 쓰고 있지만 앞으로는 옥분이가 그 방을 쓰고 마마께서 안방을 쓰십시오. 다행히 뒤채에도 방이 두 개나 있으니 저희가 아이와 그리로 가지요. 그리고 마마께서 말씀을 편하게 하셔야 저희도 편해질 것 같습니다. 참, 점심도 안 드셨을 것 같으니 점심을 드려야지요. 비록 밥도 보리밥이고 찬도 없지만 드셔야지요."

"그러게요. 제가 정신을 놓고 있었네요."

준서의 말에 김소현도 깜박했다 싶었다. 얼른 자리에서 일어나려는데 중전이 손짓으로 말렸다.

"밥은 조금 있다가 먹어도 됩니다. 그리고 이곳까지 오는 동안 보리밥과 감자밥을 많이 먹어 본 덕분에 그것도 불편할 것이 없습니다. 그리 먹는 것도 과분한 일이지요. 들어서 알겠지만 이미 죽은 사람 아닙니까? 그런데 밥만 먹으면 되었지 무슨 밥을 가려서 되나요."

중전은 잠시 말을 끊었다. 그리고 무슨 생각을 하는지 입을 열지 않고 몇 분을 지나 입을 열었다.

"이미 죽은 저라고 말씀드렸지요.

지금부터 나는 중전이 아닙니다. 죽은 중전이 있을 수가 있나요. 하지만, 중전은 죽었다 해도 나는 살았습니다. 나는 살아 있기에 앞으로도 살아야 합니다. 그리고 내가 앞으로 계속 살기 위해서 두 분이 해주실 게 있습니다. 그게 제일 중요합니다.

옥분이 오라버니는 전에 나를 본 적이 있어서 알아보지만 지금 몇몇을 제외한 모든 백성들은 내가 죽었다고 알고 있습니다. 그래야 내가 앞으로 계속 살 수 있으니까요.

그 자세한 까닭은 나중에 얘기하기로 하고 우선은 그 방법을 만들어야 합니다. 오면서 보니까 오는 길에도 민가가 좀 보이고 이곳에도 서너 집인 것 같고, 또 이곳 연해주는 먼 곳에서도 서로 왕래를 한다고 들었는데 그 백성들에게는 내가 중전이 되어서는 안 된다는 겁니다. 중전이라는 사실이 노출되는 순간 나는 다시 죽은 목숨으로 돌아갈 겁니다. 그 날 나를 죽이지 못한 것을 눈치 챈 왜놈들이 있다고 합니다. 그들은 어떻게든 다시 나를 찾아 죽이려고 할 것입니다. 그들에게 내가 있는 곳을 알려주는 꼴이 되고 말 겁니다."

난감한 일이다.

중전이라는 사실이 알려지면 목숨이 위태롭다는데 굳이 나타낼 일은 아니다. 하지만 집에 사람 출입을 금할 수는 없다. 그렇다고 새로운 여인이 두 사람이나 왔는데 오는 사람들을 피해 숨어 살 수도 없다. 옥분이야 동생이니 소개를 하고 같이 살면 그만이다. 하지만 중전은 무어라 소개할 것이며 어떻게 부를 것인가?

눈이 내리기 시작했으니 이제 곧 은만이가 돌아올 것이다. 당장 아들 은만이에게 무어라고 설명을 할 것인가?

"나를 그냥 편안하게 부르세요. 중전이라는 말은 아예 입에 담으시면 안 됩니다."

중전은 그냥 편하게 부르라고 했지만 어떻게 자신을 불러야 하는지는 말하지 못했다. 실제 중전마마라는 존재는 차마 얼굴도 마주 할 수 없는 존재다. 이렇게 한 방에 앉아 있는 것만 해도 있을 수 없는 일이거늘 어찌 호칭을 함부로 한다는 말인가?

정적만이 방 안을 휘감고 있다. 얼마나 지났을까?

"하오나 마마, 아무리 그렇다 하더라도 어찌 마마를 함부로 할 수 있겠사옵니까? 적어도 마마라고는 부르지 못하더라도 마님이라고는 불러야 하지 않겠습니까?"

이준서가 기껏 생각해 낸 말이 마님이었다.

"마님이라는 호칭도 아니 됩니다. 옥분이 오라버니도 양반인 것을 모두 알 텐데 마님이라고 부르면 무슨 고관대작집이라고 판단할 겁니다. 그리되면 나를 찾으려는 이들에게 그 정보가 흘러 들어갈 수 있어요. 특히 오카모도 류노스케라는 자가 제일 의심하는 것으로 알고 있는데 그 자에게 정보가 들어갔다 하면 곧바로 달려올 겁니다. 지금 이 상황에 연해주로 이주해 온 고관대작 부인이라면 빤히 지난 을미난동과 관련이 있다고 생각할 겁니다. 그 고관대작의 부인을 잡아서 중전이 있는 곳을 알아내려고 하겠지요. 지난 해 팔월 스무날 자신이 범한 실수를 두 번 다시 범하지 않으려 할 것 아닙니까? 그리되면 앉아서 당하는 꼴이 될 수 있습니다. 특히 그 자는 일본 겐요사의 중추적 역할을 하는 자입니다. 겐요사는 일본 외무대신 무스 무네미스와 내각 수반 이토히로부미가 적극 지원하는 단체로 일본의 대륙정벌이라는 허황된 꿈을 이루기 위해 만들어진 조직입니다. 수단 방법을 가리지 않는 자들입니다.

살아남기 위해서는 하는 수 없습니다. 정 방법을 만들기 어려우면 그냥 누님이라고 하세요."

중전이 결심한 듯 입을 열었다. 이준서는 말도 안 된다는 표정을 지었다. 하지만 자신에게도 아무런 묘책이 없는 터라 무어라 말은 못하고 있었다.

"중전마마. 소인은 중전마마께서 돌아가신 줄로만 알았고 이렇게 중전마마라는 말도 입에 처음 올려봅니다. 하오나 중전마마시라면 우리 모든 백성들의 어머니이십니다. 그러나 연세로 보나 기품으로 보나 저희 같은 시골무지렁이들이 어머니라 부르기에는 적당하지 않은 것 같습니다. 이모는 어머니의 핏줄이시니, 마마께서 괜찮으시다면 이모님이라 부르는 것은 어떨런지요. 저희야 손이 귀해서 그렇지 손이 풍성한 집안 맏이로 태어난 어미를 가진 사람은 자신과 비슷한 또래의 막내 이모를 갖는 경우가 아주 많습니다. 하니 그것도 한 방편이라는 생각입니다. 이모는 어머니를 대신하기도 하니까요. 저한테는 시이모님이 되시는 거구요. 마침 제 자식도 세 살 때 이곳으로 오는 바람에 제 아비의 막내 이모는 존재도 기억 못합니다. 그리되면 옥분 아가씨에게도 어머니를 대신해 주는 이모가 되시는 겁니다."

지금까지 두 사람이 주고받는 대화를 듣고만 있던 김소현이 입을 열자 두 사람은 물론 옥분이의 얼굴도 환해졌다.

"마마, 쇤네의 짧은 생각에도 이모가 좋을 듯하옵니다. 궁궐을 나온 이후 이제껏 제가 마마를 이모라 부르지 않았습니까?"

옥분이가 왜 그 말을 잊고 있었는지 모르겠다는 표정을 지으면서 말하자 중전도 자신이 왜 그 말을 생각 못했는지 모르겠다는 표정을 떠올렸다.

"그래? 그렇구나. 왜 그 생각이 나지 않았는지 모르겠구나. 내가 네 이모니 당연히 네 오라버니 이모인 것을. 어쨌든 이미 국모의 자격을 잃었지만 국모라 여기고 이모라 해주면 더 없이 고맙지요."

중전의 얼굴에 갑자기 회한 같은 그림자가 지자 그것을 막아 볼 양으로 준서가 얼른 입을 열었다.

"마마. 그럼 지금부터는 이모님이라 불러 뫼시오면 되겠사옵니까?"

"하지만 그 말투는 고쳐야 합니다. 누가 이모에게 그런 말투를 씁니까?"

"마마도 마찬가지십니다. 아무리 나이 또래가 비슷하다 해도 조카에게 깍듯한 존대는 안 합니다. 그저 하대를 안 할 뿐이지 평말을 합니다."

"좋소. 그럼 지금부터는 내가 여러분의 이모요. 내가 하대를 하더라도 섭섭해하지 마오."

"차라리 하대를 해주십시오. 그것이 마마를 마마라 부르지 못하고 이모라 부르는 쇤네들에게는 마음이 편하옵니다."

준서의 눈에서는 이제까지 환해지던 표정이 사라지고 눈물이 흐르고 있었다. 고개를 숙이고 흘리는 눈물은 방바닥으로 여과 없이 뚝 뚝 떨어졌다. 준서뿐만이 아니다. 김소현도, 옥분이도 옷고름을 적시며 소리죽여 울고 있다. 중전은 비록 눈물을 흘리지는 않고 있지만 눈 안 가득히 이슬이 고여 앞이 뿌옇게 보였다.

경복궁 한 가운데 앉아 천하를 호령하면서 오직 나라와 백성을 위한 마음밖에 없던 중전이다. 감히 중신들도 그 앞에서 오금을 펴지 못했다. 그리고 중전마마라는 말 이외에는 듣지도 보지도 못했다. 그런데 이곳 연해주 썰렁한 안방에 앉아 자신을 호칭하는 문제로 고민을 하다가 기껏 생각해 낸 것이 이모다. 국모를 어머니라고도 못 부르고 어머니를 대신한다는 이모라고 부르기로 한 것이다. 그렇게 불러야 하는 세 사람은 가슴이 에이는 듯 아팠다. 그 호칭을 들어야 하는 중전은 저들에게 그런 짐을 져주어야 하는 자신이 너무도 부끄럽고 미안했다. 저들이 이렇게 환대를 해주는 것이 더 미안했다. 차라리 저들이 자신을 거부하고 받아들일 수 없다고 한다면 마음만은 더 편할 것 같았다.

네 사람은 한참 동안을 말없이 눈물로 대화를 나눴다.

"여보, 어서 점심 상 봐와."

한참이 지난 후 준서가 더 이상 이렇게 눈물만 흘릴 수 없다는 생각에 점심을 재촉했다.

"아니다. 우선 우리 두 사람이 뒤채에 비록 작은 보퉁이나마 짐을 가져다 놓고 난 후 옷도 갈아입고 밥을 먹으마."

중전이 김소현을 보고 아직 점심을 차리지 말라고 했다. 역시 달랐다. 자신들이 약조한 것을 바로 말로 실행했다. 누가 보아도 이모가 조카며느리에게 하는 어투다. 순간 준서도 자신 역시 빨리 그렇게 하는 것이 옳은 일이라고 생각했다.

"이모님이 이 방을 쓰세요. 저희가 뒤채로 가는 것이 마음이 편해요."

"생각해보게. 누가 자신의 이모가 얹혀살려고 왔는데 안방을 내주겠어? 나와 옥분이가 뒤채를 쓰는 것이 맞는 걸세. 더더욱 그래야 남들과도 덜 마주칠 것 아닌가?"

중전의 이 말투 역시 또래가 비슷한 조카에게 이모가 하는 말투다. 그뿐이 아니다. 뒤채를 써야 하는 이유 역시 누가 들어도 맞는 말이다. 이곳 연해주로 얹혀살려고 온 이모와 동생이라면 더 말할 것도 없이 조선에서의 삶이 힘들어서다. 신세를 지려고 온 것이다. 그런데 누가 안방을 내줄까? 설령 자신은 내주고 싶어도 안 사람이 과연 그리하겠는가? 막말로 입이 두 개 보태진 것만 해도 반길 게 하나도 없는 일인데.

"알았습니다. 그럼 오세요. 제가 안내해 드릴게요."

이준서는 자리에서 일어서면서 역시 국모는 국모라고 다시 한 번 감탄했다. 자신과 상감이 동년배다. 그렇다면 중전은 자신보다 한 살 위다. 그런데 생각하는 깊이며 결단력은 자신보다 몇 살 아니 열 살도 넘게 차이가 난다. 준서는 중전이 살아 있다는 것이 이 나라에 희망이 될 것이라는 확신이 들었다.

"며칠 불을 때지 않아 춥습니다. 그러니까 대충 짐만 넣어 두고 옷 갈아입은 후 안방으로 가세요. 옥분이 네가 서둘러 모시고 가. 물론 그동안 내가 불은 지필 거지만."

뒤채로 두 사람을 안내한 준서는 재빨리 아궁이마다 불을 지폈다. 멀지 않은 곳에 산이 있다. 여름부터 주어다 놓은 땔감은 잘 말라서 불을 지피자마자 활활 타올랐다. 나무는 얼마든지 있다. 여름에는 농사가 조금 한가할 때 지게만 지고 가면 나무가 지천이다. 굳이 벨 필요도 없다. 화목으로 쓸 나무는 널려 있다는 표현이 옳다. 그렇게 해다 놓은 나무가 앞으로 두 해 겨울을 때고도 남을 양이니 설령 두 아궁이를 더 지핀다 해도 올겨울은 나고도 남는다. 그리고 좀 부족할 것 같으면 눈이 더 오기 전에 산에 몇 번만 갔다 오면 된다.

활활 타오르는 불꽃을 보면서 제발 중전의 마음도 이렇게 살아나서 힘이 넘쳐나기를 기도했다. 중전의 마음에 다시 불꽃이 살아난다면 조선도 함께 살아날 것 같은 예감이 들었다.

방안이 후끈할 정도로 불을 지피고 아궁이에 장작을 채워 넣은 후 아궁이 뚜껑을 닫았다.

이렇게 해놓으면 저녁까지는 불을 때지 않아도 충분히 따뜻하다. 그런 다음 저녁 느지막이 아궁이를 채워두고 아침나절에 다시 채우면 하루 종일 따뜻하다. 오랜만에 불을 때는 방이라는 점을 고려해서 준서는 조금 넉넉하게 아궁이를 채웠다.

눈은 생각만큼은 펑펑 쏟아지지 않았지만 싸락눈이 제법 밀도를 좁혀서 온다. 이렇게 오는 눈이 쌓이기 시작하면 무섭게 쌓인다. 이제 해가 지고 나면 저 눈은 함박눈으로 변해서 내일 아침 방문을 열면 세상이 온통 하얗겠지. 신을 신고 나서면 신발 위에까지 눈이 올라오겠지.

그래, 제발 온 세상을 덮자. 하얀 바탕에서 다시 시작하자. 세상 모두가 하얗게 되어 반상도 빈부도 구분이 없을 때, 저 아궁이에 타오르는 불꽃처럼 중전마마께서 다시 일어나시게 하자. 진작부터 펴시고 싶은 뜻을 못 편 분이다. 세상을 뒤덮은 검은 장막 안에 가지고 있는 욕심들이 그 분의 뜻을 꺾어버렸다. 하지만 이제 다시 시작해야 한다.

준서는 신에 묻은 눈을 댓돌에 툭툭 털고 툇마루로 올라섰다. '으흠' 헛기침을 한다. 집 주인이 안방에 들어서면서 헛기침을 하기는 처음이다. 하지만 지금부터는 사정이 다르다. 이미 중전께서 방안에 계신데 덮어놓고 문을 열어젖힐 수는 없는 노릇이다.

안방으로 돌아오자 중전과 옥분이는 막 밥상을 받은 것 같았다. 아내는 아껴 두었던 계란을 쪄서 상 위에 같이 올려놓았다. 닭을 치니까 계란도 거둔다. 하지만 계란을 내다 팔기도 해야 다른 것들을 살수 있는 까닭에 집에서는 가끔씩만 먹는다. 주로 작은 뚝배기에 계란을 풀고 물을 조금 넣은 후 새우젓으로 간을 해서 밥을 할 때 찐다. 밥이 끓고 나면 가마솥 뚜껑을 열어 그 안에 뚝배기를 넣고 뜸이 들때 함께 익히는 것이다. 그런 계란찜이 나오는 날이면 준서도 준서지만 은만이는 아주 좋아했다. 그럼에도 불구하고 아내는 절대 자주 해주지 않고 적당한 시차를 두면서 해주던 계란찜을 오늘은 망설임 없이 해냈다.

"웬 계란찜이 다 나오나?"

중전은 정말 계란찜을 오랜만에 먹어 보아서 그러는 것인지, 계란찜을 빼고 나면 달랑 김치와 동치미, 된장국뿐인 밥상을 미안해하지 말라는 소린지 한 마디 하면서 숟갈로 먼저 동치미 국물을 떠서 마신후 보리감자밥을 맛있게 먹기 시작했다. 옥분이와 겸상을 했는데 두사람 모두 맛있게 먹는 것이 어지간히 배가 고팠던 것 같다.

"이모님, 천천히 드세요. 옥분이 너도 동치미 국물 하고 같이 천천히 먹어라. 그래야 이모님께서도 천천히 드시지. 비록 보리감자밥이지만 아직 남은 것이 있으니 더 드세요."

보다 못한 준서가 천천히 먹으라고 주문을 하자 김소현이 한마디 더 거들었다.

"마음 같아서는 지금이라도 쌀을 꺼내서 다시 밥을 지어드리고 싶었지요. 그러나 하루 이틀 머무실 것도 아닌데 공연히 유난을 떨기가 싫어서요. 공연히 오시는 날 쌀밥이라도 해드리고 나중에 보리감자밥 해드리면 기분 나쁘잖아요. 하지만 이렇게 돌아가신 줄만 알았던 이모님과 동생이 살아 돌아왔는데 오늘 저녁에는 닭이라도 한 마리 잡아야 할까보네요."

"무슨 말들을? 이렇게 배부르게 먹으면 되지. 살림 밑천인 닭을 잡으면 어떻게 하려고?"

김소현도 두 사람이 밥 먹는 모습이 딱하게 보였는지 닭을 잡자고 하자 막 식사를 마치고 수저를 놓던 중전이 깜짝 놀라면서 만류했다. 영락없이 이모와 조카들이 대화하는 모습 그대로다.

"좌우든 간에 그 문제는 저희 부부들이 알아서 할 것이지만 정말이지 저는 이모님은 물론 옥분이마저 세상을 떠난 것으로 알고 있었습니다. 그런데 이렇게 살아 돌아오셨으니 기뻐서 하는 소립니다."

"죽을 뻔했네. 하지만 죽고 싶어도 죽을 수가 없더군. 아니, 죽어서는 안 된다고 하늘이 살려 주신 것인지도 모르지."

중전은 숭늉그릇을 내려놓으면서 그 날이 생각나는지 지그시 눈을 감았다.

요동(遼東) 묵(墨)씨 왕 서방

1895년 을미년 8월 19일(음) 오후 두 시가 좀 지나서였다.

러시아 건축기사인 동시에 궁궐을 경비하기 위해 특별히 초빙한 세레딘 사바틴이 고종과 중전을 급히 독대할 일이 있다고 전해왔다.

"상감마마, 그리고 중전마마. 이것은 듣기도 민망하시지만 화급을 다투는 일입니다."

사바틴은 최초의 외국인 어의인 미국인 알렌을 비롯한 미국, 러시아의 외교관들이 일본이 유럽을 무서워하니 유럽 경비원을 두라고 추천해 준 사람이다. 알렌이 고종의 특별한 신임을 받는 터라 사바틴 역시 많은 신임을 받았다. 그런 그가 상감과 중전을 한꺼번에 독대하여 화급한 일이라고 하니 보통일은 아니다.

"무슨 일인지 말을 해보오."

고종은 그의 표정을 보면서 중차대한 일임을 직감하고 물었다.

"폐하, 금일 새벽 두 시에 훈련대 해산을 명하신 것을 일본 측에서 벌써 알고 그 대책을 마련하고 있습니다. 뿐만 아니라 궁내부 대신에 민영준 대감이 임명된 것 역시 그들은 소상히 알고 있습니다."

"난 또 무슨 일이라고? 그것은 군부대신이 외교적 입장을 고려해서 오늘 일본공사관에 다녀왔다는 보고를 들었소. 굳이 일본공사관까지 찾아가서 보고할 일은 아니지만 말이요. 하지만 일본과 가까운 군부대신은 자신이 먼저 정보를 주고 싶었을 수도 있겠지요. 그리고 일본의 반응도 보고 싶었을 수도 있어요. 또 설령 군부대신이 말하지 않았다고 한들 어디 일본의 끄나풀이 한둘입니까? 당연히 지금쯤은 알고 있으리라는 생각이오. 다만 짐은 민영준 대감을 궁내부대신에 임명한 것에 대해 일본의 시선이 곱지 않을 것이라고 짐작했소. 한데 군부대신 말로는 유능한 사람을 임명했다고 평했다고 합디다. 그러니 너무 놀라지 마시오."

고종은 화급한 일이라는 말에 놀랐던 가슴이 조금 진정되는 표정을 지며 대수롭지 않게 받아 넘겼다.

홍범 14조가 발표된 김홍집, 박영효의 친일 내각이 서고 난 후 고종의 명칭은 '전하'가 아니라 '폐하'가 되었다. 하지만 고종은 자신이 폐하라고 불리는 것은 아무 의미가 없었다. 오히려 전하라고 불려도 나라가 외세에 흔들리지 않는 것이 더 중요하다. 이미 대신들도 짝을 지어 일본과 러시아, 미국 등에 서로 줄을 대려고 노력하고 있다. 청일전쟁에서 일본이 승리하자 부쩍 일본 쪽으로 기운 대신들이 많다. 당장 군부대신만 해도 먼저 미우라 공사를 찾아가서 이야기하지 않아도 될 일이다. 미우라가 궁에 들어오지 않으면 나중에 알아도 될 일이다. 물론 훈련대 교관이 일본인이고 일본 쪽에 가까운 이들이다. 훈련대를 해산하는 것은 일본에 대한 도전이라고 생각할 수도 있다. 또 민영준은 갑오경장 때 도피했던 중전의 측근이다. 일본과는 거리가 먼 인물이다. 그런 인물이 궁내부 대신으로 임명되었다는 것은 일본으로서는 반길 일이 아니다. 그런데 군부대신이라는 자가 쏜살같이 일본공사관으로 달려가서 사실을 이야기하고 그 반응을 국왕에게 보고했다. 이 나라가 왕권으로 움직이는 것이 아니라 대신들이 줄서고 있는 외세에 의해 움직이고 있다.

고종이 씁쓸한 마음에 눈을 지그시 내려 감자 사바틴은 그 표정을 고종이 안심하는 것으로 착각하고 다급한 목소리로 말했다.

"폐하, 제가 폐하와 중전마마께서 너무 놀라실까 봐 서두를 쉬운 말로 꺼내서 그렇지, 일본이 마련하는 대책을 들으시면 정말 놀라실 일입니다."

일본이 마련하는 대책을 들으면 놀랄 것이라는 말이 나오자 고종은 다시 눈을 번쩍 떴다. 요즈음은 외국이 나라를 대상으로 무엇을 한다면 놀랄 일뿐이다. 고종과 중전이 긴장하는 표정을 짓자 사바틴은 호흡을 가다듬었다.

"일본은 지금 중전마마를 시해하려는 음모를 꾸미고 있습니다. 그리고 원래 그 거사 일을 22일로 내정했었는데 내일부로 훈련대가 해산된다고 하자 거사 일을 내일 새벽으로 하자고 한다는 것입니다."

사바틴의 말에 고종은 호흡이 멎는 것 같았다. 차라리 중전이 침착하게 되물었다.

"지금 경이 하는 말이 근거가 확실한 겁니까?"

"예. 중전마마. 중국인인데 첩보를 전하는 자라 그 이름은 상세하게 모르고 그저 '왕 서방'이라고 불리는 자가 전해준 이야기입니다."

"이름도 모르는 이가 전해준 정보를 어찌 그리 확신할 수 있소?"

"마마. 그 자는 이미 오래전부터 저희 러시아에 일본공사관에서 일어나는 고급 정보를 팔아온 자입니다. 그런데 이번에는 돈도 요구하지 않고 제게 직접 달려와서 전해 주었습니다."

순간 중전은 지난 7월에 당시 내무대신이던 박영효가 앞장서서 자신을 시해하려던 일이 생각났다. 그때도 바로 훈련대 일로 인해서 벌어진 일이다. 하지만 지금은 그런 일을 생각할 겨를이 없다. 이 일의 진상을 알아야 한다.

"경이 내일 새벽 나를 죽이려 한다는 첩보를 입수했다고 했지요? 그렇다면 그 일은 누가 무슨 이유에서 꾸민 것이랍디까?"

"마마, 그 전에 제 이야기를 들으셔야 합니다. 이미 말씀드렸다시피 제가 왕 서방이라 말씀드린 그 청국인은 이미 오래 전부터 우리 러시아에게 정보를 팔아 온 사람입니다. 저희가 그 사람을 믿는 이유가 있습니다.

몇 년을 저희들과 거래했지만 한 번도 틀린 정보가 없었다는 것이 첫 번째 이유입니다. 두 번째로 그 사람은 절대로 같은 정보를 두 사람 이상에게 흘리지 않습니다. 그 원칙은 정보를 듣고자 하는 사람들이 같은 러시아 사람일지라도 마찬가집니다. 반드시 자신의 정보가 가장 필요한 사람을 찾아서 그 사람에게 한 번 이야기하는 것으로 끝나는 사람입니다. 그런 사람이 갑자기 저를 찾아왔습니다.

저는 시시한 정보를 두어 차례 부탁한 것이 전부라 그에게 지불했던 돈의 액수도 신통치 않습니다."

사바틴은 자신이 얻은 정보를 차근차근 이야기하기 시작했다.

왕 서방이 사바틴을 찾아왔다는 통보가 온 것은 막 점심 식사를 하려던 참이었다. 특별히 부탁해 놓은 정보도 없던 참이라 식사 후에 보자고 하려다가 그래도 손님이라는 생각이 들어서 만나러갔다.

"아니? 왕 서방이 웬일이십니까? 이렇게 저를 찾아 주시고요?"

"그냥 들렀습니다. 어쩌면 이것이 사바틴 씨를 만나는 마지막이 될 수도 있고요. 조금 이야기를 할 시간이 필요하니 혹시 하시던 일 있으면 마저 하고 나오십시오. 기다리겠습니다."

순간 사바틴은 마지막 만남이 될 수도 있다는 소리에 이 이야기가 예삿일이 아니라는 것을 직감할 수 있었다.

"아닙니다. 마침 공사관 점심시간이라 점심을 하려던 참입니다. 밥이야 조금 있다가 먹는다고 무슨 일이야 있겠습니까? 하실 말씀을 먼저 듣고 싶습니다. 말씀을 나눈 후에 점심을 같이 하시지요."

"글쎄 제 이야기를 들으면 점심을 못 먹는 수도 생기니까 식사를 하고 나오시죠."

왕 서방은 입술을 안쪽으로 물어 상대방에게는 보이지 않고, 눈 가장자리는 아래로 내려가면서 미소를 머금는 허탈한 모습을 지며 말했다. 그런 왕 서방의 모습을 보자 사바틴은 오히려 잔뜩 긴장되었다.

"아닙니다. 차라리 밥을 못 먹어도 되니 그 이야기를 듣고 싶네요."

"여우사냥."

"여우사냥이요? 그거야 겨울에 하는 거지 지금은 여름 아닙니까?"

"그러니까 밥을 못 먹는다고 하지 않았습니까?"

"여우사냥? 밥을 못 먹는다?"

순간 사바틴은 지금 이 자리에서 이야기하기가 적당하지 않다는 것을 깨달았다. 공사관 사무실 한편에 마련된 탁자에 마주앉아 차 한 잔을 하면서 할 이야기가 아니다.

"제 집무실로 자리를 옮기실까요?"

사바틴의 제의에 왕 서방은 망설이지 않았다. 사바틴의 집무실은 작지만 두 사람이 이야기하기에는 가장 좋은 분위기다. 사바틴은 다짜고짜 여우사냥이 무엇을 의미하느냐고 묻는 것보다는 우선 왕 서방의 마음을 사고 싶었다. 그래야 좀 더 자세한 이야기를 들을 수 있을 것 같았다.

"얼마나 중요한 이야기인지 몰라도 왜 하필 저를 택하신 겁니까? 저는 왕 서방이라 불리는 당신과 크게 거래를 한 적도 없는데요."

"간단합니다. 여우사냥을 막을 사람은 사바틴 씨밖에 없으니까요."

이야기를 돌려서 신임을 받고 싶어 하던 사바틴은 허를 찔렸다. 자신이 돌려서 다가가려던 이야기를 왕 서방이 먼저 해버렸다. 그뿐만이 아니다. 사바틴이 무슨 이야기를 하려는지 다 안다는 듯이 왕 서방은 말을 이어갔다.

"제 이야기가 얼마나 신뢰할 수 있는지를 아시고 싶은 겁니까? 아니면 저에게 확실한 정보를 듣기 원하시는 겁니까? 제게는 어느 것이되어도 상관없습니다. 다만 제가 할 일을 하면 되는 겁니다.

미리 말씀드리지만 이 일을 가지고 어떤 보수를 바라고 드리는 말씀은 아닙니다. 아시겠지만 저는 정보를 한 군데 이상은 절대 말 안합니다. 이미 전부터 러시아와만 거래를 했지만 러시아에도 절대 두 사람에게는 이야기를 안 했습니다.

제가 왜 하필이면 러시아냐고 묻고 싶으실 겁니다.

글쎄요? 조선을 위해서? 그럴 수 있지요.

하지만 그 이유는 크게 두 가지입니다.

첫째, 가장 큰 이유는 바로 러시아만이 조선에 관한 정보의 대가를 확실하게 지불할 것이라는 생각입니다. 청나라와 바로 이웃에 있으면서도 조선은 청나라 독식이었죠. 그러니 러시아가 얼마나 속이 탔겠습니까? 이제나 저제나 기회만 엿보고 있는데 일본이 먼저 선수를 쳤습니다. 러시아가 청나라 눈치를 살피고 있을 때 바다 건너 섬나라 왜놈들은 눈치코치 볼 것도 없이 밀고 들어왔습니다. 러시아로서는 속상하기도 했지만 어떻게든 일본의 정보를 빼내 그들이 하고자 하는 일을 사전에 방지하고 싶어 했습니다. 조선에 해가 되는 일을 하고자 하는 일본을 막아 조선 정부로부터 신임을 받고 싶었던 겁니다. 조선의 국왕과 왕비는 물론 대다수 조선의 관료들을 편으로 만들어 조선에서 일인자로 군림해 보고 싶었던 거죠. 그러니 당연히 큰 대가를 치르고라도 정보를 살 수 있는 나라라고 판단한 겁니다.

둘째는 정말 조선을 위해서였습니다. 청나라는 그 덩치만 크고 자신들을 너무 몰랐습니다. 저는 그 미래를 볼 수 있었습니다. 제가 청나라 사람이니까요. 그렇다면 그나마 균형을 맞춰 조선이 일본의 손아귀 속으로 들어가는 것을 막아 줄 나라가 어디일까요? 물론 멀리 보면 많이 있겠지요. 하지만 저는 그리 견문이 넓지도 못하고 단지 아는 곳이라고는 이 근방 몇 나라입니다. 당연히 제 눈에 들어온 것이 러시아입니다. 그래서 일본의 정보를 유독 러시아에게만 팔았던 겁니다.

제가 정보를 청나라에 주면 내 나라라고 돈을 못 받을까 봐 그러는 것으로 오해를 하는 러시아 공사관 사람들도 봤습니다. 하지만 저는 그렇게 돈에 연연하는 놈이 아닙니다. 지금까지 번 돈을 아꼈다면 죽을 때까지 먹고 살고도 남았을 겁니다.

그럼 왜 제가 조선을 위해서 러시아에 일본의 정보를 파느냐고 묻고 싶으실 겁니다. 특별한 이유는 없습니다. 제가 조선 사람이라는 것밖에는. 물론 지금 국적은 청나라지요. 하지만 이미 먼 선조부터 돌아가신 저희 아버지까지 우리는 조선 사람이라는 겁니다. 저를 흔히 왕 서방이라고 부르지만 그것은 단지 제가 청나라 사람이니까 그 나라에서 가장 흔한 성을 붙인 것이지 정말 제 성을 이야기해 본 적은 없습니다.

제 성은 묵(墨)가입니다. 본을 요동(遼東)에 둔 요동 묵가입니다. 하기야 묵가는 본이 요동밖에 없지만.

돌아가신 할아버지와 아버지께서는 늘 우리가 고구려와 대진국 발해로 이어지는 조선 사람이라고 하셨습니다. 고구려 이전에 있던 조선에서 지금의 조선으로 이어지는 조선 사람이라는 겁니다. 그래서 저는 당연히 제가 조선 사람이라고 생각합니다. 비록 청나라 백성으로 청나라 황제에게 충성을 하지만 마음은 항상 조선에 가 있던 겁니다.

그렇다고 정보 사냥꾼을 시작한 것이 조선을 위해서라는 것은 아닙니다. 기왕 이 짓을 하려면 조선을 돕겠다는 거지요. 어차피 돈 벌기 위해서 하는 짓이라면 조선에 도움도 되고 돈도 벌자는 것이 제 진심입니다."

"그럼 여우사냥이라는 것은 도대체 무엇을 말하는 겁니까?"

"잘 생각하셨습니다. 말씀 빙빙 돌려야 시간만 갑니다. 이런 이야기는 빨리 듣고 빨리 해결해야 하는 겁니다."

사바틴은 자신이 묻고 싶은 것을 먼저 다 말하면서 조선을 걱정하는 저 사람에게 단도직입적으로 묻는 것이 차라리 낫다고 생각했다. 이미 왕 서방은 사바틴의 마음을 읽고 있다.

"여우사냥은 바로 이 나라 국모이신 중전마마를 시해하려는 음모입니다."

순간 사바틴은 자신의 귀를 의심했다. 중전마마를 시해하다니 어찌 그런 일이 있을 수 있나?

"누가요? 누가 중전마마를 시해합니까?"

"일본이요. 일본공사 미우라가 주축이 되어 꾸민 작전으로 내일 새벽에 시해할 겁니다."

사바틴은 기가 막혔다. 지금 저 사람이 제 정신인가 하는 생각이 들었다. 그런 사바틴의 마음을 왕 서방은 정확히 읽고 있었다.

"지금 제가 제 정신에 하는 소린지 궁금하시죠? 그럴 겁니다. 저 역시 그 이야기를 듣는 순간 제가 제 정신에 듣는 것인지 궁금했으니까요. 그래서 제가 처음에 말씀드리지 않았습니까? 이야기를 듣고 나면 식사를 못하니 식사를 하고 나오라고."

왕 서방은 말은 그렇게 쉽게 했지만 그 역시 표정은 도저히 있을 수 없는 일을 겪는 그런 표정이었다.

"이런 황당무계한 일은 제가 정보 사냥꾼 생활을 하면서도 처음 겪는 일입니다. 하지만 들은 정보를 썩힐 수는 없지 않습니까? 한 나라의 국모가 적도들의 칼 아래 시해 당한다는 정보를 입수했습니다. 그런데 전달도 안 하고 막아보려고 노력도 안 했는데 정말 그런 일이 생기면 아마 난 죽어도 눈을 못 감을 겁니다. 설령 조선의 국모가 아니라 그 어느 나라의 국모에게 이런 일을 한다는 정보를 입수했더라도 전달해 줬을 겁니다. 설령 내가 그리도 싫어하는 일본일지라도.

하물며 조선 사람이라고 자부하는 내가 왜놈들이 자행하려는 국모의 시해를 남의 일 구경하듯 할 수는 없는 것 아닙니까?

자국민끼리 왕이나 세자 혹은 중전을 시해하려 한다면 모른 척 할 수 있는 일입니다. 그거야 자국 내의 정치적인 어떤 권력의 향배를 가늠하기 위한 짓들이겠지요. 하지만 적도들이 왜 남의 나라 국모를 시해합니까? 그것도 아버지의 나라요, 내 나라인 조선의 국모를?"

왕 서방은 그답지 않게 흥분했다. 사바틴은 그런 왕 서방의 모습이 가식이 아니라 진실이라는 것을 느낄 수 있었다.

"자세한 이야기를 해보시지요. 도대체 무엇이 어떻게 된 것인지를요."

"글쎄 나도 하도 기가 막히지를 않아서 그럽니다."

왕 서방은 목이 타는지 그동안 쳐다보지도 않던, 앞에 있는 찻잔을 들어 한 모금에 마시며 말을 이었다.

"원래 제가 일본의 정보를 가져오는 길이 있습니다. ≪한성신보≫에 근무하는 기구치라는 기자죠. 그 자에게 청나라 정보를 흘려주는 대신 얻어오는 겁니다. 청나라 정보라 봐야 이곳에 나와 있는 관료 친구에게서 들은 이야기를 전해준 것으로 어차피 알 일을 미리 알게 해준 것뿐이지요. 하지만 신문사에 근무하는 기자가 공관보다 먼저 정보를 알 수 있다는 것이 중요했겠지요. 그 정보를 신문에 쓸 것은 특종으로 쓸 수 있으니까요.

그런데 오늘 점심에 그 자와 점심을 같이 하기로 되어 있어서 약속 장소에 나갔습니다."

어처구니없는 표정으로 말하는 왕 서방의 이야기는 참으로 황당무계했다.

기구치는 기자라서 그런지 평소에 시간을 정확히 지키는 자다. 그런데 오늘은 한참이나 늦게 나타났다. 그리고는 평소답지 않게 앉자마자 서둘러 댔다.

"빨리 본론을 이야기하고 자리를 떠야 합니다. 중요한 일이 있거든요."

평소에는 느긋하게 면담하는 식으로 이것저것을 이야기하며 꼼꼼히 적는 기자들의 습성을 잘 지키는 사람이다. 그래야 정보를 한 가지라도 더 얻을 수 있다. 그런데 오늘은 엄청 서둘렀다. 바로 가봐야 한다면서 안절부절 못했다. 순간 왕 서방의 동물적인 감각에 무슨 큰일이 있다는 생각이 들었다. 살며시 물어 보았지만 중요한 일이라고만 할 뿐 말을 안 했다. 왕 서방은 잔꾀를 부리기로 했다. 나름대로 청나라의 큰 기밀이 있으니 정보를 바꾸자고 했다. 사실 청나라가 청일전쟁에서 지고 난 후로 큰 정보가 없었다. 그랬던 차라 그런지 기구치는 귀가 솔깃해져가지고는 입을 열었다.

"저와 같은 길을 가고 있는 왕 서방이니까 말하는 겁니다. 절대 어디 가서 말씀 하시면 안 됩니다. 이 말을 잘못 하면 나는 물론 왕 서방의 목숨도 보장을 할 수 없을 겁니다. 원래 22일 거사를 치르기로 했었는데 내일 훈련대를 해산한다고 해서 내일로 거사를 당긴다는 것입니다. 물론 이 일을 주도하는 사람은 겉으로는 한성신보 사장인 아다치 상이 지휘하고 있지만 실제는 전임공사 이노우에와 미우라 공사는 물론 일본 내각이 전폭적으로 지원하고 있습니다. 조선의 왕비를 살려 놓고는 우리 일본이 조선을 마음대로 할 수 없거든요. 물론 겉으로 드러나는 것은 대원군이 거사를 꾸미고 우리 일본이 도와주는 형식을 취할 겁니다. 이미 오카모도 상도 돌아오고 있습니다."

기구치는 일본이 조선의 중전을 시해할 것임을 자랑스럽게 이야기했다. 왕 서방은 내심 아연실색했다. 하지만 그런 내색을 할 수 없는 경우라 그저 고개만 끄덕였다.

"그런 일이 성공할 수 있겠습니까? 아무리 조선의 훈련대가 교관도 일본 사람이고 친일적인 군대라지만 자신들의 국모를 시해하는데 동조를 하겠습니까?"

"그런 게 아닙니다. 훈련대는 단순히 궁궐에 진입하는 데 필요한 것이고 나머지는 우리 일본 낭인들이 알아서 할 겁니다. 이미 겐요샤 비밀 첩보요원들도 30여 명이 들어와 합세를 했습니다. 물론 그들만으로는 왕비의 얼굴을 모르니 얼굴을 알아 볼 만한 사람들도 최대한 투입하기 위해서 노력할 겁니다. 물론 왕비의 얼굴을 정확히 아는 사람을 우리 일본 사람 중에서 구한다는 것이 쉬운 일은 아니겠지요. 하지만 초상화 등을 통해서 이미 최대한 왕비의 얼굴을 숙지했습니다.

성공을 확신할 수 있어요. 훈련대 해산이 오늘 새벽 두 시에 결정되었다는데 9시가 되자마자 군부대신 안경수가 달려와서 알려주더니 이어 우범선이도 달려왔답니다. 이미 조선 조정의 상당수 사람들이 우리 일본편입니다. 조선은 독자적으로 설 힘이 없어요. 사실은 전임 이노우에 공사와 박영효가 이미 왕비를 제거하려고 했었습니다. 그때는 준비가 소홀해서 불발에 그쳤지만 이번에는 준비를 철저히 했으니 성공합니다. 이노우에 공사가 임기가 끝났음에도 불구하고 왜 20여 일을 더 머물렀겠습니까? 이 모든 것이 전부터 계획되고 있던 일입니다."

기구치는 처음에는 말을 아끼더니 이제는 아주 드러내 놓고 성공을 장담하면서 이야기했다. 왕 서방은 벌떡 일어나 한 대 후려패주고 싶었다. 뻔뻔하게 이야기하는 저 입을 그대로 틀어 막아버리고 싶었다. 하지만 참아야 한다. 자신이 여기서 흥분하는 날에는 정말 왕비는 돌아오지 못할 길로 영영 떠나고 말 것이다.

왕 서방은 어서 이 자리를 떠나 대책을 세워야 한다는 생각에 계산된 거짓 정보를 주기로 했다.

"청나라가 대 반격을 준비하고 있소이다. 그 시기나 방법은 아직 최종안으로 나오지 않았지만 이미 상당부분 진척되어 가고 있다는 정보요. 그리고 그 앞에는 조선의 왕비가 설 것이라고 하더이다. 이번 일은 청나라가 앞장을 서고 러시아가 뒤에서 밀어주는 합작이라니 전처럼 쉽지는 않을 것입니다. 좀 더 자세한 정보가 입수되면 또 연락을 넣을 것이니 오늘은 이만 헤어집시다. 기구치 기자가 그런 중대한 일을 목전에 두고 있으니 점심은 이번 일이 끝나고 난 후에 먹기로 합시다."

왕 서방은 기구치 핑계를 대며 자리를 떴지만 실은 자신의 마음이 더 급했다. 무슨 대책이 있는 것도 아니다. 그렇다고 가만히 있을 수도 없다. 그래도 이 바닥 생활을 하다 보니 지금 국왕이나 왕비가 누구와 가깝다는 것 정도는 안다. 하지만 이번에는 일이 일이니만큼 아무에게나 섣불리 이야기할 수도 없는 노릇이다.

처음에는 알렌을 생각해 보았다. 하지만 그 미국인이 자신의 말을 믿어 줄 것 같지 않다. 그는 왕 서방의 존재도 모르지 않는가? 그렇다면 어찌해야 하는가? 일단은 자신의 존재도 알고 국왕이나 왕비와 말도 통하는 사람을 찾아야 한다. 그렇다면 지금 왕비가 한참 신임하고 있는 러시아 사람 중 하나가 옳다. 거기까지 생각을 좁히자 사바틴이 떠올랐다.

그렇다. 그 사람이라면 되겠다. 사바틴은 자신의 존재도 안다. 또 왕실 경호원으로 초빙된 사람이다. 그가 가장 적임자다.

"그래서 이렇게 찾아온 것입니다. 이제 나는 정보를 전해 주었습니다. 지금부터 왕비를 살리고 못 살리고는 당신 몫입니다. 내 말을 믿든 안 믿든 그것도 당신 몫이고요. 하지만 이미 박영효를 통해서 한 번 일어났던 일이라니까 충분히 그럴 수 있을 겁니다. 당신도 일본 사람들 경험해 봐서 알겠지만 그들은 자신이 나쁜 짓을 하는 것을 알면서도 한 번 하기로 마음먹으면 반드시 하지 않습니까. 설령 이번에도 실패한다면 다음에 또 일을 벌일 겁니다. 자기들 말로는 성공을 자신했지만 제발 그런 일은 없어야겠지요."

"말씀을 듣고 보니 사실인 것 같습니다. 두어 달 전에 박영효가 왕비를 시해하려는 음모가 적발된 적이 있었지요. 그것이 이노우에 전임 공사와 밀약에 의해 일어난 일이라는 것이 충분히 설득력이 있습니다. 그때 왕실 수비병을 상감의 허락도 없이 자기 마음대로 친일 군대인 훈련대로 바꾸는 바람에 생긴 일 아닙니까?

그런데 문제는 선생님 말씀처럼 이번에 실패를 하면 언젠가 또 일을 꾸밀 것이라는 점이 마음에 걸리는 군요. 도대체 이 일을 어찌해야 하는지? 제가 궁으로 들어가서 상감마마와 중전마마를 알현하고 대책을 세워야겠습니다. 그 전에 선생님 존함이 묵 무엇인지요?"

"그냥 요동 묵가라고만 알아 두십시오. 어차피 조선을 떠날 겁니다. 제가 이 일을 발설하고 거짓 정보를 준 것 때문에 목숨을 잃을까 봐 두려워서 떠나는 것은 아닙니다. 제가 조선에서 할 일은 다한 것 같은 생각이 들어서 떠나는 것뿐입니다. 하늘이 내게 이런 일을 할 수 있는 기회를 주시려고 정보사냥꾼을 하게 하셨다는 생각도 드네요. 태어나서 제대로 생긴 일 처음 해본 것 같습니다. 이젠 더 이상 미련도 없고요. 조금 모아놓은 돈 가지고 적당한 곳에 가서 살 생각입니다. 어린 시절 부모 밑에서 생활하다가 부모님 두 분이 돌아가시고 난 후로는 이 나이 먹도록 정착이라고는 해보지 않던 놈이지만 이제 자리를 잡아야겠지요. 임자 없는 몸이라고 임자 없는 이 여자 저 여자 품고 동 가숙 서 가식 하던 생활도 이젠 지겹군요. 더 자세한 이야기를 하고 싶어도 시간이 없으실 것 같아 이만 떠납니다. 언젠가 인연이 되면 다시 만날 수 있겠지요."

왕 서방은 서둘러 대책을 마련해 달라는 말을 남기고 끝내 이름도 밝히지 않은 채 떠나갔다.

중전을 만들어라

:

　사바틴의 말이 끝나자 고종도 중전도 두어 달 전 박영효가 벌인 일을 생각했다. 자기 마음대로 궁궐 수비병을 자신의 직할대인 훈련대로 바꿨다. 국왕의 친위대를 자신의 직계로 바꾼 것이다. 고종이 노한 것은 두말할 필요도 없다. 비록 갑오경장 때 신식 군대인 훈련대로 궁궐수비를 맡긴다고 했지만 그것은 일본의 강압에 의한 것이다. 그것은 무효라고 했다. 고종의 이 말은 일본에 정면 도전하는 것으로 받아들여졌다. 그리고 그것은 고종 자신의 생각이기도 하지만 중전이 주도하고 있다는 것을 누구라도 알고도 남는 일이다. 이미 고종과 중전은 러시아에 바짝 다가서 있었다.

　그 일을 겪은 이노우에는 중전을 제거하지 않고는 일본이 조선을 손아귀에 넣을 수 없다는 결론을 내렸다. 고종보다 중전이 더 당차고 강단이 세다. 그녀를 제거해야만 일본이 조선을 강점할 수 있는 길을 열 수 있다. 이노우에는 마침 국왕의 진노를 받아 마음이 한참 틀어져 있는 박영효를 적당히 이용하기로 한다. 박영효 휘하에는 훈련대가 있으니 중전을 제거하는 것 정도는 식은 죽 먹기보다 쉬울 것 같았다. 하지만 하늘은 그런 못 된 음모를 좌시하지 않았다. 우연한 기회에 사사키라는 일본 낭인이 한재익에게 실수로 그 말을 흘렸고 그 소식이 특진관 심상훈에게 전달되어 상감에게 고해졌다.

상감과 중전은 치를 떨며 박영효를 체포하도록 했다. 하지만 체포령이 내린 소식을 먼저 입수한 박영효는 일본공사관으로 피해 있다가 일본으로 망명하고 만다. 중전을 시해하려는 음모는 막았지만 박영효는 놓쳤다. 불씨를 살려 놓고 만 것이다. 하지만 박영효가 실각함으로써 일본은 그만큼 힘을 잃었다. 박영효의 실각은 친일 내각의 실각을 의미한다. 그러니 일본으로서는 당연히 다시 무언가 획책할 것이 틀림없다. 그런데 지금 사바틴이 그 음모를 낱낱이 알아 왔다.

고종도 중전도 일본이라면 충분히 그러고도 남을 위인들이라고 생각했다. 하지만 고종은 이 일이 제발 사실이 아니기를 바랐다.

"정녕 그대의 말이 사실이렷다?"

"상감마마, 어느 안전이라고 거짓을 고해 올리겠나이까? 그리고 설령 그 묵가라는 자와 기구치라는 일본 기자가 헛소리를 지껄인 것이라 할지라도 대책은 세워두시는 것이 낫다는 생각입니다. 만일의 경우를 모르지 않습니까? 더욱이 오늘 군부대신 안경수가 일본공사관을 다녀왔고 우범선까지 다녀온 것이 사실이라면 이미 그것을 알고 있는 이 정보는 확실한 것입니다. 결코 거짓은 아닌 것 같습니다."

"마마, 지금 사바틴 경호원의 말이 맞는 듯싶습니다. 만일 날조된 것이라면 어떻게 오늘 두 사람이 공사관에 다녀온 것까지 낱낱이 알 수 있겠습니까? 게다가 이미 이노우에가 박영효를 시켜서 소첩을 제거하려던 음모까지 알고 있지 않습니까? 말을 듣고 보니 그때 실패한 일본이 그냥 멈추지 않고 다른 방도를 찾고 있다는 생각입니다. 대책을 마련하는 것이 옳을 것 같습니다."

"물론 대비는 해야지요. 하지만 너무 어처구니가 없기에 하는 소리입니다. 남의 나라 땅에서 남의 나라 궁궐에 난입해 중전을 시해하려한다는 것이 말이 됩니까? 더더욱 아버님을 앞세워 모든 것을 아버님에게 덮어씌우려 한다지 않습니까?"

"말이 안 되는 소리를 어디 한두 번 겪습니까? 나라가 힘이 없다 보니 하루에도 몇 번씩 말도 안 되는 경우를 겪고 있지 않습니까? 이번에도 그런 경우 중 하나라고 생각하세요. 만일 제가 죽어서 다시는 일본이나 외세가 이 나라 안에서 득실거리지 않는다면 저 하나 죽어도 그만입니다. 하지만 지금 저를 죽이려고 하는 목적이 자신들의 세력을 더 키워 이 나라를 송두리째 삼키겠다는 것 아닙니까? 하니 대책을 세워야 합니다. 저 역시 대원군께서 일본과 손을 잡고 소첩을 시해하시리라고는 절대 생각하지 않습니다. 임오년처럼 우리나라 군대라면 모를까? 하지만 상대가 일본입니다. 아버님께서는 절대 일본과 손을 잡으실 분은 아닙니다. 그렇지만 이미 일본이 아버님이 전면에 나선 것으로 소문을 내고자 계획을 세웠다면 그들은 그리할 것입니다. 오히려 잘된 일일 수도 있습니다. 그 정보를 준 요동 묵가라는 백성이 많은 것을 남겨주었습니다."

"많은 것을 남겨주다니요?"

"일본은 이번에 실패를 하면 또 다른 방법으로 소첩을 제거하려 할 것이라고 했다지 않습니까? 그것은 저에게 일단은 죽으라는 말처럼 들립니다."

"일단은 죽으라니요?"

"일본 사람들이 내일 난동에서 성공한 것처럼 보이라는 말 아니겠습니까? 그리고 거짓 정보를 흘린 것은 청나라가 소첩을 앞세워 재기를 시도한다는 것입니다. 소첩에게 청나라로는 피하지 말라는 소리입니다. 뒤에서 러시아가 지원한다는 소리는 소첩에게 러시아 쪽 어디로 가라는 이야깁니다. 하지만 러시아가 지원을 한다고 했으니 러시아도 심장부로 가서는 안 됩니다. 그 백성이 일부러 제가 청나라로 간 것처럼 꾸미기 위해서 그런 이야기를 만들어 낸 것 같습니다."

"중전, 지금 무슨 말씀을 하는 거요?"

"내일 새벽 일본이 벌이는 거사에 제 대신 저라고 착각할 수 있는 사람이 죽게 함으로써 일본은 거사를 성공한 것처럼 보이게 하라는 말입니다. 그런 다음 청나라나 러시아 심장부가 아닌 러시아 근처로 피신을 해서 훗날을 도모하라는 말 같습니다."

중전이 다시 한 번 설명을 하자 고종은 고개를 끄덕였다.

"그렇다면 어디를 이야기하는 거란 말이오?"

"글쎄요. 제 생각으로는 러시아 쪽 연해주 어디를 뜻하는 것 같습니다. 거기는 우리 땅이면서도 사람들이 별로 많이 살지 않습니다. 그리고 지금 반도 내에서 살기 힘든 백성들이 그리로 가서 개간을 한다고 들었습니다. 그러니 일본으로서는 제가 그곳으로 피신했을 것이라고는 꿈에도 생각하지 못할 것이라는 이야기 같습니다. 거기로 가면 아무도 찾을 수 없을 거라는 말이겠지요. 또 그곳에는 뱃길이 닿으니 조선과 내통하기도 쉽고요."

"연해주?"

"그렇습니다. 소첩이 생각해도 거기로 가는 것이 폐하와 연락도 쉽고 안전할 것 같습니다. 이제 누구를 소첩대신 세우느냐 하는 문제가 남았습니다."

"연해주 어디로 간다는 말씀입니까?"

"확인해 볼 문제지만, 소첩이 입궁할 때 고향 여주에서 천거 받아 데리고 들어온 옥분이라는 궁녀가 있습니다. 그 아이의 오라비가 연해주로 이주했다고 합니다. 일단은 누구를 제 대신 세울 것인가를 정하고 알아 볼 일입니다.

오카모도가 다시 돌아온다는 것은 지난 번 공덕동으로 아버님을 찾아가서 귀국 인사를 한 것이 위장된 것이라는 소리입니다. 그만큼 치밀하게 준비된 것이고요. 아마 그 자는 궁내부 정치고문으로 아버님과도 친밀하지만 제 얼굴을 알아 볼 수도 있는 자입니다. 그래서 그런 자들이 투입되는 것이고요.

그런 이들의 눈까지 속이려면 가장 적임자가 홍 상궁이라는 생각입니다. 홍 상궁은 얼굴은 물론 몸매도 저를 빼어 닮은데다가 저처럼 옅은 마마자국이 얼굴에 있습니다. 제 얼굴을 자세히 모르는 저들은 아마 그 마마자국으로 홍 상궁이 저라고 단정 지을 것입니다. 한 가지 저보다 나이가 십여 세 어리다는 것이 흠이기는 합니다.

하지만 그것보다 더 큰 문제는 어떻게 홍 상궁 보고 제 대신 죽어 달라고 할 수 있겠습니까? 사람의 목숨은 모두가 귀한 것인데 제가 살겠다고 남더러 대신 죽으라는 말을 어떻게 할 수 있겠습니까?"

중전은 정말 자신이 할 짓이 아니라는 생각이 들었다. 빤히 보이는 죽음을 대신 죽으라는 말은 너무 비참한 일이다. 물론 명령을 하면 듣기는 들을 것이다. 홍 상궁은 유독 중전을 따랐고 중전 역시 자신을 닮은 그녀를 아주 가깝게 대해 주었다. 그러나 차마 대신 죽으라는 말은 할 수 없을 것 같았다.

"반드시 죽는다는 보장은 없지를 않소. 그러니 일단은 홍 상궁을 불러 상황을 설명하고 이야기를 들어 봅시다. 시간이 없는데 이렇게 앉아서 당하고만 있을 수는 없는 일 아니오?"

고종은 홍 상궁 이야기를 듣자 자신도 그녀가 중전을 많이 닮았다고 생각해 온 터라 될 수 있다고 생각했다. 하지만 중전 말대로 대신 죽으라는 이야기는 너무 잔인하다. 그것도 죽을 시각을 미리 알려주고 죽을 준비를 하고 있으라고 해야 한다. 오늘 저녁부터 내일 새벽까지 그녀는 살아도 산목숨이 아니다. 곧 닥쳐올 죽음을 알고 몇 시간을 사는 그녀의 기분은 말로 표현할 수 없을 것이다.

홍 상궁이 들어서자 차마 말을 못 꺼내던 중전이 아주 어렵게 입을 열었다.

"홍 상궁. 만일 그대가 이 중전을 대신해서 죽을 일이 생긴다면 그리할 수 있겠나?"

중전은 다짜고짜 본론을 이야기했다. 이런 이야기는 말을 돌리다 보면 자칫 마음이 여려져서 못하는 경우가 종종 있다. 중전이 첫마디에 죽음을 이야기하자 홍 상궁은 내심 조금은 놀라는 것 같았다. 하지만 전혀 티를 내지 않고 거침없이 대답했다.

"마마. 소인 궁에 들어오는 순간 이미 마마에게 모든 것을 바친 몸입니다. 죽음인들 두려워 할 이유가 있겠사옵니까? 더욱이 마마를 대신해서 죽을 수 있다면 차라리 영광이옵니다. 마마께서는 국모이십니다. 자식이 부모를 대신해서 죽고 부모의 목숨을 살릴 수 있다면 그 얼마나 큰 영광이옵니까? 하물며 국모이신 마마를 대신해서 제 한 몸 죽어 마마의 안녕을 도모할 수 있다면 그것은 바로 나라의 안녕을 도모하는 것도 되는 것이니 얼마나 큰 영광이겠습니까?"

그 대답을 듣는 중전의 눈에 이슬이 맺혔다.

"말이라도 고맙구나. 그렇게 착한 너를 내 대신 죽게 할 수 있겠느냐? 부모가 자식에게 죽음을 명해야 한다니 이 얼마나 슬프고 안타까운 일이냐? 하지만 이 일은 그 방법밖에 없으니 이 일을 어찌하면 좋다는 말이냐?"

"중전마마. 무슨 일인지는 모르겠사오나 하명만 내려주시옵소서. 소녀 마마의 명이라면 무엇이든 들을 각오가 되어 있사옵니다."

"그래? 고맙구나 하지만…"

중전은 말을 끝내지 못하고 급기야 볼을 타고 이슬방울이 흘러내렸다. 비록 고개를 숙이고 있지만 홍 상궁은 그런 중전의 모습을 본 것만 같았다. 그래서 용기를 내서 자신의 입장을 확고히 밝혔다.

"마마, 이렇게 소인을 부르셔서 갑자기 그런 말씀을 하시는 것을 보면 화급한 일인 것 같습니다. 하오니 다른 걱정은 마시고 분부만 내리십시오. 소인이 무엇을 어찌해야 하는 것이옵니까?"

홍 상궁의 진심에서 우러나오는 충정 가득한 채근이 중전에게 용기를 주었다.

"사실은 내일 새벽 일본 낭인들이 훈련대를 앞세워 궁궐로 난입해서 나를 죽이려고 한다는구나. 다행인지는 모르겠지만 내가 아직 죽을 때가 되지를 않아서인지 미리 그 정보를 알려 주는 자가 있었다. 그리고 내게 대책을 강구하라는데 이 방법밖에는 더 이상 좋은 수가 없단다. 만일 내가 단순히 피하고 나타나지 않는다면 저들은 무슨 수를 써서라도 나를 찾으려고 할 것이다. 그렇게 되면 더 많은 희생이 따를 수도 있다. 게다가 나를 숨기고 내놓지 않는다고 폐하와 세자저하께도 해를 가할 수도 있는 일이다. 내가 죽든가 아니면 누군가 내 대신 죽어 내가 죽은 것으로 결론이 나야 해결될 일이다. 물론 그들은 우리가 이렇게 미리 정보를 입수한 것은 모르겠지. 우리가 사전 준비 없이 현장에서 대처를 한다고 생각하는 그들은 나와 비슷한 용모를 가진 궁녀 중에서 두셋을 더 희생시킬 수도 있다. 어찌되었든 단순히 내가 피해서 될 일은 아니다. 죽는 것이 가장 희생을 적게 하는 방법이 될 것이기에 이리 어려운 소리를 네게 하는구나."

그 말을 하는 동안 중전은 물론 홍 상궁 역시 지난 번 경복궁에 난입했던 일본군을 떠 올렸다. 한밤중에 난입해서 왕의 침전 바로 앞까지 무례하게 들어온 자들이다. 그런 자들이 왕비를 시해하기로 마음먹었다면 뜻을 이루기 위해서 가릴 것이 없다. 만일 왕비가 단순히 피하고 나타나지 않는다면 어떤 끔찍한 일이 벌어질지 모르는 일이다. 고종은 물론 세자에게까지 어떤 위협을 가하고 해를 끼칠지 짐작할 수 없다.

"마마. 알겠사옵니다. 더욱이 그런 일이라면 소인 당연히 목숨을 내놓겠습니다. 다만 어찌해야 하는지 그 방법을 일러주십시오."

"글쎄다. 그것은 지금부터 우리가 같이 생각할 일이겠지. 하지만 확실한 것 하나는 네가 중전이 되어야 한다는 것이다."

중전은 이미 어느 정도 구상은 해놓았다. 하지만 그것만으로 이 궁 안의 모든 이들을 속일 수는 없다. 물론 대부분의 사람들은 나라를 위한 일이라는 것을 알기만 한다면 반드시 함구하고 협조할 것이다. 하지만 이런 일을 드러내 놓고 벌일 수 없다. 지금 이런 정보가 사전에 입수 되었다는 것만 드러나도 그 파장을 짐작하기 힘들다. 무엇보다 중요한 것이 첫째도 둘째도 보안이다. 그런데 사람들에게 드러내 놓고 협조를 요청할 수는 없다. 단지 몇몇만 알아도 안 된다. 솔직히 말해 요즈음은 누구를 믿어야 할지 그 기준도 서지를 않는다.

"네가 중전이 되고 내가 홍 상궁이 되어야 하는데 우리를 잘 모르는 사람들은 속을 것이다. 왜놈들 정도야 얼마든지 속일 수 있겠지. 하지만 이 궁궐 안에서 우리와 자주 마주치던 사람들은 비록 우리가 옷을 바꿔 입고 서로를 구분 못하게 잘 꾸민다 해도 알아 볼 수도 있다. 다만 한 가지 다행이라면 다행인 것은 그 시각이 밤이라는 거다. 그리고 왜놈들이 난입하고 나면 정신들이 하나도 없을 것이고. 하기야 전기가 들어온 이후로는 밤에도 밝기는 하다만 그래도…."

말끝을 흐리던 중전에게 갑자기 떠오르는 생각이 있었다.

"민영준 대감의 궁내부 대신 임명 축하연이 오늘 열린다고 하지를 않았던가?"

중전은 서둘러 수직 상궁을 불러 사실을 확인했다. 오늘 저녁 열리는 것이 맞다.

"되었다. 바로 그거다. 너에게는 미안한 말이지만 방법이 생기는구나."

"중전마마. 미안하다는 말씀은 거두시고 하명만 내려주시옵소서.

이미 각오한 몸입니다."

"그래. 이리 된 것을 자꾸 미안하다고 한들 무슨 소용이 있겠느냐? 공연히 공치사 하는 것 같아서 더 미안할 뿐이지.

다행히 오늘 저녁에 민영준 대감의 궁내부 대신 임명 축하연이 열린다니 내 그곳에 잠시 참석할 것이다. 낮 동안 이곳에서 되도록 많은 곳을 오가면서 내가 궁 안에 있다는 것을 보여 줄 것이야. 그리고 저녁 늦게 축하연이 열리는 곳을 방문하고 난다면 누구라도 내가 궁 안에 있다고 믿겠지.

그리고 난 후 너와 내가 의관을 바꿔 입고 나는 홍 상궁이 되어 궁을 빠져 나가고 너는 중전이 되는 거다."

중전은 막상 그렇게 설명조로 이야기를 해놓고는 정말 미안해서 고개를 떨어뜨렸다.

잠시 침묵 가운데 시간이 흘렀다.

중전이 다시 고개를 들었을 때는 그녀의 눈에는 이슬방울이 남아 있었다. 고개를 숙이고 눈물을 감춘 것이다. 고개를 든 중전은 홍 상궁 곁으로 다가가서 두 손을 포개 잡고 정말 애가 끓는 소리로 물었다.

"정말 괜찮겠느냐?"

중전의 눈에 이슬이 맺히며 애가 끓는 소리로 묻자 홍 상궁도 북받치는 울음을 참지 못해 터트리고 말았다.

"마마…."

홍 상궁은 차마 큰 소리로 울지 못하고 울음을 삼키느라 애를 썼다. 그저 '마마'라고 부르면서 흐느낄 뿐이지만 눈에서는 강물처럼 흐르는 눈물을 억제하지 못했다. 그런 홍 상궁을 부둥켜안은 중전의 눈에서도 폭포수처럼 눈물이 흘러내리고 있다. 그 누구도 국모의 눈에서 이렇게 눈물이 흐르리라고는 꿈에도 생각하지 못하던 일이다.

누구를 위한 죽음인가?

도대체 내 나라 안에서, 그것도 내 나라 대궐 안에서 일어나는 일을 대군주폐하라 불리는 내나라 국왕도 마음대로 못하는 이 현실을 누구를 탓할 것인가?

내 나라 대궐 안에서 국모를 살해할 것이라는 음모를 입수하고도 그 대책을 세울 수 없어서 대신 죽을 희생양을 만드는 이 현실 앞에서 누구를 탓할 것인가?

탓할 사람은 없다. 오로지 자신을 탓할 뿐이다. 이제까지 오백 년 역사의 종묘사직이라고 자랑처럼 이야기했지만 그 종묘사직을 지키기 위해서 무슨 노력을 해왔던가? 노력을 하기는커녕 서로 잘났다고 당파싸움만 하면서 자신의 잇속 차리기에 시간을 모두 버렸다. 어쩌면 당연한 귀결일지도 모르는 일이다. 하지만 여기서 멈추기에는 너무나도 억울하다. 단순히 억울한 것으로 끝날 일이 아니다. 반드시 훗날을 도모할 것이다. 그래서 자신 대신 죽을 사람을 정하고 이렇게 눈물을 흘리는 것 아닌가?

홍 상궁의 흐느낌이 잦아들면서 눈에서 흐르던 눈물도 더 이상 흐를 것이 없는지 멎기 시작했다. 중전의 눈에서도 눈물이 멎으면서 홍 상궁을 부둥켜안았던 손이 풀리기 시작했다.

"송구하옵니다. 마마. 소인 정말 못 보여드릴 꼴을 보여드린 것 같아 드릴 말씀이 없사옵니다. 소인 어찌해야 하는지 알 것 같사옵니다. 비록 미천한 저이오나 마마의 안녕을 위해서 최선을 다할 것이니 너무 심려하지는 마시옵소서."

"그래. 고맙다. 네 죽음이 헛되지 않게 내가 반드시 몇 배로 갚아주마. 내가 살아서 못 갚으면 죽어서라도 반드시 갚고 말 것이다."

중전은 비장한 각오를 보여주듯이 홍 상궁의 두 손을 다시 한 번 힘주어 포개 잡았다.

중전과 홍 상궁이 함께 고종의 처소로 들었을 때는 그녀의 기별을 받은 세자가 이미 와 있었다.

"상감마마, 그리고 세자저하는 지금부터 제 말씀을 잘 듣고 그리하셔야 합니다."

중전은 홍 상궁과 자신이 세운 계획을 먼저 이야기했다.

"일단 큰 계획은 그렇습니다. 하지만 폐하와 세자저하께서 만일 빈틈을 보이신다면 실패는 불 보듯 빤한 것입니다. 특히 세자께서는 어느 상황이 되어도 저녁부터는 홍 상궁을 어마마마라고 부르셔야 합니다. 하실 수 있겠습니까?"

"어마마마를 위해서 목숨까지 내놓는 홍 상궁인데 제가 못 부를 이유가 있겠습니까? 더한 호칭이라도 원하신다면 불러드릴 수 있습니다."

"고맙습니다. 그리고 폐하께서도 아시겠지요. 되도록 많은 사람이 세 사람이 함께 있는 것을 늦은 시간까지 볼 수 있게 하셔야 합니다."

"걱정 마시오. 내가 중전과 세자와 함께 늦게까지 있었던 것으로 할 수 있소. 다만 중전의 안위가 걱정일 뿐이오."

"더 이상 제 걱정은 아니 하셔도 됩니다. 다만 민영준 대감의 취임 축하식에 제가 들렸다가 우리 두 사람이 옷을 바꿔 입고 오는 시각부터는 민첩해야 하옵니다. 폐하께서 명을 내리셔서 홍 상궁이 러시아 공사관에 다녀와야 하고 제가 홍 상궁이니 제가 나가는 겁니다. 저는 상궁이 되었으니 저를 수행하는 궁녀는 옥분이 하나뿐입니다. 그리고 그때부터 폐하와 세자저하께서는 여기 홍 상궁을 중전이라 부르셔야 합니다.

참, 지난 번 임오년에 제가 대궐을 빠져나간 후로는 이제 밤에도 상궁이나 궁녀들이 밖으로 나갈 때 가마를 타면 가끔 무작위로 검문을 한다고 합니다. 폐하께서 미리 홍계훈대장에게 홍 상궁을 러시아 공사관에 심부름시킬 일이 있다고 귀띔을 해두시는 것이 좋을 듯싶습니다. 그리고 오늘 정말로 제가 가지고 갈 폐하의 친필을 수고스러우시지만 한 부 더 작성하여 여기 홍 상궁이 지니게 해주십시오. 홍 상궁이 폐하의 친필 친서를 지니고 있으면 아무도 홍 상궁과 제가 역할을 바꾼 것을 의심하지 않을 것입니다.

"걱정 마시오. 그까짓 일을 어찌 수고라고까지 할 수 있겠소. 다만 그렇게까지 해서 홍 상궁에게 죽음에 이르게 하는 것이 짐의 마음을 무겁게 할 뿐이오."

고종 역시 자신이 차마 시키지 못할 일을 시킨다는 것을 알고 있기에 착잡한 표정을 지었다. 그렇게 착잡해 하는 고종과 중전을 보던 홍 상궁이 어렵게 입을 열었다.

"상감마마, 그리고 중전마마. 소인 비록 일개 궁녀의 신분에 지나지 않사오나 일찍이 많은 충신열사들은 이 나라를 위해 목숨을 바쳐 왔습니다. 더더욱 난세에는 자신이 모시는 군주를 위해서 변복을 하거나 아니면 다른 방법으로도 많은 이들이 대신 목숨을 바쳤습니다. 하온데 소인 비록 여자의 몸이지만 제가 모시는 대군주폐하와 중전마마를 위해서 목숨을 바칠 수 있다는 것이 정말 참으로 영광일 뿐입니다. 그리고 낮말은 새가 듣고 밤 말은 쥐가 듣는다는 속담이 있사옵니다. 행여 다른 이들이 들을까 걱정이 되오니 기왕 결정 난 일은 더 이상 말씀을 거두옵고 실행하는 일만 남았다는 생각이옵니다."

"알았다. 네 그 충절은 영원히 기억될 것이다."

고종도 중전도 심지어 세자까지 홍 상궁의 충성심에 감탄하고는 더이상 말을 못했다.

경복궁에서 민영준의 궁내부 대신 임명 축하연이 열리고 있다. 민영준이 누구인가?

민씨 척족의 중심인물이다. 비록 중전과 상대적으로 촌수는 먼 조카뻘이지만 민씨 세력의 수령 역할을 톡톡히 하는 자다. 갑오경장 때 민씨 일가가 실각하면서 같이 실각한 것은 물론 탐관오리로 논죄되어 전라도 신안 임자도로 유배까지 되었던 인물이다. 그러나 거기에서 빠져나와 청나라로 도망갔다가 금년 대사령으로 귀국한 사람이다. 그가 궁내부 대신이 되었으니 이것은 갑오경장으로 인해서 붕괴된 민씨 정권이 다시 전면에 부각되는 것을 상징하는 일이다.

미리 계획되었던 일은 아니지만 이런 행사에 중전이 참여하는 것이 조금도 이상할 것이 없다. 그녀가 이 행사에 참여함으로써 확실하게 궁궐 내에 머물고 있음을 보여줄 수 있는 더 없이 좋은 행사다.

중전은 자신 휘하의 궁녀 중 가장 믿을 만한 사람을 골라 행사의 진행과정을 알아오게 한 후 가장 적당한 시기를 고르고 있었다. 민영준의 인사가 끝나고 연회가 무르익고 있다는 전갈이 왔다. 중전은 연회장으로 향했다.

"중전마마 납시오."

수직 상궁의 중전이 나온다는 통보에 연회에 참석했던 사람들은 모두 매무새를 고치며 일제히 고개를 숙여 중전을 맞았다.

"고개를 드시오. 오늘 같이 기쁜 날 경들이 그리 어색해 한다면 내가 이 자리에 온 것이 오히려 부담이 될 뿐이오. 나는 그저 잠시 들려서 축하의 뜻을 전하고자 하는 것이 목적이오. 오래 머물지는 않을 것이오. 단, 이 자리가 우리 조선의 앞날에 크게 기여하는 자리가 되어 주기를 부탁하고자 잠시 들린 것뿐이오. 오늘 궁내부 대신으로 임명되신 우리 민영준 대감은 물론 이 자리에 참석하신 대소 신료들께서 반드시 건국 초기의 조선의 힘을 되찾아 강인한 조선을 만드는데 일조해 주실 것을 믿고 이만 돌아갑니다."

중전은 잠시 시간을 할애하고는 바로 자리를 떠났다. 이런 자리에 국왕도 오지 않고 중전이 혼자서 참석을 한다는 것도 파격적인 일이다. 하지만 그 자리에 있던 모든 사람들은 유배까지 되었던 민영준이 정계에 복귀하는 자리니 민씨 가문을 대표해서 참석한 것이라고 여기고 오히려 더 신이 났다.

지금 나라 안에서는 중전이 최고 권력자라는 표현이 옳다. 그런데 중전이 친히 납시어 민영준의 정계복귀를 축하해 줬다. 이제 그의 주변에는 더 많은 이들이 마치 한여름 뭐에 파리 꼬이듯 꼬일 것이다. 이미 이 자리에 참석해서 민영준에게 눈도장을 찍은 일행에게는 마냥 행복하기만 한 일이다. 중전은 이미 그들의 그런 마음을 읽고 자신의 모습을 드러내 보인 것이다.

갑신정변,
욕망의 시작

:
:

연회장을 나오는 중전에게는 자꾸 갑신년의 일이 생각났다.

이제 이 행사를 마지막으로 자신이 궁을 떠나야 한다고 생각해서 그럴 것이다. 하지만 그보다는 더 큰 일을 위해 폐하보다 먼저 궁을 떠 난다는 생각으로 스스로를 위로하고 싶은 생각이 더 컸다. 그때도 자 신이 먼저 북관종묘에 가 있었던 까닭에 자칫 폐하께서 납치당하는 불상사가 일어날지도 모르는 사건을 사전에 막을 수 있지 않았던가?

그래 이번에도 폐하와 나라를 위해 내가 먼저 궁을 나서는 것이다.

11년이 지난 일이건만 마치 어제 일처럼 머릿속에 영상이 살아 움 직이는 것은 그 날도 연회가 있는 날인 까닭이리라. 여염집에서도 가 진 것도 없이 빚을 얻어 잔치를 하고 나면 집안이 단합되기는커녕 오 히려 갈라진다. 그런 까닭인지 힘을 다 잃은 나라의 궁궐에 연회가 있는 날이면 반드시 탈이 생긴다. 만일 그때 고종이나 자신에게 화가 미쳤었다면 어땠을까 하는 생각이 나자 어제 일처럼 생생하게 머릿 속에 그려졌다.

그 날은 우정국 개국을 축하하는 연회가 열리던 날이다.

김옥균의 야심이 돌이킬 수 없는 일을 벌였다. 개화파가 정권을 주도하기 위해 일본을 끌어들였다. 나라를 위해서 일을 벌이는 것까지는 좋다. 그런데 왜 하필이면 일본인가? 거기다가 국왕과 중전인 자신까지 감쪽같이 속이려 했다. 정말 자신의 사욕을 위한 것이 아니라 나라를 위한 것이라면 적어도 국왕에게는 속내를 털어 놓아야 했다. 하지만 김옥균은 우정국개국 연회를 기회로 민씨 일가가 대거 속해 있는 수구파를 모조리 제거하고 개화파가 정권을 잡으려 한다는 사실이 국왕에게 알려지면 반대를 할 것이 뻔하니까 국왕마저 속였다.

우정국을 개국하던 10월 17일 저녁 일곱 시.

연회가 무르익을 때 마치 청나라가 궁궐 내에서 변란을 일으킨 것처럼 하기 위해서 별궁에 불을 지르기로 한다.

약속된 시간이 되어도 불길이 치솟지 않자 김옥균은 당황한다. 그 때 불을 지르는 역할을 담당한 자가 김옥균에게 와서 비보를 전한다.

"별궁의 삼엄한 경비를 뚫지 못해 불을 지를 수 없습니다."

"그렇다면 근처 아무 곳이나 대충 불을 지르시오. 불이 났다는 것이 중요한 것이지 반드시 궁을 태워야 한다는 것은 아니요. 그래야 변란이 생겼다고 할 수 있지 않겠소. 혼란을 틈타 수구파를 주살하고 주상전하만 경우궁으로 모시면 된다는 말입니다."

결국 별궁이 아니고 근처 허술한 곳에 불을 지른다.

"불이야, 불이야."

별궁 쪽에서 불길이 치솟는다. 그 당시 민씨 세력의 중추적 인물이

자 수구파 중 하나인 민영익은 처음부터 뭔가 이상한 낌새를 챘던 차다. 불이라는 소리가 들리면서 불길한 예감이 들어 밖으로 나가는데 자객들이 난자한다. 다행히 죽기 직전에 묄렌도르프의 손에 구출되어 미국인 의사 알렌의 집으로 가서 밤샘치료를 받고 목숨은 구한다.

불이 나자 김옥균이 스스로 왕의 침전으로 들어왔다.

"전하, 지금 궁궐 내에 변란이 일어나고 있습니다. 어서 피하셔야 합니다."

"변란이라니 누가 일으킨 무슨 변란이오?"

중전은 다짜고짜 국왕의 침전까지 들어와서 피할 것을 권하는 김옥균을 의심하지 않을 수 없었다. 만일 정말 변란이 일어났다면 궁궐을 수비하는 수비대 쪽에서 군사들이 대거 국왕이 있는 곳으로 몰려올 일이다. 그들이 국왕을 몸으로 감싸 피신시키는 것이 상식이다. 그런데 수비대 군사들은 보이지 않고 김옥균과 그 일당들만 보이지 않는가? 순간적인 상황이지만 중전의 예리한 머리에는 그 생각이 떠오르며 의심이 가서 김옥균에게 질문을 던진 것이다.

"지금으로서는 정확한 정황은 포착되지 않았습니다. 하지만 별궁 쪽에서 불길이 솟아 오른 것을 보면 일단은 피하심이 옳을 듯싶어서 이렇게 달려왔습니다."

그 당시 김옥균은 고종에게 엄청난 신임을 받고 있을 때다. 자신의 목숨을 걸고 수구 대신들을 싸잡아 나라는 걱정하지 않는 자들이라고 상감 앞에서 직언을 한 자다. 그의 직언을 받아들인 고종은 그에게 개혁을 할 수 있는 방법을 모색할 것을 명했다. 고종은 늘 김옥균을 가리켜 명석한 것은 물론이요, 자신의 영달보다는 나라를 위해 일을 하는 사람이라고 칭찬했다. 김옥균이 하는 말은 모두 옳다는 생각이었다.

하지만 중전은 개화를 한다는 것에는 동의를 했지만 김옥균이 하는 행동 뒤에는 무언가 미심쩍은 것들이 너무나 많아 보였다. 특히 청나라를 완전히 배격하고 일본 쪽과 손을 잡고 일을 하고자 하는 것이 눈에 보였다. 그것이 못마땅했다. 어차피 외세는 외세. 청나라에 대한 사대를 끊어 버리는 것은 좋다. 하지만 그 수단으로 등에 업는 것이 일본이라면 결국 일본에게 사대를 하는 꼴이 된다. 중전이 바라던 것은 그것이 아니다. 이미 대원군이 쇄국정책을 펼 때부터 개화를 하지 않으면 언젠가 먼저 개화를 한 나라들에게 지배를 받을 수 있으니 개화를 해야 한다고 했던 사람이다. 하지만 어느 한 나라를 등에 업고 개화를 하자는 것은 아니다. 주변 국가들에게 적당히 힘을 나누어 준 후 그들의 힘겨루기를 역으로 이용해야 한다는 생각이다. 그러나 김옥균은 오로지 일본만이 우리나라를 개화시킬 수 있다고 생각하는 듯했다. 더욱이 그가 하는 행동에는 사심이 포함된 것이 눈에 보였다. 그래서 김옥균을 예의 주시하던 차였다.

"정황 파악도 안 되었는데 어디로 피한다는 말이오? 누가 무슨 정변을 일으켜 어디로 어떻게 피해야 한다는 것도 모르면서 어찌 주상 전하를 피하라고 할 수 있소? 그리고 정변의 기미가 있으면 궁궐 수비대는 다 어디에 가고 대감이 이렇게 전하를 호위하러 왔다는 말이오?"

중전의 날카로운 지적에 김옥균은 잠시 당황했다.

바로 그 순간 요란한 폭발음이 들렸다. 이미 계획한 대로다. 그것도 한 번이 아니라 연달아 들렸다. 폭발음을 듣자 고종은 마음이 변한다.

"중전. 김옥균의 말이 맞는 것 같소이다. 우선 피하고 봅시다. 저 폭발음을 누가 내는 것인지는 모르겠지만 우선은 피하고 볼 일입니다."

이미 2년 전 임오군란으로 인해 변을 당해 본 두 사람이다. 폭발음이 들리는 것은 분명히 변고가 있다. 그렇다면 정말 우선은 피하고 볼 일이다.

"그렇다면 어디로 피하는 것이 옳다는 말인가?"

"신의 생각으로는 경우궁으로 피신하시는 것이 옳을 것 같사옵니다. 그곳이라면 아무도 전하께서 그리로 납시셨다고 생각하지 못할 것입니다."

"그래? 역시 그대는 생각이 깊구나."

김옥균이 이미 일본공사 다케조에를 비롯한 박영효, 홍영식, 서재필, 서광범 등과 짜 놓은 각본대로 말한 것임에도 고종은 그 순간 기지로 생각해낸 일이라고 판단했다. 역시 김옥균은 생각이 깊다고 칭찬까지 했다.

"그리고 전하. 만일의 경우를 대비해서 일본에 전하의 경호를 부탁하는 것이 옳을 것 같사옵니다."

"일본에?"

고종은 김옥균의 말에 반문하며 중전을 쳐다보았다.

"정말 김 대감의 말을 이해할 수가 없소. 아직 정황 파악도 제대로 안 되었다면서 누구에게 경호를 요청한다는 말입니까? 정변이 일본이 사주한 것인지 아닌지도 모르지 않습니까? 게다가 일본에만 경호를 부탁하면 청나라가 가만히 있겠소? 그렇지 않아도 지금 청나라와 일본이 서로 우리 조선을 사이에 두고 촉각을 곤두세우고 있지를 않소? 그런데 만일 전하의 경호를 일본에만 부탁한다면 어찌 되겠소?

아무리 급해도 정황 파악은 제대로 한 연후에 무엇을 해도 해야 되는 것 아니오?"

중전이 의구심을 떨치지 못하고 말했다.

"중전마마 말씀이 백 번 지당하신 말씀이옵니다. 하오나 제가 대충 알아본 바에 의하면 이번 정변은 외국의 개입이 아니라 수구파에서 일으킨 것 같습니다. 그래서 드린 주청이옵니다. 다시 정황을 자세히 알아보고 청나라가 개입되지 않은 정변이라면 일본은 물론 청나라에도 부탁을 해보겠습니다. 하오니 너무 마음 쓰지 마십시오. 일단은 이 자리를 피하시고 정변의 주체를 파악한 연후에 다시 말씀을 드리겠습니다."

김옥균은 등에서 식은땀이 흘러내리는 것을 느꼈다. 불을 지르고 폭발음이 나면 이미 2년 전에 당했던 임오군란을 생각해서 까다롭게 굴지 않을 줄 알았다. 하지만 중전의 날카로움은 매번 정곡을 찌른다. 역시 그녀가 녹녹하지 않다는 것을 다시 한 번 느끼면서 일단은 자리를 피하자고 했다.

"좋소. 지금은 대감의 말대로 일단은 자리를 피하는 것이 맞는 것 같소. 하지만 날이 밝으면 바로 환궁을 해야 하오. 내일 아침 조회는 다시 편전에서 열 수 있게 해야 하오. 물론 그때까지 대감은 이번 정변의 주체와 원인을 상세히 알아서 만조백관이 모인 자리에서 낱낱이 보고하도록 하시오."

중전은 영 내키지 않았다. 당장 자리를 피하는 것은 지금 폭발음까지 들리는 상황이다 보니 안 된다고 할 수는 없다. 이 밤중에 비록 지척인 경우궁이라지만 어가를 옮긴다는 것이 영 내키지 않았다. 하지만 이미 고종의 얼굴에 어서 떠나고 싶은 표정이 역력하니 옮기지 않을 수는 없는 노릇이다.

"자. 그럼 어서 서두르자."

고종은 중전이 동의하자 서두르기 시작했다.

이미 임오군란 때 중전과 50여 일을 헤어져 살았다.

그때 고종 자신이 너무 힘들었던 기억을 지울 수 없다. 주변의 누구도 믿기 힘든 상황에서 자신에게 가장 적합한 조언을 해주던 중전이 없으니 누구와 상의할 수도 없는 노릇이다. 거기다가 대원군은 그녀가 다시 궁으로 돌아올 수 없게 하기 위해서 중전이 죽었다고 국상을 선포하기도 했다. 빤히 살아 있는 부인의 상을 선포하는 것을 바라보는 국왕의 마음은 갈기갈기 찢어지고 있었다. 자신이 왕권을 잃고 대원군이 다시 집권을 하고 있다는 사실 이상으로 힘든 것은 속내를 드러내 놓고 말을 할 수 없다는 사실이었다. 국정을 논하는 것은 물론 사적인 일까지 일체 누구에게도 말하기가 겁이 났다. 하루하루가 어떻게 가는지도 모르게 지루하기만 했다.

도대체 그 놈의 권력이라는 것이 무엇이기에 친아버지가 자식과 며느리를 버릴 수 있나 하는 생각까지 들었다. 차라리 자신이 왕의 자리에서 떠나고 싶었다. 처음 자신이 왕이 될 때는 어린 나이라 이런 것을 몰랐다. 10년 동안 아버지인 대원군이 섭정을 하고 자신이 겨우 왕권을 찾았다. 그랬더니 그때부터 자신과 아내 중전에 대한 아버지의 칼날이 수도 없이 겨눠지기 시작했다.

10년이라는 세월을 섭정하고 아들이 왕권을 찾았으면 한 걸음 물러나 앉아 아들이 선정을 할 수 있게 도와줄 수도 있건만 도대체 그런 기미는 전혀 보이지 않았다. 자신이 10년이라는 세월을 쇄국으로 문을 걸어 잠근 동안 나라는 야위어만 갔는데 그런 것을 뒤돌아보면서 반성할 생각도 하지 않았다. 자신이 집권한 10년을 뒤돌아보면서 자신이 잘못한 것을 아들이 다시는 되풀이 하지 않게 조언을 해주는 것이 얼마나 아름다운가?

그러나 대원군은 그렇게 뒤돌아보면서 반성할 사람이 아니다. 자신과 그 측근이 한 것은 모두 옳고 지금은 잘못되어 가고 있다. 다시 정권을 찾아서 나라를 바로 세워야 한다. 누가 보아도 잘못됐던 쇄국정책을 옳다고 하고 있다. 오로지 다시 정권을 찾기 위해 혈안이 되어 몰두하고 있는 대원군의 모습이 고종의 눈에 오히려 선하게 보였다.

그러다가 군란을 진압하기 위해 어쩔 수 없이 아버지에게 정권을 넘겨주자 아버지라는 사람이 며느리부터 제거하려 한 것이다. 아니 실제 제거를 하기 위해서 온갖 방법을 동원했다. 하지만 실패에 그치자 거짓 국상까지 선포했다. 고종은 사람이 자만하게 되면 얼마나 쓸데없는 일에 시간을 허비할 수 있는지 많은 것을 보고 깨우치고 있었다.

다행히 청나라 마건충이 대원군을 청국 병영에 초대해서 청국 군함에 억류하는 바람에 고종은 해결의 열쇠를 풀 수 있었다. 마건충이 대원군을 억류한 것은 고종을 위해서는 아니다. 일본과 청나라에 얽힌 이해관계를 해결하기 위해서 일본과 조선이 회담을 해야 하는데 대원군이 집권한 조선 조정에서는 일본과 회담이라는 것은 있을 수 없는 일이다. 조선과 일본의 회담을 꼭 성사시켜야 하는 마건충은 운현궁까지 찾아갔지만 대원군은 받아들이지 않았다. 마건충은 회담의 성공적인 개최를 위해서 부득이 대일 강경파의 수장인 대원군을 청국 병영에 유폐시킨 것이다. 그로 인해 고종은 다시 왕권을 찾았다. 그리고 아예 대원군을 청나라로 데리고 가주기를 바라는 자신의 심정을 청국에 전했다. 그렇지 않아도 청나라로서도 대원군을 조선에 놓아두고 싶지 않은 차에 잘된 일이다. 결국 청나라 황제의 명을 받아 대원군은 청나라로 간다.

대원군이 청나라로 가고 왕권을 되찾은 고종은 중전을 다시 환궁시켰다.

그런데 지금 또 변란이 났다면 이번에는 도대체 누구를 겨냥한 것일까? 그리고 그 배후는 누구일까? 대원군은 아직 청나라에 있으니 대원군이 직접 지시한 것은 아닐 것이다. 그렇다면 외국의 어느 나라가 자국의 이익을 위해 조선인을 앞세워 일을 꾸몄는지도 모른다. 그리고 그 대상이 자신인지 중전인지는 모르지만 좌우간에 어서 이 자리를 벗어나고 싶은 마음밖에 없었다.

그런 고종의 마음을 잘 아는 중전이다. 서두르는 왕을 따라 함께 행장을 갖추고 일단은 경우궁으로 피했다.

경우궁으로 어가를 옮기기는 했지만 보통 뒤숭숭한 것이 아니다. 행여 무슨 일이 일어나지 않을까 하는 불안도 전혀 없는 것은 아니다. 하지만 변란이 일어났다는 말에 비하면 너무나 조용한 것이 더 이상하고 불안했다. 창덕궁을 빠져나올 때까지 일어난 몇 번의 폭발음을 제외하고는 이렇다하게 큰 소란이 없는 것 같았다. 임오년의 군란과 비교하면 너무나도 다른 모습이다.

왕비 자신이 직접 겪은 임오년의 군란은 궁궐 주위는 물론 서울 장안이 시끌벅적했다. 그런데 아무리 주체가 불확실한 변란이라고 하지만 너무 조용하다. 더더욱 이상한 일은 경우궁 주변을 일본 군사가 겹겹이 둘러싸 수비를 하고 청국 군사는 보이지 않는다. 또 수구파라 불리는 대신들은 보이지 않고 개화파라고 자처하는 친일본 성격의 대신이나 인물들만 보인다.

중전은 분명히 무언가 잘못 되어 가고 있음을 직감했다.

"전하, 아무래도 이상하옵니다."

"당연히 이상하지 않을 수가 있겠소? 아무리 보잘것없는 왕이라지만 그래도 한 나라의 왕인데, 제 궁에서 한 밤중에 쫓겨나듯이 나와 이렇게 별궁에 거처하는 처지가 되었으니 이상한 것은 당연한 일이지요."

"소첩의 이야기는 그런 뜻이 아니옵니다. 궁궐을 떠나 있어서 분위기가 낯선 것은 당연하지요. 하지만 지금은 그런 분위기를 말씀드리는 것이 아닙니다. 지금 밖에는 일본 군사들이 경우궁을 겹겹이 포위하듯이 감싸고 있다 하옵니다. 게다가 눈에 띄는 신하들은 모두 친일 개화당 쪽 신하들뿐이고 나머지는 일체 눈에 뜨이지 않는다고 하옵니다. 이는 필시 무슨 곡절이 있는 것이옵니다."

"원래 한밤중에 일어난 일이다 보니 아직 대신들에게 기별이 안 간 것일 수도 있지를 않겠소?"

"아니옵니다. 전하께서도 아시다시피 궁에서 일어나는 소문은 천 리를 단숨에 가는 것입니다. 민가에서 일어난 일은 쥐도 새도 모르게 쉬쉬하면서 덮어 줄 수 있지만 원래 궁에서 일어나는 일은 작은 것 하나도 비밀이 없습니다. 하물며 궁 안에서 폭발음이 들리고 어가가 경우궁으로 옮겨갈 정도로 큰 사건을 대신들이 모를 리가 없습니다.

또, 분명히 정변의 진상을 알아보고 난 후에 일본이든 청국이든 수 비를 요청하기로 했는데 일본 군사들이 겹겹이 궁을 둘러싸고 있다는 것도 납득이 가지를 않습니다. 청국 군에게는 아예 병력을 요청하지도 않고 일본군에만 병력을 요청한 것이 틀림없습니다. 이는 분명히 김옥 균을 비롯한 개화당에서 무언가 음모를 꾸미고 있는 것입니다."

중전의 예리한 분석은 빈틈이 없었다. 하지만 지금으로서는 어떻게 손을 쓸 도리가 없다. 다만 날이 밝기를 기다리는 수밖에는 방법이 없다.

경우궁으로 피하던 날 밤을 뜬눈으로 지냈다.

이튿날 아침이 되었는데도 어떤 대신도 찾아오지를 않았다. 고종 은 어제 밤 중전의 말대로 이는 필시 무언가 잘못 되어 가고 있음을 깨달았다.

"아무래도 중전의 말이 맞는 것 같소. 이 시각이 되도록 짐의 안부 를 물으러 오는 대신이 하나도 없다는 것은 필시 곡절이 있다는 생각 이오. 하지만 이제 곧 유 환관이 들 것이니 연유를 자세히 알 수 있겠 지요."

"그렇지 않아도 유 환관에게 궁궐에서 일어나는 일을 낱낱이 보고 하라고 일러둔 터이옵니다. 곧 내막을 소상히 알 수는 없을지라도 어느 정도 윤곽은 알 수 있을 것이옵니다. 더더욱 김옥균과 개화당의 속셈이 무엇인지는 확실하게 알 수 있을 것이옵니다."

그러나 기다리는 유재현은 들어오지 않고 수라상을 든 나인들과 함께 들어온 것은 김옥균이다.

"대감이 어인 일이오? 이 일은 유 환관이 해야 할 일이거늘?"

중전은 눈꼬리까지 치켜 올라가는 의구심 가득한 기세로 김옥균을 쳐다보며 물었다. 서릿발 같은 그녀의 목소리를 이미 들어 본 적 있는 나인들은 수라상을 놓자마자 밖으로 나갔다.

김옥균 역시 중전의 찬바람이 횡횡 도는 목소리를 모를 리가 없다. 주눅이 들 수밖에 없었다. 그녀의 저 목소리는 국왕과 자신의 신변에 무슨 변고가 일어나고 있다는 것을 눈치 챈 것임에 틀림이 없다. 김옥균은 잠시 머뭇거렸다.

"왜 말을 못하시오? 도대체 무슨 일이 어떻게 일어나고 있기에 상감과 나를 바로 옆에서 모시던 유 환관마저 들어오지 못하게 하고 대감이 들어선 게요?"

중전의 호령에는 차마 오금도 못 펼 정도의 위엄이 배어 있었다. 김옥균은 자신이 벌인 일임에도 불구하고 어떻게 대답해야 옳을지 몰라 잠시 머뭇거렸다.

"왜 말을 못하고 서 있는 게요? 당장 유재현 환관을 들라하시오."

중전이 다시 호통을 치자 이번에는 고종이 친히 입을 열었다.

"유 환관을 들게 하라는데 경은 무엇을 하고 있는가?"

그러자 김옥균이 겨울임에도 불구하고 이마에 흐르는 땀을 손으로 훔쳐냈다. 중전의 거역할 수 없는 추상같은 호령에 식은땀을 흘리고 있었다.

"전하. 사실은 간밤에 변괴가 있었사옵니다."

"변괴가 있었기에 짐이 이리 피신을 한 것임을 왜 모르겠는가? 그것과 유 환관과 무슨 관계가 있다는 말인가?"

"그래서 문제가 있는 것입니다. 유 환관은 역모에 연루되어 있습니다."

"역모라고 했나? 무슨 역모에 연루되었다는 말인가?"

"간밤의 정변에 유 환관이 연루된 확실한 증거가 있어서 처단했사옵니다."

"간밤의 정변에 유 환관이 연루가 되었다니 무슨 말을 하는 게요?"

두 사람의 대화를 듣고 있던 중전이 목소리를 높이며 김옥균을 추궁했다.

"간밤의 정변에 관해 조사를 했습니다. 간밤의 정변은 청나라와 손을 잡은 수구당에서 저지른 것으로 청나라가 우리나라 국정운영의 주도권을 잡을 수 있도록 하기 위한 것이었습니다. 전하를 감금하는 한이 있더라도 청나라가 일본을 이 땅에서 몰아 내기 위해 저지른 일입니다."

"지금 그걸 말이라고 하시는 게요? 지금 전하를 감금한다고 일본이 이 땅에서 물러나겠소? 아무리 수구당 사람들이 어리석다고 할지라도 그들이 그걸 모르겠소? 또 지금 청나라가 굳이 일본을 몰아내려 한다는 것 역시 말이 된다고 생각하시오? 그리고 다른 대신들은 왜 모습이 안 보이는 거요? 그들도 모두 역모에 관여해서 처단이라도 한 게요?"

"아닙니다. 아직 전하께서 이곳에 거처하시는 것을 공식적으로 발표를 하지 않다 보니…."

김옥균이 당황해하며 말끝을 흐리는 것을 본 중전은 감을 잡았다.

중전은 더 이상 김옥균에게 이야기하는 것이 의미가 없다는 것을 알았다. 지금 김옥균은 자신이 무슨 말을 하는지도 모를 정도로 얼이 나가 있다. 이 일을 저지른 것은 김옥균이다. 그는 지금 고종을 경우궁에 감금한 채 자신들이 말하는 개혁정부를 세우고자 하는 욕심이다. 일본을 앞세워 나라를 위한답시고 자신들 마음대로 이 나라를 주물러 보겠다는 속셈이다.

"좋소. 대감이 말한 대로 그렇다 칩시다. 그렇다면 대감이 원하는 개혁의 모습이 무엇이오? 그리고 개혁을 위한 내각의 명단은 어찌 구성이 되었소?"

김옥균은 중전이 한 발 물러선 것이라고 생각했다. 마음에 들지 않아도 일단은 이 거사를 인정해 주는 것으로 오해를 했다. 내심 한숨을 쉬면서 다행이라는 생각이 들었다.

"우선 아침 수라를 드시옵소서. 그동안 제가 새로운 내각의 명단과 이 난국을 헤쳐 나갈 방법을 가지고 다시 들겠습니다."

김옥균이 다시 오겠다는 말을 남기고 자리를 떴다.

"전하. 이번 변란은 전적으로 김옥균과 일본 사대주의자들이 벌이는 연극이옵니다. 속아 넘어가시면 아니 됩니다."

"짐도 그런 감이 듭니다. 그런데 저들이 왜 그런 짓을 했는지 이해가 되지를 않습니다. 저들이 그런 짓을 꾸미지 않고도 얼마든지 일을 도모할 수 있었을 텐데 말입니다."

"자신들이 생각하는 개혁만이 옳고 살아나갈 길이라는 잘못된 믿음 때문입니다. 저들이 손쉽게 정권을 잡기 위해서 수구파를 일거에 몰아내야 하는데 이런 방법밖에는 달리 방법이 없다고 생각했을 것입니다. 그래서 일본도 끌어들인 겁니다. 저들은 군사력을 움직일 수 없음을 잘 알고 있으니까요. 아마 모르면 몰라도 이미 대신 몇 명은 처형을 당한 것 같습니다. 전하께서 그리도 총애하시는 유 환관을 한마디 상의도 없이 처형을 할 정도라면 당연히 그랬을 겁니다. 도대체 얼마나 피를 부르려는지 걱정이 앞섭니다. 하루 빨리 이 사태를 마무리지으셔야 할 것 같습니다."

"저리도 어리석은 사람인지 미처 몰랐소. 어찌 내 생각만이 반드시 맞는다고 생각한다는 말인가? 정치를 한다는 사람들은 내 손에 권력이 들어올 것만 같아도 나만 옳다고 하니 거 참 희한한 일이 아니오?"

고종은 유재현을 처형했다고 하는 순간 자신도 그리 생각을 하던 차다. 그런데 중전의 예리한 분석을 듣고 나니 보통 일이 아닌 듯싶었다. 아버지 대원군의 또 다른 모습을 김옥균에게서 보고 있었다.

그러나 그 모습이 결코 유쾌한 모습은 아니다.

어렸을 때 아버지는 비록 남루한 옷에 가진 것 없이 살았지만 적어도 집안에서는 학문과 예를 숭상하는 어른이었다. 그러나 자신이 왕이 되고 나서 아버지의 다른 모습을 보았다. 처음에는 자신을 왕위에 앉히기 위해 그 수모를 당하고 살아온 아버지가 존경스러웠다. 하지만 차츰 나이가 들어 세상을 보는 눈이 생길수록 10년이 넘도록 집권을 하면서 오로지 자신의 생각만 옳다고 주장하며 조국을 여위어 가게 만든 아버지는 고집불통으로밖에 보이지 않았다. 게다가 고종 스스로 왕권을 찾자 잃어버린 권력을 되찾으려고 혈안이 된 아버지의 모습은 차라리 안쓰럽기까지 했다.

지금 김옥균의 모습이 그러하다.

사람이 생각을 어찌하느냐가 그 모습을 정해주는 것이리라. 지금 김옥균의 모습은 전일 자신이 보아온 총명하고 야심 있는 사내가 아니라 그저 욕심에 눈이 먼 사내일 뿐이다.

욕망,
그래서 둔 자충수

⋮

김옥균이 다시 들어왔을 때 그가 가지고 온 새 내각의 명단은 참으로 기도 안 막혔다.

수구파는 모조리 배제시키고 개화파가 요직을 차지하는 내각 명단이다. 영의정에 고종의 종형인 이재원을 임명한 것을 제외하고 요직이란 요직은 모조리 개화파라 일컫는 자신들이 차지했다. 비록 별 볼일 없는 자리를 양보했다고 하지만 빤히 속이 보이는 내각이다. 좌의정에 홍영식, 김옥균 자신은 내무와 재무를 담당하고, 서재필은 병조참판, 박영효는 훈련대를 장악하는 군사권을 쥐고, 서광범은 경찰권을 쥐었다.

고종은 짐짓 사태를 해결하기 위해 노력하는 태도를 보이려고 진지하게 물었다.

"이 내각으로 어떤 개혁을 하겠다는 말이냐?"

"무엇보다 문벌을 타파하고 인재를 평등하게 등용하며 부패한 관리들을 몰아내는 것이 시급하옵니다. 물론 세제도 개혁을 해야 합니다. 하지만 지금 당장 시급한 것은 구시대에 연연하는 관리들부터 몰아내고 새로운 얼굴로 새로운 나라를 만드는 데 주력해야 할 것이옵니다. 개혁의 의지를 갖지 않은 자들이 내각에 앉아서는 나라가 구태의연한 틀을 벗을 수 없다는 생각이옵니다."

"그래서 이렇게 내각을 구성해 보자? 좋다. 일단은 창덕궁으로 환궁을 하자. 환궁을 한 다음 대신들과 다시 한 번 폭 넓게 의논을 해본 연후에 정하자꾸나."

고종이 환궁을 하자고 하자 김옥균은 당황했다. 자신이 나간 사이에 중전과 무슨 이야기를 나누었는지 모르지만 어젯밤의 고종과는 영 딴판이다. 그동안 자신을 전격적으로 신뢰하지 않았던가? 그런데 환궁을 하자고 한다. 분명히 중전이 원했고 고종은 그것을 받아들인 것이다. 여기서 고삐를 늦췄다가는 일이 낭패를 볼 수도 있다. 환궁이라니 말도 안 된다. 만일 창덕궁으로 환궁을 하게 되면 청나라가 언제 군사를 몰고 들어올지 모를 일이다. 청나라가 군사를 일으켜 일본과 대적을 한다면 수적으로 절대 열세인 일본이 지는 것은 자명한 일이다. 그리되면 고종은 자유의 몸이 되고 왕권을 회복한 고종이 어떠한 태도로 나올지는 알 수 없다.

"전하. 지금 환궁이 중요한 것이 아닌 줄로 아뢰옵니다. 수구당이 이미 정변을 획책한 이상 창덕궁에 계시면 그만큼 노출이 심해서 더 위험하옵니다. 이곳 경우궁은 비록 협소하지만 일본군이 전하의 안전을 지켜드리기에는 더 이상 좋은 곳이 없사옵니다. 하오니 불편하시더라도 그저 참고 기다려 주시기를 주청 드리옵니다."

김옥균은 자신의 입으로 지금 자신이 일본 군대를 앞세워 왕을 감금하고 있음을 실토하고 있었다. 그런 김옥균의 마음을 빤히 읽는 고종으로서는 앉아서 당할 수만은 없는 노릇이다. 그렇다고 더 역정을 내거나 하면 김옥균이 무슨 수를 낼지 모른다는 생각이 들었다. 되도록 평온을 유지하면서 여기를 나가서 이 사태를 해결해야 한다.

"불편해서가 아니라 무릇 정사를 돌보아야 할 왕이 그렇게 큰 정변도 아닌 것을 가지고 이렇게 숨어 지낼 수만은 없는 일 아닌가? 경의 말대로 국가가 비상사태에 놓여 있다고 할지언정 외국과 큰 전쟁을 하는 것도 아닌데 국왕이 머리를 처박은 꿩처럼 빤히 드러난 곳에 숨어 있을 수는 없는 일 아닌가?"

고종은 비록 평온을 유지하기 위해 목소리를 유하게 했지만 그 말 중에는 거역할 수 없는 위엄이 있었다. 논리로 보나 연유로 보나 지당한 말이다. 큰 난리도 아니고 작은 정변하나 일어난 것을 가지고 왕이 숨어 지낼 수는 없는 노릇이다. 더더욱 어제 밤에 잠시 일어났던 일이고 지금은 조용하다. 김옥균은 난감했다. 왕이 논리를 앞세워 환궁을 하겠다는데 안 된다고 할 수도 없는 노릇이다.

"알겠사옵니다. 창덕궁의 상황을 살펴 본 후에 다시 보고드리겠습니다."

말하기 어려운 자리는 일단 피하고 보는 김옥균식의 얼버무림으로 자리를 피했다. 절대 환궁은 안 된다. 지금 서울에 있는 청나라 군대는 일본 군대의 세 배가 넘는다. 그런데 창덕궁으로 가서 두 나라가 맞붙게 했다가는 꾸몄던 일들은 다 그르치고 만다.

김옥균은 일본 공사 다케조에를 만나 대책을 협의했다.

"전하께서 환궁을 하시겠다는데 이대로 환궁을 하시면 문제가 심각합니다. 만일 청나라가 군대라도 들이미는 날에는 일본 군대와 청나라 사이에 싸움이 벌어질 것입니다. 한데 현재 우리나라에 주둔하고 있는 두 나라 병력을 비교해 보면 청나라가 일본의 세 배가 넘습니다. 청나라가 군대를 들이밀고 상감의 호위를 자신들이 맡겠다고 하면 그냥 내주는 수밖에 없습니다. 그렇게 되면 일본과 손을 잡고 개화세력으로 내각을 구성하겠다는 우리들의 꿈은 물거품이 됩니다. 어떻게든 환궁을 막아야 합니다."

"글쎄요. 김옥균 선생의 생각은 잘 알겠지만 지금 일본으로서는 조선 국왕이 환궁을 하겠다면 막을 수 있는 방법이 없습니다. 한 나라의 국왕이 자신의 궁으로 가겠다는데 누가 막을 수 있겠습니까? 만일 청나라가 군대를 일으킬 생각이 있다면 경우궁이라고 해서 일으키지 않고 창덕궁으로 환궁했다고 일으키겠습니까? 제 생각에는 아직까지 청나라가 조용한 것을 보면 일단은 지켜보는 것 아닐까요? 오히려 환궁과는 별개로 서둘러 개각을 하고 그에 합당한 조칙을 발표하는 것이 나을 것 같군요."

김옥균은 차마 오늘 아침 고종과 중전에게 당한 일을 말하지 못했다. 자신들이 처음 거사를 모의할 때는 고종이 전적으로 자신을 신임해 주었지만 지금은 그렇지 못하다는 말을 할 수 없었다. 만일 그 말을 했다가는 다케조에가 이미 틀린 거사라고 판단해서 등을 돌릴 수도 있다. 그러면 정말 자신을 비롯한 개화파들은 돌이킬 수 없는 역적이 되고 만다.

"글쎄 그게 그렇지를 않습니다. 굳이 경우궁을 택한 이유가 경우궁이 좁다는 것 아닙니까? 창덕궁은 넓어서 청나라 군대가 진입을 하면 막아내기가 힘들지만 경우궁은 좁아서 한꺼번에 많은 군대가 들어올 수 없으니 막아내기가 용이하다는 점을 이용한 것 아닙니까? 앞으로 길어야 3일만 버티면 내각도 완성되고 조칙도 발표할 것입니다. 그 3일간을 경우궁에 머물 수 있게 공사께서 상감마마를 설득해 주셔야 합니다."

"청나라가 여태 조용히 있다가 그렇게 갑자기 군대를 움직이겠습니까? 더더욱 청나라가 이 시점에서 군대를 움직인다는 것은 우리 일본과 전쟁을 의미하는 것일 수도 있는데요. 아마 그리 섣부른 행동은 안 할 겁니다. 그러니 빨리 일이나 마무리하십시오. 대신 앞으로 3일간은 무슨 일이 있어도 우리 일본 군대가 김옥균 선생을 도와 그 명령에 따를 것입니다. 조선 국왕을 가까이에서 호위를 하겠습니다. 그 장소와 시간이 어떻게 되든가 상관없습니다. 또 조선 국왕을 만나서 설득도 해보겠습니다. 물론 최대한 김옥균 선생의 말대로 되게 할 겁니다. 기왕지사 시작한 일이니 성공해야 되지 않겠습니까? 하지만 만일 조선 국왕이 굳이 환궁을 고집한다면 정말 난감합니다."

김옥균은 다케조에가 너무 안이하게 생각하는 것이 불안하기만 했다. 비록 말로는 설득을 해보겠노라고 했지만 영 믿기지를 않았다. 아울러 청나라를 너무 모른다. 조용한 저것이 어쩌면 더 무서운 것인지도 모른다. 그게 바로 중국인들의 습성이다. 단 한 가지 3일간은 일본 군대는 무슨 일이 있어도 자신의 명령에 따라 시간과 장소를 가리지 않겠다는 것만은 마음이 놓였다.

김옥균이 다케조에를 만나고 경우궁으로 다시 돌아왔을 때 경기감사 심상훈이 국왕을 알현하러 왔다. 박영효를 비롯한 다른 개화파들은 그 역시 국왕을 알현하게 해서는 안 된다고 했다. 지금 국왕의 귀에는 어떤 소리도 들어가면 안 되고 오로지 자신들의 뜻이 관철된 후에 누구라도 만나게 하자는 것이다. 하지만 김옥균은 아침에 들은 이야기가 있다. 아무도 알현을 오지 않는 것을 더 이상해 하고 있다. 게다가 심상훈은 지방 관리다. 그에게 이 소식이 그리 빨리 들어갔을 리가 없다. 이럴 때 그라도 만나면 덜 의심을 받을 것 같았다. 그리고 지방에서 온다는 것은 사전에 약조가 되어 있을 것이 틀림없다. 다른 대신들이야 자기들이 오지 않아서 알현을 못한다는 것이 핑계가 될 수 있다. 정변이 일어났으니 대신들도 몸조심을 할 수 있는 일이다. 하지만 경기감사가 알현하기로 한 날 나타나지 않는다는 것은 누군가가 막지 않는 한 있을 수 없는 일이다. 김옥균은 그를 들여보내기로 했다.

고종과 중전을 마주한 심상훈의 입에서 엄청난 말들이 흘러나왔다.

"그럼 7명의 대신과 환관이 암살당하고 민영익은 지금 사경을 헤매고 있다는 것이냐?"

심상훈의 이야기를 다 듣고 난 고종은 어이가 없어서 되물었다.

"그렇사옵니다. 그나마 민영익 대감은 다행히 묄렌도르프가 알렌에게 데리고 가는 바람에 겨우 목숨은 구했다고 합니다. 전하, 지금 전하와 중전마마를 개화당이 사실상 감금한 것이옵니다. 그리고 자기들 마음대로 정권을 세워 이 나라를 일본의 손아귀 안에서 개화를 시키겠다는 이야기입니다. 일본에 대한 사대주의의 시작 이외에는 아무런 의미가 없는 듯하옵니다. 더구나 이 일은 이미 약 한달여 전부터 개화당과 일본이 손잡고 주도면밀하게 계획한 일이라고 하옵니다."

"한 달 전부터라? 그런데 어찌 그리도 까맣게 모르고 있었단 말인가? 또 앞으로 이 일을 어찌하면 좋다는 말인가?"

"전하, 신이 이미 원세개 장군을 만나고 오는 길입니다. 청나라에서도 이 일을 알고 일본에게 주도권을 줄 수 없다며 언제든지 우리가 원하면 출병을 하겠다고 했습니다."

"이미 청나라에 출병을 요청한 것으로 알고 있는데?"

"아니옵니다. 김옥균이 일본에만 출병을 요청하고 청나라에는 기별도 하지 않았습니다. 자신들이 꾸민 연극이니 당연한 것이옵니다. 하오니, 전하! 빨리 창덕궁으로 환궁을 하셔야 합니다. 이곳 경우궁은 너무 비좁아서 일거에 청나라 대군이 들어올 수가 없습니다. 그리되면 지금 선점하고 있는 일본이 유리합니다. 또한 전하께서도 어디 마땅한 곳으로 화를 피하실 곳이 없사옵니다. 그러니 환궁을 서두르셔야 합니다. 오늘 내로 환궁을 하시면 내일이라도 청나라가 군사를 일으킬 것이오니 만일의 경우를 대비해서 피하실 곳도 마련해 두심이 옳을 것이옵니다."

심상훈과 고종의 이야기를 듣던 중전은 가슴이 답답해져 오는 것을 느꼈다.

"기껏 개화를 한다는 것들이 새로운 상전 일본을 모시는 것이었습니까? 청나라에 조공을 하는 것은 사대고 일본을 등에 업는 것은 사대가 아니라 자주랍디까? 한심하기 그지없는 일입니다. 도대체 우리나라의 힘으로 무엇을 해볼 생각은 왜 못하는 것인지 마음이 저립니다. 이렇게 일이 벌어졌으니 또 청나라에 기대는 겁니까? 결국 우리끼리 싸움하느라고 외세가 우리 틈바구니로 들어오는 길을 자꾸 열어주는 꼴이 아닙니까?

하지만 지금 사태를 벗어날 수 있는 길은 청나라에 다시 기대는 수밖에 없겠지요. 정말 기대고 싶지 않지만 어쩔 수 없지 않습니까? 주둔하고 있는 일본 군대를 우리 힘으로 물리칠 수는 없으니까요. 더더욱 대감의 말씀대로 주상전하와 나는 이미 감금된 상태니 어찌 할 도리가 없겠군요."

중전의 비통해 하는 말을 들으며 고종 역시 마음을 굳혔다.

"하는 수 없다. 청나라의 힘을 빌려서라도 이 난국을 타개해야지 별 수가 없지 않느냐?"

심상훈은 머리를 조아리고 북받치는 설움을 삼키며 조금은 상기된 목소리로 말했다.

"전하! 신 등이 무능하여 전하께서 이런 처지에 놓이시게 한 불충을 벌하여 주시옵소서. 하오나 지금은 상황이 화급하오니 그 책임은 훗날 물어 주시옵소서. 신은 지금 나가는 대로 청나라 군영으로 가서 전하의 뜻을 전하고 창덕궁에 가서 기다리고 있겠사옵니다. 부디 오늘 환궁을 하셔야 합니다. 그리고 이 난국을 타개하고 나면 나라가 외세에 흔들리지 않고 바로 서는 날이 반드시 올 것이옵니다. 부디 성심을 굳게 가지시고 그 날을 열어 주시옵소서."

심상훈은 눈물을 훔치며 나갔다. 장군의 눈에서 흘리는 뜨거운 눈물은 중전의 마음을 적시고도 남았다. 아니 고종의 마음마저 눈물로 얼룩져 가고 있었다.

"무려 대신들을 일곱 명이나 죽였다지 않소? 아니지, 심감사가 모르는 것도 있다면 그 이상일 수도 있소. 역시 중전의 말대로 얼마나 피를 더 부르려고 하는지 모르겠소."

"더 이상 피를 불러서는 아니 되옵니다. 이제 그 막을 내려야 하옵니다. 나라를 위하는 마음에서 출발한 것인지는 모르겠지만 이제는 고작 한 사람의 욕심으로 전락한 연극이옵니다. 더 이상 피를 흘려서도 아니 되고 나라를 위해서도 시간이 없사옵니다.

전하! 환궁을 서두르시옵소서. 제가 김옥균을 자세히 살펴본 바에 의하면 그 자는 말이 막히면 우선 자리를 피하는 자이옵니다. 하오니 환궁을 명하시면서 절대 자리를 피할 수 없도록 그 자리에서 대답을 받아 내시옵소서."

중전의 이야기를 듣는 고종은 마음이 여간 무겁지 않았다. 자신이 그렇게 믿던 김옥균이다. 그런데 그가 한낱 자신의 욕심을 못 이겨 욕심의 하수인이 되었다는 것에 너무 마음이 아팠다.

김옥균을 불러서 환궁을 서두르려는 그때 다케조에 일본 공사가 입궐해서 알현을 청한다는 전갈이 왔다.

"전하께서 이렇게 협소하신 곳에 머무르게 한 저희들이 송구스럽습니다. 하오나 이 모든 것이 전하를 안전하게 모시기 위한 저희들의 작은 정성이니 너그럽게 이해해 주시면 고맙겠습니다."

다케조에는 앉자마자 경우궁에 피신한 고종의 처지를 이해하고 그대로 있어 달라는 이야기를 했다. 하지만 이미 고종은 청나라의 힘을 빌리기로 한 처지다. 더더욱 지금 김옥균에 대한 원망이 일본으로 이

어지고 있는 상황이다.

"알겠소. 하지만 짐은 갑작스런 이 일이 왜 생겼는지 궁금하오. 게다가 이리 경미한 일을 가지고 굳이 어가를 옮겨야 했는지가 의문이요. 더더욱 짐은 청나라와 일본의 입장을 고루 생각해서 두 나라가 같이 출병해 줄 것을 요청했는데 유독 일본만이 출병을 했소. 그것도 이상하오. 물론 짐이 경황이 없는 중이라 구두로 전달을 했지만 그래도 청나라가 거절을 하지는 않았을 텐데 말이오."

"구두로 하셨으니까 그렇지요. 저희에게는 친서를 보내 주시고 청나라에는 구두로 하셨으니 청나라가 출병을 안 한 것 같습니다."

고종은 물론 중전의 두 귀가 쫑긋 섰다. 친서를 보내다니 이 무슨 말인가? 분명히 어제 밤 이곳으로 떠나오면서 김옥균이 일본에 지원군을 요청하자고 할 때 청나라에도 요청하라는 말을 남기고 떠나왔다. 김옥균은 사건의 내막을 알아보고 일을 처리하겠다고 해놓고 일본 군대는 곧바로 불러들였다. 게다가 다케조에는 친서를 받았다고 했다. 이건 있을 수 없는 일이다. 그런 고종과 중전의 심정을 모르는 다케조에는 말을 이었다.

"지난 번 이 일을 준비하면서 김옥균 선생과 회의를 했습니다. 그때 제가 원한 것은 바로 전하의 일본 군대 출병 요청서한이었습니다. 그래야 만일 일이 잘못 되더라도 제가 본국에 보고를 할 수 있지 않습니까? 조선 국왕이 요청해서 한 일이라고 떳떳이 말할 수 있으니까요. 김옥균 선생이야 전하께서 총애하시는 분이니 당연히 믿어도 되겠지만 제 입장으로는 국가를 대표해서 이곳 조선에 나와 있는 사람으로서 당연히 조심할 일이었습니다. 다행히 전하께서 이렇게 친필 서한을 보내주셔서 망설임 없이 출병을 한 것입니다."

다케조에는 자랑스럽게 고종의 친필 서한이라는 것을 꺼내들며 이야기했다. 고종은 처음 보는 물건, 자신의 친필을 대하자니 말이 안 나왔다. 고종은 물론 중전 역시 이런 배신감을 어찌 표현할 수 없었다. 하지만 지금 그런 태를 낼 상황이 아니다. 다만 속으로만 '김옥균 네 이 놈 두고 보자.'고 할 뿐 겉으로 어찌 무슨 말을 할 수 있는가?

"어찌 되었든 출병을 해주신 것은 고맙기 이를 데 없소. 하지만 이제 돌아가야겠소. 변란이 그리 큰 것도 아닌데 이렇게 피해 있는 꼴이 백성들 보기에도 영 아닌 것 같소이다. 오늘 환궁을 하려 하는데 상관없지 않겠소? 물론 일본 군대가 내 곁에서 나를 지켜달라는 부탁을 겸해서 말이오."

고종은 일본 군대의 호위를 받으며 창덕궁으로 돌아가고, 돌아가서도 일본 군대의 호위를 받겠다고 했다. 이럴 때 중전이 거들어야 그 효과가 훨씬 크다.

"공사께서 이렇게 친히 방문을 해서 안위를 걱정해 주시니 전하께서는 한결 마음이 놓이실 겁니다. 다만 이곳에서는 우리가 불편한 것은 괜찮지만 정무를 보기에도 그렇고 백성들 대하기도 그렇습니다. 당장 창덕궁으로 환궁을 하는 것이 옳은 일입니다. 전하의 체면이 말이 아닙니다. 공사께서 기왕 힘써 주시는 김에 환궁까지 추진해 주세요. 창덕궁으로 환궁을 한 후에라도 일본군이 우리 곁에 있는데 무슨 일이야 있겠습니까?"

다케조에는 어깨가 으쓱해졌다. 청나라에는 친필을 보내지도 않았다. 전일 이 일을 계획할 때 김옥균을 비롯한 이들이 한 말과 일치를 한다. 또 계속 일본이 왕의 어가를 보호해 달라고 한다. 조선 국왕도 청나라의 조공을 벗어나기를 원한다는 확신이 든다. 조선의 국왕은 이미 자신의 손 안에 들어와 있다. 김옥균은 공연한 걱정을 하고 있다.

"전하, 마음을 편히 하고 계십시오. 곧 창덕궁에 연락을 취해서 전하께서 가시는 길에 불편함이 없도록 하겠습니다. 그런 연 후 곧바로 환궁하시게 할 것이니 잠시 말미를 더 주십시오."

다케조에는 고종의 마음을 완전히 사로잡았다는 판단이 서자 어깨까지 으쓱해졌다.

다케조에가 나가자 고종은 허망한 표정으로 중전을 바라보았다.

"이제는 짐의 친서까지 위조를 하다니 어이가 없지 않소."

"어쩐지 청나라 군대는 소식도 없는데 일본 군대는 즉시 출동한 것이 이상했습니다. 결국 이 모든 것이 개화당의 장난이었다는 것이 명백해졌습니다. 하지만 이제 다케조에 공사가 방심하기 시작했으니 곧 환궁은 이루어질 것입니다. 환궁을 하고 나면 청나라 군대가 출동할 것입니다. 그러면 두 나라 사이에 전투가 벌어질 것이옵니다. 행여 전투 중에 옥체를 상하실 수도 있습니다. 만일을 대비해서 제가 미리 자리를 만들고 전하께 통보를 드릴 것이니 그리로 용정을 피하시옵소서. 이번에는 길어야 몇 시간일 것입니다."

"하지만 그렇게 간단하지 않으면 어찌 할 것이오?"

"전하! 걱정하지 마십시오. 아직 조선은 청나라에게는 커다란 재산입니다. 조선을 잃으면 청나라는 러시아와의 균형도 깨지고 코 앞에서 일본의 위협을 받게 됩니다. 그런데 청나라가 조선을 포기하겠습니까? 어떤 수단을 쓰는 한이 있어도 청나라는 일본의 손아귀에서 조선을 빼내는데 전력을 투구할 것입니다. 그런 외세의 힘을 빌리지 않고 우리끼리 바로 설 수만 있다면 얼마나 좋겠습니까? 하지만 이미 조정 중신들이 먼저 그런 조선을 포기했습니다. 아버님 대원군께서는 너무 문을 닫아거시는 데에만 급급하셔서 문제가 심각했는데 지금 대신들은 나라에 줄을 서는 것이 아니라 외세에 줄을 서니 그것이 답답할 뿐입니다."

"중전의 말을 들으니 그런 것 같습니다만 걱정입니다."

고종은 한숨조차 쉴 수 없었다. 일개 국왕이 나라를 걱정하는 것이 아니라 외세의 눈치와 조정 대신들이 어느 나라 편에 줄을 섰는가를 관찰하는 것이 더 힘들었다.

같은 시각.

김옥균은 초조하게 고종을 만나고 나오는 다케조에를 기다리고 있었다.

"전하께서 환궁을 안 하시기로 했습니까?"

다케조에가 나오자마자 김옥균이 다가서서 물었다.

"아니오. 환궁을 하시라고 했습니다. 당연히 환궁을 하시는 것이 우리 일본에게도 좋은 일입니다. 이제 아무 걱정을 안 해도 됩니다. 이미 전하께서는 우리 일본을 완전히 믿고 계십니다. 그러니 김옥균 선생께서도 걱정하실 일이 아닙니다."

김옥균은 어리둥절했다. 분명히 아침에 본 고종과 중전의 모습은 한없이 자신의 행위를 의심하면서 창덕궁으로 환궁만 하면 모든 것을 뒤바꿀 분위기였다. 그런데 다케조에는 지금 무엇을 믿고 저리 큰 소리를 치는 것인지 이해를 할 수 없었다.

"그게 무슨 말씀입니까? 지금 환궁을 하면 청나라가 들이닥칠 것이고 그리되면 우리 계획은 물거품이 됩니다."

"절대 안 그렇습니다. 전하께서는 청나라에는 호위군대를 요청하는 서찰도 아니 보내셨습니다. 전하의 친필로 군대를 동원해 줄 것을 요청한 곳은 우리 일본뿐입니다. 게다가 환궁을 하더라도 계속 전하를 호위해 달라는 부탁까지 하셨습니다."

순간, 김옥균은 자신이 자충수를 둔 것을 뼈저리게 느꼈다. 자신이 위조한 고종의 친필 서한이 바로 다케조에로 하여금 저리도 자만하게 만든 것이다. 거기다가 창덕궁에서도 고종을 호위해 달라는 그 말이 다케조에로 하여금 완전히 고종을 믿게 했다. 그렇다고 지금 사실을 털어 놓을 수는 없는 일이다.

"그럼 전하께 환궁을 약속하셨다는 말씀입니까?"

"예. 오늘 중으로 환궁을 하시게 하기로 약조를 했습니다. 당연히 환궁을 하셔야 할 것 같았습니다. 정무를 보시기에도 그렇고 국왕의 체면을 생각해서라도 당연히 환궁을 하시는 것이 옳다는 판단입니다."

"환궁을 하신다면? 그래도 일본이 계속 전하 곁에서 전하를 지킬 것입니까?"

"당연히 그래야죠. 전하께서 원하시는 것이 바로 그것인데요."

김옥균은 그나마 일말의 안심은 되었다. 일본군이 계속 남아 있겠다면 그래도 다행이다.

욕망의 종말

:

　김옥균의 우려와는 달리 고종의 창덕궁 환궁은 평탄하게 이루어졌다. 청나라는 물론 조선의 그 누구도 방해를 하거나 말썽을 일으키지는 않았다.

　창덕궁으로 환궁한 중전은 만일의 사태를 대비해 세자와 대비마마를 자신이 기거하는 곳 근처로 모시게 했다. 물론 오늘은 아닐 것이다. 만일 청국 군이 공격을 가할 것이라면 어떤 식으로든 기별을 할 것이다. 하지만 자신이 먼저 자리를 피하고 그곳으로 전하를 모시기 위해서는 세자와 대비는 함께 행동을 해야 한다. 그러기 위해서는 항시라도 함께 행동할 수 있는 근처에 머물러야 한다.

　뒤숭숭한 그 날 밤은 그렇게 지나갔지만 아침은 어김없이 찾아왔다.

　"어찌 청나라에서 연락이 없는 것이오?"

　고종의 불안해하는 표정을 보면서 중전 역시 불안하기는 마찬가지였다. 하지만 지금 왕이 불안해하는데 자신마저 불안해 할 수는 없는 일이다.

　"아직 환궁을 한 지 만 하루도 지나지 않았습니다. 조금만 더 기다려 보시지요."

"하지만 지금 김옥균을 비롯한 일당들은 개각을 재가해 달라고 옥 조여 오고 있소. 게다가 14개조의 혁신정강인가 뭔가 하는 것을 인 준해 달라고 떼를 쓰다시피 하오. 개각이 되고 그 정강을 인준하고 나면 이번 거사를 인정하는 꼴이 될 터인데 마냥 미룰 수만은 없는 일 아니오."

"조금만 더 시간을 벌어보시지요. 이제 머지않아 전갈이 올 것 같 습니다."

"그것은 이미 짐이 처리를 했지요. 오늘이라도 먼저 대신들을 만나 보고 내일 아침 재가를 하겠다고 했어요. 하니 시간이 오늘밤에 없는 데 청나라가 그 사정을 알지 모르겠소."

"너무 심려치 마옵소서. 청나라도 이미 이곳 사정을 환히 알고 있 는데 시간을 지체하지는 않을 것입니다."

고종과 중전이 그렇게 고민을 하는 그 시간 김옥균과 박영효 등은 다케조에와 회의를 하고 있었다.

"내일 전하께서 새로운 내각을 재가하는 것은 물론 혁신정강 14조 를 인준해 주신다고 했습니다. 그런데 조건이 오늘 먼저 대신들을 만 나보고 싶다고 하시는 겁니다."

"그건 곤란합니다. 만일 누군가가 전하와 독대를 한다면 이번 거사 의 전모가 낱낱이 밝혀질 것입니다."

"하면 어찌해야 옳다는 말입니까?"

"자신들의 목숨을 보존하느라 이미 장안을 떠났다고 보고를 드립

시다. 그 방법이 아니면 더 이상의 방법은 없습니다."

"정변이 나자 그동안 일본을 반대해 온 자들이 스스로 목숨을 보존하느라 종묘와 사직을 버리고 장안에서 숨어버려 연락이 안 된다고 하는 겁니다."

"좋습니다. 그 문제는 그렇게 해결하도록 합시다. 하지만 그 뒤도 중요합니다. 내일 아침 재가를 얻어 발표를 한 뒤에도 하루 이틀은 일본이 더 철저하게 전하 곁에 밀착해 주셔야 합니다."

"물론입니다. 우리 일본을 위하고 조선을 위하는 일인데 못할 것이 무엇입니까? 앞으로 적어도 3일간은 우리 일본이 전하의 안위를 책임지고 지켜드릴 것입니다."

김옥균과 박영효를 비롯한 개화당은 물론 다케조에까지 스스로의 기분에 도취되어 말도 안 되는 논리를 지껄이고 있었다.

고종과 중전에게는 지루하기만 한 몇 시간이 흘렀다.

정오 무렵이 되었다. 청국 군 진영의 장교 한 사람이 오조유의 서신을 고종에게 전하러 왔다. 고종은 반가운 마음에 펴들었다. 물론 이미 김옥균을 비롯한 일당들이 먼저 읽었다는 것을 모르는 바가 아니다. 그러나 분명히 무언가 언질이 있을 것이라는 생각에 서둘러 읽었다.

'전하. 지금 성안은 조용하고 저희 3군영도 전하의 성은에 아주 편안하옵니다. 부디 평안하시옵소서.'

간단한 내용이다. 성안도 조용하고 자신들도 조용하며 부디 평안하시라는 내용이다. 김옥균과 그 일당이 이 글을 읽었다면 청나라가 지금의 이 체제를 인정하고 조용히 살고 싶다는 내용으로 이해했음에 틀림이 없다. 하지만 굳이 왜 3군영이라는 말을 썼을까?

"앞으로 세 시간 정도이옵니다. 아마 오후 3시쯤에 청나라가 공격을 개시할 것이옵니다. 3군영이 뜻하는 것이 바로 오후 3시라는 의미일 것이옵니다."

중전의 말을 들은 고종 역시 그 말이 맞는 듯했다.

"제 말씀이 틀리지 않을 것이옵니다. 이는 필시 전하에게 미리 공격 시간을 알려드리고 전하의 옥체를 안전한 곳으로 옮기시라는 암시일 것입니다. 어제 말씀드린 대로 제가 먼저 적당한 곳을 물색해서 그리로 가겠습니다. 그리고 그곳이 안전하다면 사람을 보낼 것이옵니다. 물론 심상훈 대감과 함께 전하께서 아무도 모르게 어가를 옮기실 수 있는 방안도 강구해 놓겠습니다. 그러니 청나라의 공격이 시작되면 전하께서는 심상훈 대감과 함께 제가 먼저 가서 자리한 곳으로 오시면 됩니다."

고종은 중전의 지략에 다시 한 번 놀랐다. 자신이 그녀와 혼인한 후 중전의 영특함과 높은 지식에 한두 번 반한 것이 아니다. 그런데 이번에도 영락없이 그 지략을 발휘하고 있다. 처음에 김옥균이 정변이 났다고 할 때 누가, 왜 일으킨 정변인가를 따져 물을 때부터 고종은 경황 중에도 당황하지 않는 그녀가 감탄스러웠다. 사건이 진행되면서 김옥균의 연극이라고 짚어낸 것도 그렇다. 그런데 지금 오조유의 서신 한 장에서 모든 것을 읽고 그 대책까지 마련하는 그녀를 보니 놀라지 않을 수 없다.

"하지만 일본군과 개화당이 짐을 밀착해서 감시할 텐데 가능하겠소?"

"어떻게든 심상훈 대감과 함께 방법을 만들어 낼 것입니다. 그리고 지난 임오년 군란 때 저를 구해낸 홍계훈 무감이 있습니다. 어떻게든 방법을 만들어 낼 것입니다. 하니 전하께서는 망설이지 마시고 제가 있는 곳으로 오시면 됩니다."

중전은 자신 있게 말했다. 고종은 그런 그녀가 더 믿음직스러웠다.

중전이 자리를 떠난 지 세 시간도 채 못 되어 그녀의 예측은 모습을 드러냈다.

1,200여 명의 청나라 군대가 두 패로 나뉘어 창덕궁을 공격하기 시작했다. 한 패는 원세개가 이끄는 패로 돈화문 쪽이다. 나머지 한 패는 오조유가 이끌고 선인문 쪽에서 공격을 가했다. 다케조에는 물론 개화파도 당황하지 않을 수 없었다. 다케조에는 즉각 응전을 명했다. 이미 본국에서 청나라와의 무력 충돌은 피하라는 지시를 받기는 했지만 지금으로서는 방법이 없다. 이미 국왕과도 그 호위를 약속했을 뿐만 아니라 개화파와는 적어도 3일은 국왕 곁에 머무를 것을 약속한 터다. 내일 아침이면 모든 거사가 끝이 날 터인데 여기서 멈출 수는 없는 일이다.

창덕궁은 남의 나라 군대끼리의 싸움으로 총소리가 콩 볶는 듯하였다. 요란한 총성이 울리면서 두 나라 병사들이 비명을 지르며 쓰러졌고 포성 역시 하늘을 찌르기 시작했다.

"전하, 지금이옵니다. 북관종묘로 피신하셔야 합니다. 지금 중전마마께서 그곳에 계시옵니다. 어서 서두르셔야 합니다. 이제 일본 군사들과 개화당 사람들이 전하를 호위한답시고 들이닥칠 것이옵니다."

심상훈과 홍계훈의 말을 들은 고종은 서둘러 북관종묘를 향해 떠났다. 그러나 고종의 행렬이 동북문에 이르렀을 때 일련의 일본군을 대동한 다케조에와 김옥균, 박영효, 서광범 등이 달려왔다. 그들은 어가를 막아섰다.

"전하, 지금 어디로 가시옵니까?"

"일단 어가를 북관종묘로 옮겨 피신을 할 생각이다."

"아니 되옵니다. 지금 전하께서 창덕궁을 떠나신다면 청나라 군대는 마음 놓고 밀고 들어올 것입니다. 게다가 북관종묘는 이미 청나라 수중에 들어가 있습니다. 그곳으로 가시면 위험합니다."

김옥균이 땅에 엎디어 애절하게 간했다. 하지만 고종은 그런 김옥균의 모습이 가증스럽기만 했다.

"그렇다면 경은 짐이 어디로 가는 것이 옳다는 말인가?"

"우선은 이곳을 피하셔서 저희들과 같이 안전한 다른 곳으로 가셔야 합니다."

"다른 곳? 도대체 경이 말하는 안전한 다른 곳이 어디란 말인가?"

순간 김옥균은 말을 할 수 없었다. 자신은 왕을 일본공사관이나 아니면 아예 서울을 떠난 어느 곳으로 모시고 가고 싶다. 막말로 만일의 경우를 대비해서 납치를 하는 한이 있더라도 인천으로라도 모시고 가자고 이미 박영효와 이야기를 한 상태다. 하지만 그 말을 할 수 없어서 망설이고 있는데 다케조에가 자신을 찾아온 일본 장교와 무언가 이야기를 나눈 후 다가왔다.

"전하께서 북관종묘를 택하신다면 그렇게 하십시오. 지금 궁궐 내의 전투 상황으로는 저희 일본이 청나라 군대를 도저히 당해낼 수 없습니다. 천 명이 넘는 청나라 군대가 이미 승세를 잡았습니다. 저희로서는 전하를 안전하게 모시려고 욕심을 내는 것이 오히려 전하에게 해를 입히는 꼴이 될 것 같습니다."

다케조에의 폭탄선언이다. 자신들은 이 전투를 포기한다는 말이다. 그렇다면 김옥균과 개화당은 물론 지금까지 벌인 일 모두를 포기한다는 말이다.

"지금 무슨 말씀을 하시는 겁니까? 여기서 포기할 수는 없습니다."

김옥균은 펄쩍 뛰었다.

"다케조에 공사, 지금 우리더러 죽으라는 이야깁니까? 이번 정변이 실패하면 우리 개화당은 역적이 되어 모두 단칼에 참수되고 말 겁니다."

"죽고 사는 것만의 문제가 아닙니다. 이번 거사가 어떻게 이루어진 일인데 여기서 손을 들자는 겁니까?"

서광범과 박영효도 각기 한 마디씩 했다. 그러나 다케조에는 이미 포기한 전투다.

"나는 이미 본국에서 청나라와의 무력 충돌은 피하라는 밀명을 받았습니다. 하지만 개화당 사람들과 이미 약조한 바도 있고, 전하의 친필 서한을 받은지라 어떻게든 전하를 지켜드리려고 했습니다. 하지만 지금 우리 일본군은 이대로 가면 전멸하고 맙니다. 게다가 조선의 국왕께서도 북관종묘를 택하셨다면 이미 우리 일본 군대의 패전을 예견하시는 것입니다. 더 이상 무의미한 피를 흘릴 까닭이 없습니다. 나는 조선의 개화당도 중요하지만 우리 병사들과 우리 거류민들의 목숨과 안위가 더 중요한 사람입니다. 그러니 개화당 사람들은 우리 일본 군대와 함께 철수를 하든지 여기 남든지 마음대로 하십시오."

다케조에는 잘라서 말했다. 그리고는 일본 군대의 후퇴를 명했다.

김옥균을 비롯한 개화당은 눈물로 분투를 삼켰지만 어쩔 수 없는 일이다.

고종은 북묘를 향하고 다케조에는 일본군을 이끌고 철수했다. 김옥균, 서광범, 서재필, 박영효는 훗날을 기약한다는 명목을 내세우고 자신들의 목숨 보존을 위해 다케조에를 따라갔다.

그러나 홍영식과 박영교는 그래도 나라를 위한 일이었다는 자부심을 가지고 왕을 따라갔다. 하지만 역사는 나라를 제물로 자신들의 사욕을 채우려다 실패한 그들에게 관대하지 못했다. 그들은 북관종묘에 이르자마자 단칼에 처형된다.

결국 김옥균, 서광범, 홍영식, 서재필, 박영효 등을 갑신오적으로 지목하고 대역죄로 다스리기로 한다. 그러나 홍영식을 제외한 나머지 네 사람은 일본으로 망명을 하고 난 뒤였다.

갑신년의 난은 그렇게 끝을 맺었다.

그 날도 중전 자신이 먼저 북관종묘에 가 있었기에 모두 무사할 수 있었다. 그런데 이번에 또 일본이 자신을 시해한다는 음모 때문에 자신이 궁을 나서야 한다. 미리 정보를 입수하고 나서는 일이지만 자꾸 그 날이 떠오르지 않을 수 없다.

민영준을 축하하는 자리에 굳이 나타나 자신이 아직 궁궐에 있다는 것을 보여준 중전은 갑신년의 그 날을 생각하면서 고종이 머무는 장안당으로 돌아왔다.

폐하, 국망산과
북관종묘를 생각하소서

:

장안당에는 고종은 물론 세자와 홍 상궁 그리고 궁녀 옥분이까지 와 있었다.

"이제 나가보아야 할 시간 같습니다. 민영준 대감의 축하연에까지 다녀왔으니 어느 누구도 제가 궁에 있다는 것을 의심할 사람은 없을 것입니다. 홍 상궁과 저는 옷을 바꿔 입을 것입니다. 그리고 옷을 바꿔 입는 순간 저는 홍 상궁이 되는 것이고 홍 상궁은 중전이 되는 것이니 호칭도 그리해 주셔야 합니다.

옷을 바꿔 입기 전에 마지막으로 폐하께 드릴 말씀이 있습니다."

중전이 마지막으로 할 말이 있다고 하자 두 사람을 남기고 나머지 사람들은 잠시 옆방으로 피했다.

"폐하. 심기를 굳게 가지셔야 합니다. 저는 지금 대궐을 나가도 절대 죽지 않습니다. 아니 죽고 싶어도 죽을 수 없습니다. 이 나라와 폐하를 남겨두고 제가 어찌 죽을 수 있겠습니까?

이미 임오년의 군란도 겪었고 갑신년의 정변은 물론 지난 경복궁

사건도 당했지만 저는 살아남았습니다. 박영효가 저를 없애려 했을 때도 살아남은 겁니다.

임오년 군란 때는 신흥마을로 피해가 매일 국망산에 올라서 폐하께서 계신 한양을 향해 50여 일을 눈물로 지내면서도 살아 돌아왔습니다. 그리고 갑신년 정변 때는 제가 북관종묘에 먼저 가서 폐하를 모셨듯이, 잠시 다른 곳으로 피해 있거나 미리 가서 폐하를 모실 준비를 하고 있는 것이라고 생각하소서."

중전은 말은 그렇게 했지만 그녀 역시 여인이다. 이미 눈에서는 눈물이 흘러내리기 시작했다. 고종은 말없이 다가가 그녀를 힘주어 끌어안았다. 그리고 낮은 소리로 속삭였다.

"중전, 내가 못나 이렇게 중전에게 욕을 보이는구려. 하지만 임오년 군란 때처럼 어떻게든 비밀리에 중전에게 소식을 전할 것이오. 그리고 중전과 떨어져 있는 시간이 오래지 않도록 짐이 수단과 방법을 가리지 않고 방법을 만들어 낼 것이오. 하니 힘들더라도 잘 견뎌내 주기를 바랄 뿐이오."

"폐하…."

중전도 더 이상 말을 잊지 못하고 눈물만 흘렸다.

두 사람이 부둥켜안고 소리죽여 눈물을 흘리고 난 후 중전이 옷매무새를 고치며 말했다.

"친필 서한 두 부를 주시지요."

고종이 직접 작성한 똑같은 서한 두 부를 건네주자 저고리 소매 안에 넣은 후 방을 나갔다.

세자와 옥분이 그리고 홍 상궁이 있는 방으로 들어선 중전이 옷을 바꿔 입어야 한다고 하자 나머지 두 사람은 고종이 있는 방으로 다시 돌아갔다.

중전은 홍 상궁과 단 둘이 남자 다시 홍 상궁의 손을 두 손으로 감아 잡았다.

"부디 오늘밤 아무 일도 없기를 바라마. 하지만 설령 일이 벌어지더라도 네게 짐을 지우고 나만 살겠다고 가는 나를 용서해다오."

"마마, 이미 결정 난 일이옵니다. 나라를 위해 하는 일이온데 망설일 것이 무엇이옵니까?"

홍 상궁은 침울하기는커녕 비장한 각오라도 한 여인처럼 평온한 얼굴이었다.

"마마 덕분에 잠시나마 국모가 되어 보는 것을 영광으로 생각할 것이옵니다."

이번에는 미소까지 띄면서 농조로 말했다. 그런 홍 상궁을 보는 중전의 마음은 갈기갈기 찢어졌다. 하지만 그런 자신의 마음을 배려해서 농까지 건네는 그녀가 그렇게 고마울 수가 없었다.

"그리 말해주니 고맙기 그지없구나. 어찌 되었든 이제 옷을 바꿔 입을 시간이구나. 이미 말했듯이 옷을 바꿔 입으면 너는 중전이고 나는 상궁이다. 이 방을 나서서 폐하가 계시는 방으로 가면 너는 중전 자리에 앉고 나는 상궁이 서는 자리에 서는 것이다."

"알고 있사옵니다. 걱정 마시옵소서."

너무나도 태연한 홍 상궁을 중전은 와락 끌어안았다. 홍 상궁도 그런 중전의 마음속으로 들어가듯이 중전을 마주 안았다.

"마마, 부디 강령하시옵소서. 소녀의 죽음이 헛되지 않게 부디 강령하시어 이 나라를 강국으로 만들어 주시옵소서."

그렇게 태연하던 홍 상궁의 목소리에 눈물이 배어들기 시작했다. 그리고는 중전을 끌어안은 팔에 힘을 주었다. 시간만 허락한다면 얼마든지 끌어안고 있을 것이다. 하지만 이제는 정말로 시간이 없다. 두 사람 모두 그것을 알기에 손을 풀었다.

두 사람은 손을 풀고 눈매를 서로 어루만져 주었다.

옷을 바꿔 입고 고종이 러시아 정부에 보내는 친필 서한을 각기 한 부씩 나눠 허리춤에 차고 있는 낭 속에 넣었다. 중전이 된 홍 상궁은 금 낭 속에 넣었고 홍 상궁이 된 중전은 수가 놓인 예쁜 낭 속에 넣었다.

중전과 홍 상궁이 옷을 바꿔 입고 다시 들어서자 방 안에 있던 사람들은 놀랐다. 홍 상궁이 영락없는 중전이다. 아니 조금 젊어진 것을 제외하면 그렇게 닮았을 수가 없다.

날이면 날마다 얼굴을 맞대던 그들마저 이렇게 놀랄 정도인데 자주보지 못한 이들은 구분하기 힘들 것이다. 심지어 얼굴에 있는 옅은 마마자국마저 닮은 처지이고 보니 정말 구분하기 힘들 정도라는 표현이 옳았다.

방에 들어서자 놀라는 사람들을 보면서 두 사람은 각기 자신의 자리로 갔다.

중전이 된 홍 상궁은 평소에 중전이 앉아 있던 것처럼, 고종의 정면에서 서너 발자국 떨어진 곳에서 두어 발자국 뒤로 물러나 고종이 옆면을 볼 수 있게 앉았다. 문을 열고 들어서면 역시 옆면이 보인다. 세자와 마주하며 앉은 것이다. 그리고 홍 상궁이 된 중전이 옥분이보다 두어 발자국 앞에 섰다.

　고종은 헤아릴 수 없는 마음이 되었지만 어쩔 수 없다.
　"경호원 사바틴과 홍계훈 대장을 들라 이르라."
　고종이 명하고 얼마 지나지 않아 사바틴과 홍계훈이 함께 들어섰다.
　홍계훈은 중전과 홍 상궁이 바뀐 것을 모르기에 그저 무표정하게 명을 받들기 위해 들어섰다. 하지만 이미 내용을 아는 사바틴은 들어서면서 눈이 휘둥그레졌다. 자신이 보기에도 두 사람이 너무나 닮았다. 물론 자신은 이미 내용도 아는데다가 자주 접한 사람들이다 보니 알 수 있지만 이 정도라면 일본 낭인들을 충분히 속이고도 남을 것 같았다. 거기다가 이미 밤이다. 아무리 전등이라 해도 낮과는 현저하게 차이가 난다. 등잔이나 촛불보다는 낫지만 어두침침하기는 마찬가지다. 그 점도 충분히 도움이 된다.
　"늦은 시각이지만 반드시 러시아 공관에 전할 급한 문서가 있다. 하지만 사람들의 눈을 피해야 하는 관계로 부득이 홍 상궁을 궐 밖으로 내보내야겠다. 홍 상궁이 기밀문서를 들고 다니리라고 생각하는 사람은 없을 것이라는 판단이다. 하지만 안심이 안 되어 그러니 사바틴은 홍 상궁을 경호해서 다녀오도록 하라. 그리고 홍 대장은 일전의 임오년 사건 이후로 궁 밖으로 출입하는 상궁들의 가마도 종종 검문을 한다는데 그런 일이 없도록 궁궐 문까지만 동행하도록 하여라. 그 이후로는 사바틴과 궁녀 한 사람만 동행할 것이니라. 그리고 사인교는 궁궐문을 나서서 멀지 않은 곳에서 돌아가라고 하면 즉각 돌아오도록 조치하여라. 적당한 장소에서 러시아 쪽에서 다른 수단을 이용할 것이니라. 만약의 경우를 대비하는 것이니 홍 대장은 각별히 유념토록 하라."

"예, 폐하."

두 사람은 머리를 숙여 명을 받들었다. 홍계훈 자신이 바로 임오년 군란 때 기지를 발휘해서 중전을 구해낸 사람이다. 중전을 상궁으로 둔갑시켰던 사람이 바로 홍계훈 자신이었으므로, 상궁이 탄 가마를 어떻게 해야 하는지 누구보다 잘 알고 있다.

두 사람이 먼저 나가자 밀서를 가지고 떠나는 상궁치고는 별반 다를 게 없이 상궁과 궁녀가 동시에 고종을 향해 큰 절을 하고 물러나왔다.

홍계훈의 안내를 받아 궁을 나서서 얼마 가지 않자 사바틴이 사인교(四人轎)에서 중전을 내리게 한 후 사인교는 돌려보냈다. 어둠 속에서 사인교가 보이지 않게 되자 사바틴이 앞장서서 걸었다.

"조금만 가시면 됩니다. 마마, 힘드시더라도 참고 걸으십시오. 아무리 생각해도 저의 집이 궁에서도 가깝고 또 제일 안전할 것 같습니다. 제가 수시로 드나들면서 소식을 전해드려도 누구 하나 의심할 사람도 없고요. 러시아 공관도 생각해 보았지만 안심이 안 됩니다. 마마의 안녕을 지키는 것이야 당연히 가능한 일이지만 자칫 마마께서 공관에 계시다는 소문이라도 나는 날에는 지금 이렇게 하는 일들이 무의미해지는 것 아닙니까? 그래서 아까 제가 가지고 나온 짐도 모두 저희 집에 가져다 두고 이미 마마께서 사용하실 방도 손보아 두었습니다."

사바틴의 말대로 공관은 안전하기는 하지만 소문이 나지 않는다는 보장이 없다. 사바틴은 왕을 경호하는 직업이라 집이 궁궐과 가까워야 하는 이유도 있지만 그만큼 안전을 보장받아야 한다. 그래서 러시아 공사관과 거의 붙은 집에서 살고 있다. 사바틴의 집도 러시아 공사관 경호 영역에 들어간다. 막말로 러시아 공사관 직원이 본국의 명을 받아 수색을 하기 전에는 아무도 그의 집을 수색할 수 없다. 경호에도 안전하고 자기 집이니 마음대로 드나들 수 있어서 시시각각으로 들리는 소식을 전해주기에 가장 적격이라는 그의 말이 맞다.

중전은 아무 말 없이 사바틴을 따라 걸었다. 옥분이는 사바틴을 따라 걸어가는 중전이 안쓰러웠다. 차라리 자신이 업고 싶은 심정이다. 하지만 이미 중전으로부터 들은 이야기가 있기에 마음만 안쓰러울 뿐 아무 말도 하지 않았다.

사바틴의 집에 도착하여 안으로 들어섰다. 크지 않은 집이지만 밤인데도 얼핏 보아 예쁜 집이다. 건축가 출신이라 그런지 집 내부를 꽤나 모양내서 꾸몄다. 게다가 중전이 묵을 방이라고 안내를 받아 들어간 방은 미리 준비를 한 것인지 아니면 전부터 그렇게 꾸며진 것인지 깨끗하고 아늑하게 꾸며져 있다. 촛불이 켜져 있는 촛대며 펼쳐져 있는 이부자리까지 모두 고급이다.

"이 방이 마마께서 쓰실 방이고 궁녀는 바로 옆방을 마련해 놓았습니다. 저는 당분간 궁궐과 공관에서……."

사바틴이 말을 끝내기도 전에 중전이 말을 끊었다.

"아니오. 오늘부터 옥분이는 나와 같은 방에서 기거할 것이오. 그러니 별도의 방은 필요가 없소."

"방이 없어서 제가 공관에 머무는 것이 아닙니다. 단지 제가 이곳에서 머물면 마마께서 불편해 하실까 봐 그런 겁니다."

"압니다. 하지만 경이 공관에 머물던 궁궐에서 머물던 상관은 없소. 단지 나와 옥분이는 앞으로 얼마나 긴 여행이 될지 모르는데 굳이 다른 방을 써야 할 이유가 없다는 말이오. 그러니 옥분이의 짐도 이 방으로 옮기고 이부자리도 이 방으로 옮기는 것이 좋을 것 같소.

그리고 앞으로는 나를 마마라고 호칭하지 말아주시오. 누가 듣지 않는다는 보장이 없소. 부르기 불편하겠지만 그냥 옥분 씨 이모라고 하시오. 또 옥분이는 절대 궁녀라 하지 말고 옥분 씨라고 불러주시오. 앞으로는 옥분이가 나를 이모라고 할 것이오. 그러니 사바틴 경도 나를 옥분 씨 이모라고 부르시오."

중전의 각오가 얼마나 대단한지 금방 알아들을 수 있는 말이다.

궁녀가 중전을 이모라고 불러야 한다. 얼핏 들으면 좋아할 일 같은데 옥분이는 터져나오려는 눈물을 간신히 참았다.

어제까지 마마라고 부르면서 감히 얼굴도 똑바로 못 쳐다보던 조선의 국모를 자신의 집에 모셨더니 궁녀의 이모라고 부르라고 한다. 사바틴은 어이가 없었다. 하지만 그 어떤 생각보다 설움이 북받쳐올랐다. 일국의 국모가 얼마나 비통한 심정이면 저런 말을 할까? 얼마나 단단한 각오를 했으면 저런 말을 할까? 그리고 이런 상황에서 좌절하기는커녕 자신의 모든 것을 버리고라도 훗날을 도모하기 위해, 그런 결심을 할 수 있는 중전이 저절로 존경의 대상이 되었다. 사바틴은 무슨 일이 있어도 저 조선의 국모가 훗날을 도모하는데 반드시 밑거름이 되어드리겠다고 결심했다.

"알겠습니다. 옥분 씨 이모님. 모든 먹거리는 부엌에 잘 준비가 되어 있습니다. 또 제가 수시로 사 들여올 것입니다. 이제 옥분 씨 집만 이곳으로 옮겨 드리고 저는 다시 궁궐로 돌아가 봐야 합니다. 저라도 폐하 곁에서 폐하를 안심시켜 드려야 할 것입니다."

사바틴은 서양 사람을 경호원으로 고용하라는 알렌 박사의 추천을 받아 고용한 러시아 경호원이지만 충성심이 대단했다. 물론 봉급을 받고 고용된 경호원이다. 거기에다가 러시아도 국왕이 있는 나라이기에 그렇다고 할 수는 있지만 단순히 그런 것만은 아니다.

그는 조선의 건축물을 대하고 나서부터 변화하는 자신을 느꼈다. 서양의 건축이라는 것은 틀에 박힌 직선이다. 그나마 이슬람 문화가 들어온 후 가톨릭과 적당히 융합한 문화가 생겨나면서 건축물이 원형을 도입했다. 하지만 조선의 건축물은 온통 곡선이다. 직선이 없다. 마치 아름다운 조선의 여인을 연상케 하는 예술이다. 우아한 조선 건축물의 곡선미. 집을 짓기 위해서 바탕에 놓는 주춧돌도 절대 반드시 깎지 않는다. 울퉁불퉁한 그 모습 그대로 세운다. 그리고 그 위에 세워지는 기둥은 원형 그대로 굵기가 설령 조금 다르더라도 집의 무게를 버틸 수 있으면 된다. 대들보를 얹고 나면 서까래를 얹는다. 그 서까래 역시 원목을 쓴다. 획일적으로 만든 서양의 그것이 아니라 조금은 울퉁불퉁해도 그대로 쓴다. 그리고 지붕을 덮고 그 위에 얹는 기와는 더 예술이다. 곡선의 극치다. 설령 기와가 아닌 초가라도 그것은 더 예술이다. 곡선미를 한껏 자랑하는 그런 예술 같은 집들을 보면서 그는 마음이 변했다.

곡선을 사랑하는, 곡선이 바탕에 깔린 조선인들은 마음이 유한 사람들이다. 그렇기에 자꾸 외세의 침공을 당하는 것이다. 자신이 내세우고 싶은 주장이 있어도 상대를 먼저 생각하는 아름다운 마음. 외세는 그것을 이용해서 조선을 겁탈하고 있다. 기왕 왕실 경호원까지 되었으니 그것만큼은 자신의 손으로 막아보고 싶었다. 그는 진정으로 조선을 사랑했다.

그런데 마침 요동 묵가 왕 서방을 만났고 여기까지 왔다.

묵묵히 옥분이의 짐을 옮기면서 이런저런 생각을 하던 사바틴이 짐을 모두 옮기고 집을 나서려고 했다.

"이 문서는?"

중전은 고종이 친히 써서 하나는 홍 상궁이 금낭에 넣고 하나는 자신이 지니고 온 문서를 사바틴에게 전하려 했다. 그래야 공사관으로 전해질 것이고 공사관을 통해 반드시 러시아 정부에 보내야 한다.

그것은 아주 중요한 일이다. 러시아 공사 베베르가 한국을 떠나 다른 곳으로 간다는 것을 유보해 달라는 일종의 탄원이다. 일국의 공사가 떠나는 것에 연연한다는 것이 국왕으로서는 체면이 서지 않는 일이다. 하지만 지금은 조선의 사정이 그렇다.

바로 이 문서를 홍 상궁도 하나 가지고 있다. 정말 시해를 하는 사건이 생긴다면 이 문서를 차고 있는 홍 상궁은 진정한 중전일 수밖에 없다. 일개 상궁이 이런 중요한 국왕의 친필을 지닐 수는 없는 까닭이다.

"오늘은 저도 저를 장담할 수 없습니다. 제가 살아 돌아오면 제게 주시고 만일 제가 돌아오지 못하면 옥분 씨를 시켜서 러시아 공사관에 전해주십시오. 옥분 씨 이모님."

사바틴은 이미 그 문서에 관한 전말을 알고 있다. 하지만 자신의 안전도 보장할 수 없는 상황에서 그 문서를 받아들 수 없는 심정을 토로했다.

그의 말투는 철저하게 중전이 지시한 것을 지키고 있었다. 그 자신 조선을 사랑하고 조선의 국왕이 힘이 없어서 당하는 수모가 마치 자신의 일인 양 가슴이 아픈 사람이다. 하물며 조선의 국모가 저런 힘든 길을 걷고 있는데 조금만 정신 차리면 할 수 있는 일을 못한다고 할 까닭이 없다. 하지만 오늘은 정말로 자신의 안녕을 장담할 수 없다는 마음으로 궁궐을 향하고 있다. 그러니 중요한 저 문서를 받아들고 나갈 수 없다. 그런 자신의 마음도 울적하지만 그보다는 중전을 '이모님'이라고 부르는 그 순간에는 자신도 모르게 울컥 솟아오르는 목 메임을 막을 수 없었다. 이모가 아니라 중전마마라고 외치며 내가 지금 중전마마를 모시고 있다고 외칠 수 있다면 얼마나 행복할까?

사바틴은 보이는 눈물을 감추려고 얼른 대문을 나섰다.

사바틴이 궁을 향하고 난 후 중전은 옥분이와 둘이 앉았다.

"옥분아. 잘 들어라. 지금부터 나는 네 이모다. 그리고 궁에서 챙겨

온 내 옷들은 이제 다 쓸모가 없는 것들이다. 폐하께서 마음아파하실 것 같아서 챙겨오게 하기는 했지만 입을 수 없는 옷들이다. 나 역시 네 옷을 입을 것이다. 하지만 만일 이번 일이 정말 정보대로 진행된다면 앞으로 너나 나나 궁에서 입던 옷은 다시는 입지 못할지도 모른다. 그래야 우리가 보통집 여인이 되는 것이 아니더냐? 그리고 이 보퉁이는 잘 챙겨라. 다른 것은 다 버려도 이것만은 버리면 안 된다. 여기에는 각종 패물이 다 들어 있다. 너와 내가 앞으로 이 보퉁이 하나에 의지하면서 살아 나가야 한다."

"예, 명심하겠습니다."

옥분이는 자신이 지금 중전과 마주하고 있다는 그 사실이 너무나도 마음이 아팠다. 궁 안에서 만일 이렇게 중전이 자신을 불러서 다독인다면 그것은 더 말할 나위없는 영광이다. 하지만 지금은 그게 아니다.

"그리고 앞으로 나와 한 방을 쓰는 것에 조금도 불편해하지 마라. 이런 것들이 말로 해결되는 것은 물론 아니다. 나는 자유롭지만 너는 불편한 것들이 수도 없이 많을 것이다. 하지만 긴 여행을 계획한 우리다. 일일이 격식을 따지다 보면 아무것도 못한다. 그러니 진짜 이모라고 생각하고 편하게 해라. 움직이고 싶으면 움직이고 다니고 싶으면 다니거라. 다소곳이 앉을 필요도 없다. 정말 이모에게 대하듯이 대하면 되는 것이다. 그렇게 하면 보는 이들도 의심을 하지 않을 것이다. 그것이 네가 나를 살리는 길이다."

"알았습니다. 이모님."

옥분이는 대답을 하면서 '이모님'이란 말이 나오는 순간 저도 모르게 북받치는 울음을 토해내고 말았다. 슬며시 흐르는 눈물이 아니라 엉엉 울었다. 중전은 옥분이를 껴안았다.

"그래, 네 마음 안다. 하지만 어쩔 것이냐? 오늘 실컷 울어라. 그리고 다시는 울지도 말고 이모를 이모라 부르는 것이 당연하다고 생각을 해다오."

그렇게 말하는 중전의 말에도 눈물이 잔뜩 섞여 있었다.

마마!
백성들이 먼저 아옵니다

⋮

두 사람은 밤새 뜬눈으로 마주 앉아 있었다.

옥분이도 전혀 졸리지 않았다. 오늘이 무슨 날인지 잘 알고 있지만 자신이 중전과 이렇게 마주 앉아 있는 것 자체가 행복하기만 했다. 중전은 옥분이의 어린 시절 이야기를 물었다. 옥분이는 신이 나서 어릴 적 이야기를 했다.

자신이 어릴 적 오빠와 김소현과 함께 들로 산으로 뛰어다니며 놀던 이야기를 했다. 개구리와 메뚜기, 우렁이를 잡아먹고 새를 잡던 이야기들을 하나도 빼놓지 않고 했다. 그 이야기를 들으며 중전이 자유로운 자신들의 삶을 부러워하고 호응해 주는 것이 마냥 기쁘기만 했다. 적어도 중전이 자신들의 삶을 인정해 준다는 자체만 해도 기뻤다.

"그렇게 자유 분망하던 네가 궁 안에 갇혀 살았으니 얼마나 답답했겠느냐? 하기야 나도 궁 안에 있으면서 어릴 적 여주에서 살던 때가 그리운 적이 한두 번이 아니긴 하지만 말이다."

중전은 자신의 삶이 결코 행복한 삶이 아니라는 것을 자인하기 시작했다.

"인생이라는 것이 나면 반드시 죽는 것인데 자신이 하고 싶은 것을 하면서 살 수만 있다면 오죽 행복하겠느냐? 하지만 그럴 수 없는 것이 인생이니 그 또한 사는 묘미라고 생각할 따름이다."

옥분이는 짙게 배어나오는 회한에 가득 찬 중전의 목소리를 듣자 가슴이 찢어지듯 아팠다. 하지만 자신은 중전에게 해줄 말이 없다.

"그래, 지금 우리가 가기로 한 연해주에 사는 오빠는 임오년 군란 사건 때에도 나를 도와준 그 오라버니라 했지? 그럼 올케는 어떤 여인이냐?"

옥분이의 그런 심정을 읽은 중전이 화제를 다른 곳으로 돌릴 겸 물었다. 물론 자신이 이제 나라를 떠나면 갈 곳이니 그곳에 미리 가있는 사람들이 궁금한 것도 사실이다. 그 오빠야 이미 임오년 군란 때 신세를 진 사실이 있어서 믿을 만하지만 그 올케는 자신을 맡겨도 좋은 여인인지 궁금했다. 그러자 옥분이의 얼굴이 금방 환해졌다. 생각만 해도 좋은 일이다.

"아까 제가 궁에 들어가기 전 제 생활을 말씀드렸지요. 그때 오라비와 저와 함께 뛰놀던 김소현이 바로 제 올케이옵니다."

"그래? 어찌 또 그렇게 연이 되었더냐?"

"그래서 인연이라 하는가 보옵니다."

옥분이는 밝은 얼굴이지만 보고 싶어서 그리워하는 표정을 지으면서 말을 이어갔다.

두 사람의 아버지는 동년배 친구로 전통 있는 양반집 가문이라고 스스로 자부했다. 뿐만 아니다. 스스로 자신의 가문을 자부하는 만큼 서로의 가문을 존중해 주었다.

풍족하게 재산을 모은 것도 아니고, 벼슬도 못해서 신흥 부자들에게 가끔 무시를 당하기도 했다. 하지만 두 사람은 아랑곳하지 않았다. 아무리 상것들이 돈을 벌어서 출세를 했다지만 그런 것은 전혀 부러워하지 않았다. 간혹 자신들을 무시하거나 우습게 아는 신흥부자들을 만나면 그들과 맞 대면하는 것이 아니라 상것은 누가 뭐래도 상것이라고 스스로 위로하며 지워버렸다. 아직 양반이라는 테두리를 벗어던지지 못하고 그 자부심 안에서 살아갔다.

이준서의 아버지는 작은 논밭을 가꾸면서 마을 서당도 운영했다. 김소현의 아버지 역시 학문이 그에 뒤지지 않았지만 대대로 훈장을 해오는 준서의 집안 특권을 해하고 싶지 않아 양보를 했다. 두 사람은 밤이 되면 초롱불 밑에서 글을 읽었다. 한여름 농사일이 한가로울 때는 마을 정자나무 아래에서 양반 몇몇이 모여 서로 운을 띄우면서 시를 읊기도 했다. 가을 추수가 끝나고 농한기가 오면 어느 집이 되었든 사랑방에 모여 앉아 학문을 논했다. 단순히 학문을 논하는 것이 아니라 가끔은 학문에 빗대어 시국을 이야기하기도 한다.

철종이 죽고 12살 어린 나이로 고종이 간택이 되어 즉위한 직후다.

궁에서는 대원군의 존재 거취를 두고 설왕설래 말이 많을 때다. 궁에서 설왕설래 말이 많은 것은 그 결정이 어떻게 나느냐에 따라서 자신들의 득과 실이 오가기 때문이다. 하지만 이곳에서는 어떤 결론이 나든지 간에 그 누구도 잃을 것도 얻을 것도 없는 사람들이다. 솔직한 자신의 심정을 이야기하는 사람들이다.

마침 농한기인 섣달이라 동네에서 양반이라고 자부하는 이들이 이준서의 집 사랑에 모였다. 국상 중이라 대낮에 음주가무를 하는 것은 서로 자제했다. 하지만 이렇게 저녁 늦은 시간에 모여 서로 학문을 논하며 나라의 앞날을 걱정하는 것은 흔히 있는 일이다. 어머니께서 술상을 들고 들어가기는 어려운 자리인지라 준서가 대신 들고 사랑에 들어섰다.

"그래? 그러고 보니 나라님이 우리 준서랑 갑장이시네그려."

이준서의 아버지 이호준이 마침 들어서는 준서를 보면서 한 마디 했다.

"그렇구먼. 그렇다면 나라님도 영민하실 걸세. 아, 준서야 이 동리에서 영민하기로 이름난 아이 아닌가? 내가 그리 많은 것을 아는 사람은 아니지만 준서만큼 영민한 아이가 이 나라에 그리 많지는 않을 거라는 생각이네. 원래 그 해 태어난 생들이 영특한 사주를 많이 타고 났어. 게다가 이 훈장 아들이니 오죽하겠나? 비록 이 훈장이 때를 잘못 만나서 이런 촌구석 훈장이나 하고 있지만 인물로 말하면 정승감이지."

희미한 초롱불 밑에서 누군가가 이야기를 하자 김소현의 아버지 김시원이 맞장구를 쳤다.

"학문으로 말하자면야 이 훈장이야 어디에 내놔도 아까울 것이 없지요. 하지만 이 훈장이나 우리나 그저 성씨를, 아니지 성씨의 본을 잘못 타고 난 탓 아니겠습니까?"

"안동 김가가 아니라 이 말씀이렸다? 그야 맞는 말이네. 그 가문을 타고 났으면 이 훈장이나 시원이 자네나 아마 정승은 못 갔어도 고을

현감으로는 아깝고 최하 군수는 따 놓은 당상이었겠지."

처음에는 모르겠던 그 목소리의 주인공은 바로 서덕원 어른이다. 바로 지척인 이천에 그 본을 둔 이천 서씨로 고려 서희 장군의 후손이라고 자부심이 아주 대단하신 분이다.

서희 장군은 고려 성종 때 거란이 침입해 들어왔을 때 고려의 여걸 천추태후와 양방에서 지략을 펴서 거란을 물리친 희대의 인물이다.

거란이 고려를 쳐들어오자 천추태후는 혈혈단신으로 거란 성종을 직접 찾아간다. 먼저 무술시합으로 거란 성종의 마음을 사로잡은 후 외교적 수완을 발휘하여 요동을 고려의 손아귀에 넣기 위해 송나라를 협공할 것을 제안한다. 거란은 육로로, 고려는 해로를 통하여 송나라를 협공해서 송나라를 거란이 차지하면 고구려의 옛 땅인 요하까지의 요동을 고려에게 주는 조건이다. 이미 혈혈단신으로 자신을 찾아왔을 때 천추태후의 인물됨을 알아 본 거란 성종은 그 무예실력까지 뛰어난 것을 보고 속으로 감탄을 금치 못한다. 하지만 송나라 정벌이 태후 혼자의 힘으로 되는 일이 아니니 그런 용맹과 지략을 뒷받침할 수 있는 장수가 있나 보자고 한다. 결국 전쟁의 결과를 보자는 이야기다.

그동안 서희 장군 역시, 적장 소손녕과 담판하기 위해 혈혈단신으로 적진으로 간다. 그리고 송나라와 가깝게 지내는 것을 트집 잡는 소손녕에게 여진족 핑계를 댄다. 여진이 가운데 있어서 그러니 강동 6주의 여진을 토벌할 권한을 양도해 주면 여진을 토벌하고 거란과 가깝게 지내겠다는 거다. 담판의 결과는 서희 장군의 일방적인 승리였다. 거란을 물러가게 하는 것은 물론 강동 6주까지 수복해냈다.

그때 두 사람이 각각 다른 상대와 담판을 졌지만 가장 큰 맥락을 같이 하고 있었다.

거란 성종과 소손녕이 고려는 신라의 후손으로 왜 자꾸 거란의 영토를 침입하는가를 물었다. 그 대답에 두 사람은 약속이나 한 듯이 고려는 신라의 후손이 아니라 고구려의 후손이다. 고려라는 국호를 사용한 것을 보면 모르느냐? 이미 고구려가 장수왕 이후에는 고려라고 불렸던 것을 알지 않는가? 고려가 고구려의 후손이므로 요동을 차지해야 하는 것은 당연한 일이다. 그리고 송나라와 가깝게 지내는 것은 어쩔 수 없는 현실이다. 그러니 너희는 우리 영토인 요동을 내놓고 대륙 안쪽으로 들어갈 생각이나 하라는 거였다. 대신 너희가 송나라를 정벌한다면 도와줄 것이고 그 대신 우리 요동 땅은 내놓아야 한다는 조건이다.

이 이야기는 이곳 여주와는 같은 고장이나 다름없는 이천 서씨인 서희 장군이 관련된 이야기라 그런지 이 지방 양반들이 모여 앉으면 즐겨 하는 이야기다. 게다가 공공연히 서당에서 학동들에게도 그 이야기를 해줌으로써 이 지방 사람들은 대부분 알고 있는 이야기다. 학문을 좀 했다는 사람들은 단순히 아는 정도가 아니라 거의 외울 정도로, 몇 번이나 자랑삼아 그 이야기를 하고는 했다. 그 정도다 보니 학동들은 막연한 단어이나마 고구려와 요동이라는 단어가 항시 머릿속에 잠재하고 있었다.

이준서 역시 그 학동들 중 하나였고 서덕원 어른만 보면 그 이야기가 생각나곤 했다.

서덕원 어른만 보면 그 이야기가 생각나는 이유가 하나 더 있다. 그 분은 단순히 자부심만 강한 것이 아니다. 그 자부심 못지않게 자신이 몸으로 바른 삶을 실천해 보인 분이다.

그 분은 이곳에서는 대대로 부유한 집안 출신이다. 게다가 시골에서는 보기 드물게 일찍이 젊은 나이에 대과급제를 했다. 중앙에서 벼슬길에도 올랐다. 하지만 중앙에서의 벼슬길이라는 것이 단순히 자신의 실력과 뜻만 있다고 되는 일이 아니다. 안동 김씨가 아닌 바에는 그 세력 휘하로 들어가든지, 아니면 그저 미관말직이나 훑고 다닐 각오를 해야 한다. 하지만 가슴 가득한 자부심과 젊음이 그런 비굴한 타협을 용납하지 않았다. 자신이 할 일만 잘하면 된다는 생각으로 열심히 일했다. 그러나 자신이 옳은 정책을 펴고자 해서 어떤 제안을 하면 사사건건 벽을 넘지 못했다.

처음에는 왜 그 제안이 거절되어야 하는가를 윗사람에게 따지듯이 묻기도 했다. 하지만 시간이 지날수록 자신이 하는 이야기는 메아리가 될 수밖에 없는 현실을 인지했다. 자신의 이야기가 단순히 메아리가 되어 돌아온다는 것을 알았던 처음에는 화도 많이 났다. 하지만 차라리 메아리로 돌아오는 것은 아주 다행이라는 것을 깨달았다. 말 한마디 잘못 했다가 반역 죄인으로 몰려 가문이 몰락하는 흉한 꼴도 보았다. 도대체 반역의 의미가 나라와 상감을 해롭게 하는 것인지, 아니면 안동 김씨들의 세력에 반항하는 것인지 분간하기 힘든 세상이다.

왕의 외척들이 나라와 왕을 어지럽히고 백성을 현혹하여 도탄에 빠뜨리고 있다. 그런 현실을 인지하자 더 이상 관직에 미련을 둘 필요가 없었다. 서덕원은 관직을 그만두고 낙향하는 길을 택했다.

자신이 현실에서 죄인이 되는 것이 두려워서가 아니다. 저들과 한 솥밥을 먹으며 역사에 씻을 수 없는 죄를 짓기 싫어서다. 차라리 힘이 크다면 저들을 송두리째 뽑아 버릴 수 있겠지만 지금의 자신으로서는 어림도 없는 일이다. 계란으로 바위를 쳐서 깨지는 한이 있더라도 흔적을 남길 수 있다면 치겠다. 하지만 지금 저들에게 몸을 던지는 것은 흔적을 남기기는 고사하고 역사만 더 더럽힐 뿐이다. 서덕원은 고향 여주가 자신이 살도록 만들어진 그릇이라는 생각으로 미련없이 한양을 버렸다.

서덕원 어른이 그런 분이라는 것을 알기에 그 분만 보면 서희장군을 보는 것 같아 그 생각이 더 났다.

"준서야. 왜 게서 엉거주춤 서 있는 게냐? 너도 안동 김가가 아니라 걱정이냐?"

"아, 아닙니다. 술상을 어디에 놓아야 할지 몰라서요?"

서덕원의 물음에 준서는 흠칫 놀라며 엉뚱한 대답을 했다.

자신은 서덕원 어른을 보면서 서희 장군과 천추태후 생각을 하고 있었다. 그런데 상감과 자신이 갑장이라고 하는 어른들의 이야기를 듣자 그 뒷말이 궁금해서 엉거주춤하고 있었다. 준서는 그런 자신의 마음을 들킨 것 같아 엉뚱한 대답을 했다.

"아, 이 녀석아 아무 곳에나 놓고 이리로 앉아. 네 속을 모를 줄 아냐?

술상을 놓을 곳이 마땅치 않은 것이 아니라 어른들이 이야기하는 나라 사정이 궁금한 것이겠지. 자, 너도 나이가 들었고 또 장차 나라 일을 하려면 알 것은 알아야 하니 이리로 앉으려무나."

서덕원 어른이 껄껄 웃으면서 한 마디하자 준서는 아버지를 쳐다보았다. 이호준 역시 아들이 이제 성장할 만큼 성장했으니 알 것은 알아야 한다고 생각했는지 앉아도 좋다는 눈짓을 보냈다.

준서는 자리로 보아 가운데 쯤 되는 곳에 술상을 놓고 문 쪽 구석으로 가서 앉았다.

술상이라 해봤자 볼품없다. 작은 동이에 막걸리가 그득히 담기고 작은 표주박이 하나 떠 있다. 김장으로 담근 무김치는 썰어서 넓적한 옹기그릇에 담아 놓았다. 그리고 사발 몇 개가 포개져 있고 젓가락 몇 채가 한데 어우러져 있는 것이 전부다. 그러나 아무도 그것을 이상하게 생각하지 않는다. 누구네 사랑에서 모이든지 가끔 내오는 술상이 대개 비슷했다.

서덕원은 준서가 술상을 내려놓자 먼저 한 표주박을 떠서 사발에 담고는 표주박을 옆 사람에게 건넨다. 죽~ 그렇게 한 바퀴를 돌아 모두의 사발에 술이 찼다.

"승하하신 나라님은 승하하신 나라님이고, 이제 새로 나라님이 되신 분이 제발 우리 백성들을 위한 성군이 되시기를 기원하면서 죽~ 한 잔씩 합시다."

서덕원이 말하고 먼저 잔을 입에 대자 좌중은 각자 잔을 입으로 가져갔다. 어른이 먼저 뜨고 어른이 먼저 마시는 것이 예다. 그것을 지키지 않으면 설령 진수성찬을 대접한다고 해도 자리가 끝나고 나면 욕만 먹는다. 아직 이곳은 그런 예가 돈보다 더 중요하게 취급받는 마을이다.

"준서야, 내가 우스갯소리로 안동 김가로 태어나지 않은 것이 걱정이냐고 물었지만 두고 보아라. 안동 김가로 태어나지 않은 것을 자랑으로 알 날이 머지않아 올 것이다. 흥선군의 아드님께서 보위에 오르시고 그 분이 대원군으로 봉해지셨으니 머지않아 그 분이 나라의 권력을 가질 날이 올 것이다. 조대비마마께서 섭정을 하시려고 새 주상을 모셨겠느냐? 어림도 없는 소리다. 안동 김가들의 횡포를 보다 못하셔서 지금까지 몸을 바짝 낮추고 있던 흥선군을 택하신 거다.

조대비마마의 뜻도 그렇겠다, 지금까지 흥선군을 마치 거렁뱅이만큼도 취급하지 않았던 안동 김가들이 무사하겠느냐? 김병학대감 정도라면 모르겠지만?

아마 나머지는 곡소리 좀 날거다. 남쪽 동네가 시끌벅적해지겠지."

서덕원이 입에 대었던 잔을 떼어내며 단지 준서 들으라고 하는 소리는 아닌 것 같은 말을 했다. 서덕원의 말을 듣던 어른들이 하나씩 잔을 내려놓으며 귀를 쫑긋 세웠다. 하지만 서덕원은 누가 무슨 말을 어떻게 듣던지 간여하지 않고 준서 들으라는 투로 말을 이었다.

"흥선군이 누구냐? 그 분이야말로 타고난 정치꾼이다. 자신이 고개를 쳐들었다가는 제 명에 못살 것을 아신 분이다. 왕족의 군이 한 직을 전전하면서 겨우 입에 풀칠하기도 버겁게 세상을 살아 오셨다. 한데 그 분께서 이제 실권을 쥔다. 조대비마마께서 그 분에게 권한을 주려고 새 주상을 모신 것 아니겠느냐? 그렇다면 안동 김가와는 인연도 없고 차라리 있다면 맺힌 것뿐인 그 분이 어떤 길을 가시겠느냐? 대답은 이미 나와 있다.

그동안 안동 김가들 밑에서 나라를 위해 머리를 쓰지 못하던 인재

들을 고루 등용하시겠지. 그러면 자동으로 안동 김가들은 제 집으로 가는 수밖에. 김병학대감이야 그동안 흥선군을 인격적으로 대우해 주면서 알게 모르게 물질적으로도 혜택을 베풀어 준 사람이니 당연히 어느 정도 보답은 받겠지. 하지만 항간에 떠도는 말처럼 김 대감의 여식이 중전으로 간택되거나 하는 일은 없을 것이다. 안동 김가 외척의 세도정치에 신물이 나신 조대비마마도 조대비마마려니와 대원군께서도 전철을 밟고 싶지 않으실 게다.

하기야 모르지. 그 놈의 정치라는 것이 생물이다 보니 항상 살아 움직인단 말이야. 그래서 걱정이 되는 것이지. 흥선대원군께서 행여 수를 잘못 두실까 봐.

첫째 잘못 둘 수 있는 수는 바로 안동 김가의 누군가와 손을 잡는 것이다. 막상 나라를 움직이기 위해서는 반드시 권력의 향배가 중요하지. 지금으로써는 어떤 큰 용단이 없는 한 안동 김가가 그 맥을 짚고 있거든. 하지만 지금까지 그렇게 날을 갈면서 살아오신 분이니 첫 번째 수는 두지 않을 것 같다.

둘째 잘못 두는 수는 집권을 하신 후 욕심을 내는 것이지. 새 주상께서 어리시니 지금은 그렇다지만 어느 정도 수가 차시고 국정 파악이 되시고 나면 미련 없이 자리를 내주셔야 하는데…. 정치라는 것이 특히 권력이라는 것이 잡으면 놓기 싫은 것인가 보더라. 나는 못 잡아보고 그저 주변에서 구경만 해봤지만 그렇더라. 분명히 옳지 않은 일인 것을 본인도 알면서 권력을 유지하기 위해서 못된 짓을 서슴없이 저지른다. 절대로 옳지 않은 일은 행하지 않을 것 같아 보이던 사람들이 저지르는 엉뚱한 짓을 보면 죽어도 놓기 싫은 것이 바로 권력 같아.

이제 새 중전마마가 간택이 될 텐데, 아마 외척세력이 없는 가문에서 되겠지. 하지만 그렇다고 외척세력이 아주 없지는 않을 것이다. 그때는 대원군께서 한 걸음 뒤로 나와서 큰 틀을 보아야 하는데. 상감께서 바로 가시도록 수를 놓는 법을 가르쳐 주시는 것이 더 중요하다는 거다. 안에서 권력을 가지고 싸우는 사람 눈에는 큰 수가 보이지 않게 마련이거든. 바둑도 훈수 두는 사람이 더 잘 둔다고 하지 않던? 권력을 놓기 싫어서 끝끝내 잡고 있으려고 하면 결국 낭패를 보겠지. 하지만 잘 알아서 하실 분이라고 믿고 싶구나."

서덕원이 마치 준서 들으라고 하는 말처럼 했지만 자신이 하고 싶은 말은 다했다. 자신의 바람까지 담아서 그 방에 있던 모든 이들이 들을 수 있게 이야기했다.

옥분이가 거기까지 이야기하자 중전이 말을 받았다.

"백성들이 먼저 아는구나?"

"송구하옵니다. 백성들이 주제넘은 말을 한 것을 소녀가 거르지도 않고 말씀을 드렸습니다. 그렇지 않아도 불편하신 심기를 더 불편하시게 한 것 같습니다."

"아니다. 그런 백성들의 영민함을 몰랐기에 이 꼴이 된 것이다.

임오년 군란 때 내가 신흥마을 여주 이씨 이시일의 집으로 가기 전에 멧터로 갔다가 정종택, 종석, 종복 3형제에게 쫓겨났던 것 너도 기억날 거다. 훗날 그들은 여인들이 장옷을 입은 것을 귀신으로 착각하고 그리했다고 변명을 해서 웃고 말았지만 결코 그것이 아니었구나. 그들은 내가 중전이라는 것까지는 몰랐을지언정 외세에 휘둘리는 조선의 현실을 싫어한 것이야. 그래서 우리 차림으로 볼 때 최소한 권세 있는 집안 사람이라는 것을 눈치 채고 우리들을 받아들이지 않았던 거구나.

지금이라도 알게 된 것이 다행이구나. 이제 또 기회가 온다면 그런 백성들의 소리에 귀를 기울일 것이다. 궁 안에서 저희들만 잘난 줄 알고 백성을 우습게 본 벌이라는 생각마저 드는구나. 백성이 나라 위라는 말이 있다. 하지만 그런 말이 있다는 것만 알았지 한 번도 실제 정치에 나서면서 가슴속에 담아 본 적도 실행해보고자 한 적도 없는 것 같다. 그런 모습을 하늘이 그냥 보고 있지만 않았다는 생각이 드는구나. 지금이라도 정신을 차리라고 이런 기회를 만들어 주신 것 같구나."

"예. 마마 모름지기 백성들이 말을 안 해서 그렇지 먼저 알고 있을 것입니다. 궁 안에서 벌어지는 세세한 일은 몰라도 그 맥은 먼저 감지하고 있을 것입니다. 백성들은 자신들의 삶과 직결되는 문제다 보니 모르고 싶어도 모를 수 없는 일이옵니다."

"그렇겠지. 당연히 그럴 거라는 생각이 든다. 또 한편으로는 그렇게 자유로이 자신의 생각을 말할 수 있는 백성들의 삶이 부럽기도 하구나. 만일 궁에서 그렇게 옳은 자신의 생각을 말했다면 정적들에게 무사하지 못했을 것이다. 예를 들어 대원군이 욕심을 내지 말아야 한다는 말을 했다면 그것은 곧바로 대원군을 반대한다는 말로 불어나서 대원군의 귀에 들어갔을 것 아니냐? 그리되면 그 말을 한 사람은 대역 죄인으로 몰릴 것이 빤한 일이다.

서로의 정책에 대해 옳고 그름을 가려 우월한 정책으로 백성들의 삶을 풍요롭게 하고자 하는 사람이 득세하는 것이 아니라, 상대방을 어떻게든 역적으로 꿇어앉히는데 혈안이 돼 자신의 자리 보존만을 위한 처세를 해온 결과라는 생각이 드는구나. 물론 나를 포함한 모든 이들이 그랬다는 것이다. 백성들이 보기에 나라고 예외는 아니었겠지. 백성들의 삶을 보는 것이 아니라 자신의 손아귀 안에 들어 있는 권력을 들여다보면서 스스로 만족해하는 이들이 얼마나 우스꽝스러웠을까?"

중전은 자신을 포함한 이 나라 만조백관들이 하는 짓에 보냈을 백성들의 원망이 들리는 듯했다. 사바틴이 오지 않아서 불안해하던 마음보다 부끄러운 마음이 더했다. 중전의 얼굴에 부끄러운 기색마저 돌았다. 그러나 그것도 잠시뿐 백성들이 하는 소리를 더 듣고 싶었다.

"그런데 네가 한 이야기에 네 오빠와 올케가 인연을 맺게 된 사연은 없는 것 같구나."

중전이 부끄러운 기색을 거두면서 물었다.

"아, 예. 그건 그 후의 일입니다. 바로 그 서덕원 어르신이 두 사람을 중매한 꼴이 된 이야기입니다."

"그래 해보렴. 네 이야기를 듣다 보니 불안도 가시고 오히려 시간도 잘 가는구나."

중전이 해보라고 했음에도 불구하고 옥분이는 머뭇거렸다.

"왜 이야기를 머뭇거리는 게냐? 혹 내가 듣기에 거슬려서 말하기 곤란한 것이 있어도 괜찮다. 숨김없이 해라. 이런 꼴을 당하면서도 백성들의 말이 귀에 거슬린다면 설령 내게 다시 기회가 온다고 해도 무슨 소용이겠느냐? 백성들이 귀에 거슬리는 소리를 해주는 것을 고맙게 알고 그것을 고치지 못하면 아무 의미가 없지 않겠느냐?"

중전이 진심어린 표정으로 이야기하자 옥분이는 다시 말을 이어 갔다.

대원군이 집권을 하고 경복궁 재건이 한참일 때다.

국가의 재정이 좋을 때라면 궁궐을 재건하는 것을 이런 시골 백성들까지 모를 수도 있다. 하지만 궁궐을 짓기 위해 이곳까지 부역할 사람들을 모집하고 부역을 하지 않으려면 돈을 내라는 것이다.

"그동안 낸 세금들은 다 뭐하고 또 특별세를 추징하는 거야?"

"권문세가의 방귀 좀 뀌는 인간들은 모조리 빠져나가고 우리 같이 힘없는 백성들이나 주머니를 터니 세금이 나올 것이 있나?"

"아, 궁궐 크다고 나라가 잘사나? 그리고 솔직히 말해서 조선 건국 이후로 경복궁에서 뭐 좋은 꼴을 본 것이 있다고 경복궁에 그리 집착을 하는 것이야?"

"일 못하는 놈이 연장 탓한다고 궁궐이 작고 오래돼서 일 못한다면 그건 말이 안 되지. 우리같이 초가살이하는 백성들에게 큰 궁궐 짓겠다고 돈을 거둬들이는 것을 보면 이번에도 백성들 삶은 뒷전으로 밀릴 것이 빤하군."

그 날도 농한기를 맞아 준서네 사랑에 앉은 사람들이 저마다 한 마디씩을 했다. 보통 불만이 아니다. 이사람 저사람 각기 한 마디씩 하는데도 말 한 마디 없이 듣고만 있던 서덕원 어르신이 입을 열었다.

"대원군께서 참 묘한 일을 하시는 것은 사실이오. 지금 쓸데없는 곳에 국고를 낭비하고 있어. 그 분은 궁궐을 크고 화려하게 지어서 왕의 권위를 높여보려는 마음이겠지만 왕의 권위라는 것이 궁궐만 크고 화려하다고 서는 것이 아니거든. 백성들이 우러러보는 왕이 되어 주면 당연히 서는 것인데. 하지만 한편으로 이해가 가는 것은 그동안 왕권이 신하들에게 얼마나 휘둘렸으면 그런 생각을 다 했을까 하는 생각도 들어.

하지만 궁궐을 짓느라고 서민들의 고혈을 짜는 것은 절대 옳지 않은 일이라는 것에는 나도 공감이오. 하지만 그 덕분에 평민들에게만 받던 양포세를 양반들에게 부과하기 시작했지 않소? 나도 양반이니 그동안 내지 않던 것을 내게 되어 기분이 상할 것 같은데 오히려 좋아. 솔직히 양반이 내면 더 내야지 평민들만 양포세를 낼 일이 아니었거든. 나라는 여위어만 가는데 양반들은 살쪄 가는 것이 현실 아니었소. 그것이 바뀌어 나라가 살찔 수 있다면 고마운 일이지. 또 인재도 당파를 초월해서 고르고 파당의 온상인 서원도 철폐하고 여러 가지 잘한 일들도 있으니 조금만 더 지켜봅시다. 한 가지 잘못 한 것 가지고 너무 왈가불가하다 보면 되는 일이 하나도 없을 수도 있으니 말이오."

서덕원 어른이 그런 말을 하고 있을 때 여느 때처럼 준서가 술상을 들고 들어섰다.

"나라님과 갑장인 준서 아니냐? 그래, 나라님은 커다란 새 궁궐이 생기는데 너는 무엇이 생기노?"

하며 짙은 농담을 하던 서덕원 어른이 갑자기 무슨 생각이 났는지 준서 아버지와 김소현의 아버지를 번갈아 보았다. 그리고 준서를 보면서 말했다.

"그래, 나라님이 궁궐을 얻는 것에서 끝나지 않겠지. 국상이 끝나면 가례도 올릴 것이다. 그러니 너도 이 기회에 색시 하나 점지해 두면 어떻겠니? 아, 같은 갑장인데 궁궐은 못 얻어도 색시라도 얻어야 할 것 아니냐? 이 기회에 내가 중매 한 번 서마.

이 초시와 김 초시는 각각 아들과 딸이 있는데 김 초시는 외동딸이 준서보다 두 살인가 아래지 아마? 내가 보기에는 딱 좋은 배필일세. 두 사람 뜻은 어떤가?"

갑자기 이상한 소리를 듣는 준서는 어리둥절했다. 준서의 아버지 이호준과 김소현의 아버지 김시원 역시 어리둥절하기는 마찬가지다. 그러나 서덕원 어른은 그런 세 사람의 표정에는 개의치 않고 두 사람에게 다시 이야기했다.

"두 사람은 원래 절친한 사이고 또 학문도 서로 즐기는 사람들이라 사돈 삼기에는 최고 좋은 관계지. 또 준서 동생 옥분이와 김 초시 딸 소현이는 둘도 없는 친구니 시누올케 사이도 좋을 것이고. 물론 옥분이야 곧 궁으로 들어가겠지만 언젠가는 또 만나서 같이 살 수도 있지 않겠나? 그러니 이보다 저 좋은 연이 어디 있겠나?

내 평소에 자네 두 사람은 물론이고 자네의 자식들까지 눈여겨보았네. 모두 훌륭한 인물들이지. 그래서 언젠가는 한 번 넌지시 뜻을 알아보아야겠다고 하던 차였는데 마침 지금 기회가 왔군 그래."

서덕원 어른이 그렇게 이야기하자 두 사람의 아버지들은 멋쩍은지 공연히 뒤통수를 어루만졌다. 하지만 당사자인 준서는 속으로는 은근히 기뻤다. 소현이가 내 각시가 된다. 서덕원 어른이 고맙기만 했다. 그러나 아직 어린 나이에 티는 낼 수 없고 아버지가 빨리 대답해 주기만 기다렸다.

"제 자식이 잘난 것도 없는데 그리 봐주신 어르신이 고맙기만 합니다. 저야 김 초시가 여식을 며느리로 준다면 고마운 일이지요."

준서는 뛸 듯이 기뻤다. 하지만 소현이 아버지 대답도 중요한 것이라 귀를 쫑긋 세웠다.

"아, 여식 가진 놈이 제 딸 예쁘다고 며느리 달라는데 망설일 것이 무어람."

이야기는 끝이 났다. 준서는 당장이라도 일어나서 밖으로 나가 소리라도 지르고 싶었다. 하지만 지금 그럴 수는 없다.

"그럼, 얘기는 끝난 거구만. 적당한 시기를 봐서 날만 잡고 택일하면 되겠네. 하지만 아직은 자식들 나이가 있으니 서둘지는 말게. 앞으로 10년이면 어떤가? 훌륭한 두 가문 사이에 약조는 된 일이니 천천히 생각들 해보게나."

준서는 서덕원 어른의 말씀에 날 것 같은 기분이 싹 가셨다. 소현이를 각시로 삼아준 것까지는 너무 고마웠다. 하지만 기왕 각시로 만들어 주려면 당장이라도 해줄 일이지 10년도 좋다니 무슨 망언을 하시는 건가?

"준서야, 술 안 따르고 뭐하냐? 중매서 줬더니 술도 한 잔 안 따르고?"

맨 마지막 말에서 실망이 커 멍하니 있는 준서에게 서덕원 어른이 핀잔을 줬다.

"정말 백성들의 삶이라는 게 생각보다 자유롭고 아기자기하구나.

다만 먹고 사는 것이 힘들어 그렇지. 왕은 궁궐을 얻으니 색시라도 얻으라는 그 말이 얼마나 해학 가득한 말이냐? 만일 궁궐에서 그런 농을 했다가는 당장 참수를 당할 터인데. 그리고 백성들은 서로 불만을 이야기하고, 서로 들어주고 답해주고. 그렇지. 맞는 말이다. 궁궐 크다고 왕권이 선다더냐?"

옥분이의 말을 듣던 중전은 어느새 자신 역시 그들의 진심어린 농담 속으로 빠져들고 있음을 느꼈다. 그들이 하는 말은 농담 같으면서 진심이 배어 있다. 남 듣기 좋은 말만 골라서 하는 것도 아니다. 누구든지 하고 싶은 말을 하면 그것이 곧 삶을 이룬다. 물론 아옹다옹하는 것도 반드시 있다. 하지만 기껏해야 말싸움이고 아주 심해야 주먹다짐이 고작이다. 한데 궁궐의 생활이라는 것은 자신의 패배는 일족의 멸함을 뜻한다. 그러니 죽어라고 권력의 끈을 놓지 않으려고 파당을 만들어 싸움질을 한다. 그 싸움에서 이기면 같은 파당끼리 또 찢어져서 싸우기를 반복한다. 정해진 밥그릇 안에 들어가기 위해서는 음해와 모략은 아주 당연히 해야 하는 것이다.

지나온 자신의 삶이 과연 무엇이었는지 중전에게 회한이 가득 밀려온다. 만일 다시 기회가 온다면 그때는 정말 눈을 크게 뜨고 사람이 아니라 그 사람이 말하는 정책을 판단하리라 중전은 굳게 다짐했다.

피붙이보다
나라가 먼저이옵니다

•
•
•

옥분이의 이야기를 듣느라고 시간 가는 줄 모르고 밤을 지새웠다.

하지만 시간이 지나면서 사바틴이 돌아오지 않자 두 가지 생각이 교차되기 시작했다.

분명 새벽 세 시가 거사를 하기로 약조한 시간이라고 했다. 비록 시계도 없고 마음이 조급해서 그런지 모르지만 다섯 시는 충분히 되고도 남은 것 같다. 그렇다면 변고는 끝이 났어야 한다. 그런데 사바틴은 나타나지 않았다. 나라에 무슨 더 큰 변고라도 있는 것인가?

한편으로는 다른 생각도 떠올랐다. 그 정보가 잘못된 정보일지도 모른다. 제발 그러기를 바랐다. 만일 요동 묵가라는 백성이 전해 준 정보가 잘못 된 정보라서 아무런 일도 일어나지 않는다면 더 이상 바랄 것이 없다.

두 가지 생각이 교차되기 시작하자 중전은 초조해서 어쩔 줄을 몰랐다. 그리고 점차 정보가 잘못되어 아무런 일도 없기를 간절히 바라는 마음으로 기울어갔다. 중전은 어느새 자신도 모르게 기도를 드리고 있었다. 자신이 꼭 신을 믿은 것은 아니지만 신이 있기를 바랐고 그 신이 이 나라를 지켜주기를 간절히 기도했다. 시아버지 대원군이 천주교도들을 무차별하게 탄압할 때 제발 그러지 않기를 바랐다. 자신이 낳은 첫 아이가 쇄항으로 낳자마자 죽었을 때 시아버지가 탄압한 천주교도들의 원혼 때문이라고 시아버지를 수도 없이 원망했다. 하지만 지금은 생각이 바뀌고 있다. 천주교도들의 원혼이 저주를 한 것이 아니다. 자신을 믿는 신도들을 처형한 것에 대한 벌이다. 바로 그들이 믿던 신이 벌을 준 것이다.

거기까지 생각이 미친 중전은 기도를 드렸다.

"제발 이 나라에서 악운을 걷어가고 행운을 주시기를 이렇게 비옵니다. 저희가 잘못한 것은 많사오나 그저 용서해 주시기를 애원하오니 너그럽게 용서하시고 들어주옵소서."

중전은 자신의 시어머니인 민부대부인이 천주교와 관련이 있었음에도 무차별 신도들을 학살한 시아버지를 다시 한 번 원망했다. 설령 천주교인이 아니더라도 그렇게 많은 사람들을 학살하면 그 끝이 좋을 수 없다는 생각이 든다. 뒤늦게나마 시아버지를 대신해서라도 그 신에게 용서를 빌고 자비를 구하고 싶었다.

중전이 기도를 마치고 옥분이를 쳐다보았다. 애절한 자신의 마음이 옥분에게도 전해졌나보다. 옥분이도 두 손을 모아 다리 위에 포개 놓고 고개를 숙이고 무언가 간절하게 애원하고 있다. 하지만 혹 옥분이가 졸려서 저럴 수도 있다는 판단이 들었다.

"졸리면 나 상관하지 말고 잠 좀 자 두려무나."

"아니옵니다. 전혀 졸리지 않습니다. 다만 마음이 초조하고 다급해 하시는 마마의 표정을 뵈니 너무 안쓰러워 저도 기도를 드렸습니다."

옥분이는 중전이 기도하고 있다는 것을 알고 자기도 기도를 드렸다고 했다. 중전은 그 대상이 누구인지 묻고 싶지 않다. 옥분이 자신이 절실하게 믿는 신이라면 족하다는 생각이다.

"그래, 잘 했구나. 그런데 왜 이렇게 연락이 없는지 답답하구나. 날이 밝아오는 것을 보면 분명 5시는 족히 된 것 같은데 말이다. 정말 아무 일도 일어나지 않는 것이라면 오죽 좋겠느냐? 제발 그 정보가 잘못 된 것이기만 바랄 뿐이구나."

"저도 그렇게 되기를 기도드렸습니다."

중전은 자신의 타는 속내를 털어 놓았다. 그러자 옥분이는 망설이지 않고 자신도 그리 되기를 기도드렸다고 했다. 초조한 가운데에서도 중전은 옥분이가 기특해서 한 마디 했다.

"그리되면 너는 네 오빠와 올케를 못 만날 수도 있는데?"

"마마, 나라가 먼저지 어찌 오라비와 올케 만나는 것이 먼저이겠습니까? 나라와 마마만 평안해지실 수 있다면 저는 오라비와 올케는 죽을 때까지 만나지 않아도 여한이 없을 것이옵니다."

"진정이드냐?"

"예, 마마. 제가 어느 안전이라고 거짓을 고하겠습니까? 하지만 그런 마음은 저 하나가 아니라 이 나라 백성이라면 모두 그런 생각을 갖고 있을 것이옵니다."

"이 나라 백성이라면 모두가 그렇다? 나라의 녹도 아니 먹는 민초들은 그러할진대 왜 나라의 녹을 먹는 이들은 자신의 피붙이도 모자라 자신의 측근이라면 나라를 들어먹는 한이 있어도 세우려한다는 말이냐? 그들은 이 나라 백성이 아니더란 말이냐? 아무 능력도 없는 이를 자신의 주변에서 맴돌던 이라는 이유 하나만으로 어떤 자리를 점지해 주지 않으면 못 배기니 말이다. 나는 물론 이 나라 관리라는 사람들은 모조리 백성들 앞에서 무릎 꿇고 석고대죄해야 옳겠구나."

옥분이의 거침없는 대답을 듣고 자신도 모르게 작은 소리로 중얼거리던 중전은 얼굴이 화끈할 정도로 달아오르는 부끄럼을 느꼈다. 민초들은 이런데 왜 권력을 가진 자들은 그렇지 못하다는 말인가? 나라보다는 자신의 권력을 먼저 챙기려고 자신의 세력을 끌어들이는 것도 모자라 외국 공관에 줄 대기를 하는 모습을 보면 민초들이 얼마나 기가 막힐 것인가? 더 이상 할 말이 없다. 그저 부끄럽다는 말이 지금에 가장 적절한 표현이다.

"한데 네 오라버니는 전일 내가 배려해 준적도 있건만 왜 벼슬길에 나서지 않고 연해주로 갔더란 말이냐?"

중전이 자신의 부끄러운 마음도 감출 겸 던진 질문에 옥분이는 얼굴까지 발그스레해지면서 말을 못했다. 중전은 상황에 짐작이 갔다. 분명히 조정에 듣기 안 좋은 말이 있는 까닭이다.

"괜찮다. 지금까지 들어온 말로 대충 짐작은 간다. 아까도 말했지만 내가 알아야 다시 기회가 오면 상감께서 백성들의 올바른 뜻을 알고 바른 정치를 하실 수 있게 할 것 아니냐?"

중전이 차분한 어조로 다독였지만 옥분이는 입술을 움찔움찔 하기만 하다가 정말 힘들게 입을 열었다.

"제 오라비뿐만 아니라 백성들은 관직이 매관매직으로 움직이는 것을 다 알고 있습니다. 시골 미관말직까지 온통 비리투성이 입니다. 줄이 있든 돈이 있든 하나가 있어야 합니다. 제 오라비는 자신이 관직에 나서도 뒤를 봐줄 줄도 돈도 없을 뿐만 아니라 설령 있더라도 그런 이전투구현장에 나서기 싫다고 했습니다."

중전은 정말 할 말이 없었다. 그냥 옥분이에게 다가가서 조용히 껴안아 주었다. 그리고 말했다.

"미안하다. 정말 미안하다. 백성들의 그런 마음과 현실도 못 읽고 국모라고 앉아 있었으니 오늘의 꼴을 당해도 싸다는 생각이 드는구나."

중전의 눈에서는 뜨거운 눈물이 흘렀다. 백성들의 원성이 들리는 듯 했다.

"마마, 송구하옵니다."

"아니다. 진작 너에게 그런 이야기를 들었다면 오늘의 이 꼴은 당하지 않아도 될 뻔했다. 제발 오늘 아무런 일도 일어나지 않아 다시 궁으로 갈 수 있었으면 좋겠구나. 살고 싶어서도 아니고 다시 권력을 쥐고 싶어서도 아니다. 비록 늦었지만 지금이라도 새롭게 안 사실들을 바탕으로 백성들을 위해서 새로 태어나는 주상전하와 국모가 되어 보고 싶구나. 지금 내가 너를 이리 안아주는 것은 국모로서가 아니다. 너를 낳은 네 친어머니가 아니니 이미 우리가 약속한 대로 이모의 심정으로 네게 미안한 마음을 전하는 것이란다."

옥분이가 몸둘 바를 몰라 하자 중전은 살포시 안은 손을 풀고 눈물을 닦으며 말을 이었다.

"그리고 나도 모르게 그냥 들었다만 마마라고 부르지 마라. 정말 이모라고 부르려무나. 네게 이모가 될 자격도 없는 것 같아 미안하지만 말이다."

"무슨 말씀을 하시옵니까? 그리 말씀하시면 제가 몸 둘 바를 모르겠습니다."

"아니다. 너를 탓하는 말이 아니라 진심에서 우러나오는 말이다. 그리고 내게 하는 말투도 여염집 이모에게 조카가 하듯이 해야 한다. 설령 오늘 아무 일도 없어서 다시 환궁을 한다하더라도 너에게는 진짜 이모가 되고 싶구나. 그리고 홍 상궁은 생명의 은인으로 대접할 것이다."

잠시 후.

마음을 진정시킨 중전은 다시 창문을 쳐다보았다. 창문이 훤한 것이 마음이 조급한 까닭인지 날의 밝기로 보아 다섯 시가 넘어 보였다.

"시간이 너무 간 것 같은데 왜 아직 사바틴에게서는 소식이 없는 걸까?"

중전이 막 그 말을 하는데 총소리가 들렸다. 전문가가 아니라 떨어진 정도는 짐작할 수 없지만 분명한 총소리다. 그것도 한두 정으로 쏘는 것이 아니다. 여러 대의 총으로 분명히 서로 상대를 공격하는 것이 분명했다.

"이게 총소리 맞지?"

"예, 맞습니다."

이미 여러 번 들어본 총소리다. 두 사람의 얼굴에는 금방 공포가 엄습했다. 하지만 중전은 평온을 찾으려고 노력했다.

"분명히 세시는 넘은 것이 확실한데 총소리라면 무엇이 어찌 잘못되었다는 말이냐?"

중전은 초조해 하면서도 평온을 찾으려고 노력하는 모습이 역력했다.

"혹 일본인들이 거사를 잘못 일으켜 날이 밝는 바람에 사전에 발각이 되어 우리 수비대가 퇴각시키는 것이라면 좋으련만."

중전은 자신의 바람을 실어서 말했다. 하지만 그럴 가능성은 없다는 것을 자신도 잘 안다. 오늘 훈련대가 해산되고 훈련대의 무기를 수비대가 지니고 일부 훈련대가 수비대로 편입된 뒤에 일어난 상황이라면 또 모른다. 하지만 지금의 수비대는 열악하기 그지없다. 훈련대가 해산되는 오늘을 거사일로 잡은 일인들도 그것을 알기 때문이다.

"마마, 아니 이모님. 용기를 잃지 마십시오."

"그럼, 용기를 잃어서야 어찌 백성들에게 진 그 많은 빚을 갚을 기회가 오겠니? 나도 이제 이렇게 말투를 바꿀 테니 너도 말투를 정말 조심해야 한다."

중전은 자신이 주체할 수 없이 불안이 엄습해오는 순간임에도 불구하고 말 단속시키는 것을 잊지 않는 치밀함을 보였다.

총소리가 나자 중전은 물론 옥분이 역시 초조함이 더해왔다. 이렇게 여러 발의 총소리가 뒤엉켜 난다는 것은 분명히 전투를 하고 있다는 것이다. 중전은 초조한 마음으로 다시 기도를 드렸다.

"저는 기도할 줄도 모릅니다. 하지만 제발 저희들의 잘못을 용서하시고 이 나라를 돌보아 주시옵소서. 지난 잘못을 말하자면 얼마나 크겠사옵니까? 하지만 용서하시는 분이시니 저희를 용서하시고 제발 이 나라가 무사하게만 해주십시오. 지금 전투가 이 나라에게 승리를 안겨 제발 이 나라 종묘사직이 무사하도록 도와주십시오. 종묘사직이 무사해진다면 반드시 백성들을 위한 나라를 만들도록 노력할 것입니다."

"이모. 총소리가 멎은 것 같아요."

시간이 얼마나 지났을까? 기도를 드리느라 열중하던 중전이 옥분이의 말을 듣고 귀를 기울여 보니 정말 총소리가 멎었다. 불과 얼마 되지 않은 것 같은데 전투가 끝났다는 말인가? 그렇다면 이 일이 좋은 일인가 나쁜 일인가?

두 사람 모두 터지기 일보 직전이라는 표현도 모자를 정도로 답답한 가슴을 어찌해야 좋을지 몰라 누가 먼저랄 것도 없이 일어나서 서성이기 시작했다.

그러기를 얼마나 했을까?

중전 생각에는 날이 하얗게 샌 것 같다. 그런데 날이 하얗게 새도 사바틴은 오지를 않는다. 도대체 폐하는 어찌 되셨고 또 세자는 어찌 되었을까? 홍 상궁은 어찌 되었으며 왜놈들이 일으킨다던 정변은 정말 일어난 것일까?

수 만 가지 생각이 교차했다. 자신이 스스로 내린 이런 저런 결과들이 머릿속을 뒤흔들었다. 그러나 거부하려고 해도 자꾸 자신에게 유리한 결론을 내리고 있었다. 머리를 뒤흔들어도 일본군의 정보가 이렇게 노출된 이상 그들 스스로 작전에 차질을 빚어 우리 수비대가 그들을 물리친 것으로 결론이 난다.

'일인들은 정규군도 아니다. 그렇다고 깡패도 아니다. 지식인들이라지만 헛된 공명심과 출세욕에 눈이 뒤집힌 오합지졸 낭인들일 뿐이다. 미친개와 다를 것이 없다. 그렇다면 다이 장군이 교관으로 있는 우리 수비대의 훈련된 군사들이 얼마든지 무찌를 수 있다. 거기다가 비록 훈련대가 박영효 직속으로 아무리 친일 성격을 가지고 있다지만 국모를 시해한다는 데 가만히 있지 않을 것이다. 그들 역시 수비대 편을 들고 나올 것이다. 그리되면 결론은 이미 난 전투다. 그래서 이렇게 빨리 끝이 났을 거다.'

중전은 스스로 그렇게 결론을 내리면서도 불안을 숨길 수 없어 안절부절 하지 않을 수 없었다.

반대로 옥분이는 객관적으로 판단하고 있었다.

총소리가 끝난 것은 이제 자신들이 다시는 궁으로 돌아 갈 수 없다는 것을 말하는 것 같았다. 만일 중전의 말대로 거사에 차질이 생겨 날이 밝는 바람에 우리 군사들에게 사전에 발각이 되었다면 소리 소문도 없이 사라질 것이 일본 놈들이다. 자신이 궁 안에서 들리는 여러 가지 소리를 종합해 보건대 일본이 사전에 발각 된 거사를 무력으로 밀어붙일 상황이 아니다.

일본은 고종보다는 중전이 러시아와 먼저 가까이 다가섰고 그 바람에 고종도 러시아에 의존한다는 것을 누구보다 잘 안다. 그리고 러시아는 일본이 상대하기에는 역부족이라는 것도 잘 안다. 그래서 사바틴을 특별히 경호원으로 고용한 것이 아닌가? 그런데 일본이 중전을 시해하기 위한 거사를 일으켰다가 자신들의 실수로 늦어서 사전 발각이 되었다면 당연히 없던 일로 하고 도망쳤을 것이다. 우리 군대 역시 사전에 발각 된 것을 알고 도망치는 일본 놈들에게 총질을 할 이유가 없다. 마음 같아서야 총 아니라 대포를 쏘아서라도 전멸을 시키고 싶다. 하지만 임오년 군란 때도 그랬듯이 일본이 잘못을 해도 총질을 하거나 재산이 축나게 하면 몇 배로 갚아야 한다는 뼈저린 경험을 갖고 있다. 그런데 굳이 도망치는 놈들에게 총질을 해서 부상이라도 입히는 날에는 감당하기 힘들다. 감당하기 힘든 정도가 아니라 어떤 빌미를 제공할지 모른다. 억울해도 참는 것이 현명한 일이다. 아마 지금 그친 총소리는 일본이 늦었지만 성공에 대한 확신이 있기에 궁궐로 진입하기 위한 총성이었을 것이다.

하지만 옥분이는 제발 그렇지 않기를 바랐다. 자신의 판단이 틀려서 중전이 다시 궁으로 돌아갈 수 있기를 간절히 바랐다. 돌아가서 아까 이야기한 대로 백성들의 소리에 귀를 기울여 백성들이 살기 좋은 나라를 만들어 주기를 기원했다.

백성이 살기 좋은 나라가 강한 나라다. 외세가 등을 돌리면 다른 외세를 업을 수 있지만 백성이 등을 돌리면 나라는 업을 것이 없다. 백성이 주인인 나라는 결코 외롭지도 않고 힘을 잃지 않는다. 그런 백성들에게 주인의식을 주는 것은 오로지 살기 좋은 나라를 만들어 주는 것이다.

중전이 다시 궁으로 돌아가서 그런 나라를 만들어 줄 수 있기 위해 자신의 생각이 틀리기를 간절히 바랐다.

두 사람이 같은 방을 서성이면서 총소리에 대해서는 서로 다른 결론을 내렸다. 하지만 서로 다른 결론을 내리는 목적은 똑 같다. 나라를 위한 것이다. 나라가 바로 서기 바라는 마음이다. 나라가 백성을 위한 나라가 되어 힘을 갖기를 바라는 마음이다. 강한 나라가 되어 외세의 끈을 끊어버리고 홀로 설 수 있는 나라를 만들어 주기를 바라는 마음뿐이다.

그때 대문을 여는 소리가 나고 중간에 열쇠를 여는 소리가 들리더니 사바틴이 들어섰다.

"어찌 이리 늦은 거요?"

중전은 초조한 마음에 다그쳐 물으려다가 사바틴의 얼굴을 보는 순간 아연 실색하고 말았다. 온통 멍들고 피투성이다. 그렇다면? 중전은 더 이상 말을 잇지 못했다.

사바틴은 비록 얼굴은 멍들고 피는 나고 있었지만 걸음은 제대로 걷는지라 이곳까지 왔다. 그리고 자신의 얼굴을 들여다보기도 전에 애를 태우고 있을 중전이 걱정이 되어 이 방으로 먼저 들어왔다. 하지만 그녀가 입을 '쩍' 벌릴 정도로 놀라는 것을 보자 자신의 몰골이 짐작 갔다.

"아무리 급해도 우선 피는 닦고 약이 있으면 약을 바르고 난 연후에 들어야겠소. 소식도 중하지만 사람이 더 중한 것 아니오?

옥분아 물 좀 떠 오너라. 그리고 약은 있소?"

"아닙니다. 마마. 제가 나가서 대충 씻고 약 좀 바르고 다시 오겠습니다."

사바틴이 나가자 중전은 자신의 바람이 일순에 무너지는 아픔을 느꼈다. 그렇게 되기는 힘들다는 생각을 하면서도 그렇기를 바랐는데 그 바람은 일순간 부는 바람이었단 말인가?

순간 중전은 자신은 존재조차 믿지 않았지만 잠시나마 기도를 드렸던 천주라는 신이 야속하기만 했다. 하지만 다시 생각해보니 만일 자신이 천주라는 신이었다면 몇 배 더 심한 보복을 했을 거라는 생각이 들면서 생각을 고쳐먹기로 했다.

그렇다면 지금부터는 어떻게 해야 한다는 말인가? 이미 예고 된 대로 연해주로 떠나서 훗날을 준비해야 한다는 말인가?

중전은 자신의 바람이 물거품이 된 것을 한탄하기보다는 지금부터 자신이 어떻게 해야 하는가를 더 생각했다. 나라를 위해서라면 못할 것이 없을 것 같지만 막상 생각해보니 막막했다.

비록 여덟 살에 아버지를 잃었다지만 감고당에서 부족할 것 없이 자랐다. 대대로 양반가문이다. 그것도 인현왕후가 난 집안이다. 비록 아버지가 어려서 돌아가시는 바람에 친척들의 도움을 받고 자라기는 했지만 큰 고생을 모르고 자랐다. 그러다가 16세에 왕비가 되어 30년이란 세월을 궁 안에서 살았다.

어린 시절에 사가를 떠나다 보니 궁궐 밖 생활은 잘 모른다. 더더욱 서민들의 생활이라는 것은 말로 듣고, 실제 가서 보기도 했지만 한 번도 겪어 본 적은 없다. 그런데 이제 양반이기는 하지만 평범한 여염 집 아낙처럼 살아야 한다. 만일 다시 한 번 귀부인 행세라도 할 요량 이라면 그것은 자신의 생을 마감하겠다는 뜻이 되고 말 것이다.

게다가 이 나라를 떠나면 갈 곳이 미리 정해진 것도 아니다. 정해진 곳도 없이 연해주로 가서 옥분이의 오라비를 찾아 그곳에 의탁해야 한다. 지금 가지고 있는 패물을 처분하면 상당한 돈이 될 것이다. 하지만 돈이 있다고 마음대로 집도 사고 호화롭게 살 수 있는 그런 입장도 아니다.

이미 권력은 모두 잃고 죽은 목숨으로 다시 태어나는 판이니 더 이상 이야기할 건더기도 없다. 이제 자신이 가야 할 길을 해결해 줄 수 있는 것은 자신의 의지밖에는 아무것도 없다.

중전은 옥분이를 쳐다보았다. 지금 자신이 가장 의지할 사람이다. 아니 자신이 가장 부러워할 사람이 바로 옥분이였다.

사바틴이 얼굴의 피를 닦고 약을 바르고 들어서자 의외로 멍든 곳을 제외하고는 큰 상처는 아니었다.

"정말 다른 곳은 상한 곳이 없는 것이오?"

"예, 마마. 저는 괜찮습니다. 아마 궁에서도 일본 놈들은 상황을 종료했을 것이고 그에 따른 혼란이 말도 못할 것입니다."

"폐하와 세자는 무사합디까?"

제일 먼저 묻고 싶은 말을 뒤로 하고 사바틴의 안부를 물은 중전은 마치 숨넘어가는 듯이 다급한 목소리로 물었다.

"예. 비록 제가 끝까지 있지는 못했지만 분명히 폐하와 세자전하는 안전하실 겁니다. 그들의 목적은 역시 중전마마였지 폐하와 세자전하는 아니었습니다."

고종과 세자가 안전함에 틀림없다는 말을 들은 중전은 일단 안심은 되었다. 하지만 끝까지 있지 못했다는 사바틴의 말이 영 미덥지 못했다.

"경이 끝까지 있지 못했는데 어찌 폐하와 세자의 안전을 안다는 말입니까?"

"소인이 분명히 들었습니다. 황공한 말씀이오나 이번 일을 주도하여 지휘한 오카모도 류노스케가 '여우를 사냥하라.'고 외치는 소리를 소인이 분명히 들었사옵니다. 그리고 그들이 건청궁에 뛰어들어 궁녀들을 가리지 않고 밖으로 끌어냈습니다. 비록 사건이 일어날 것을 사전에 알았다고는 하지만 그런 장면을 보자 저도 제 정신이 아니었습니다. 마마께서는 이곳에 계시다는 것을 알면서도 마마의 처소인 옥호루로 달려갔습니다. 그때는 일본 놈들이 10여 명의 궁녀들을 내동댕이친 후였습니다. 저는 저도 모르게 죄 없는 궁녀들이 내동댕이쳐지는 모습을 보면서 다가가려고 했습니다. 그러자 일본 깡패자식 한 놈이 저를 붙잡고 세 놈이 덤벼들어 저를 때리기 시작했습니다. 그때 저를 알아본 일본 놈이 제가 러시아 사람이라고 하자 저를 놓아주면서 왕비의 거처를 대라고 하기에 조선 궁궐 법도상 나도 왕비의 얼굴을 모른다고 했습니다. 그러자 당장 꺼지라고 했습니다. 제 눈으로 똑똑히 본 것은 홍 상궁도 궁녀들과 함께 내동댕이쳐져 있었다는 것입니다."

"비록 여우라고 했다지만 그것이 어찌 남자를 칭하지 않는다는 보장이 있소?"

"마마, 걱정 마시옵소서. 그들이 집중적으로 뒤진 곳은 옥호루지 폐하께서 계신 곳이 아니었습니다. 그렇지 않아도 소인이 매를 맞고 쫓겨나오는 중 폐하의 안위가 걱정이 되어 폐하와 세자께서 계시기로 약조된 곳을 보았더니 일본 놈 셋이서 칼을 들고 방문 앞에서 철통같이 지키고 있었습니다."

"폐하께서 나오시면 일을 그르칠까 봐 나오시지 못하게 한 게로군."

"그렇습니다. 하지만 그래도 한 나라의 국왕이신데, 칼로 위협하며 출입을 막는 것을 보니 제 낯이 뜨거웠습니다."

"그런 것을 아는 놈들이 그런 짓을 하겠습니까? 원래 못 된 놈들이니 남의 나라 궁궐을 세 번씩이나 총칼로 위협하지요.

갑신년에는 김옥균을 내세워 자신들의 정권을 세우려고 나와 폐하를 감금했지. 갑오년에는 폐하께서 궁 밖으로 나오지 못하시게 하고 우리 세력을 제거함으로써 더불어 나를 제거하고 조선을 전쟁터로 만들어서라도 청나라를 몰아내기 위해서 궁궐에 난입했지. 그리고 이번에는 아예 나를 노리고 궁궐에 난입한 놈들입니다. 하기야 그러고 보면 놈들의 입장에서는 내가 질기다고 할 것이오.

내가 알기로는 갑오년 난입 때도 그 오카모도라는 자가 주도한 것으로 알고 있는데 이번에도 그 놈이라는 말입니까?"

"그렇습니다. 그 오카모도라는 놈이 바로 일본 외무대신 무스 무네미스의 오른팔 같은 놈이라고 합니다."

"그렇다면 갑오년 경복궁 진입처럼 이번에도 일본 외무대신이 적극 개입했다는 말입니까?"

"아직 거기까지는 모르겠습니다만 제 생각으로는 그런 것 같습니다."

"일본 외무대신이 개입했다면 이는 필시 일본 정치계의 거물인 이토 히로부미가 가담한 일이겠구려."

"모름지기 그럴 것이옵니다. 왜냐하면 무스 무네미스는 이토 히로부미가 아주 아끼는 인물이고 이토 히로부미와 협의 없이 이런 일을 저지르지는 않았을 것입니다."

"도대체 어쩌다가 나라꼴이 이 모양이 되었는지 그저 망신스러울 뿐이오. 하기야 나 역시 이렇게 나라를 망쳐놓은 사람들의 중심에 서 있었으니 이런 말을 할 자격조차 없지만 말이오."

중전의 표정이 고통스럽게 바뀌었다. 사바틴은 물론 항상 중전 가까이에 있던 옥분이마저 처음 보는 표정이다. 늘 담대하거나 아무리 어려운 일이 일어나도 고통스러워하지 않던 중전의 평소의 모습이 아니다. 지금 저 모습은 고통스런 표정이라고는 하지만 단순히 고통스러워 짓는 표정이 아니다. 누군가에게 죄스러움이 지나치다 못해 고통스러울 때 짓는 그런 표정이다. 필시 백성들에게 미안하고 죄스러워 고통스러워하는 모습이다.

"마마, 소인은 다시 궁으로 들어가 봐야겠습니다. 그래야 좀 더 사태를 정확하게 파악할 수 있을 것 같습니다. 아마 지금쯤은 상황이 종료 되었으니 소인이 가도 막을 자는 없을 것 같습니다."

사바틴은 그런 중전의 모습을 보면서 설령 자신에게 어떤 해가 끼치는 한이 있더라도 궁으로 들어가서 정확한 상황을 알아야겠다고 결심했다.

"알았소. 부디 몸조심하시오. 지금 우리에게 활로를 열어줄 사람은 경밖에 없다는 것을 명심하시오. 경 혼자의 몸이 아니라는 말이오."

"백 번 명심하겠습니다."

사바틴은 맞아서 한 쪽 눈이 퉁퉁 붓고 반쯤 감긴 모습으로 궁궐을 향했다.

중전,
아니 홍 상궁의 죽음

⋮

"이모, 사바틴 씨가 다시 올 때까지 잠시라도 누워서 눈이라도 좀 붙이세요."

사바틴이 나가고 나자 옥분이는 뜬 눈으로 밤을 새운 것도 잊고 앉아 있는 중전이 안쓰러웠다. 하지만 중전은 아무리 누워도 잠이 올 성싶지 않았다. 오히려 자신 때문에 같이 뜬 눈으로 밤을 새운 옥분이가 걱정스러웠다.

"나는 괜찮다. 그리고 지금 같아서는 도저히 잠이 오지를 않을 것 같으니 너나 잠시 눈을 붙여두어라."

"이모가 주무시지 않는데 제가 어떻게 잠을 잘 수 있겠어요."

"앞으로 갈 길이 멀다. 그런 것 따지지 않기로 했지 않니? 네가 나를 어렵고 부담스러워하면 어떻게 내가 너에게 의지할 수 있겠느냐? 서로 의지하려면 서로 편해져야 한다. 그러니 개의치 말거라."

"이렇게 이모라고 부르는 것도, 또 말투도 아직은 여간 부담스러운 것이 아닌데 어찌 그것을 하루아침에 고칠 수 있겠어요?"

"하기야 그렇겠구나. 원래 아래에 서 보지 못한 사람은 아래 서서

위를 올려다보는데 고개가 얼마나 아픈지를 모르는 법이란다. 내가 이제껏 위에서 아래만 편하게 내려다보니 아래에서 위를 보는 고통을 금방 잊었구나. 그래. 같이 눕자."

옥분이도 이제는 중전의 말을 쫓아 말투가 확연히 달라졌다. 하지만 그것은 중전의 요청에 의해 그녀를 살리는 수단으로 달라진 것이지 그 자체가 부담이 되는 것을 막을 수는 없는 일이다. 중전은 누워도 잠이 오지 않을 것을 빤히 알면서도 옥분이를 생각해서라도 누워 잠을 청해보기로 했다.

막상 누웠지만 잠이 안 오기는 두 사람 모두 마찬가지다.

중전은 이미 지난 일이라고는 하지만 치오르는 분노를 삭이기가 힘들다. 그러다가는 자신이 그릇된 욕망에 사로 잡혀서 일을 그르친 것 같기도 해서 이내 자신을 한탄해 본다. 처음 궁에 입궐을 해서 대원군이 섭정을 할 때부터 고종이 왕권을 찾고 또 잃고를 반복하던 일들이 주마등처럼 스쳐지나간다. 급기야는 경복궁을 습격하고 청일전쟁을 일으킨 일본 놈들의 얼굴이 떠오르면서 어느 한 놈 밉지 않은 놈이 없다. 가물가물하지만 오카모도라는 놈의 얼굴이 떠오르자 벌떡 일어나서 한 대 후려갈겨주고 싶은 심정이 울컥 든다.

만일 다시 한 번 기회가 주어진다면 오늘의 일을 결코 용서할 수 없을 것 같다. 일찍이 갑신년에 요절을 냈어야 할 박영효의 얼굴이 떠오르면서 김옥균을 비롯한 갑신년의 주역들을 대대손손 멸하지 못한 분노가 치솟아오르기도 한다. 적어도 박영효만은 자신을 시해하려는 음모를 꾸몄을 때 벌하지 못하고 놓친 것이 후회 막급했다. 그때 박영효는 물론 그 일가친척 모두를 반역으로 다스려 능지처참을 했다면 누구라도 겁을 먹고 다시는 이런 일이 일어나지 않았을지도 모르는 일이다.

옥분이는 옥분이 대로 생전 가보지도 못한 곳에 가서 오빠를 찾는다는 것이 막막한 일이다. 한 가지 다행이라면 다행인 것은 여주에 있는 오빠 친구들에게 연통을 한 결과다.

"나도 가보지는 않았지만 네 오라비가 만일 네게서 자신에 대해 묻는 것이 있으면 연락해 달라고 보내온 것을 그대로 전하마.

'해삼위에서 조선인들에게 물으면 알 수 있다. 조선인끼리는 서로 통하고 해삼위에서 그리 멀지 않은 거리다. 전에 여주에 살다가 이리로 이주한 친구도 쉽게 찾아왔다. 땅도 넓고 조선 사람들이 꽤 많이 살고 있지만 같은 핏줄이라는 까닭 하나로 서로 친분을 맺고 산다. 내 고향과 이름을 대면 찾기는 쉽다.'

확실한 것은 아니지만 내 생각을 보태면 조선인들이 많이 이용하는 전방이나 주막을 통해 알아보면 훨씬 쉬울 것 같구나."

하지만 막상 오늘 일이 돌아가는 상황으로 볼 때 정말 가야 하는 상황이 발생했다. 정말 떠나야 한다고 생각을 하니 겁이 난다. 어떤 경로로 가야 하는지는 사바틴이 알려줄 것이고 돈도 넉넉하니 여행이 힘들 것은 없다. 그러나 궁녀로 입궁하기 전까지는 여주에서 태어나 여주에서 떠나본 적이 없다. 중전을 모시는 고향 출신 궁녀로 간택되어 궁에 들어오려고 한양에 와서도 제대로 구경 한 곳 못해보고 바로 궁으로 들어왔다. 그 후로 궁을 떠나본 것이라고는 임오년 군란 때뿐이다. 그때는 경황도 없으려니와 같이 가주는 일행이 있었다. 자신이 한 일이라고는 그저 중전 곁에서 수발을 하는 일이 전부였다. 하지만 이번에는 보아하건데 중전과 단 둘의 여행이 될 것 같다. 결국 자신이 모든 것을 책임지고 해나가야 한다.

두 사람은 비록 다른 생각이지만 그렇게 잠을 이루지 못하다가 깜박 잠이 들었다.

누군가 문을 두드리는 소리에 두 사람이 거의 동시에 일어났다. 머리 매무새를 고치고 열어준 문으로 들어선 사람은 사바틴이었다.

"아침 수라는 드셨습니까?"

"수라라니요? 원래 국왕이 드시는 밥이나 그리 부르는 것이오. 그리고 아까는 내가 경황 중이라 그냥 들었지만 옥분이 이모라고 하지 않았소."

"알겠습니다. 옥분이 이모님. 아침 진지는 드셨습니까?"

사바틴은 눈물 머금은 목소리로 고개를 들지 못하고 물었다.

"지금 아침이 넘어가겠소? 그보다 정말 폐하와 세자는 무사합디까? 그리고 나머지 일들은 도대체 어찌 된 것이오?"

"예, 무엇보다 폐하와 세자전하는 확실히 무사하십니다. 제가 직접 뵈었으니까요."

조금 전 옥분이 이모라고 부를 때 제 슬픔에 겨워 눈물을 머금었던 사바틴의 목소리는 사라지고 밝은 목소리로 변했다. 고종과 세자의 안녕을 확인한 기쁨이 그대로 실려 있었다.

"오늘 새벽 제가 폐하의 방을 보았을 때 칼을 들고 지키던 자들이 폐하의 출입을 통제한 것에서 끝나는 것이 아니라 확실히 보호하는 역할까지 했던 것 같습니다."

"그들이 왜 폐하를 보호하는 역할을 한 것이오?"

중전은 도저히 이해할 수 없다. 자신을 죽이려고 하는 자들이 폐하는 왜 보호하려 했는지 알 수 없었다.

"이모님, 그것은 간단한 이치입니다. 지금 일본의 목적은 궁극적으로 조선을 삼키는 것입니다. 대외적으로는 조선을 개화시키려고 한다지만 그 속내를 모르는 사람이 누가 있겠습니까? 한데 조선을 삼키려면 조선의 내각을 우선 친일파들로 구성해야 됩니다. 그러기 위해서는 조선 국왕의 임명권을 이용해야 합니다. 그리고 이런 난동 중에 폐하께서 행여 옥체에 손상이라도 입어 보십시오. 비록 실패한 혁명이지만 갑오년의 농민 봉기 이상으로 대대적인 혁명이 일어날 것입니다. 뿐만 아니라 외국 공관들도 가만히 있지 않을 것입니다. 조선과 수교를 맺은 우리 러시아는 물론 미국 등 모든 나라가 힘을 합쳐 일본을 몰아내려고 할 것입니다. 일본의 계획은 물거품이 되고 맙니다. 세자전하 역시 마찬가지지요. 그래서 그들은 폐하와 세자전하를 보호한 것입니다."

"먹이를 먹기 쉽게 그 우두머리를 보호한다. 그래야 먹이가 한자리에 모이고 손쉽게 사냥할 수 있으니까? 그리고 그 먹이를 나눠 먹으려는 다른 무리에게 틈을 주지 않는다?"

"그렇습니다. 조선을 핥기 위해서는 폐하와 세자전하의 안전이 저들에게는 반드시 필요한 것입니다. 친일 내각 역시 자신들이 꾸며서 폐하의 재가만 받겠지만 조선 백성들은 물론 재외 공관들이 인정하게 하려면 폐하를 보호해 드려야 하거든요."

"정말 간교하고 나쁜 놈들이오. 어찌 나를 죽이겠다고 들이민 칼로 자신들의 욕심을 채우기 위해 폐하는 지킬 생각을 했을까? 목적을 위해서는 무엇이든지 하는 저들이 정말 무섭구려."

"저들은 일반 깡패나 양아치들이 아닙니다. 저들은 고도의 지식인들입니다. 고도의 지식인이자 살인청부업자들입니다.

제가 입궐해서 자세히 알아본 바에 의하면 이번 거사의 주축은 겉으로는 오카모도 류노스케지만 실제로는 미우라 공사입니다. 뿐만 아니라 참여한 자들이 아주 화려했습니다. '한성신보' 사장인 아다치, 편집장 고바야카, 기자 기구치, 동경대 법학부 출신 구마이치, 미국 하버드대 출신 시바시로와 겐요사 비밀요원 30여 명 등으로 구성된 그들은 깡패가 아니라 화려한 정치조직이었습니다."

"그렇다면 이것은 일본이 정부 차원에서 지원한 일이라는 말이오?"

"틀림없습니다. 무스 무네미스는 물론 이토 히로부미까지 개입한 일본 조정의 치밀한 계획 하에 이루어진 일입니다. 미우라 공사가 부임한 후에도 전임 이노우에 공사가 20여 일을 더 머문 것은 분명히 이번 거사를 마무리 짓기 위한 것입니다."

"도대체 일본인들이 왜 그런 허무맹랑한 일을 계획한 거요? 꼭 나를 죽여야 자신들이 조선의 조정을 점령할 수 있다는 거요?"

"물론 그런 의미도 있을 겁니다. 하지만 보다 한 발자국 나가서 생각한다면 조선의 자존심을 뭉개뜨리고 겁을 주겠다는 것 아닐까요? 조선의 국모를 시해함으로써 일본은 마음만 먹으면 무엇이든지 할 수 있다는 것을 보여주려는 겁니다. 조선 최고의 자존심인 폐하는 시해하지 못하니 국모를 시해함으로써 조선의 자존심을 송두리째 뭉개

버리겠다는 거겠지요. 폐하를 시해했다가는 조선 전체는 물론 조선과 수교를 맺은 모든 나라가 들고 일어날 것 아닙니까? 그럼 뜻을 이룰 수 없으니 국모를 시해하려 한 것이라는 생각입니다. 아울러 폐하는 물론 모든 대신들에게 자신들이 얼마나 무모하고 목적을 위해서 수단을 가리지 않는지 보여주려는 것이지요. 겁을 주자는 겁니다."

"미우라를 우습게 본 내 잘못이오. 그 자가 부임 인사차 찾아 왔을 때 자신은 정치를 모른다고 하며 그저 불경이나 읽겠다고 했소. 그리고는 전임 이노우에와는 다르게 정치에 관여하지 않고 조용히 있기에 불경이나 읽겠다던 그 말이 정말인지 알고 '금강산 스님'이라는 별호까지 붙여주었던 내가 큰 실수를 한 게요. 왜놈들의 속을 들여다보지 못한 내 불찰이니 무슨 말을 하겠소."

"하지만 오히려 이게 잘된 일인지도 모릅니다. 조선말에 불행 중 다행이라는 말이 있지 않습니까? 옥분이 이모님은 이리 살아계시니 훗날을 도모할 수 있지 않습니까?"

"그건 또 무슨 소리요?"

"조선의 국모는 이미 불에 타 없어지셨습니다."

"불에 타 없어지다니?"

"미우라와 오카모도가 증거를 없애기 위해서 한 짓입니다. 아침에 조선의 국모 시신을 불태워버렸습니다."

"그렇다면 홍 상궁이 죽고 그 시신을 불태웠다는 말입니까?"

"예. 그렇사옵니다. 일본 놈들은 그 시신이 중전마마라고 믿고 불태워 없앴습니다. 하지만 정말 그들이 홍 상궁마마를 중전마마라고 확신한 것인지는 아직 증명할 수 없습니다. 하루 이틀은 더 시간이 필요할 듯싶습니다."

"도대체 궁궐의 상황이 어느 정도였다는 말입니까?"

"지금 이 자리에서 말씀드리기가 참혹할 정도였습니다. 일본 놈들이 건청궁에 궁녀라는 궁녀는 있는 대로 끌어내어 중전마마가 누구인가를 묻고 비슷하게 생긴 궁녀를 셋이나 더 죽였습니다. 홍 상궁마마를 죽이고도 미심쩍어 비슷한 용모의 궁녀 셋을 더 죽인 것을 보면 그들이 중전마마의 얼굴을 확실하게 알지는 못한 것 같습니다. 오카모도도 확신을 못한 겁니다."

사바틴은 차마 일본 놈들이 궁녀들을 겁탈한 장면은 이야기할 수 없어서 스스로 목 뒤에 숨겼다.

"하지만 이런 표현이 맞는지는 모르지만 연극은 정말 성공적이었습니다. 이모님께서 궁을 나오신 후 홍 상궁마마는 폐하와 세자저하와 함께 장안당에 계셨습니다. 그리고 밖이 소란해지자 정병하를 불러서 이유를 물었지요."

"이 소란은 도대체 무슨 일이냐?"

고종의 물음에 정병하는 태연하게 대답했다.

"별 일 아닙니다. 낮에 있던 일의 시비를 가리는 중에 작은 충돌이 있었던 듯싶습니다. 이제 일본 군사들이 폐하를 안전하게 지켜드릴 것이옵니다."

"그것이 사실이렷다."

"어느 안전이라고 제가 거짓을 여쭙겠습니까? 아무 걱정 마십시오. 폐하."

"좋소. 별 일 아니라고 한 그대의 말을 믿겠소. 자 그럼 별 일 아니라고 하니 중전은 이제 건너가서 쉬도록 하시오. 나는 세자와 더 이야기를 나눌 것이 있소."

"이렇게 된 것입니다. 폐하께서 밤에 잠을 잘 주무시지 않는 다는 것을 아는 신하들의 심리를 백분 활용하신 겁니다. 그때가 새벽 다섯 시가 되기 얼마 전입니다. 홍 상궁마마를 가시게 한 것은 일부러 그리 하신 겁니다. 일단 중전께서 지금 궁에 계시다는 것을 정병하에게는 확인을 시키신 겁니다. 그리고 홍 상궁마마, 아니지요, 중전마마는 옥호루로 옮기셨습니다. 자신을 죽이겠다고 덤비는 자들이 폐하 앞이라고 자신을 죽이지 못할 것은 아니지만 혹시 폐하께 누가 될까 싶어서였지요."

"갸륵하구나. 정말 홍 상궁에게 무엇으로 보답을 할 것인가? 이 못난 나를 대신해서 자신의 목숨을 버렸으니 그 빚을 어찌 갚는다는 말인가? 훗날 내가 저승에 가서라도 빚을 갚아야 하건만 무엇으로 목숨을 바친 그녀에게 빚을 갚을 수 있겠소? 이미 세상을 떠났으니 넋을 위해 기도하는 방법밖에는 다른 도리가 없다는 것이 가슴을 메지게 하는구려."

중전은 눈가에 흐르는 눈물을 굳이 감추려하지 않았다. 목이 메는 것도 숨기려하지 않았다. 잠시 눈물을 흘리며 목이 메어 말을 못하던 중전이 다시 입을 열었다.

"정병하 그 놈을 갑신년에 김옥균 편에 서 있는 것을 알았을 때 죽였어야 하는 것인데."

"아니옵니다. 정병하를 살려 두시기를 잘한 일이옵니다. 소인이 그 자리에 있었는데 정병하도 홍 상궁마마가 중전마마라고 확신하는 눈치였습니다. 지난 번 이모님께서 궁궐을 떠나시던 날처럼 폐하 앞에서 서너 걸음 나와 두어 걸음 뒤에 폐하와 완전히 옆 방향으로 앉으신 중전마마의 옆모습만 보았으니 충분히 그럴 수 있습니다. 그때 중전마마는 한 말씀도 안 하셨거든요."

"그렇소? 홍 상궁이 중전을 많이 닮기는 닮았나보오?"

"예. 하지만 오카모도가 중전마마, 그러니까 홍 상궁마마 말고도 세 명의 궁녀들을 더 죽인 것이 영 개운치 않습니다."

"개운치 않다니? 그리고 홍 상궁을 죽인 것도 모자라 세 명의 궁녀를 더 죽여?"

중전은 괴로워하는 표정이 역력했다. 그러나 그것은 자신이 아닐 수도 있다는 눈치를 챈 것 같다는 두려움에서 오는 괴로움이 아니다. 자신 때문에 죄 없이 희생된 이들에게 미안해서 괴로워하는 것이다. 중전이 괴로워하는 것을 알면서도 사바틴은 말을 이었다. 중전이 알아야 할 것은 알아야 그녀를 확실히 보호할 수 있다.

"만일 그 자가 홍 상궁마마를 정말 중전마마라고 확신했다면 왜 세 명의 비슷한 용모의 궁녀들을 더 죽였겠습니까? 무언가 미심쩍은 구석이 있으니까 그리한 것 아닙니까? 오히려 그 놈이 눈치를 챈 것이 아닌가 걱정입니다."

"오카모도가 눈치를 챘다?"

"그렇습니다. 일본공사관에서 자국에 어떻게 보고를 할지는 모르겠지만 오카모도는 뭔가 의심을 한 것이 틀림없습니다."

"그렇다면 어찌 해야 한다는 말이오?"

"아까도 말씀을 드렸지만 일단은 하루 이틀 추이를 봐야 할 것 같습니다. 하기야 오카모도도 지금으로서는 방법이 없기는 할 겁니다. 설령 눈치를 챘다고 해도 중전마마를 시해해서 조선의 자존심을 짓뭉개려 했는데 중전마마께서 피신을 해서 시해하지 못했다고 한다면 일본의 체면이 말이 아닌 것이 될 테니까요."

"그렇다면 다행이겠소. 어찌 되었든 그렇게 일이 끝났다니 다행이라면 다행이군요. 더 많은 사람들이 희생되지 않은 것만 해도 다행이에요."

"물론 진입과정에서 피를 흘리기는 했습니다. 훈련대를 앞세운 일본 군대의 총탄에 홍계훈 대장도 전사하고…"

"홍계훈 대장이? 그 사람이 임오년 군란 때 나를 상궁으로 변장시키고 탈출시켜 줘서 살았고, 이번에 이렇게 살아날 수 있었던 것도 그때 터득한 지혜 때문인데, 홍계훈 대장이 전사를 했다고?"

중전은 홍계훈이야말로 자신이 오늘까지 살 수 있게 해준 사람이라고 생각해 왔다. 게다가 그 지혜로 오늘도 자신이 죽음을 피할 수 있었지 않은가? 놀란 것은 말할 것도 없고 미안한 생각이 자신을 짓눌렀다.

"예. 전사했습니다."

"그 사람에게 귀띔이라도 해주는 건데. 그럼 죽지는 않았을 것 아닌가?"

기밀을 유지해야 한다는 생각에 그에게마저 한 마디 언질조차 하지 않은 것이 후회가 된다. 하지만 이미 지난 일이다. 그가 죽었을 정도라면 상당한 피해가 있었을 것이라는 생각이 들었다.

"또 다른 피해는 어느 정도란 말이오?"

"병사 몇 명이 전사하거나 부상을 당하기는 했지만 더 이상 큰 일은 없었던 것 같습니다. 훈련대의 기세에 눌린 수비대가 먼저 도주를 하는 바람에 큰 희생은 없었습니다. 훈련대는 무기부터 모든 것이 수비대에 앞선 까닭에 수비대가 저항하는 것은 역부족이었습니다."

"아니? 훈련대가 앞장을 서서 성문을 돌파했다는 말이오?"

"예, 하지만 그들은 중전마마를 시해하는 음모가 있는 줄은 몰랐던 것이 확실합니다. 오늘 자신들이 해산을 당하는 입장에 처했는데 대원군께서 환궁을 하신다니까 도우려고 했던 것입니다. 그것은 제가 직접 훈련대 병사에게 들은 이야기입니다."

"그렇다고 같은 나라 군인끼리 총질을 해? 수비대가 궁궐을 지키는데 훈련대가 총질을 했다니 기도 막히지 않소이다. 그리고 아무리 무기나 기타 모든 것이 뒤진다지만 자신들의 대장인 홍계훈은 전사하는데 수비대 병력은 도주를 해? 도대체 이러니 나라꼴이 되겠소?"

중전은 화가 났다는 것보다는 자신이 처한 상황을 비관하는 것 같았다.

사바틴은 더 할 말이 있지만 여기서 말을 끝내야 한다고 생각했다. 세 명의 궁녀가 더 죽고 홍계훈이 전사했다는 사실만 가지고도 저리 놀라고 비통해 하면서 자신을 비관하는데, 중전에게 세자가 실신했던 일이며 궁녀들이 겁탈당한 일들은 이야기하지 않는 것이 낫다.

지식인이라는 일본 낭인들이 중전을 찾아 헤매다가 오카모도가 홍 상궁을 발견하고는 중전이라는 확신을 갖고 단칼에 쳐 죽인다. 그리고는 못 미더워 비슷한 용모의 궁녀 셋을 데려다가 중전임을 확인시킨 후 칼로 내리쳐 모두 죽게 한 후 한 마디 한다.

"조선의 궁녀들은 모두 아다라시(새것, 은어로 처녀를 뜻하는 일본말)라고 한다. 마음껏 즐겨라."

그러자 마치 굶주린 이리떼가 양들을 본 양 너도나도 앞뒤 가릴 것 없이 궁녀들을 하나씩 덮치기 시작했다. 생전 여자 구경 못해 본 놈들처럼 야수로 변했다. 처녀라는 한 마디가 그들을 그리 만든 것인지, 아니면 원래 그런 놈들인지는 알 수 없지만 너나 가릴 것 없이 괴춤을 풀어 내렸다. 고상한 척 하던 지식인이나 겐요사 소속 일부 양아치들이나 마찬가지였다. 같은 방에서 몇 명인지 모를 무리들이 집단으로 일을 벌인다. 사람은 도저히 할 수 없는 짓이고 동물들이나 하는 짓이다.

정절을 제 일로 아는 조선 여인들이다. 겁탈 당하지 않으려 안간힘을 썼지만 사정없이 뺨을 후려갈기고 다리를 짓눌러 힘을 뺀 후 억지로 벌리고 주체할 수 없이 독이 오른 흉물들을 쑤셔 넣었다. 놈들의 흉물이 자신만의 보물에 삽입되는 순간 궁녀들 중 대부분은 혀를 물고 스스로 자진했다. 그러나 놈들은 죽어가는 여인 위에서, 혹은 이미 죽은 여인 위에서도 힘을 쓰며 사정하기에 바빴다.

혀를 물고 죽을 용기가 없는 이는 나중에 목을 매거나 미쳐서 궁을 나가기도 했다.

아침에 사바틴의 모습이 보이자 훈련대의 한 병사가 다가와서 전해

준 말이다. 그 말을 해준 병사는 끝내 이름도 밝히지 않은 채 자신의 심정을 털어놨다.

"중전마마를 시해하려 한 일이라는 것을 알았다면 우리가 머리 박고 성문을 열었겠습니까? 갑자기 훈련대를 해산한다기에 모두가 흥분해 있던 터였지요. 그런데 대원이 대감께서 다시 입궁을 하시기 위한 일이라고 하니 나서지 않을 수 없었습니다. 일본 놈들의 농간인지는 몰랐지요. 대원이 대감이 앞장서시기에 썩어빠진 이 나라를 개혁하는가 했는데?

아, 글쎄 궁궐 문을 지나고 나자 우리 보고는 마당에 있으라고 해서 대기하고 있는데 안에서는 난리가 난 겁니다. 훈련대가 해산 된다니까 그나마 훈련대를 위한 일인 줄 알았는데.

웬걸요? 중전마마를 단칼에 베지를 않나 비슷한 궁녀 셋을 더 베지를 않나? 그러더니 살아남은 궁녀들을 덮치고 지랄들을 하는데 우리는 총을 움켜잡았지요. 지휘부의 명령 한 마디만 있으면 그냥 밀고 들어갈 참이었습니다. 각 개인이 섣불리 행동하다가는 폐하께서도 계신 곳이니 조심하지 않을 수 없었죠. 하지만 끝내 명령 같은 것은 없었습니다. 명령이 없는 것이 아니라 오히려 일본 놈들 눈치를 보는 것 같았습니다.

지휘부라는 놈들은 왜 그렇게 한결같이 일본 놈들의 눈치를 보는지? 튀."

그는 더러운 악령을 물리치는 모습으로 침을 한 번 뱉은 후 말을 이었다.

"지휘부 놈들이나 일본 놈들이나 똑같은 놈들이에요. 이번 일이 끝나고 나면 얼마나 잘 처먹고 잘 살려고 그렇게 눈치만 보고 앉아 있었는지는 모르지만 아마 대대손손 천벌을 받을 겁니다.

마침 훈련대도 해산된다니 고향으로 가야겠어요. 차라리 고향에 가서 황무지라도 개간해서 입에 풀칠하는 것이 낫지 이런 더러운 곳에 발 담근 내가 오히려 원망스러워요."

지금까지의 이야기를 중전에게 했다가는 중전이 혼절할 것 같아 사바틴은 차마 그 말은 하지 못했다.

"정말 불행 중 다행이구려. 하지만 이제 어찌 해야 한다는 말이오?"

"이미 말씀드린 바와 같이 일본 놈들에게는 중전마마께서 이미 돌아가신 것입니다. 하니 지금부터는 연해주로 가실 대책을 세워야 합니다. 그 요동 묵가라는 왕 서방이 청나라 이야기를 하면서 중전께서 청나라와 손을 잡을 것이라고 흘린 것은 만일의 사태에 대비한 것이니 청나라보다는 러시아가 좋다고 중전마마께서 말씀하셨잖습니까? 단, 사태가 잠잠해질 때까지 기다리셔야 합니다.

물론 당장 내일이라도 일본의 태도가 어떻게 나오는지 그것부터 알아보아야겠지요. 이럴 때 요동 묵가라는 그 왕 서방이 정말 필요하지만 그는 이미 조선을 떠난 것 같으니 다른 소식통을 알아봐야겠지요."

"도대체 얼마나 기다리란 말이오?"

"이모님, 지금부터는 인내심이 절대로 필요한 시간입니다. 인내심과의 싸움이라고 해도 과언이 아닙니다. 얼마나 많은 시간이 지나야 다시 궁으로 돌아가실지 아무도 알 수 없습니다. 하물며 며칠을 조바심내시면 아니 되옵니다. 물론 이모님의 심정을 이해 못하는 것은 아닙니다. 하지만 현실이 그렇다는 것을 말씀드리는 것입니다.

참, 조반도 아니 드셨지요. 마침 여기서 멀지 않은 곳에 국밥을 잘하는 곳이 있어서 제가 사왔습니다. 궁궐 음식에 비하면 보잘것없지만 아주 맛있습니다. 제가 차려서 가지고 오겠습니다."

말은 그렇게 했지만 사바틴은 눈에서 자꾸 눈물이 흐르려고 하는 것을 억지로 참았다. 사바틴은 아침상을 핑계로 흐르는 눈물을 감추며 부엌을 향했다.

일국의 국모가 아침 겸 점심으로 국밥을 먹는다. 하기야 백성들이 즐겨 먹는 것이니 못 먹을 것은 없다. 하지만 러시아에서 채용된 경호원의 집에 숨어서 국밥을 먹는 국모를 생각하니 사바틴은 눈물이 앞을 가렸다.

마마!
연해주로 가십시오

:

이튿날 저녁.

"요동 묵가가 떠나지 않았습니다."

사바틴이 상기된 얼굴로 들어서자마자 조금은 격앙된 목소리로 말했다.

"왕 서방이 떠나지 않고 저를 찾아 왔었습니다."

"지난번에 조선을 떠난다고 했다고 어제도 정보를 얻는 문제 때문에 걱정했잖소?"

"그랬습니다. 그런데 예고도 없이 조금 전에 불쑥 찾아왔습니다."

사바틴은 일본공사관의 소식을 접할 방법을 어떻게 찾아야 할지 막막했다. 일본공사관의 움직임을 알아야 중전의 행동거지에 대한 계획을 세울 수 있는 까닭이다. 오전에는 경복궁에 가서 분위기를 살피고 오후에 공관으로 돌아왔지만 막막했다. 공연히 애꿎은 담배만 빨고 앉아 있는데 손님이 왔다는 전갈을 받고 나가보니 왕 서방이다.

사바틴은 깜짝 놀랐다. 하지만 왕 서방은 태연했다.

"조선의 중전마마께서 승하하셨다고요?"

공관 직원들이 듣는데서 왕 서방은 아무렇지도 않다는 듯이 말했다.

"참 정보도 빠르십니다. 저야 명색이 경호원이니 그렇다지만 왕 서방은 어찌 그리 빨리 아셨습니까?"

"제 직업이 뭡니까? 그래도 정보통에서 굴러먹고 사는 놈 아닙니까?"

"그렇군요. 제가 깜박 했습니다. 제 방으로 가시지요."

왕 서방과 사바틴은 일부러 주위 사람들이 들으라는 듯이 한 마디씩 하고는 사바틴의 집무실로 들어섰다.

"그 정보는 정말 감사했습니다."

집무실에 들어서자마자 사바틴이 왕 서방의 두 손을 부여잡으며 인사를 했다.

"정보는 한 번 나가면 그것으로 끝나는 겁니다. 인사 같은 것은 안 하시는 겁니다. 낮 말은 새가 듣고 밤 말은 쥐가 듣거든요. 좌우간에 그로 인해서 작전을 성공하셨다면 축하할 일입니다. 하지만 성공 여부도 제게 말씀하실 필요는 없습니다. 제가 들으면 또 어디 가서 말하지 않는다는 보장이 없거든요. 다만 저는 성공했다고 믿고 있습니다."

왕 서방은 철저했다. 자신이 할 말을 할 뿐이지 그 결과를 듣고 싶어 하지 않았다.

"사실 그 날 조선을 떠나려고 했지만 도저히 발길이 떨어지지를 않았습니다. 물론 작전이야 알아서 성공시키실 거라고 믿었지만 그 뒤

소식을 전해 줄 사람이 없을 것 같아서 말입니다. 결과에 대한 소식을 전해 드려야 이쪽도 대책을 마련할 수 있다는 생각이 들었습니다. 어차피 제 한 목숨 보존하기 위해서 떠나려고 마음먹었던 것도 아니니 이 일이나 마무리져 드리고 떠나자고 마음을 바꿔 먹었습니다."

거기까지 이야기하던 왕 서방은 갑자기 사바틴의 귓가에 대고 소곤거리는 이야기로 다시 말을 이었다.

"조금 전에 기구치 기자를 다시 만났습니다. 일본은 이 일을 어떻게 매듭짓는지가 궁금해서죠. 그랬더니 어제만 해도 진가민가였다고 하더군요. 혹 진짜는 러시아 공관으로 빠지고 가짜를 처리한 것이 아닌가 하는 의구심이죠. 그래서 자신들이 줄을 댈 수 있는 러시아 소식통들은 다 동원해서 알아봤다는군요. 그 결과 러시아 공관에는 그 물건이 없고 그렇다고 중간에 새지도 못한 것으로 확정을 졌답니다. 새벽에 일이 시작되고 나서도 정병하가 확실히 보았다고 하더군요. 자신들은 진가민가 하지만 정병하의 눈은 확실히 알아 볼 수 있으니까 그의 말을 믿은 겁니다. 중간에 새지도 않고 러시아 공관에도 없다면 확실하다고 믿고 오늘 아침 본국에 전문을 보냈답니다. 작전은 성공했다고.

그런데 오카모도는 자꾸 의구심을 갖는다고 하더군요. 자신이 벤 여인이 어딘가 본래와는 다른 것 같다는 겁니다.

자신이 칼로 벤 후 여인이 쓰러져서 실신했을 때 여인이 가진 여인만의 보물을 검사했더니 애를 낳은 그런 흔적이 전혀 없었다는 이야기를 하더라는 겁니다. 자기가 의사가 아니라 정확하지는 않지만 꼭 처녀의 그것 같이 탄력 있고 색깔 역시 처녀의 그것이라는 생각이 들더라는 것이지요. 그래서 가슴을 만져보니 완전히 처녀의 그것처럼 탱탱하고 전혀 믿기지 않을 정도였답니다. 그래서 가슴을 벗겨보니 이것은 한 번도 남자나 아이가 거치지 않은 완전한 처녀의 꼭지 바로 그것이었다는 겁니다. 게다가 얼굴도 마흔이 넘은 여인의 얼굴이라고 하기에는 너무 젊고 화사했다는 겁니다. 그래서 자신의 것을 삽입해 본 결과 정말 처녀의 보물이라고 생각했지만 칼을 맞고 죽어가는 여인의 조직이라 그럴 수 있다는 생각도 들었다고 합니다.

초상화와, 자신이 먼발치서나마 두어 번 본 얼굴이나, 옅은 마마자국이 있다는 것은 맞는데 무언가 찜찜하다고 하더라는 거지요.

하지만 이 일이 일본에서 얼마나 공을 들인 작전입니까? 만일 실패했다고 하면 한두 사람이 문책당할 일이 아니지요. 그래서 작전의 수뇌부 서너 명만 그렇다는 것을 알고 그대로 성공한 것으로 보고했다는 겁니다. 물론 그 바람에 빨리 시신을 태워버리기로 한 겁니다.

만일 시신을 불태우지 않고 놓아두었는데 다른 사람들, 특히 그 분을 자주 대하던 궁녀나 환관들이 보면 진짜가 아니라는 것이 들통 날 것 아닙니까? 그렇게 되면 본래의 목적인 조선의 자존심을 짓밟고 무엇이든지 할 수 있다는 것을 보여주려던 목적이 실패로 돌아갈 것이고. 하지만 그런 정황으로 완전히 실패했다고 생각하지는 않는다고 하더이다. 오카모도가 의사도 아니고 더더욱 여인의 몸이라는 것이 원래 신기해서 나름대로 다 다른 특징을 가지고 있으니 그럴 수도 있다는 거지요. 잘 먹고 잘 가꾸면 싱싱함을 유지하는 것이 사람 아닙니까? 특히 여인의 몸은 가꾸기에 따라 다르니 그런 몇 가지 유추되는 사실을 가지고 '이다, 아니다' 단정 지을 수는 없다는 거지요. 또 얼굴은 잘 가꾸면 젊게 보이는 것이니 충분히 그럴 수도 있다는 것으로 결론을 냈다고 하더이다.

다행히 그 이야기를 '한성신보' 사무실에서 하는 바람에 기구치가 들을 수 있어서 내게 전해준 겁니다. 참말로 다행이지요. 다른 곳에서 이야기했다면 기구치도 몰랐을 겁니다. 그러면 결론을 모르니 얼마나 답답했겠습니까?"

왕 서방은 아무렇지도 않게 말을 했지만 사바틴은 얼굴이 화끈거렸다.

단순히 여인의 보물과 가슴 이야기를 해서 얼굴이 화끈거린 것이 아니다. 분노가 치밀어 얼굴이 열로 가득차서 화끈거린다.

칼에 맞고 죽어가는 여인의 보물을 들여다보고 만져보고 삽입까지 했다니 그것이 사람인가? 거기다가 죽어가는 여인의 가슴을 들여다보고 꼭지를 만지고 빨아보고 정말 인간이라고 하기에는 그 정도를 지나치고도 남는다. 동물도 그렇게는 안 한다. 동물만도 못한 놈이지 그 이상은 절대 아니다. 오카모도 그 자식이 홍 상궁의 보물이 처녀의 그것 같다고 판단하는 순간 제 녀석의 그 흉물을 삽입해 보고 싶은 욕망이 치솟았을 것이다. 삽입을 했다고 하니 분명히 꼭지도 빨면서 사정을 했을 것이다. 단순히 확인을 해보고 중간에 뺄 그런 자제력 있는 놈들이 아니다. 아마 그 자식이 굳어가는 조직이라는 표현을 쓴 것을 보면 그 놈이 여인의 몸 위에서 짓거리를 하는 동안 여인은 숨을 거뒀는지도 모른다. 그런데도 그 짓을 했다니 도대체 금수만도 못한 놈이지 사람이라는 말인가?

별별 인간을 다 보았지만 그렇게 추잡하고 동물만도 못한 인간은 듣도 보도 못했다. 동물도 죽어가는 몸뚱이에다가 그 짓을 하지는 않는다.

사바틴은 열에 북받쳐 냉수를 한 잔 들이켰다.

"너무 그렇게 흥분하지 마세요. 공연히 화를 돋우면 판단이 흐려지니까요. 나 역시 그 이야기를 들으면서 개만도 못한 놈들이라고 욕을 하고 싶었지만 판단이 흐려질까 봐 무척 힘들게 자제를 했습니다.

오카모도 그 놈이 처녀 운운한 것은 어쩌면 연극일 수도 있어요. 자신은 그 여인이 정말 중전이라고 생각한 거죠. 비록 죽어가는 여인이지만 중전이라면 한 번 꽂아보고 싶어서 억누를 수 없는 욕망을 채운 겁니다. 그리고는 멋 적으니까 공연히 왜 그랬는지 핑계를 대는 것일 수도 있다는 말이지요.

그 놈이 그 짓을 하기 직전에 일행들에게 궁녀들을 겁탈해도 좋다고 하락했다면서요. 자신이 그 짓을 하기 위해서 그런 걸 겁니다.

그 바람에 기구치 그 자식도 궁녀 하나를 겁탈하려고 가슴을 풀어헤치고 열심히 빨다가 미처 삽입도 하기 전에 그 궁녀가 혀를 깨물더라는 겁니다. 입에서 피가 나더니 어찌나 세게 물었는지 금방 고개를 떨구는데, 중간에 멈출 수가 없어서 결국 흉물을 그 여인의 보물에 쑤셔 넣었답니다. 다행히 처녀라 그런지 너무 빨리 사정을 해서 시신이 식기 전에 일이 끝났다나요? 그걸 자랑이라고 하면서 내가 그 자리에 있었으면 나도 재미를 봤을 거라고 하는데 그냥 한 대 후려갈기고 싶은 것을 간신히 참았어요.

나도 바른 삶을 사는 인간이 아니라는 것을 나 자신이 잘 압니다. 하지만 인간이 아무리 막가는 인생을 살아도 동물 이하의 행동을 하는 것을 보거나 했다는 이야기를 들으면 참을 수 없죠. 하지만 어떻게 합니까? 그런 말에 흥분해서 사태를 그르치는 것보다는 참고 억제를 해서 사태를 바르게 해석하고 대비하는 것이 더 중요한 것 아닙니까?"

그러나 그렇게 말하는 왕 서방도 분을 삭이지 못하는 표정이 역력했다. 사바틴이 물을 한 잔 건네자 단숨에 들이켰다.

"어쨌든 지난 일은 지난 일이고 이제 대책을 세우십시오.

제 생각에 일본은 공식적으로는 중전이 승하하신 것으로 발표 하든가 아니면 그렇게 여론을 만들어갈 겁니다. 하지만 오카모도 그 놈의 생각은 종잡을 수가 없어요. 정말 제 놈 욕심을 채우려고 쑤셔 넣은 것인지, 아니면 의심이 가서 그런 것인지 알 수가 없어요. 제가 아는 그 놈은 아주 집요한 놈이거든요. 물론 그 놈이 욕심을 채우는 것도 목적이 있었겠지만, 그 놈이 의심을 해서 그 짓을 한 것이 정말 사실이라면 그 놈은 절대 포기하지 않을 겁니다."

"포기하지 않다니요?"

"중전마마를 반드시 잡아서 자신이 죽일 때까지 추적을 하고도 남을 놈입니다."

"그럼 일본이 중전마마를 시해했다는 것이 거짓이 되는데요?"

"아니지요. 그 반대입니다. 만일 이번 작전이 실패한 작전이고 훗날 어디선가 중전께서 나타나 보십시오. 일본은 물론 특히 일본에서 지들이 가장 잘났다고 우기는 겐요사의 체면은 땅에 떨어지고 맙니다. 겐요사의 체면이 땅에 떨어진다는 것은 바로 무스 무네미스 외무대신이 모든 것을 잃는 것과 다를 것이 없습니다. 물론 이토 히로부미도 개망신을 당하는 거구요.

오카모도 그 놈이 저리 설치는 것도 무스 무네미스의 지원을 등에 업고 있기 때문입니다. 두 인간은 친부자지간보다 더 가깝습니다.

그러니까 오카모도는 어떻게든 중전을 찾아서 제 손으로 비밀리에 죽이고 말겁니다."

더운 여름인데도 불구하고 사바틴은 온몸에 소름이 끼쳤다. 왕 서방의 말을 듣고 나니 그 말이 맞는 말이다. 하지만 상대를 알면서도 대책을 세울 수가 없다. 상대가 인간들이라면 어떤 타협이나 교섭이 가능하고 대책도 생각해낼 수 있다. 하지만 상대는 이미 인간이기를 거부한 인간들이다.

얼마나 잔인하고 집요한 인간들인가? 자신들이 세운 목적에 옳고 그름이 없는 인간들이다. 자신들이 하고자 하는 일이 정의로운지 그렇지 않은지는 생각도 안 한다. 이익이 되는 일이라면 무조건 한다. 일단 목적을 세우면 반드시 하고 마는 인간들이다.

지금 명목은 일본이라는 나라를 위해서 일을 한다는 것이다. 따라서 다른 누구든 다른 나라든 간에 자신들이 나가는 길에 방해가 되면 제거하는 것이 그들의 일이다. 당연히 자주독립을 지키려는 중전은 그들의 제거 대상이 될 수밖에 없다. 그런데 중전을 제거하기 위해서 일을 벌이고 이미 성공했다고 본국에 보고를 했다. 그런데 만일 그것이 거짓으로 드러나면 자신들은 물론 자신들의 조직을 적극 후원하고 이끌어주는 무스 무네미스와 이토 히로부미가 입을 피해가 막대하다. 그런 일이 일어나지 않게 하기 위해서라도 충분히 중전을 땅끝까지라도 쫓아가서 죽이려고 할 것이다.

사바틴은 제발 오카모도 그 못된 놈이 정말 중전이 죽은 것으로 알아주기를 속으로 은근히 기도했다.

"물론 알아서 하실 일이지만 청나라는 피해 주십시오. 이미 일본과의 전쟁에서 진 이유도 있지만 지난 번 내가 중전과 청나라가 일을 도모하고 있다는 거짓 정보를 흘렸기 때문에 만일 오카모도가 중전을 찾으려 든다면 청나라 쪽을 뒤질 겁니다. 또 일본은 비단 조선뿐만이 아니라 청나라에도 흑심이 아주 많은 관계로 오카모도가 청나라로 일을 갈 수도 있으니까요. 굳이 적이 올 곳에 미리 가서 기다릴 필요가 있겠습니까?

어디로 가실 것인지는 제게 절대 말하지 마십시오. 저도 실수를 할 수 있으니까요. 하지만 저라면 차라리 대마도를 택하겠습니다. 그곳은 대대로 조선의 영토였는데 일본이 거저 삼킨 곳 아닙니까?"

"대마도요?"

"이를테면 그렇다는 겁니다. 부산에서 뱃길로 얼마나 걸립니까? 지리적으로 조선과 가까우니 연락도 쉽고."

"하지만 거기야말로 적의 안방 같은 곳 아닙니까?"

"글쎄요. 엄밀히 말하면 조선 땅이니 적의 안방은 아니지만 위험할 수는 있겠네요. 지금은 일본말들을 쓰는 곳이 되어 버렸으니까요.

어쨌든 잘 생각해서 결정하십시오. 저는 정말 이제는 떠날 겁니다. 어찌 되었든 공식적으로는 일본이 작전을 성공했다고 전문을 보냈다고 하니 그걸 기초로 대책을 잘 세우시기 바랍니다."

자리에서 일어서는 왕 서방에게 사바틴은 얼마간이라도 사례를 하고 싶었다. 그래서 얼른 지갑을 꺼내들었다.

"아, 이러지 마십시오.

엄밀히 말하자면 사례는 내가 사바틴 씨에게 해야지요. 사바틴 씨는 단순히 조선에 고용되어서 온 러시아 사람입니다. 하지만 나는 비록 청나라 국적일지언정 조선인입니다. 요동에 근거를 둔 고구려와 대진국 발해의 후손입니다. 결국 조선의 국모는 나의 국모이십니다. 조선인인 내가 조선의 국모를 구한 것을 가지고 사례를 받아요? 그건 아니지요. 반대로 되어야지요. 하지만 저도 사례는 안 합니다. 단순히 사바틴 씨가 자신의 할 일을 해서라는 뜻은 아닙니다. 사바틴 씨도 어느 순간에 조선을 사랑하고 있다는 것을 알았거든요. 그래서 제가 사바틴 씨에게 그 말을 전했던 거구요.

나는 사랑이 뭔지는 잘 모르지만 사랑하는 사람에게 한 일을 가지고 대가를 받는 것은 아니라는 것 정도는 잘 알고 있습니다."

요동 묵가 왕 서방은 말은 그렇게 했지만 뭔가 깊은 사연이 있는 사람임에 틀림이 없었다.

"그렇다면 성함이라도 알려주시고 가시면…?"

"이름이요? 아시면 무엇합니까? 인연이 있으면 또 만나는 것이고 아니면 그만이지요. 제 이름 아시잖아요. 왕 서방. 요동 묵가 왕 서방."

이야기를 듣는 중전은 어쩔 줄을 몰랐다. 절대 여인으로서의 수치감 때문이 아니다. 이런 순간에 여인으로서의 수치감을 생각한다는 것은 차라리 사치스런 일이다.

자신으로 인해서 궁궐에 일어난 일들을 듣자니 참을 수 없는 분노가 치솟았다.

"천벌을 받아도 시원치 않을 왜놈들 아니오?

도대체 대원군은 그런 왜놈들에게 왜 또 붙은 거요?"

중전의 입에서 대원군이라는 말이 거침없이 나왔다. 아버님이라든가 대원이 대감이라는 존칭은 아예 사라졌다.

"갑오년에도 권력에 눈이 멀어 왜놈들과 손잡고 아들인 폐하까지 경복궁에 감금했지 않았던가? 그리고 자신이 권력을 잡기는커녕 왜놈들에게 이용만 당해서 청일전쟁만 일으킨 것도 잘 알지 않는가 말이다. 결국 자신이 왜놈들에게 농락당한 것을 자인해 놓고도 또 왜놈들과 붙었단 말인가?

임오년에는 구식 군대를 선동해서 나를 제거하려 하고 갑오년에는 왜놈들과 붙어서 폐하까지 감금해 놓더니 이번에는 그 왜놈들과 다시 붙어서 나를 죽이려 했으니 도대체 그 끝이 어디란 말인가?

자식보다도 그 놈의 권력이 그리도 좋더란 말인가? 자식을 죽이는 한이 있어도 그 놈의 권력의 끈을 놓을 수 없더란 말인가?"

중전은 혼자 신세 한탄하듯이 거침없이 쏟아 놓았다.

"그러니 도대체 궁녀들은 얼마나 죽고 백성들은 얼마나 피눈물을 흘릴 것이란 말인가?

정말 하늘도 무심하시구나. 차라리 내 한 목숨 죽고 마는 것인데 이 무슨 날벼락 맞을 일이더냐?

하늘이 그만 살라고 하신 뜻을 내가 거역해서 공연히 백성들의 피 울음소리만 진동하게 해놓고 말았구나.

차라리 임오년 군란 때 내 백성의 손에 죽었던들 오늘의 이 치욕은 없었을 것 아니냐?"

중전의 눈에서는 하염없는 눈물이 소리 없이 흘러내린다. 비록 소리 없이 흐르는 눈물이지만 마치 장맛비 내리듯이 멈출 줄을 몰랐다. 하지만 굳이 감추려고도 하지 않는다.

이미 중전은 체면도 버린 지 오래다. 하늘을 봐도 부끄럽고 땅을 봐도 부끄럽고 백성들을 보면 더 부끄러운데 무슨 중전의 체면인가? 백성 없는 국왕이 어디에 있으며 국왕 없는 중전이 있을 까닭이 없다. 결국 백성이 모든 것의 근본이다. 한데 자신은 모든 것의 근본인 백성들에게 해만 입힌 존재라는 생각이 들면서 눈물이 그칠 줄을 몰랐다.

"이모님, 고정하십시오. 물론 지금 고정하시라는 제 말이 무리라는 것은 잘 압니다. 하지만 이미 지난 일은 지난 일입니다. 사실 제가 어제 말씀을 드리려다가 자세한 상황도 모르고, 또 이모님 아시면 공연히 마음만 더 상하실 것 같아서 말씀을 드리지 않았던 일들입니다. 하지만 오늘 왕 서방의 말을 듣고는 상황을 좀 더 정확히 아셔야 확실한 대책을 세울 것 같아서 다 말씀드린 것입니다. 이제 그만 고정하시고 앞날을 논의하는 것이 더 급한 것 같습니다. 만일 오카모도 그 자식이 정말 의구심을 가지고 있다면 절대 그냥 포기하지 않을 것이라는 왕 서방의 말이 맞는 것 같습니다. 그러니 대책을 협의하시는 것이 옳을 것 같습니다."

사바틴은 나오는 눈물을 억지로 참으면서 중전을 달랬다.

"옥분 씨도 진정하시고요. 그래야 이모님이 진정하시지요. 옥분 씨

마저 그러시면 이모님은 더 슬퍼하실 겁니다."

옥분이는 중전보다 더 슬프게 눈물을 쏟아내고 있다. 억울하고 분한 심경도 있었지만 그보다는 자신이 사랑하고 따르는 중전에 대한 연민이 더 크다. 그 모든 설움을 눈물로 털어내고 있는 옥분이를 보면서 사바틴이 달랬다.

하지만 두 사람은 쉽게 눈물을 그치지 못했다. 그리 쉽게 그칠 눈물이면 흘리지도 않았을지도 모른다.

두 사람의 눈물을 보면서 사바틴 자신도 흐르는 눈물을 억제하지 못했다.

어느 순간인가 자신이 경호원으로 고용된 조선을 사랑하게 된 그다. 물론 왕실도 사랑한다. 그런데 그 조선이 지금 왜놈들의 발 아래 짓이겨지고 있다. 조선의 마지막 자존심을 짓뭉개기 위해 왜놈들은 안간힘을 다한다. 하지만 자신이 사랑하는 조선은 힘이 없어서, 그 뭉개지는 자존심을 앉아서 당하고 있다. 그러니 저 두 사람의 눈에서 눈물이 멈출 수가 없는 것이다.

사바틴은 눈물을 쏟아내는 저 두 여인이 불쌍하거나 안쓰러워서가 아니라 뭉개지는 조선의 자존심이 더 안타까웠다. 그는 뭉개지는 조선의 자존심을 지켜주지 못하는 자신의 부족한 힘을 탓하는 안타까움을 눈물로 씻고 있었다.

사바틴이 눈물을 멈춘 후에도 얼마 동안 두 사람은 눈물을 더 쏟아냈다. 하지만 더 이상 흘릴 눈물도 없는지 눈물이 마르면서 중전이 입을 열었다.

"요동 묵가라는 그 백성이 자기라면 차라리 대마도로 가겠다고 했소?"

"예, 이모님. 차라리 심장부로 들어간다고 했습니다. 등잔 밑이 어둡다는 논리겠지요."

"아니오. 그 백성은 바로 연해주를 뜻한 거요. 그리고 그 연해주에서도 해삼위와 가까운 곳을 가르친 겁니다."

"해삼위라고 하시면 블라디보스토크를 말씀하시는 것 아닙니까?"

"그렇소. 그 백성이 뱃길을 이야기하면서 대마도 운운한 것은 바로 해삼위가 뱃길이 닿으니 조선과 쉽게 연락이 오갈 수 있음을 내비친 것이오. 육로처럼 노출되지 않고도 갈 수 있다는 뜻이오. 그 백성이 보통 영민한 백성이 아닌데 어디로 갔는지 모른다니 정말 안타깝구려."

"예. 확실히 보통 사람은 아니었습니다. 어디로 간 것은 고사하고 끝내 이름도 밝히지 않았습니다. 아까도 말씀드렸지만 사례를 하려던 제가 오히려 무색해지게 하는 사람이었습니다. 자신은 비록 청나라 국적이지만 조선인이라는 것을 대단한 자부심으로 아는 사람이었습니다. 제 생각으로는 비록 그 사람이 지금은 떠났다지만 반드시 연락이 다시 올 것입니다. 자기 스스로 오카모도가 의심을 품고 있는지도 모른다고 했으니 그 결과에 대해서 반드시 연락을 해줄 사람이라는 생각입니다. 결코 자신의 목숨 보존을 위해서 조선을 떠날 그런 사람은 아니었습니다."

"충분히 그럴 수 있을 것 같소. 조선은 그 백성에게 해준 것이 하나도 없는데 그 백성은 어찌 그리도 나를 생각해 준다는 말입니까? 나라의 국록을 먹을 대로 먹으면서 제 구실도 못하는 이들이 태반인 현실이 부끄럽기 짝이 없구려.

하기야 국모인 나 역시 그 자리를 차지하고 앉아서 제대로 한 역할이 없으니 누구를 탓하겠소. 하지만 그런 백성들을 보면 공연히 미안한 마음을 금할 수 없구려."

중전은 요동 묵가의 행방을 알 수 없는 것이 아쉬웠다. 그 백성은 이미 자신의 몫을 다 했다. 어디로 피신하는 것이 안전한가를 말해주는 것도 서슴지 않았다. 그때 문득 중전에게 생각나는 것이 있었다.

"사바틴 씨의 말을 듣다 보니 문득 생각나는 것이 있소. 해삼위 근처라? 그렇다면 그것은 분명 조선과의 연락뿐만이 아니라 사바틴 씨와의 연락도 염두에 둔 것이 아닌가 하는 생각이오. 자기가 사바틴 씨에게 정보를 전하면 그것이 즉각 내게 전달될 수 있는 방법을 찾은 것인지도 모른다는 이야기요."

"충분히 그럴 수 있겠습니다."

"아마 그럴 것이오. 내가 너무 앞질러 생각하는 것은 아닐 것 같소. 이제껏 그 백성의 행동이나 영민하게 대처해 온 것을 보면 분명히 그럴 수 있소. 그 백성에게 무어라 감사를 해야 할지 모르겠구려.

그리고 정말 불행 중 다행이오. 마침 우리가 가려는 옥분이 오라버니 집이 해삼위에서 멀지 않은 곳이라 하오. 해삼위에는 우리 조선인들이 많이 사는 까닭에 옥분이 오라비의 집을 찾기도 그리 어렵지 않을 것이라던데.

하기야 해삼위는 원래 고구려와 대진국 발해가 지배하던 땅이라 우리 조선인들이 많이 살고 있다고 들었소. 물론 그곳에서는 조선인이라 하지 않고 고구려의 이름을 딴 고려인이라고 한다지만 결국 우리 조선인 아니오?

동포들이 많아도 그 앞에서 조선의 국모임을 밝힐 수 없는 마음이 정말 안타깝지만 동포들이 없어서 외로운 것보다야 백 번 낫지 않겠소?"

"제발 이모님 말씀대로 이루어지고 또 훗날을 도모하는 기회가 반드시 만들어지면 더 바랄 것이 없겠습니다."

"이 수모를 갚기 위해서라도 그런 날을 만들어야겠지요. 누구도 믿을 수 없는 이런 때 요동 묵가 그 백성이 도와준다면 그야말로 금상첨화일 텐데…? 하기는 그 백성에게 해준 것도 없으면서 이렇게 바라는 내가 염치없는 짓을 하고 있는 거지. 설령 도와주지 않는다 한들 어찌 그 백성을 원망하겠소? 하지만 공연한 기대가 되는구려."

"반드시 좋은 결과가 나올 것입니다. 이모님의 강인함과 영특하심이 반드시 좋은 결과를 만들어내고 말 것입니다."

폐하!
러시아 공관으로 가시옵소서

⋮

중전은 계속 사바틴의 집에서 지냈다. 그가 전해주는 소식을 들으면서 그를 통해 고종에게 그녀의 의사를 전달했다.

중전은 자신이 죽었음을 공포하고 국상을 치를 것을 수차례 건의했다.

"폐하, 제 국상을 치르지 않으면 저들은 제가 죽지 않았을 수도 있다는 의심을 품고 집요하게 저를 추적하려 할 것입니다. 하니 국상을 치르셔야 합니다."

중전이 간원을 할 때마다 고종은 망설였다. 하지만 버젓이 살아 있는 사랑하는 아내의 국상을 치를 수는 없는 일이다. 고종은 이일 저일을 핑계로 국상을 연기했다. 중전은 그런 고종의 심정을 모르는 바가 아니다. 하지만 지금 사사로운 정에 얽매일 때가 아니라는 것을 누차 강조했지만 고종은 그 말만은 들을 수가 없다고 했다.

중전은 고종의 마음을 백 번 이해할 수 있었다.

어찌 죽지도 않은 사랑하는 아내의 국상을 선포한단 말인가? 게다가 만일 국상을 공식적으로 선포하는 날에는 백성들의 엄청난 동요를 막을 길이 없을 것이다. 이런 저런 이유로 국상을 미루는 고종의 마음을 모를 리가 없다. 중전은 일단은 그 일은 접어두기로 했다.

하지만 자신이 나라를 떠나기 전에 꼭 한 가지는 해야 했다. 바로 고종의 안전을 반드시 보장 받아야 한다는 일이다. 춘생문 사건이 불발로 끝나자 중전은 대책을 강구하려 했다. 곰곰이 생각하던 그녀는 고종이 당분간 러시아 공사관에 가 있는 것이 옳다고 생각했다. 그곳에서 정무를 본다면 자신을 시해하였다고 자부하면서 들어선 지금의 내각을 일거에 처단할 수 있는 방법이 생길 수 있다. 일본이 러시아를 두려워하는 까닭에 섣부른 행동도 못할 것이다.

"폐하, 기회를 보아 러시아 공사관으로 잠시 어가를 옮기시는 것이 좋을 듯하옵니다. 지금 궁궐에 계시면 김홍집을 비롯한 대신들이 오로지 일본에 맹종하는 자들인지라 폐하께서 국정을 바로 펴실 수 없습니다. 불편하시더라도 어가를 러시아 공사관으로 옮기시고 그곳에서 김홍집, 정병하, 유길준, 조희연, 장박 등을 비롯한 궁궐난입 사건의 역도들을 처단하시는 것은 물론 폐하의 뜻대로 정사를 돌보십시오. 모름지기 일본이 아직도 러시아를 두려워하는 까닭에 쉽사리 무슨 짓을 하지는 못할 것이옵니다. 하오나 이 일은 정말 신중하게 처리하셔야 합니다. 만일 이 일이 사전에 누설이라도 되는 날에는 정말 종묘사직의 안전을 보장할 수 없을 것이옵니다. 혹 시간이 걸리시더라도 반드시 하셔야 할 일이라는 생각입니다. 하지만 너무 오랜 시간을 끌지는 마십시오. 자칫 때를 놓치면 아무 일도 할 수 없음이옵니다."

사바틴을 통해서 그런 전갈을 받은 고종은 그 일에는 흔쾌히 동의
했다.

"그렇지 않아도 지금 이완용 대감 등을 비롯한 이들이 러시아 공사
베베르와 일을 꾸미고 있소. 그러니 중전은 다른 걱정은 말고 오로지
몸을 잘 보존하는 것에만 신경을 쓰시오."

그런 말을 듣자 중전은 안심이 되었다. 일본에 의해 경복궁에 감금
되어 있는 국왕을 탈출시키기 위해 대신들이 벌였던 춘생문 사건이
불발로 끝난 지 얼마 되지 않았다. 그 불똥이 고종에게 튈세라 마음
을 조이고 있었는데 그때 깊이 관여했던 대신들이 다시 힘을 합쳐 러
시아 공관으로 어가를 옮기려고 한다니 다행이 아닐 수 없었다.

비록 궁궐에 있지는 않지만 하루도 궁궐의 일을 잊지 못하고 있는
그 날.

사바틴이 궁에서 돌아오자마자 중전을 찾았다.

"이모님, 이제 내일이나 모레는 떠나셔야 할 것 같습니다. 일본이
미우라 공사를 비롯한 지난 국모시해 사건에 관여한 관련자 47명을
전원 수감했답니다. 일본이 자신들이 한 짓에 대해서 국제 여론이 들
끓듯 하니 일단은 손을 든 셈입니다.

그들이 미결수 감옥에 수감된 것까지 확인하였습니다. 그동안 그
소식을 기다리느라고 말씀드리지 않았습니다. 이제는 확인이 되었
으니 떠나셔야 합니다. 그들이 수감 당했다고 해서 반드시 어떤 처벌
을 받으리라는 보장이 없습니다. 언제 그들이 석방될지 모르는 일이
고, 그리되면 그들이 다시 조선으로 돌아오지 않는다는 보장도 없습

니다. 일본이라는 나라가 원래 간교한데다가 이번 사건 자체가 일본 내각이 관여된 것이 불 보듯 빤한 일인데 그들을 처벌하겠습니까? 지금은 그들이 수감되어 조선에 올 수 없는 것이 확실하니 서둘러 조선을 떠나 연해주로 향하심이 옳을 것 같습니다."

"하지만 폐하께서 러시아 공관으로 어가를 옮기려 하신다는데 그 결과는 보아야 하지 않겠소?"

"아닙니다. 그 일은 지금 이모님께서 여기 계시나 계시지 않으나 결과는 마찬가지입니다. 모름지기 이완용 대감 등이 잘 처리하실 것입니다. 더욱이 우리 베베르 공사께서 아주 극비리에 일을 진행시키고 계시니까 분명히 성공할 것입니다. 그런 염려는 나중에 하시고 이모님께서 우선 자리 보존을 하시는 것이 더 중요합니다. 그래야 후일을 도모하실 수 있지 않겠습니까?"

사바틴의 말이 옳은 말이다.

일본 내각이 직접 개입해서 꾸몄던 일인데 관련자를 처벌한다는 것은 쉬운 일이 아니다. 분명히 국제 여론을 의식하여 간계를 부리는 것에 지나지 않는다. 또한 그들이 조선에 있다가는 조선 백성들에 의해서 해를 당할 수도 있다. 마찬가지로 일본에 일단 불러들였지만 신변의 안전을 장담할 수 없다. 그들이 당분간 옥살이를 하는 것이 더 안전하다고 계산했을 것이다.

하지만 폐하께서 아직도 경복궁에 감금된 것이나 마찬가지인데 폐하를 두고 떠나자니 차마 발길이 떨어지지 않을 것 같았다. 폐하의 어가가 러시아 공관으로 옮기시는 것만 보고 떠나도 여한이 없을 것 같았다.

그런 중전의 마음을 읽기라도 했다는 듯이 사바틴은 독촉의 끈을 조였다.

"이모님, 연해주는 보통 추운 곳이 아닙니다. 단단히 대비를 하셔야 합니다.

그리고 그곳에 도착해서도 곧바로 옥분이 오라버니를 찾으라는 보장도 없지 않습니까? 여러 가지 사실을 감안할 때 지금 떠나시는 것이 좋을 것 같아 오늘 폐하께 말씀드렸더니 그리하라고 하셨습니다. 폐하께서도 이모님의 안전만을 생각하고 계십니다."

"알았소. 폐하께서도 그리 말씀하셨다니 떠나지요."

중전은 더 이상 고집피울 일이 아니라는 것을 알고 결심했다. 그리고 짤막하게 편지를 썼다.

"국망산 아래서 50일을 지내고 북관종묘에 제가 먼저 가 있었던 것처럼 잠시 떨어져 있는 것이라 여기시고 부디 정사에 매진하시옵소서. 다시 국권이 회복되는 날 뵙겠습니다."

혹시 누가 보게 되더라도 자신이 쓴 편지가 아닌 것처럼 쓰려고 노력했지만 편지에는 구구절절 헤어지는 안타까움이 담겨 있었다. 그리고 거기에 더한 눈물자국은 고종의 피를 끓게 했다. 가슴에 품고 있을 수 있다면 그리하고 싶다. 하지만 행여 누가 볼세라 중전과의 서신은 읽자마자 불태우기로 한 터이라 그 편지를 불태우면서 고종도 하염없는 눈물을 흘렸다.

연해주의 밤

●
●
●

"결국 그리되어 이곳까지 오신 것이군요? 비록 좋은 일로 오시지는 않았지만 아무튼 잘 오셨습니다. 또 돌아가실 기회도 반드시 오실 겁니다. 그때까지 이모님이 좀 불편하시더라도 저희는 성심껏 모실 것이니 걱정 마십시오."

중전의 이야기를 들으면서 함께 눈물도 흘리고 분노하며 안타까워하기도 했다. 정말 표현할 수 없는 서러움에 미칠 것 같았다. 도대체 무엇이 그리 서러운지 눈물이 마를 새 없이 흘렸다.

그러나 이야기가 끝나자 더 이상 망설이지 않고 진심으로 자신들의 각오를 밝혔다. 성심껏 모실 것이다. 비록 이런 곳이나마 국모를 모신다는 것은 더 없는 영광이다. 반드시 국모는 환궁하실 것이다. 하지만 그 환궁 후에 무엇을 바라서가 아니다. 백성 된 자로서 잠시나마 국모를 모시는 것이 얼마나 큰 영광인가?

부모가 살아 계시지 않으면 모실 수 없듯이 국모께서 지난 그 난리 통에 돌아가셨다면 어찌 이렇게 모실 수 있다는 말인가?

"참, 지난 임오년에도 이 일을 자네가 해준 것으로 기억하네만?"

준서의 각오는 남달랐다. 그러나 준서의 각오는 마음으로만 받아들일 뿐, 중전은 대답 없이 작은 꾸러미 하나를 내놓았다.

"이것을 이곳에서 유통되는 돈으로 바꿔다 주게나. 물론 한꺼번에 바꾸면 들통이 날 것이니 시간을 가지고 천천히 그리고 조심해서 바꿔야 하네."

"이것도 패물인가요?"

"그렇다네. 아마 임오년의 그것보다는 좀 더 값이 나가는 것들로 양도 더 많을 걸세. 임오년에는 황급히 나오느라고 챙기지도 못하고 눈에 보이는 몇 개 들고 나왔지만 이번에는 그래도 하루 저녁 시간이 있는 까닭에 선별해서 부피는 작고 값이 나가는 것들로 골라 가지고 왔네. 이곳으로 올 때 사바틴으로부터 돈을 받기는 했지만 앞으로 우리가 살아가려면 더 많은 돈이 필요하겠지. 그리고 그것들을 정리하는 대로 필요한 것이 있으면 사도 괜찮네. 어차피 나 혼자서 쓰려는 생각은 없으니까. 나나 옥분이는 물론 이 집안에 필요한 것이 있으면 사도 괜찮다는 말일세."

"이모님, 무슨 말씀을 그렇게 하세요. 저희는 필요한 것 없어요."

"아닐세. 내가 빈말로 하는 것이 아니니 그리하게나."

중전은 자신의 패물 꾸러미를 내놓고 그 패물을 정리해서 필요한 것이 있으면 써도 좋다고 했다. 진심이다. 이제껏 자신의 손으로 백성들에게 무언가 해준 적이 없다. 이제라도 늦지 않았다고 생각하고 백성들에게 작은 무엇이라도 주고 싶었다.

그런 중전의 마음을 모르는 바가 아니다. 하지만 절대 그리할 수 없다는 생각이면서도 더 우겨봤자 되지도 않을 일이라는 것을 알기에 준서는 입을 다물었다.

그때 친구들하고 사냥 간다던 은만이가 멀리서부터 엄마를 불러댔다.

"엄마, 엄마. 나 꿩 잡았어요."

은만이가 부르는 소리가 나자 준서는 얼른 패물주머니를 집어 옷장 안에 넣고 김소현은 일어나서 밖으로 나갔다.

"웬 꿩을 다 잡았니?"

"응, 전에 사냥 가서 토끼나 새를 잡으면 다른 친구들 먼저 줬었거든요. 그런데 오늘은 꿩을 잡자 애들이 자기들은 전에 가져갔으니 나보고 가져가라는 거예요. 그런데 오늘은 새도 두 마리나 잡아서 다른 애들도 작은 새 한 마리씩은 가져갔어요."

"그래? 잘했다. 어서 오너라. 그러기에 항상 남부터 배려하면 좋은 일이 반드시 생기는 거란다. 어서 와서 꿩은 여기 두고 안으로 들어가자. 인사드릴 분이 있다."

"손님 오셨어요?"

"그래. 멀리 조선에서 손님이 오셨구나."

"조선에서? 우리나라? 우리 고향?"

생전 손님이라고는 동네에서 농한기에 마실 오는 사람 말고는 보지도 못하던 은만이는 손님이라는 말에 한 걸음에 내달으면서 자기 마음대로 나라와 고향을 외쳐댔다.

"그래. 우리나라 우리 고향에서 손님이 오셨구나. 그것도 아주 반가운 손님이."

김소현이 아주 반가운 손님이라고 하는 부분에서는 목소리가 잠겼다. 정말 반가운 마음에 자신도 모르게 목이 메었다.

김소현의 뒤를 따라 들어선 은만이는 방 아랫목에 앉아 있는 중전과 그 한 걸음쯤 앞에서 뒤로 한 걸음쯤 물러나 옆모습을 보이며 앉아 있는 옥분이를 번갈아 보았다.

"그렇게 서 있지 말고 어서 큰 절 올려라."

이준서가 큰 절을 올리라고 하자 은만이는 넙죽 절을 했다. 중전에게 먼저 절을 하고 옥분이에게 절을 하려고 방향을 틀자 옥분이는 깜짝 놀랐다. 아무리 조카라지만 자신이 어떻게 중전마마 앞에서 절을 받는다는 말인가?

"조카 절을 못 받을 게 무어냐. 그냥 받아라."

옥분이의 그런 심정을 아는 중전이 말하자 옥분이는 송구스러운 마음을 주체하지 못하면서도 절을 받았다.

"저 아랫목에 앉아 계시는 분은 이모할머니시다. 이 아버지의 이모시지. 그리고 저쪽은 네 고모다. 태어나서 처음 보지만 바로 이 아버지의 동생이란다."

"그럼, 그 궁…"

자신의 고모가 궁궐에서 일한다는 말을 들어온 은만이다. 자신도 모르게 튀어나오는 말을 하려고 하자 김소현이 얼른 입을 막으며 작은 소리로 말했다.

"은만아. 너 혹시 고모가 궁궐에 있다고 누구한테 말한 적 있니?"

"아뇨. 아무한테도 말은 안 했어요. 하면 뭐해요. 보지도 못하는데.

그런데 내 입을 왜 막은 거예요?"

자기 어머니가 작은 소리로 속삭이듯이 말하자 은만이 역시 작은 소리로 되물었다.

"잘 했다. 고모가 궁궐에서 일하다가 이곳으로 왔다는 소리를 하면 절대 안 된다. 고모는 지금 궁궐에서 다른 일을 하기 위해서 이곳으로 온 거란다. 그러니 절대 궁궐이야기를 하면 네 고모한테 좋을 것이 없다."

"무슨 일이요? 아무도 모르게 비밀리에 나랏일을 하는 건가요? 우리들도 전쟁놀이할 때 그런 것도 하는데."

은만이 입에서 그 이야기가 나오자 놀란 것은 준서나 김소현이 아니라 중전이다. 세상이 얼마나 험악하면 아이들이 그런 놀이를 한다는 말인가? 물론 자신은 여자라서 그런지 어릴 적, 저 나이에 비밀리에 나랏일을 한다는 것은 상상도 못한 것이다.

"아무튼 그런 것은 네가 좀 더 크면 알려 줄 것이고 다만 비밀은 지킬 수 있지?"

"그럼요. 그런 일을 하려면 절대 신분이 노출되면 안 되거든요. 그럼 이모할머니도 그런 거예요?"

"아니, 이모할머니는 우리처럼 조선에서 살기가 힘드셔서 고모 오는 김에 같이 오신 거야. 그러니까 누가 묻거든 고모도 조선에서 살기 힘들어서 자기 오빠한테 온 거라고 대답하면 돼."

"그러지요, 뭐. 근데 조금은 아쉽네요. 만일 언젠가 고모를 만날 수 있다면 아이들에게 우리 고모가 궁에서 일한다고 자랑하고 싶었는데. 하지만 하는 수 없지요, 뭐."

은만이는 영리해서 금방 말을 알아들었다. 하기야 나이가 열네 살이면 어린 나이도 아니다. 은만이의 그 말을 듣고 이준서와 김소현은 안심했다. 나이에 어울리지 않게 원래 성격도 과묵하지만 자신이 한번 한 약속은 반드시 지키는 애다. 걱정할 필요가 없다.

"은만이 덕분에 닭은 안 잡아도 되겠구나. 이모할머니 오셔서 닭 잡아드리려고 했더니 닭은 잡지 말라고 하셨는데 닭보다야 꿩이 더 맛있으니 잘된 일이다.

자, 그럼 이 아비는 나가서 은만이가 잡아온 꿩 손보아야겠다. 그래야 엄마가 요리를 해서 맛있는 저녁을 먹지."

이준서는 조금은 어색해진 방 안 분위기도 바꿀 겸 군더더기를 붙여서 말을 남기고 밖으로 나갔다.

꿩에 무채를 썰어 넣고 볶아서 맛있게 저녁을 먹은 후 은만이는 피곤하다고 제 방으로 건너갔다. 중전과 옥분이 역시 먼 길을 오느라고 피곤하다며 각자의 방으로 갔다.

준서가 두 사람의 방에 군불을 때기 위해서 나무를 준비하자 김소현이 따라 나왔다.

"왜 나와? 나 혼자 때도 될 일인데? 아궁이끼리 거리도 가까워서 혼자 불 때도 괜찮아요. 추운데 당신은 들어가."

"아니예요. 제가 아가씨 방에 불을 땔 테니 당신은 이모님 방에 불을 때요. 내 손으로 한 번이나마 아가씨 방에 불을 지펴드리고 싶네요. 얼마나 마음고생이 심했겠어요. 우리야 그저 일해서 먹고 사는 게 힘들어서 그렇지 그런 마음고생은 안 하고 살잖아요. 아까 이야기를 들으면서 얼마나 안쓰러운지 정말 혼났어요. 울어도 분이 다 안 풀리지 뭐예요. 울면 울수록 분이 풀리는 것이 아니라 가슴이 빈 것처럼 구멍이 뻥 뚫리는 것 같았어요. 그런데 당신이 불 때러 나오니까 문득 내 손으로 아가씨 방에 불이라도 한 번 때 주고 싶다는 생각이 들었어요."

김소현이 아궁이에 불을 지피면서 하는 말에 준서도 낮에 마주 앉아 듣던 말들이 생각났다. 그 역시 가슴에 커다란 구멍이 나는 것 같았다. 그것을 아내도 똑 같이 느끼고 있었던 거다.

연해주의 밤은 고요하기만 했다. 이웃집이라고는 하지만 적어도 천 보는 떨어져 있다. 그러니 밤이 되면 들리는 소리라고는 산짐승 우는 소리뿐이다. 이 시간이면 새들도 잠들고 울지 않는다. 조용한 연해주의 밤은 타닥거리며 장작 타는 소리만 들릴 뿐이다.

준서는 고개를 돌려 얼마 떨어지지 않은 아궁이에 불을 때고 있는 아내를 쳐다봤다. 아내의 얼굴이 불빛을 받아 홍조를 띤 것이 더욱 예뻐 보였다. 그때 아내 역시 자신을 쳐다보는 시선을 감지했는지 아니면 그저 쳐다본 것인지는 모르지만 준서를 바라봤다. 그러다가 문득 생각난 것처럼 물었다.

"아까 이모님이 임오년에도 당신이 그 일을 해주셨다는 데 정말 그랬어요?"

"그거? 그랬지. 그때도 내가 했지."

"그럼 그 해 유월에 옥분아가씨가 밤에 왔던 날 당신하고 같이 나가면서 며칠은 걸릴 거라던 그때 그 일을 한 거예요?"

"맞아요. 그때야."

"그리고 10년이 훨씬 넘도록 내게는 얘기도 안 하신 거예요?"

"그런가? 내가 안 했던가?"

"참 당신도 대단해요. 하기야 지금은 몰라도 그때는 하실 사정이 아니었겠지요. 그 후에 옥분아가씨가 관직에 나가고 싶으면 연락하라고 할 때도 내게 이야기를 안 하고 이곳으로 온 후에 겨우 그 얘기를 했으니까. 은만이가 당신 닮아서 입이 무거운 거 같아요."

"후에 관직에 나가려면 연락하라고 한 것은 내가 임오년에 한 작은 일에 대한 보답이라는데 어찌 그런 보답을 받을 수 있겠소. 국모를 도와드린 당연한 일을 가지고 보상을 받는다면 그게 백성이요? 그리고 관직에 나가봤자 줄도 없어서 오래 버티지 못할게 빤한데 뭐 하러 나가누?"

"관직에 안 나간 걸 탓하는 게 아니라 지금까지 그 일을 함구해 오신 당신이 대견해서 그래요. 정말 대단하세요."

"좋아요. 불 때는 동안 이야기해 주리다. 이제는 숨길 필요도 없는 이야기니까 말이오."

하면서 이준서는 임오년 그 날을 떠올렸다.

임오군란이 나면서 대원군은 반드시 중전을 살해해야 한다고 명령했다. 이번에 중전을 제거하지 않으면 절대 다시는 기회가 오지 않을 것 같았다. 그리고 중전을 살려두는 한 자신이 권력을 계속 쥘 수 없다는 생각이 들었다. 하지만 홍계훈이 기지를 발휘해서 상궁으로 둔갑시켜 주는 바람에 궁궐을 빠져나온 중전이 양평을 거쳐서 간 곳은 고향인 여주다. 물론 여주에 민영위가 살고 있다는 것이 이유도 됐지만 우선은 고향에 가서 도피할 자금을 마련하는 것도 중요했다. 급하게 궁궐을 빠져나오느라고 패물 몇 개 겨우 들고 나왔다. 물론 같이 따라나선 궁녀 옥분이도 아무 것도 없이 나왔다. 여북해야 광나루에서 배를 탔을 때 뱃삯을 가진 사람이 없어서 중전이 가지고 나온 반지로 뱃삯을 계산했을까?

하지만 여주에 도착해서도 별 뾰족한 수가 없어서 옥분이를 불렀다.

"네 오라비가 아직 이곳에 산다고 하지 않았느냐? 네 오라비의 성품은 어떻더냐?"

"그렇사옵니다. 아직 이곳에 살고 있사옵니다. 그리고 제 오라비는 말이 별로 없고 과묵하고 올바른 일이 아니면 절대 하지 않습니다. 하지만 누구보다도 나라를 걱정하는 사람입니다. 비록 시골에서 농사를 짓지만 학문도 결코 뒤지지 않는다고 자랑할 수 있습니다."

"그래? 네 말이니 사실이겠지. 물어본 내가 우습구나. 너를 보면 네 오라비를 알아볼 수 있을 터인데.

좋다. 그럼 조금만 더 기다렸다가 날이 어두워지면 가서 네 오라비를 데리고 오너라. 내 긴히 부탁할 것이 있어서다. 대신 누구에게도 나를 만나러 온다는 것을 알려서는 안 되고 네가 네 집에 다녀온 사실은 누구에게도 발설하지 않도록 가솔들을 입단속 시켜야 한다."

"가솔이라야 오라비와 올케뿐입니다. 부모님은 돌아가셨고 혼인을 한 지 10여 년이 되었는데 아직 조카가 없습니다."

"그래? 그럼 올케에게만 조심하라고 하면 되겠구나. 잘 되었다."

중전의 명을 받은 옥분이는 날이 어두워지기를 기다려 집으로 갔다.

마침 한참 일할 철인지라 들에서 돌아와 저녁을 먹고 난 준서와 소현이는 일찍 잠자리에 들었다.

"계세요?"

막 잠자리에 들었는데 누군가 부르는 소리가 들렸다.

"옥분아가씨 목소리예요."

딱 한 마디 듣고 아내가 벌떡 일어나며 하는 소리에 준서도 그런 것 같았다. 준서는 얼른 옷을 챙겨 입고 대문으로 나가 문을 열자 옥분이가 검지를 제 입에 대고 말하지 말라는 신호를 보냈다. 준서는 말없이 옥분이와 함께 방으로 들어서면서 아내에게 옥분이가 했던 대로 신호를 보냈다.

"아니, 이 밤중에 웬 일이며, 또 그건 뭐예요?"

"자세한 이야기는 오빠가 저와 다녀온 후에 오빠한테 들으세요. 오빠는 지금 곧바로 나와 같이 가야 해요. 며칠 걸릴지도 몰라요. 좌우간에 나라에 중요한 일이라는 것만 아시면 돼요. 위험한 일은 아니니 걱정 마시고요. 오늘 제가 왔던 것도 비밀이고 오빠가 나랏일을 하러 간 것도 반드시 비밀이예요."

김소현이 소리를 낮춰 묻자 옥분이는 제대로 앉지도 않고 자세만 낮춘 채 나직이 말했다. 준서와 김소현은 어지간히 급한 일이라는 것을 직감할 수 있었다. 준서는 다시 옷을 챙겨 입고 옥분이와 집을 나섰다.

준서가 도착한 집은 대단한 양반집 같았다. 그도 그럴 것이 그 집은 민영위의 집이다. 그러나 안방으로 들어가지 않고 뒤채로 가더니 잠시 기다리라고 한 후 다시 나와서 들어가자고 했다. 준서가 옥분이와 함께 들어선 방에는 한 눈에 보아도 보통 사람이 아닌 여인이 앉아 있었다.

"오빠, 큰 절 올리세요. 중전마마세요."

준서는 중전마마라는 말을 듣자 절을 하지 말라고 해도 해야 될 판이다. 그저 넙죽 엎드려 절을 하고 다시 머리를 조아리는데 아까 절을 할 때만큼이나 머리가 땅에 닿아 있었다.

"그리 어려워 말고 고개를 드오."

중전마마가 고개를 들라고 했지만 도저히 고개를 들 수 없다. 어찌 중전마마 앞에서 고개를 든다는 말인가?

"내 화급한 일을 시키려고 하는데 그리 고개를 숙이고 있으면 어찌 일을 시킬 수가 있는가?"

중전이 화급한 일이라는 말에 겨우 고개를 들어 중전을 바라보았다. 예쁘고 밉고는 나중이다. 얼굴에 서린 기품이 그야말로 눈을 흐리게 할 정도다.

"이곳 여주가 고향이라지?"

"예, 그러하옵니다."

"그럼 이곳 장사치들은 잘 아는가?"

"잘이랄 것은 없습니다만 전에 제 집에서 머슴살이하던 자의 아들이 장사를 해서 꽤 큰돈을 벌었습니다. 한데 상것임에도 불구하고 훈장을 하시던 제 아버님께서 글을 가르쳐주신 덕분이라고 보은을 한

답시고 자주 제 집에 드나드는 자가 있긴 합니다."

"어느 정도 돈을 벌었는가?"

"남의 재산인지라 제가 어이 알겠습니까만 상당히 많은 것 같았습니다. 일전에는 제게 와서 필요한 것 있으면 돈이든 뭐든 말만 하라면서 실제로 전답 몇 마지기 살 돈을 놓고 갔습니다. 하지만 아직 사지 멀쩡한데 일해서 먹고 살아야지 남의 도움 받기 싫어서 돌려주었습니다."

"그래? 정말 심정이 곧은 사람이구려. 좋소. 그렇다면 내 부탁 하나 들어주겠소?"

"부탁이라니 무슨 말씀을 그리하십니까? 소인이 할 수 있는 일이라면 무엇이든지 하명만 내려주십시오. 무슨 일이든지 해 올리겠습니다."

"목숨을 잃을 수도 있는 일이오."

"나라를 위해서라면 목숨인들 아깝겠습니까?"

"나라라고 하기에는 좀 그렇구려. 사실 지금 궁에 변란이 있어서 내가 잠시 피해 나온 것이오. 한데 경황이 없어서 패물 몇 개를 제외하고는 지니고 나온 것이 없소. 그렇다고 누군가에게 손을 벌릴 수도 없는 일이오. 말이야 바른 말로 내가 손을 벌리면 좋아라 하고 얼른 주겠지요. 하지만 그렇게 지는 신세는 훗날 그것을 빌미로 갚을 것이 너무 많아지는 법이오. 그런 짓은 하고 싶지 않소. 공연히 꼬리를 달아 나라에 누가 되는 일은 하기 싫다는 말이오. 비록 작으나마 내가 지니고 나온 내 패물을 팔아 여비를 마련해야 하는데 해줄 수 있겠소?

만일 이 패물이 내 것이라는 것이 알려지고 나를 추적하는 무리들이 그것을 판 사람을 찾으면 잡힐 것이오. 그리고 내가 숨어 있는 곳을 실토하지 않으면 가만 두지 않을 것이오. 설령 몰라서 실토를 못해도 그들은 그리 생각하지 않을 거란 말이오."

준서는 추적하는 자가 누구인지 무슨 변란인지 묻지도 않고 대답했다.

"죽고 사는 것은 무섭지 않사옵니다. 자식이 부모를 위해서 죽는 것이 영광이듯이 국모를 위해 일하면 바로 나라를 위해서 일하는 것이나 진배없는데 죽는 것이 어찌 두렵겠습니까? 다만 그 자가 패물을 매입할 돈이 있는지 그게 궁금할 뿐입니다."

"그건 걱정 안 해도 될 게요. 패물도 그리 많지 않을 뿐만 아니라 돈이 안 된다면 되는 만큼만 받고 팔아줘도 되오."

"그렇다면 기꺼이 명을 받들겠사옵니다."

"좋소. 하지만 한 가지 더 말할 것이 있소. 내가 환궁을 못한다면 보은은커녕 오히려 목숨만 잃을지도 모르는 일이니 다시 한 번 생각해 보시오. 만일 못하겠다면 굳이 하라고는 나도 못하겠소."

"조금 전에 마마께서 공연한 신세를 지면 꼬리를 달아 나라에 누를 끼친다고 하시지 않았습니까? 저는 마마께서 반드시 다시 환궁하실 것을 믿어 의심치 않습니다. 하지만 환궁을 하시면 나랏일에만 신경을 쓰시옵소서. 오늘 제가 하는 일은 마마를 도와드리는 것이 아니라 백성된 자로서 당연히 해야 할 일을 하는 것뿐입니다. 자식이라면 당연히 부모를 공경해야 하거늘 어찌 백성된 자가 국모를 위해 일한 것을 가지고 보은을 논할 수 있겠사옵니까? 설령 제게 무슨 보답을 하시고자 해도 제가 받지 않을 것입니다."

"알았소. 정말 곧은 백성이구려. 하지만 오늘은 밤이 늦었으니 내일 일을 처리해 주시오. 내일은 장호원 민응식의 집에서 머물 예정이니 그리로 오면 될 것이오."

"아니옵니다. 마마, 지금 당장 가보겠습니다."

준서는 중전이 내민 패물을 가지고 그 길로 자신의 아버지에게 신세를 진 그 사람을 찾아갔다. 그리고 절대 비밀을 당부하고 후한 값을 쳐서 받아왔다. 패물을 사들인 그 사람 역시 준서를 믿는 처지라 분명히 사연은 있을 것이되 나쁜 사연은 아닐 것이라면서 시간을 두고 처분하면 아무도 모른다고 하며 사 주었다.

준서는 그 밤으로 다시 중전을 찾아가서 돈을 돌려주고 집으로 돌아왔다.

"그래서 며칠 걸릴 수도 있다더니 새벽녘에 들어왔기에 어찌 된 일이냐고 물었더니 이미 일이 해결이 되었다고 거짓말한 거예요?"

"거짓말이 아니라 일은 해결하고 들어왔잖소?"

"하긴 그러네요. 어쨌든 당신 정말 자랑스럽네요. 남들 같으면 그 후에 환궁해서 관직 준다고 할 때 얼른 들어갔을 텐데. 줄도 없으면서 어디를 가냐고 한 것이 대가를 바라지 않는다는 당신 말씀 지키려고 그런 거지요?"

"꼭 그런 것은 아니지만 그깟 일 하나 해놓고 중전마마의 가슴에 영원히 빚을 남기고 싶지 않아서였소. 내가 만약 그때 관직이 미관이든 아니든 간에 덥석 물었다면 중전마마는 사사로운 빚을 갚기 위해서 나라에 빚을 지셨다고 생각하실 것 아니오.

자, 이제 그만 때도 되겠소. 들어갑시다."

준서가 불 때는 것을 마무리하자고 말하면서 김소현 쪽을 쳐다보자 불길에 비친 아내의 얼굴은 정말 예뻤다. 은근히 아랫도리에 힘이 들어가기 시작했다.

방에 들어서자 준서는 이미 김소현이 깔아 놓은 이불 속으로 들어갔다. 아내가 따라 들어와 등잔불을 끄고 옆에 눕자 불빛에 비친 그녀의 얼굴을 보면서 힘이 들어가던 아랫도리가 주체할 수 없을 정도로 더 힘이 들어갔다.

"여보, 가슴도 휑한데 서로 가슴을 채워줍시다."

준서가 아내의 속저고리 안으로 손을 넣어 가슴을 살짝 만지면서 속삭였다. 김소현도 준서가 자랑스럽다고 생각하던 차라 그런지 가슴에 준서의 손이 닿자마자 자기도 모르게 준서의 아래로 손이 내려갔다.

준서는 아내의 속저고리를 풀어 가슴에 입술을 대고 부드럽게 애무하기 시작했다. 아내의 입에서 비음이 나오면서 점점 몸이 뜨거워진다. 부드럽게 애무하던 준서의 입이 더 거칠고 빨라지면서 가슴을 주무르던 손이 김소현의 아래로 향했다. 준서의 입이 거칠어지고 손놀림이 빨라질수록 아내의·몸은 더 뜨거워졌다. 어느새 두 사람은 알몸이 되어 서로 아래 위를 바꾸며 뒹굴고 있었다. 연해주 찬바람도 그 이불 속에는 존재하지 못했다.

행위가 절정에 달하면서 김소현의 입에서 외마디가 터져 나오자 두 사람의 몸은 정지하고 물먹은 해면처럼 축 늘어졌다.

축 늘어지고도 서로를 부둥켜안은 손을 풀지 않고 한참을 그렇게 있었다. 서서히 열정이 식으면서 연해주 찬바람이 이불 속으로 파고 드는 느낌이 들자 준서가 일어나 주섬주섬 옷을 입었다.

김소현도 따라 일어나 옷을 입으며 말했다.

"가슴이 채워질 것 같더니 더 휑하네요. 저쪽 방에 중전마마와 옥 분아가씨가 계신데 우리만 이러고 있다는 것이 갑자기 미안해지네요.

생사를 넘나드는 분들을 곁에 두고 우리 부부만 이렇게 행복한 시 간을 갖는다고 생각하니 정말 미안하네요."

준서 역시 같은 생각이다. 지금도 누군가 추적해 올지도 모른다는 절박한 심정에 사로잡혀 잠이나 제대로 이루고 있을까 걱정이다. 그 런데 자신들은 격정의 시간을 갖고 나서 아내의 이야기를 들으니 미 안한 생각이 들었다.

나도 백성들과
같은 삶을 살겠네

•
•
•

"언니, 자요?"

다음날 아침.

방문 앞에서 들리는 옥분이의 목소리에 김소현은 화들짝 놀라 자리에서 일어났다.

"음, 으음, 예. 잠이 깊이 들었나? 밥 지을 때가 된 것도 몰랐네요."

김소현은 일어나서 옷을 주섬주섬 입었다. 어젯밤 이준서와 둘만의 시간이 평소보다 격했던 것은 사실이다. 하지만 그것 때문에 지금까지 잠이 든 것은 아니다. 평소 같으면 그렇게 달콤한 환상을 즐기고 난 후에는 평온한 마음으로 안락하게 서서히 잠이 온다. 비록 감은 눈이지만 하늘인지 땅인지 모를 곳에 무지개처럼 아름다운 빛들이 펼쳐지면서 잠이 든다.

더더욱 어젯밤처럼 자신의 입에서 외마디가 터져 나올 정도면 옆에 있는 준서의 힘 빠진 아래라도 잡고 아주 평온하게 잠이 든다. 마치 소녀처럼 온갖 꿈과 상상의 나래를 펴면서.

하지만 어제는 저쪽에 있는 두 사람 걱정에 도저히 잠을 이루지 못했다. 특히 어린 시절, 애기 때부터 궁에 들어가기 전까지, 같이 지낸 시간이 부모보다도 많은 옥분이를 생각하니 잠이 오지 않았다. 준서도 자는 것 같았지만 잠이 들지 않은 것을 알 수 있었다.

그렇게 얼마간을 뒤척이다가 겨우 잠이 들어 늦잠을 잔 것이다.

김소현이 옷을 입고 앞깃을 여미며 방문을 열고 나서자 옥분이는 깨끗이 단장을 하고 서 있었다.

"아니? 아가씨. 어떻게…?"

"어젯밤 군불 땐 솥에 아직 물이 상당히 따뜻해요. 이미 이모도 치장을 다 하셨어요. 원래 우리 생활이 그래요. 일찍 일어나고 늦게 자고. 자, 밥이나 하러 들어가요."

옥분이는 김소현을 떠밀다시피 부엌으로 끌고 들어갔다. 그러나 김소현은 옥분이에게 밥을 시키고 싶지 않았다.

"밥은 내가 할 테니 아가씨는 들어가 계세요. 나 혼자 해도 충분해요."

"아니에요. 아무리 간단해도 혼자 하는 것보다는 같이 하는 것이 쉬운 법이예요. 사실 나 밥 할 줄 몰랐거든요. 한데 지난 난리 때 궁에서 나온 후 이모가 스스로 밥을 지으시니 내가 어떻게 안 배울 수 있겠어요. 그래서 나도 배웠지요.

이모 참 대단하신 분이예요. 손수 밥 짓고 빨래하고 다해요. 솔직히 궁에서는 세숫물도 떠다 바치고 손 하나 까딱하지 않는 생활을 했는데 궁을 나온 후 한 번도 그런 적이 없어요. 절대 못하게 해요. 본인이 직접 하세요. 긴 병에 효자 없다고 자신의 이런 처지가 얼마나

갈지 모르는데 절대 무리하지 말라는 거예요. 그러다가 제가 스스로 지친다는 거죠. 그럼 누가 자신과 동행하겠냐고 하시면서 절대 무리하지 말라고 했어요. 물론 오늘 아침에 저보고 언니한테도 당신의 뜻을 전해달라고 하셨어요."

"하지만 어떻게?"

"그래서 제가 일부러 언니 부른 거예요. 부엌에서 이런 이야기하려고요.

해 주는 사람은 몰라요. 하지만 받는 사람은 오히려 받는 순간 힘들어질 수 있어요. 자신이 과분한 대접을 받고 있다고 생각하는 순간 힘이 드는 거죠.

지금 이모는 자신이 백성들 앞에서 말할 수 없는 죄를 짓고 있는 사람이라고 생각하는 분이예요. 그런데 만일 그런 느낌을 받아보세요. 이모나 오빠 가정에나 서로 부담만 될 뿐이에요. 받는 이모는 이모대로 불편하고, 해주는 오빠네는 오빠네 대로 부담스럽고, 공연히 그럴 필요 없잖아요."

"알았어요. 앞으로 명심하고 오빠한테도 그렇게 전할 게요."

"나한테도 마찬가지예요. 지금 처음에는 오랜만에 만났으니까 그렇지, 내가 이 집에 몇 년을 있을지 아무도 모르잖아요. 그러니 우리 전부터 같이 살던 사람처럼 더불어 일하며 같이 살아요. 일철이 되면 저도 밭에 나가서 함께 일하면서요."

김소현은 옥분이의 말이 지당하다고 생각했다. 지금은 처음이니 배려를 하지만 이제 머지않아 일철이 다가오고 그러면 차라리 부담스러울 수도 있다. 그것을 미리 서로 털어버리고 가자는 것이니 역시 조선의 국모는 다르다는 생각이 들었다.

아침이 준비되자 중전과 함께 다섯 식구가 상에 둘러앉았다. 꽉 찬 느낌이다. 그렇다고 밥상 위의 음식이 평소보다 많아진 것은 없다. 나물 두어 종이 추가 됐을 뿐이다. 하지만 이렇게 꽉 찬 느낌을 받는 것은 매일 세 사람이던 상에 두 사람이 늘었다는 이유다. 아무리 진수성찬을 차려 놓더라도 혼자서 밥을 먹는다면 얼마나 썰렁하겠나? 역시 사람이 그 무엇보다 귀한 존재임을 준서는 다시 한 번 깨달았다.

밥상을 물리고 나자 은만이는 어제 꿩을 잡은 것에 고무된 듯이 또 사냥을 간다고 했다.

연해주의 날씨 치고 많이 온 눈은 아니다.

하지만 오늘 같은 날이 정말 새 잡기에는 더 없이 좋은 날이기도 하다. 새들이 많이 모이고 자신의 몸을 은폐하기 좋은 곳을 골라서 간다. 소쿠리를 뒤집고 그 한 편에 줄을 묶은 막대기를 세운다. 그리고 그 막대기를 잡아당기면 소쿠리가 덮을 수 있는 영역 한가운데 곡식을 조금만 뿌려 놓고 기다린다. 어제부터 온 눈으로 먹이를 먹지 못한 새들이 곡식을 먹으러 몇 마리 날아들면 막대기를 당긴다. 순간 잘 빠져나가는 새도 있지만 미처 피하지 못해 그 안에 갇히는 새도 있다. 그 새를 손으로 잡아내면 된다. 중요한 것은 바로 이 순간이다. 소쿠리를 들 때 땅과 소쿠리 사이가 최대한 벌어지지 않게 해야 한다. 만일 사이가 너무 벌어지면 새가 그 틈으로 날아가 버린다.

오늘 같은 날은 토끼를 잡는 것도 수월하다. 눈이 아주 많이 내리면 토끼가 눈에 빠져 행동이 둔해지기 때문에 잡기 좋은 반면 사람도 눈에 빠져 힘이 많이 든다. 하지만 이 정도의 눈이 왔을 때는 전부터 미리 보아둔 토끼가 다니는 길목에 올무를 놓고 눈으로 살짝 덮어둔다. 그러면 토끼는 그걸 모르고 올무에 걸리게 된다. 물론 올무로 토끼를 잡는 일은 눈이 오지 않아도 얼마든지 할 수 있는 일이지만 눈이 오면 그 나름대로의 재미가 더 좋다.

은만이도 올무를 놓을 줄 아니까 어제 눈이 오기 시작했을 때 벌써 올무를 놓아두고 집으로 돌아왔는지도 모른다. 원래 입이 무거운 아이라 결과물을 가지고 오기 전까지는 말을 안 해서 그렇지 아마 충분히 그랬을 것이다.

"글은 안 읽고 매일 산 밑에 다니면서 사냥만 할 거니?"

준서는 은만이가 춥다고 웅크리고 앉아 있는 것보다는 낫다는 김소현의 말을 떠올리면서도 한 마디 했다.

"어제는 꿩을 잡는 바람에 늦었지만 오늘은 일찍 올 겁니다. 사냥 좀 하고 들어와서 글 읽을 게요."

은만이의 말을 듣는 준서는 대견하다. 결코 글을 읽지 않겠다고 한 적이 아직 한 번도 없다. 그리고 실제 열심히 읽는다. 일찍 돌아와서 글을 읽겠다는 데 더 이상 말할 필요가 없다. 한다면 하는 아이다.

은만이가 인사를 하고 방을 나서자 중전이 입을 열었다.

"보통 해삼위에는 얼마 만에 한 번 나가나?"

"자주 나가지는 않습니다. 추수가 끝나고 나면 곡식과 물건을 바꾸러 그래도 자주 나가지만 겨울에는 물건을 꼭 구입할 것이 있거나 해야 나갑니다. 더더욱 일철에는 꼭 필요한 것이 있지 않는 한 나가지 않는다는 표현이 맞을 겁니다."

"그래? 하지만 앞으로 조카가 해삼위에 자주 다녀와야 할 것 같네. 오늘 가라는 말은 아니고 며칠 후에는 한 번 가보아야 할 걸세. 내 목숨을 살려준 사바틴이라는 러시아 사람이 내게 소식을 전해주기로 했거든. 그 사람이 소식을 전해줄 때는 반드시 친필로 편지를 쓰기로 했네. 그리고 그 편지는 해삼위에 있는 〈샹들리에〉라는 주막으로 보내게 되어 있어. 주막 이름은 프랑스 말이지만 사바틴의 친구인 러시아 사람이 운영하는 집이네. 건축기사인 사바틴이 그 집을 지을 때 일부러 해삼위까지 와서 지어준 집이라고 하더군. 그 정도로 친밀한 친구라면서 내게 이곳으로 오는 도중에 꼭 들려서 연락처로 삼아 놓으라고 했지. 물론 자신이 친필로 편지를 써준 덕분에 이미 모든 조치는 끝내고 왔으니까 가서 소식만 가지고 오면 돼."

"필요할 때 말씀만 하시면 언제든지 다녀올 게요."

"한 달에 한 번 쯤이면 되네. 사실 우리가 조카의 집을 찾는데도 그 사람이 많은 도움을 주었지. 그리고 자신이 운영하는 〈샹들리에〉가 우리네 주막보다 훨씬 크기는 하지만 그런 식으로 숙박까지 할 수 있는 곳이라 그곳에서 여러 날을 먹여주고 재워주면서 조카의 집을 아는 사람을 수배해서 알려 준 것이야. 그러니 믿어도 좋은 사람일세. 가서 주인인 하바로스키 씨를 찾으면 그가 알아서 전해줄 걸세."

"알겠습니다. 한 달에 한 번이 아니라 두 번을 다녀오라고 하셔도 다녀와야지요. 이모님한테 필요한 것이라면 무슨 짓인들 못하겠습니까?"

"고맙네. 처음 가야 할 때는 내가 짚어 줄 테니 그리 알게. 참, 그리고 패물을 파는 것도 그 사람 도움을 받으면 쉬울 수 있으니 그것은 조카가 알아서 하게나."

"알겠습니다. 그런 일이라면 언제든지 부담 갖지 마시고 말씀만 해주십시오. 다리품만 팔면 되는 일인데 못할 까닭이 있겠습니까?"

준서는 자신에게 지시하는 중전의 얼굴이 결코 편하지 못한 것을 느꼈다. 부담을 느끼는 증거다. 앞으로는 이런 일 가지고 부담을 느끼지 말라는 의미로 한 마디 덧붙였다.

"그 〈샹들리에〉라는 곳이 호텔인가 뭐 그런 곳이었죠? 일단 내일 한 번 나가보겠습니다. 위치도 다시 한 번 확인하고 또 주인과 수인사도 해놓는 것이 좋을 것 같습니다."

"맞네. 그 호텔이라는 말이 생각이 안 나서 주막이라고 했어. 먹을 것도 팔고 술도 팔고 잠도 자고. 마치 우리 주막 같았거든. 하지만 굳이 내일 가지 않아도 되는데…."

준서가 당장 내일이라도 가보겠다고 하자 중전은 결코 싫지 않은 얼굴로 당장 갈 필요는 없다고 했다. 하지만 가지 말라는 말도 안 했다. 그것은 중전이 나라에서 올 소식을 얼마나 기다리는지 알고 남는 일이다. 일을 좀 보는 시간을 포함해서 남자 걸음으로도 왕복 하루해를 써야 하는 길이다. 특히 겨울이라 해가 짧아서 자칫 어둘 녘에나 도착할 수도 있다. 하지만 이미 각오한 터다. 비록 자신이 가진 재산이 많지 않아서 중전마마를 호강시켜 드리지는 못하지만 몸으로 하는 일이라면 얼마든지 할 것이다.

부담을 느끼는 사람에게 부담 느끼지 말라고 한다고 부담을 느끼지 않는 것이 아니다. 부담을 느끼지 않게 즐거운 마음으로 부탁을 들어주는 모습을 보여주면 된다.

세상사는 이치는 다 똑같다. 사람이 느끼는 마음 역시 비슷하다. 왕족이나 백성이나 서로 마음을 열고 상대를 받아들이면 부담을 느끼지 않는 것은 똑같은 이치다.

"그리고 조카며느리에게 묻는데 하루 세 끼를 꼬박 먹지는 않았지?"

뜬금없는 명성황후의 물음에 김소현은 당황했다.

"이미 알면서도 묻는 거야. 조선에도 특히 겨울에는 하루 세 끼 다 챙겨먹는 집보다는 하루 두 끼 먹는 집이 많다는 것으로 알고 있네. 물론 이곳에 와서도 들었고. 당황해 할 필요 없어. 나 역시 그렇게 하겠다는 뜻이니까."

"저희는 일철에는 하루 세 끼를 꼬박 챙겨 먹습니다. 그래야 일을 제대로 할 수 있으니까요. 하지만 겨울에는 보통 아침 먹고 점심에는 옥수수나 감자 같은 것을 먹습니다. 저녁에는 밥을 먹지만 어떤 때는 죽을 쑤어 먹기도 합니다. 하지만 너무 염려는 안 하셔도 될 겁니다. 저이가 열심히 일한 덕분에 그래도 저희는 옥수수나 감자를 그냥 삶아 먹기보다는 가루를 내어 국수를 해 먹기도 하고 죽을 쑤어 먹기도 하는 겁니다. 또 밀도 있으니까 그것으로 국수도 해 먹습니다. 올 겨울 날씨가 눈이 덜 내려서 보리와 밀이 웃자랄까 봐 걱정이기는 하지만 그러지 않는 한 큰 불편은 없을 것입니다."

김소현 역시 속일 필요가 없다는 생각이 들었다. 이미 다 알고 묻는 이야기에 속인다는 것은 오히려 서로 불편하기만 할 뿐이다. 그래서 솔직히 말했지만 다소 중전의 마음을 편하게 하려고 노력해서 말하는 구석이 역력했다.

"그래? 그렇다면 내가 있다고 특별하게 하지 말고 평소 살던 대로 살면 되는 거야. 그렇지 않아도 올 농사 지어서 세 식구 양식만 비축했을 것이 빤한데 갑자기 두 식구가 늘어 걱정일 텐데. 하지만 그리 큰 걱정은 말게. 내가 내놓은 패물 정리하는 대로 양식도 좀 들여놓게. 그래야 나도 굶지 않을 것 아닌가?"

김소현은 대답을 머뭇거렸다. 그러자 준서가 대신 대답했다.

"그리하겠습니다. 아무 걱정 마십시오. 이모님은 그저 마음 편히 다른 일에 신경 쓰세요. 이모님 하실 일이 있지 않습니까? 살림은 저희들이 다 알아서 합니다."

준서는 이미 알고 묻는 질문에 굳이 사족을 달고 싶지 않았다. 게다가 중전의 말이 모두 사실이다. 세 식구가 다음 추수기까지 먹을 양식도 빠듯한 것이 사실이다. 그런데 굳이 아니라고 말한다 해도 필요 없는 일 아닌가? 그리고 중전이 그리 하라니 좀 더 그녀를 편하게 모실 수 있는 방법을 강구하는 것도 나쁜 일은 아닌 것 같았다. 그러나 자신들의 삶이 그리 어렵거나 궁핍하지만은 않다는 확신을 심어주는 것도 나쁜 일이 아니라고 생각했다. 그래야 좀 더 마음을 편하게 할 것 아닌가?

"이모님의 말씀은 충분히 알아들었습니다. 하지만 일 철이 시작되면 더 열심히 일하면 됩니다. 이곳에는 농사짓기 알맞게 개간할 땅은 얼마든지 있습니다. 부지런히 일만 한다면 얼마든지 먹고 살 수는 있습니다."

"그래? 그렇다면 일철이 시작되면 나도 같이 일을 하겠네. 나와 옥분이는 일이 서툴러 두 사람이 일을 하더라도 두 사람 몫은 못하겠지. 하지만 한 사람 몫보다야 많이 할 것 아닌가?

물론 내가 이곳에 얼마나 머물러 있게 될지는 모르지만 있는 날까지라도 함께 일도 해보면서 농사짓는 백성들의 힘든 모습도 경험해 보고 싶어서 말일세.

지금 내가 가장 후회하는 것은 이제껏 너무 백성들을 모르고 살아왔다는 것일세. 눈앞에서 일어나는 권력다툼과 외국 세력의 균등할을 위해서 노력하는 것이 물론 내 일이었겠지. 나는 내 일을 하는 것이 전부라는 생각만 했어.

그렇다고 백성들 속으로 들어가 볼 시간이 전혀 없던 것도 아닌데 나라의 주인이요, 나라의 기본인 백성들을 너무 모르고 산 것일세. 아니, 좀 더 나 자신에게 솔직해지자면 백성들을 무시하고 산 거라는 말이 맞을 걸세. 그저 백성들은 나라가 하는 일을 믿고 따라오기만 하면 잘 살게 해줄 것 같이 하면서 실제 잘 사는 길은 열어주지 못했으니 백성들을 기만한 거야. 그리고도 백성들에게 사과 한 번 안 했으니 백성들을 무시한 거고."

중전의 마음을 편하게 해주려고 한 준서의 말에 그녀는 자신도 함께 일을 하겠다고 나섰다.

그러나 자신이 일하고자 하는 것이 단순하게 밥을 먹는 값을 하기 위한 것이 아니라는 것을 강조했다. 이제껏 자신이 겪지 못한 백성들의 삶의 현장을 들여다보고 싶은 욕심을 강하게 내비쳤다. 그것이 그녀의 진심이다. 백성들의 사는 속을 직접 경험하고 들여다보고 싶었다. 그리고 자신이 다시 국모의 자리에 앉으면 그 경험을 백성들을 위한 정치에 반영하고 싶었다.

그녀는 반드시 자신이 다시 환궁해서 조선의 국모로 살 것임을 굳게 믿고 있었다.

그런 중전의 마음을 읽은 준서가 시원스럽게 대답했다.

"농사일이라는 것이 큰 전문 지식이 따로 있는 것은 아닙니다. 물론 처음부터 하기는 벅차지요. 절기에 따라 파종을 하고 수확을 하고 한다는 것은 경험이 있어야 하겠지요. 하지만 옆의 사람이 하는 대로 따라 하기만 해도 큰 일을 하는 것이니 이모님께서 하시고자 한다면 얼마든지 하실 수 있을 겁니다.

알겠습니다. 일손이 둘이나 늘었으니 땅이 풀리는 대로 새 땅을 더 개간하겠습니다. 그렇지 않아도 이제 은만이도 일을 곧잘 하는 터라 날이 풀리는 대로 땅을 더 개간할 생각이었는데 잘 되었습니다."

국모가 강한 의지로 자신은 반드시 환궁할 것임을 내비쳤다. 그리고 백성들을 잘 다스리기 위해서 직접 일을 해보겠다는데 막을 필요가 없다. 그리고 궁에서는 하루 종일 육체적인 노동을 하지 않아도 할 일이 많았다. 하지만 이곳에서는 할 일이 없다. 그저 방에 앉아 책을 읽거나 수를 놓으며 소일해야 한다. 그러는 것보다는 차라리 밭에라도 나가서 일하는 것이 중전 자신에게도 좋을 것 같다. 일을 하면 몸이 고되니 밥맛도 더 있을 것이고 밤잠도 잘 이룰 것이다. 그러면 결국 육신은 물론 정신 건강에도 좋을 것이라는 생각이 들어서 흔쾌히 대답했다.

네 사람이 앉아 커다란 선을 긋고 이런저런 이야기를 주고받는데 은만이가 엄마를 부르면서 돌아왔다. 이제 곧 점심을 먹을 시간이라서 돌아왔으려니 하는데 들어오지 않고 밖에서 말했다.

"아버지, 이 토끼 여기 놓고 들어가면 되지요?"

"토끼? 웬 토끼냐?"

준서가 일어나서 문을 열고 나가면서 물었다.

"어제 올무를 놓고 왔거든요. 오늘 가보니까 올무에 토끼가 걸린 겁니다. 그래서 가지고 왔어요. 마침 다른 친구들도 걸려 있어서 새는 잡지 않기로 하고 돌아왔어요. 아버지께서 전에 삶이라는 것이 너무 욕심을 내면 안 된다고 하신 말씀이 생각나서요. 토끼 잡았는데 새까지 잡으려는 것은 너무 욕심내는 것 같았거든요. 어제 꿩도 잡았는데 너무 욕심을 내면 자연에게 미안한 것 같았어요."

"잘했다. 그곳에 놓고 들어오려무나. 이제 곧 점심시간이니 점심이나 먹고 글을 읽어도 읽으려무나."

중전은 두 부자지간에 하는 이야기를 들으면서 절로 고개가 숙여졌다. 저게 바로 사람이 바르게 사는 모습이다.

제대로 글을 배워볼 기회조차 가져보지 못한 저 어린 것도 욕심을 내는 것이 삶을 망치는 것임을 이미 깨닫고 있다. 심지어 욕심을 내는 것이 자연에게까지 미안하다고 한다.

한데 많이 배우고 머릿속에 지식이 가득하다고 자부하면서 궁궐을 드나드는 저 관리들은 어떠한가?

서로 욕심에 눈이 멀어 헐뜯고 죽이고를 반복한다. 자신에게 주어지는 몫으로는 절대 만족을 못한다. 상대방의 주머니 안에 있는 것을 반드시 뺏어야 직성이 풀린다. 그리고 그것을 뺏기 위해서는 상대를 해하고 심지어는 죽이는 것도 서슴지 않는다. 그러다 보니 일보다는 이기고 지는 것에 대한 집착이 더 크다. 이기면 얼마든지 욕심을 채울 수 있지만 지면 모든 것을 빼앗긴다는 그릇된 논리의 노예가 되어 버린다.

나라와 백성을 위한 일을 하는 것이 아니라 상대방과 이기고 지는 투쟁을 한다고 생각한다. 이기기 위해서는 자신이 남보다 항상 위에 있어야 된다는 생각을 떨쳐내지 못한다. 남보다 아래에 있으면 그것이 바로 빼앗기는 것이라고 생각한다. 그러니 노선이 다른 이들과는 서로 대화나 절충이라는 것이 없다. 그저 같은 길을 가는 파당끼리만 결속되어 상대 파당은 죽이려고 기를 쓴다. 내 말만 옳다. 상대의 말은 들어볼 가치도 없는 말이다. 정책의 옳고 그름을 논하는 것이 아니라 내 주장이 옳음을 역설하고자 한다. 상대의 정책 중에서도 받아들일 것이 있으면 받아들여야 하는데 그것을 받아들이면 지는 것으로 착각을 한다. 그 모든 것이 제 것을 지키는 것은 물론 더 거둬들이려는 욕심에서 기인한 것이다.

그들이 언제나 이런 백성들의 욕심 없는 마음으로 돌아올 수 있을까? 권력의 중심에 있는 그들이 백성들의 마음으로 돌아올 수 있는 그 날이 나라가 바르게 나가는 길을 찾는 날일 텐데. 그 날이 오기는 요원한 것만 같았다.

일본을 백성들이 싫어해야
마음대로 못한다

이튿날 준서는 해삼위를 다녀왔다. 그러나 〈샹들리에〉 주인과 수인사를 나눈 것 이상의 소득은 없었다. 아무런 소식도 전해 듣지 못했다. 물론 서신 같은 것도 전혀 없었다. 준서의 보고를 받은 중전은 무언가 아쉬움이 역력했다. 비록 자신이 이곳으로 온 것이 얼마 되지 않아 큰 것을 기대하지는 않았지만 그래도 행여 하는 바람이 있었던 것은 사실이다.

정월 대보름도 지나고 쥐불놀이도 끝이 났다.

그동안 준서는 해삼위를 몇 번 다녀왔다. 중전이 미안해 할까 봐 패물을 사겠다는 사람을 만나기로 했다는 거짓 핑계를 대고 다녀오기도 했다. 물론 그동안 패물도 몇 점 팔았다. 하지만 그보다 더 중요한 소식은 접하지도 못하고 왔다.

이제 머지않아 곧 새로운 농토를 개간해야 한다. 그 일철이 닥치기 전에 한 번 더 해삼위를 다녀오려고 길을 나섰다. 오늘은 농토 개간에 필요한 도구를 산다고 핑계를 댔지만 사실 이렇다 할 연장은 집에

다 있다. 만약에 중전이 미안해 할 것을 대비해 정 사야 한다면 그저 호미와 낫이나 하나씩 더 사가지고 갈 요량이다. 그것들은 두 사람이 일에 가세를 한다면 필요할 것이다. 큰 기대는 하지 않지만 혹시나 하는 마음에 〈샹들리에〉로 가는 것이다.

중전이 무언가 가슴조이며 기다리는 소식이 분명히 있다는 것은 육감으로 알 수 있는 일이다. 그런데 나올 때마다 아무런 소식도 가져가지 못했다. 어느 순간부터 준서는 자신이 더 미안했다. 오죽 답답하면 저리할까 하는 생각을 하면 차라리 자신이 조선에라도 다녀오고 싶었다. 하지만 자신이 조선에 간다고 뾰족한 수를 낼 수 있는 처지도 아니다. 이미 국모는 시해 당했다고 믿는 백성들이다. 만일 자신이 조선에 간다면 국왕을 직접 알현하지 않는 이상 그 누구와도 이야기할 사항이 아니다.

그런 생각을 하면서 〈샹들리에〉에 들어서자 주인이 아주 반갑게 맞았다.

"무슨 직감이 있었나 봅니다. 마침 어제 소식이 하나 들어와 있는데."

아무도 없는 자신의 집무실로 준서를 안내해서 건네는 주인의 말에 귀가 번쩍 뜨였다.

"어제요? 정말입니까?"

"정말이고 말고요. 여기 있습니다. 나타샤가 받는 사람이고 레빈스키가 보내는 사람이면 그것이 바로 사바틴이 몰래 보내 온 서신이라는 뜻이라고 했습니다."

주인은 무슨 일인지 전혀 모른다. 다만 아주 절친한 친구인 사바틴이 직접 편지를 써서 들려 보낸 여인에게 주고받는 서신이라는 것만 알 뿐이다. 믿고 아끼는 친구의 부탁만 들어주면 되었지 자세한 내막은 알 것도 없다.

하지만 주인도 그동안 몇 번을 찾아온 준서를 매 번 빈손으로 돌려 보내는 것이 안타깝기만 했었다. 그런데 이렇게 자신의 손으로 서신을 전해줄 수 있으니 여간 기쁜 일이 아니다.

"자, 이제 서둘러 돌아가실 것이니 아직 시간이 좀 이르기는 하지만 점심을 드시고 가시지요. 제가 대접하겠습니다."

주인은 자기도 기쁜 마음에서 점심을 대접하겠노라고 했다.

"아닙니다. 이렇게 한 번 나오기도 힘든데 이럴 때 고려인이 운영하는 식당에 가서 점심을 먹어야 조선의 소식을 귀 동냥으로라도 들을 수 있습니다. 일전에 대접해 주신 것만 해도 고마운데 오늘도 대접을 받은 것이나 진배없습니다."

준서는 주인의 호의에 감사 인사를 전하고 서둘러 고려인이 운영하는 식당을 향했다. 자세히는 모르지만 이렇게 소식이 온 것을 보면 필시 조선에 무슨 일이 있었을 것이고, 그 소문이 여기까지 왔을 것이다. 요즘 들어 부쩍 조선을 내왕하는 사람들이 빈번해지면서 소식도 잘 가져온다.

이준서가 고려인이 운영하는 국밥집에 들어서자 국밥집 주인이 반갑게 맞았다.

"어서 오시게. 추운 날씨에 그간 별고 없었지?"

안주인은 주방에서 일하고 바깥주인이 홀에서 손님을 맞는 집이다.

"예, 별일 없었습니다. 국밥 한 그릇에 탁배기 하나 주세요."

"그럼세. 아, 그나저나 지난번에 내가 자네네 집 알려준 그 이모하고 동생도 잘 지내나? 이곳 생활이 조선하고는 영 다른데."

"사람 사는 곳은 다 마찬가지지, 뭐 다를 것 있습니까? 게다가 제 오라비 집인데 뭐 이상할 게 없지요. 이모도 마찬가지고."

"보아하니 이모도 이제 갓 마흔이나 넘었을 것 같고 동생은 아직 마흔도 채 못돼 뵈던데 어떻게 두 사람이 모두 홀몸이 되었나? 뭐한 말이지만 이제 재가해서 팔자 고치는 것이 흉이던 시대는 지나갔으니 내가 어디 좋은 자리 알아봐 줄까?"

주인은 두 사람을 나이보다는 적어도 서너 살 아래로 보고 있다. 이렇게 험한 곳에서 농사를 짓고 사는 사람들보다 궁궐에서 곱게 생활하다 보니 자신들의 기준에서 볼 때 어려보이는 것이 당연한 일인지도 모른다. 하지만 옥분이가 처녀라는 것을 모르고 미망인이라고 단정 짓고 있었다. 준서는 별로 유쾌하지는 않았지만 그렇다고 뭐라 할 수도 없다. 내 동생은 궁녀였지 미망인이 아니라고 할 수도 없는 일이다. 하기야 어쩌면 그렇게 봐주는 것이 오히려 고마운 일인지도 모른다.

"일 없으니 국밥하고 탁배기나 가지고 와서 조선에서 들어온 소식이나 전해주시구려."

준서가 별로 달갑지 않게 생각하는 것을 눈치 챈 주인은 더 이상 그것에 관해서는 말하지 않았다. 그리고 국밥과 탁배기를 준서 앞에 놓더니 아직 이른 점심때라 손님도 없는 까닭도 있지만, 준서가 오랜만에 이 집을 찾으면 늘 그랬듯이 맞은편에 앉아 중얼거리듯이 말했다.

"조선에서 살기 힘들어 조선을 떠나고도 너나 나나 조선의 소식을 궁금해 하는 것을 보면 핏줄이 무섭기는 무서운 게야."

"아, 그거야 조선이 싫어서 떠난 겁니까? 나날이 심해지는 착취 때문이지. 그 놈의 관리라는 놈들이 돈 들여서 자리 사놓고는 본전 찾으려고 온갖 구실을 붙여서 고혈을 짜 내니 살 수가 없어 떠난 거지요. 나라가 무슨 죄가 있어요."

"하긴 자네 말이 맞는지도 모르지. 나라 세금인지 관리들이 착복하는 건지 몰라도 거둬들이는 것만 아니면 어찌 입에 풀칠이야 못하겠는가? 아, 그리고 입에 풀칠만 할 수 있다면 내 나라를 왜 떠나겠나? 이런저런 수단을 동원해서 고혈을 짜내니 먹고 살려고 정든 나라를 등질 수밖에.

참, 조선 소식이 궁금하다고 했지? 드디어 나라님께서 궁을 옮기셨다고 하네?"

"궁을 옮기다니요? 새로 짓기라도 한답니까?"

"아니, 그게 아니고 주상께서 러시아 공관으로 옮기셨다고 하네. 일본 놈들이 얼마나 볶아댔으면 상감이 떳떳한 내 나라 궁궐을 놓아두고 남의 나라 공관으로 가실 생각을 했겠나? 하지만 그것도 썩 잘하신 일은 아니라고 하더라고. 당장 일본의 손에서 벗어나는 것은 현명한 판단이지만 러시아라고 대가 없이 우리나라를 도와주겠냐고 그러데? 나야 그런 것 잘 모르지만 뭣 좀 아는 사람들은 그런 이야기를 해. 지금은 왜놈들이 앞발을 세우고 우리나라를 덮치려고 하지만 국왕께서 러시아 공관으로 피하셨으니 이제는 러시아가 그 본색을 드러낼 거라고 하데? 남의 나라를 아무 대가없이 도와준다는 것이 말이 되느냐는 소리야."

"맞는 소리네요. 러시아 놈들이라고 공짜로 조선을 지켜줄 까닭이 있습니까? 언제 돌아서서 뒷북을 칠지 누가 압니까?

아, 일본 놈들은 안 그랬습니까? 청일전쟁이 났을 때 일본 놈들이 아무 것도 모르는 백성들에게 얼마나 깍듯이 했습니까? 청나라 놈들은 남의 나라에서 전쟁을 하면서도 마치 제 안방인 양 약탈하고 부녀자를 겁탈하고 별짓을 다했다죠. 하지만 일본 놈들은 조선 사람들에게 아주 깍듯이 했죠. 그 덕분에 속도 모르는 백성들이 청나라 놈들이 집단으로 숨어 있는 곳도 알려주고 일본 놈들의 길 안내도 해주고 하지 않았습니까? 그런데 종국에는 어찌되고 있습니까?"

"맞아, 그 사람들도 그 이야기까지 해가면서 그랬어.

하지만 오죽하면 넓디넓은 내 나라 궁궐을 놓아두고 좁아터진 남의 나라 공관으로 가셨겠나?

그저 일본 놈들이 쳐 죽일 놈이지.

상감께서도 그런 한이 맺히셨는지 러시아 공관으로 가셔서는 지난 번 국모시해 사건에 깊이 관여하고 그 공으로 한 자리씩 차지한 김홍집, 어윤중, 정병하 등을 역적으로 단정 짓고 포살하라고 했다지. 그래서 그 놈들은 성난 군중들에게 맞아 죽었다는 것 같아. 그리고 지금 조선에서는 의병운동이 한참이라네. 지난 해 국모시해에 대한 분노와 상투를 자르라는 단발령이 내리면서 유생들을 중심으로 동학 농민항쟁에서 경험을 쌓았던 농민들이 가세해서 그 세가 막강하다고 하더군. 이 김에 일본 놈들이나 몽땅 몰아냈으면 좋으련만. 그래야 시신도 찾지 못해 국장도 치르지 못하는 국모께서 눈을 감으실 텐데."

"그 놈들이 맞아 죽었다는 소리는 듣던 중 반가운 소리네요. 하지만 국모께서 시해 당하셨다는 것이 이상하지 않습니까? 국모의 시신을 본 사람이 없다면서요? 그렇다면 국모의 시신은 어디로 간 겁니까? 왜 폐하께서는 국상을 치르지 않으시고 다른 왕후를 맞이하지 않는 겁니까?"

"글쎄 나도 그게 이상하긴 하지만 들리는 말로는 국모의 시신을 일본 놈들이 불에 태워 없애버렸다지? 자신들이 저지른 증거를 없애기 위해서라는 말이 있어."

"우리 조선의 자존심을 짓뭉개고 자신들이 하고자 하면 못할 일이 없다는 것을 보여주려고 저지른 일인데 왜 증거를 없애려고 했을까요? 혹시 자신들이 국모라고 잘못 알고 다른 사람을 죽여서 일부러 그런 것은 아닐까요?"

"글쎄? 그렇지 않아도 얼마 전에 어떤 고려인도 그런 말을 하기는 하더군. 그 사람도 자네처럼 글도 많이 읽고 아는 것도 많은 사람인데, 그런 말을 하기에 나도 상당부분 공감은 했네만, 모든 사람이 그렇다는데 나만 아니라고 우길 수가 있어야지. 그러면 자네도 국모께서 돌아가시지 않았다는 건가?"

"글쎄요. 그리 쉽게 돌아가실 분이 아니라는 생각이 자꾸 들어요. 임오년 군란 때도 궁을 떠나면서도 살아나시고 갑신년 정변이나 재작년 경복궁에 왜놈들이 난입했을 때도 버텨내신 분인데 그리 쉽게 돌아가셨다는 것이 믿기지 않습니다."

준서는 '국모는 시해 당하지 않으셨다. 지금 내가 모시고 있다.'고 외치고 싶은 것을 억지로 참았다. 자칫 목젖을 넘어 나올 것 같아서 탁배기를 마시며 목 안으로 자꾸 밀어 넣었다.

"하긴 내 생각도 그렇기는 하네. 그 분께서 그리 허망하게 돌아가실 분이 아니라는 생각이 들어. 이 나라 백성들과 폐하를 남겨두고 그리 쉽게 가실 분이 아니라는 생각이야."

국밥집 주인 역시 아쉽고 억울하다는 생각이 드는지 혼자 중얼거리듯이 말했다. 그러다가 갑자기 무슨 생각이 났는지 정색을 하며 물었다.

"준서, 이상하게 생각은 말고 듣게나. 아까 내가 자네 동생하고 막내이모 혼사를 알아볼까 말했었지? 그런데 말이야 어찌 생각하면 그 두 사람 모두 미망인이 아니라는 생각이 들어. 우리 집에 처음 왔을 때 내가 자네 집을 알려주는데 두 사람 모두 우리 범인들과는 다른 기품이 있더라고? 특히 이모라는 분은 감히 접근도 못할 위엄 같은 것이 느껴지기조차 하더라니까?

대체 무엇이 진실인가?"

순간 준서는 당황했다. 하지만 그런 티는 전혀 내지 않고 말했다.

"아, 지금 내가 이렇게 산다고 뼈대도 없는 집안인 줄 아셨나요? 양반집에서 태어나 바르게 교육받다가 전통 있는 가문에서 살다보면 다 그리 되는 것 아닙니까? 사람이 태어날 때부터 귀천을 가지고 태어납니까? 어떤 환경에서 무슨 교육을 받고 어떤 생각을 가지고 어떻게 사느냐가 그 사람의 기품을 만들어 주는 것 아닙니까? 공연히 남들 들으면 이상한 말씀은 그만두세요."

준서의 말에도 불구하고 국밥집 주인은 의문이 풀리지 않는 표정으로 고개를 갸우뚱했다.

준서는 더 대화를 했다가는 공연히 자신이 말실수라도 할 것 같아서 서둘러 음식 값을 치르고 집을 향해 걸음을 재촉했다.

준서는 일찍 출발해서 서두른 덕분에 겨울보다는 길어진 해가 아직 서쪽으로 가는 중에 도착했다.

"이모님, 편지가 한 장 와 있었습니다."

"그래? 어디 보게나."

중전은 준서가 내놓은 편지를 빼앗듯이 반갑게 받았다. 그리고 얼른 뜯어서 내용을 읽더니 안도의 한숨을 쉬었다.

"다행이다. 폐하께서 러시아 공사관으로 무사히 가셨어."

중전은 자네도 보라는 듯이 준서에게 편지를 건네면서 말했다. 준서는 편지를 받아 읽었다.

'이모님, 아버님께서 어머님 뜻대로 이사를 하셨습니다. 그리고 어머님께서 하시고자 하는 일들을 하셨습니다.'

만일 누가 중간에 보더라도 그 뜻을 아는 사람만 알 수 있도록 자신들만의 표현을 쓴 것이다. 그렇다면 아버님은 폐하고 어머님은 중전이다. 중전이 이미 러시아 공관으로 옮길 것을 지시한 것이다. 그것을 깨달은 준서는 자신이 식당 주인에게서 들은 이야기를 그대로 해주었다.

"그래? 백성들을 통해서 듣는 소식이 훨씬 빠르고 광범위한 게 정확하구나.

셋은 맞아 죽었다? 그럼 나머지 놈들은 어찌 된 것인가? 또 김옥균과 박영효처럼 일본으로 도망간 것인가? 질긴 놈들이다. 하지만 어디

가서도 하늘의 심판을 받겠지.

그건 그렇고, 백성들이 러시아 공사관으로 폐하께서 가신 것이 별로 도움이 안 될 것이라는 말을 했다지? 그리고 일본에 대항하는 의병까지 일으켰다고?

정말 백성들이 먼저 아는구나. 백성들이 훨씬 현명해. 나라를 생각하는 마음도 깊고. 훗날 지금과는 또 다른 화를 불러올 수도 있다는 말이겠지.

맞는 말이네. 지금으로서는 더 이상의 묘책이 없어 그 길을 택한 것이네. 폐하께서는 영민하시니 알아서 하시겠지. 하지만 아직도 내 국상을 안 치렀다니 이해가 되지를 않네. 그리도 부탁을 해놓고 떠나왔건만?

어쨌든 한시름은 놓을 수 있게 되었네. 궁여지책이지만 일단 어가를 옮기는 일이 성공을 했으니. 거기다가 백성들이 의병을 일으켜 반일 감정이 고조되고 일본을 몰아내려 한다니 정말 듣던 중 반가운 일이야. 다만, 나라가 위급해지면 항상 백성들이 자발적으로 일으키는 의병에 의존하면서도 백성들을 제대로 돌보지 못하는 우리가 부끄럽지만 말일세.

무슨 일을 하든지 백성들의 소리에 귀를 기울였어야 하는 것인데. 그랬으면 오늘 같은 일도 당하지 않았을 텐데. 백성들이 원하는 대로 하는 것이 가장 바른 길이라는 것을 왜 진작 깨닫지 못했단 말인가? 내가 반드시 다시 환궁해서 그 자리에 다시 앉아 백성들의 소리를 듣고 그 의견을 좇아서 일하는 정치 풍토를 만들고 말겠네."

중전은 백성들에게 미안하기도 했지만 의병까지 일으켜 준 것이 고마웠다. 그리고 백성들이 하는 말이 그 무엇보다 맞는 말이라는 것을 다시 한 번 가슴에 새겼다.

중전은 자신을 이미 죽은 사람으로 간주해야 한다는 생각이다. 그리 되어야 일이 수월해진다. 일본은 일본대로 자기 만족에 젖어 살 것이고 백성들은 일본에 대한 반감이 커질 것이다. 일본이 자신을 죽여서 조선의 자존심을 짓누르고 겁주려는 것을 알면서도 자신이 죽어준 이유가 바로 그거다. 백성들이 일본을 싫어해야 일본이 마음대로 못한다.

"내가 편지를 하나 써 줄 것이니 다음에 나갈 때는 그것을 〈샹들리에〉 주인에게 전하게. 그러면 알아서 사바틴에게 보내줄 걸세."

준서는 중전이 이 집으로 온 후 처음으로 그녀의 환해진 얼굴을 접할 수 있었다. 그녀의 밝은 얼굴을 보면서 땅을 개간하고 금년 농사일을 시작할 수 있다는 생각에 마음마저 산뜻해졌다.

대군주가 황제 된다고
국력이 커지나?

●
●
●

그 해 농사는 풍년을 예고했다. 초여름 수확한 보리와 밀은 대풍이다. 감자 역시 더 없이 풍년이다. 이제 가을 농사만 풍년이 들면 금년은 아주 따뜻한 겨울을 맞을 수 있다. 농사가 풍년이다 보니 준서는 더 바빴다. 중전과 옥분이는 물론 아들 은만이까지 많은 일을 도와주었다. 하지만 날이 풀리면서 개간하여 첫 수확을 하게 된 땅에서조차 풍년가가 저절로 흘러나오는 대풍을 이루다 보니 할 일이 더욱 많았다.

준서는 그 바쁜 와중에도 틈틈이 해삼위에 다녀오는 것을 잊지 않았다. 하지만 그 해에는 아무런 소식도 접할 수 없었다. 그러나 중전은 전날처럼 초조해하거나 불안해하지 않았다. 준서는 무엇보다 그게 다행이었다. 중전이 초조해하지 않는 것은 지금 잘 돌아간다는 것이라고 준서 스스로 결론을 내렸다.

그렇게 가벼운 마음으로 농사일에 열중해서인지 그 해 가을 농사도 대풍이었다. 준서는 하늘이 국모를 모시는 자신을 보살펴주는 것이라고 감사했다.

이듬해.

이제 머지않아 다시 농사일을 시작해야 하는 때가 다가오자 준서는 해삼위를 향했다.

〈샹들리에〉에 들렸으나 아무런 결과도 얻지 못하고 국밥집을 향했다.

"어서 오시게. 그렇지 않아도 왜 안 오나 했네?"

"무슨 소식이라도 있습니까?"

"있지. 자네나 일부 지식 좀 있는 사람들이 걱정하던 일이 해결이 되질 않았겠나? 드디어 상감마마께서 다시 환궁을 하셨다고 하네. 경운궁으로 돌아가셨다는 걸세."

"폐하께서 환궁을 하셨다고요? 그럼 일본 놈들이 이제 다시 덤벼들 텐데 조치는 취하고 하셨겠지요?"

"글쎄, 러시아에서 군사 교관까지 파견해 준다는 것을 보면 그냥 녹녹히 돌아가신 것은 아닌 것 같은데? 단단히 준비를 하신 것 같아. 유생들은 물론 온 백성들이 상소를 하고 별의 별 수단을 동원해도 환궁을 늦추시던 분이 환궁을 하신 것을 보면 대책 없이 환궁하신 것 같지는 않다고들 하더구먼.

거기다가 친일파 놈들은 모조리 죽거나 도망쳤으니 일본 놈들도 그렇게 쉽게 다시 덤벼들지는 못하겠지?"

"그건 몰라요. 조정에 있는 대신이라는 놈들이 언제 그런 거 가렸어요? 나라는 뒷전이고 지들에게 이익이 된다 싶으면 간 쓸개 가리지 않고 붙었다 떨어졌다 하잖아요."

"그것도 자네 말이 맞네그려. 나라가 제대로 가려면 그런 놈들부터 요절을 내야 하는데."

"일단은 잘된 일인 거 같네요. 상감마마께서 영민하신 분이라 그런 사태는 다 파악하고 가셨을 테니 안심해도 되는 일 같아요. 상감마마를 보필하는 이들이 조금만 더 자신의 욕심만 버려 준다면 이 기회에 자주독립국으로 거듭날 수 있을 텐데…."

준서는 아쉬워하면서 말을 이었다.

"경복궁이 아니라 경운궁으로 가신 것도 잘된 일이고요. 경운궁이야 주변에 외국 공사관들이 즐비하니 어떤 나라가 혼자 마음대로는 못하겠죠. 더더욱 경복궁에는 안 좋은 추억뿐이시니 새로운 마음으로 경운궁으로 가시는 것도 좋은 일이지요."

준서는 국밥집을 나와 집으로 가는 길을 재촉하면서 머릿속이 복잡해졌다. 그렇게 중요한 일이 있는데 사바틴은 연락이 없다. 그럴 리가 없는데 이상하다. 만일 이 이야기를 중전에게 했다가는 혹 사바틴에게 무슨 일이 있거나 연락을 하는 일이 잘못 되지나 않았는지 분명히 걱정하실 것이다. 그렇게 되면 걱정하는 중전보다 그 모습을 보는 자신이 더 괴롭다.

준서는 다시 걸음을 〈샹들리에〉로 돌렸다.

준서가 〈샹들리에〉에 다시 들어서자 주인이 반갑게 마중 나왔다.

"그렇지 않아도 가시자마자 연락이 와서 아차 싶었는데 다시 와 주셨군요. 어찌하나 걱정을 했는데 정말 다행입니다."

"기분에 꼭 무언가 올 것 같아서 다시 들렸는데 정말 다행입니다.

고맙습니다."

준서는 주인이 내주는 봉투를 받아들고 다시 걸음을 재촉했다. 오늘은 잘못 하면 해가 서산 뒤로 모습을 감출 때 도착할 수도 있다. 연해주의 겨울 해는 유난히 짧은 것 같다. 더더욱 준서가 사는 동네는 사방이 산으로 둘러싸여 있는 형상이라서 더 그런 것 같다.

다행이 해가 서산에 모습을 감추기 전에 집에 도착했다.

항상 그랬듯이 준서가 해삼위에 가는 날에는 아내, 옥분이, 그리고 중전이 화로를 가운데 두고 둘러앉아서 이야기꽃을 피우면서 고구마나 밤을 구워먹고는 했다. 그 날도 예외는 아니다. 준서가 들어서자 밥하는 것도 잊었는지, 아니면 고구마를 구워먹다 보니 배가 불러서 그런지 마냥 즐거운 표정으로 이야기꽃을 피우고 있었다.

"어머, 벌써 때가 그리되었어요? 당신이 돌아오신 것을 보니 저녁때가 되었다는 것인데 정신없이 앉아만 있었네요. 저는 저녁 지을 테니까 말씀 나누세요."

아내가 일어나서 나가고 준서가 그 자리에 대신 앉았다.

"폐하께서 경운궁으로 환궁을 하셨답니다."

준서가 편지를 내놓으면서 말했다.

"백성들이 더 먼저 아는 것이나 마찬가지네. 지금 이 편지에 있는 내용 그대로일세."

준서는 중전이 읽고 내민 편지를 받아들었다.

'이모님, 아버님께서 다시 이사를 하셨습니다. 지금 사시던 집 근처입니다. 모든 것이 잘 되고 있는 것 같습니다. 안심하시고 그곳에서 건강만 잘 챙기십시오. 머지않아 좋은 소식 전할 것 같습니다.'

"이 양반은 아주 낙관적으로 지금 사태를 주시하나 봅니다. 저도 이야기를 듣기는 들었지만 아직 그럴 단계는 아닌 것 같은데요."

준서는 중전에게 자기가 국밥집 주인과 나눈 대화를 그대로 들려주었다.

"그래? 백성들이 하는 염려도 당연하지. 하지만 상감께서 녹녹히 돌아가시지는 않았을 거라고 한다니 다행이네. 사바틴 역시 직접 자신이 조선에서 겪으면서 내게 서찰을 보낸 것이니 희망은 있어. 물론 나를 안심시키려고 조금 앞서 나가는 점도 있겠지만. 아무튼 잘된 일인 것 같기는 하군. 조카 말대로 내 생각 역시 아직 안심할 단계는 아닌 것 같아. 제발 이번에는 실수 없이 잘 되어야 할 텐데."

준서의 이야기를 들은 중전은 자신도 판단할 수 없는지 잘 되기를 바란다는 말 한 마디로 끝을 맺었다. 하지만 불안해하거나 조바심을 내는 표정은 없었다. 준서는 자신이 다시 〈샹들리에〉로 돌아간 것이 정말 잘한 일이라고 스스로 생각했다. 저 편지 한 장이 그녀를 저렇게 편하게 해주는데 자신이 다시 돌아갔던 수고 정도는 문제가 아니다.

다시 일철이 시작되고 정말 날 가는지 모르게 지나갔다.

지난해 한 번 경험을 해본 후라 그런지 옥분이는 물론 중전 역시 이제는 농사일이 제법 능숙해졌다. 손발 놀림은 물론 무엇을 해야 하는지도 알아서 했다. 일을 하면서도 중전은 조금도 힘든 내색을 안 했다. 이런 일은 처음 하는 것일 텐데도 아주 즐거운 표정으로 일을 배우는 묘미를 느끼는 사람 같았다.

그렇게 바쁜 와중에도 준서는 자주 나가지는 못했지만 해삼위에 나가는 것을 잊지 않았다.

가을 추수도 완전히 끝나고 다시 농한기에 접어든 지 두어 달.

올해도 얼마 남지 않은 날 준서는 설 셸 용품을 장만할 겸하여 해삼위를 향했다. 중전과 옥분이가 와서 더 개간한 땅에서까지 연속 풍년이 들면서 준서도 생활에 조금은 여유를 가질 수 있다. 이번 설날에는 다른 때보다 풍성한 설날을 맞고 싶었다. 아내와 중전, 옥분이에게는 옷도 한 벌씩 지어 입게 옷감도 준비하고 은만이에게도 옷 할 벌을 사 줄 생각을 하며 해삼위에 도착했다. 해삼위에 도착하자 장보는 일은 나중이다. 항상 그랬듯이 먼저 〈샹들리에〉를 향했다.

"어서 오세요. 그렇지 않아도 며칠 전에 소식이 와서 언제 오시나 기다렸습니다."

주인은 항상 친절하고 반갑게 준서를 맞아 준다. 하지만 소식이 있는 날에는 더 반가워한다. 준서는 어느새 〈샹들리에〉에 들어서는 순간 자신을 바라보는 주인의 표정만 봐도 소식이 왔는지 안 왔는지를 알 수 있다.

고맙다는 인사를 남기고 미리 생각해둔 대로 옷감을 마련하고 설차례상 준비까지 마친 준서는 국밥집을 향했다. 오늘은 장을 보느라고 국밥집에 늦게 도착했다. 점심도 늦은 점심이다. 국밥집에는 손님이 두어 상 앉아 있다. 하지만 준서를 보자 주인은 아주 반갑게 맞았다.

"그렇지 않아도 설 장보러 나올 때가 되었는데 왜 안 오나 하고 기다렸네."

"해마다 이때쯤 나오지 않습니까? 오늘은 장 좀 보느라고 점심이 늦기는 했지만."

"그래? 설빔 준비 좀 했어?"

"그냥 조금이요. 국밥에 탁배기 주세요. 얼른 먹고 서둘러 가야지 해가 나 싫다고 숨기 전에요."

준서가 서둘러 가야 한다는 말을 듣자 국밥집 주인은 국밥을 마는 동안도 못 참겠다는 듯이 준서 맞은편에 앉았다.

"나라가 제대로 되려는 가보네."

준서는 자신도 편지를 받았으니 분명히 뭔가 소식이 있을 것이라는 생각으로 들어선 터다. 아니면 다를까? 행여 자신의 이야기가 끝나기도 전에 준서가 떠날세라 맞은편에 앉자마자 입을 열었다.

"또 무슨 일이 있습니까?"

"아, 있다마다.

환궁하신 폐하께서 이제는 대군주폐하가 아니라 황제이시네. 조선이 자주독립국임을 천명하시면서 대한제국을 선포하셨네. 이제는 군주가 아니라 황제가 되신 거야. 그뿐인가? 돌아가신 국모도 중전이 아니라 명성황후라는 존호를 내리시고 국장을 치르셨다는 게야. 살아계셨으면 명성황후마마가 되시는 건데. 조금을 못 참으시고…."

주인은 목이 메어 말을 잊지 못하게 되자, 국밥을 가지러 가는체하며 손을 들어 눈을 훔쳤다. 그 사이 준서는 혼자 중얼거렸다.

"명성황후마마라?"

하지만 국장을 치렀다는 말은 준서의 마음을 개운하지 못하게 했다. 물론 황후 자신도 자신의 국장을 치르라고 여러 번 고종에게 전했다. 하지만 그렇다고 버젓이 눈 뜨고 살아 있는 아내의 장례를 치렀다는 것이 영 씁쓸했다.

주인은 국밥과 탁배기를 가지고 다시 와서 준서 앞에 놓고 맞은편에 다시 앉았다.

"뭔가 나라꼴이 되어 가는 것 같지 않은가?"

"왕이 황제가 된다고 달라지는 것이 뭐 있습니까? 문제는 국력이지요."

씁쓸한 심정이던 준서는 자신도 모르게 퉁명스럽게 말을 뱉었다. 하지만 주인이 잘못한 것이 아니다. 주인도 금방 자기 앞에서 눈물을 보이지 않았던가? 저 사람 역시 국모를 그리워하는 사람 중 하나다. 생전 얼굴 한 번 못 본 국모의 죽음을 이야기하면서 왜 눈물을 흘리는가?

그 분이야말로 온 국민의 어머니로 모든 백성의 머릿속에 자리매김하고 있다. 일본 놈들은 그 점을 노리고 황후마마의 시해를 획책한 것이다. 황후마마를 시해하면 국모가 왜놈들의 손에 죽었다는 분노도 일어날 것이다. 하지만 그보다는 나라가 힘이 없다 보니 국모를 보호하지 못했다는 수치심을 유발시켜 조선인들의 자존심을 뭉개고 일본을 두려워하게 만들겠다는 생각이다.

어차피 국밥집 주인이나 나나 나라가 잘 되기를 바라는 마음은 같다. 다만 저 사람은 자신의 바람을 마치 이루어진 일처럼 이야기할 뿐이다. 생각이 거기에 미치자 미안한 마음이 들어 목소리를 낮춰서 다시 말했다.

"그렇기는 하네요. 자주독립국임을 선포하고 황제로 등극을 하셨다면 이제 국력만 기르면 되겠네요."

"그렇지. 문제는 국력인데… 그리 하실 무슨 대책이 있으니 대한제국으로 국호도 바꾸고 황제가 되신 것 아니겠어?"

"제발 그랬으면 좋겠습니다. 하지만 왜 시신도 못 찾은 황후마마의 장례를 치렀는지 이해가 되지를 않네요."

"글쎄, 이것도 확실한 것은 아닐지 모르지만 명성황후의 시신을 불태우던 그때 환관 한 사람이 황후의 뼛조각을 숨겨놓은 것이 있었다고 하네. 그래서 그것으로 국장을 치렀다지?"

"그래요? 그래도 그렇지…."

준서는 더 이야기를 했다가는 자신이 해서는 안 될 말을 할 것 같아서 말끝을 흐렸다.

"자네 심정이야 누가 모르겠나? 조선 사람이라면 아마 다 자네 같은 심정일 게야. 대원군 일당만 빼고 말일세. 국모의 시신도 못보고 장례를 치르는 마음이 어떻겠나? 부모가 정말 돌아가셨는지도 모르면서 제사지내는 그 심정이지."

준서는 탁배기 남은 것을 마저 들이키고 깍두기를 씹으면서 일어섰다.

명성황후는 준서가 준 편지를 읽더니 준서에게 넘겨주면서 만감이 교차하는 표정을 지었다.

'어머님의 장례식은 무사히 치렀습니다. 아버님은 더 큰 어른이 되셨고요. 나라 이름은 대한제국으로 고치고 대군주폐하는 황제로 등

극하셨습니다.

그리고 한 가지 반갑기도 하면서 아쉬운 것은 이미 오래 전에 오씨가 무죄로 방면되었습니다. 이모님께서 걱정하실까 봐 말씀을 드리지 않았던 겁니다. 그동안은 죽 제 나라에 있었거든요. 그런데 묵가한테 기별이 왔습니다. 오씨가 청나라로 갔다는 겁니다. 묵가에 의하면 오씨가 자기 나라에 있는 동안 죽 보았고 지금은 청나라에 같이 가 있답니다. 앞으로도 묵가는 오씨와 동행할 거라고 합니다. 묵가가 길을 떠난 것은 제 살길 찾아 간 것이 아니라 오씨를 지켜 보기 위한 것이었습니다. 그러니 이모님은 아무 걱정 안 하셔도 될 것 같습니다.'

준서는 다른 것은 알겠는데 오씨와 묵가 이야기가 좀 아리송했다.

"막상 내가 장례를 치르라고 해놓고도 장례를 치렀다니 좀 그렇군. 그건 그렇고 이야기를 해보게나. 백성들은 어찌 보는지."

자신의 장례를 빨리 치르라고 주청을 드리던 명성황후지만 막상 자신의 장례를 치렀다고 하자 기분이 야릇한 것 같았다. 그런 황후의 마음도 달래 줄 겸 준서는 국밥집 주인과 했던 이야기를 여과없이 하면서, 특히 국밥집 주인이 눈물을 흘린 이야기를 실감나게 했다.

"어찌 보잘것없는 나를 백성들이 그리도 사랑해 준다는 말인가? 이 묵가라는 사람이 오카모도 류노스케가 내 죽음을 반신반의 하는데 언제 또 무슨 짓을 할지 모른다고 한 그 사람이네. 그러더니 자신의 모든 것을 제쳐두고 오카모도가 석방되자 일본으로 갔다가 오카모도가 청나라로 가니 또 따라갔다고 하지 않나? 백성들은 어찌 이 못난 국모를 그리도 아끼고 사랑하는고? 이곳 연해주에서 국밥장사하는 사람이 내 장례를 얘기하며 눈물을 흘렸다니…"

명성황후는 끝내 말을 맺지 못하고 눈가에 이슬이 맺혔다.

"이모님, 너무 마음 상해하지 마세요.

자식이 부모를 공경하고 사랑하듯이 백성들이 이모님을 존경하고 사랑하는 것만 아시면 되는 겁니다. 때가 되면 그 몇 배로 백성들에게 갚아 주시면 되지요. 이모님께서 돌아가시지 않았다고 믿는 백성들도 많이 있다고 하지 않습니까? 사실 그들은 이모님께서 돌아가시지 않았다는 것보다는 돌아가시지 않았어야 한다는 생각이 더 큰 겁니다. 이모님께서 왜놈들의 손에 의해서 돌아가신 것을 인정하고 싶지 않은 겁니다.

그러니 기운내세요. 이모님께서 다시 환궁하실 때 환성을 지르면서 반길 백성들을 생각하시고요."

그러면서 준서는 전에 국밥집 주인이 명성황후를 본 후, 자신의 이모라는데도 불구하고 보통사람이 아닌 것 같이 느꼈다는 말을 해서 더 용기를 갖게 할까 하는 생각도 했다. 하지만 그냥 목 안에 간직하고 말았다. 그 말을 하면 비록 눈가에는 이슬이 맺혔지만 마음으로는 모처럼 환해진 황후의 표정이 다시 불안해질 것 같았다. 그저 자신만 아는 일로 덮어두기로 했다.

"그래야지. 기운을 내야지. 이제 대한제국을 선포하셨으니 국력을 기르시려 안간힘을 다 하실 폐하를 생각해서라도 기운을 내야지.

오카모도가 나를 찾으러 청나라로 간 것도 황제께서 러시아 공관으로 어가를 옮기셨던 것이나 작금의 벌어지는 일들이 내가 살아서 충언해 드리고 있다는 강한 의심을 사게 한 것 같아. 그러니 더 기운을 내야지. 한 번 왜놈의 칼에 목숨을 잃은 내가 무엇은 못할까?"

오카모도는 자신이 시해 현장에서 품은 의구심에다가, 최근 조선에서 벌어지는 일들이 명성황후의 머리에서 가능한 일들이라는 것을 아는 자다. 그래서 명성황후가 살아 있다는 생각을 했다. 하지만 그는 자기 발등을 자기가 찍었다. 바로 요동 묵가가 명성황후 시해 계획을 알아내기 위해서 흘린 '청나라와 왕후가 일을 획책하고 있다'는 거짓 정보를 믿고 명성황후를 찾아 청나라로 떠났다. 하지만 요동 묵가는 그가 중도에 생각이 바뀌어 목적지를 바꿀지도 모른다는 의심에 끝내 그를 추적하고 다니다가 목적지가 바뀌면 알려주겠다고 한 것이다.

명성황후는 백성들이 정말 고마운 존재임을 다시 한 번 가슴에 새겼다.

명성황후와
사바틴의 재회

●
●
●

황후가 오신 지 벌써 8년이라는 세월이 흘러 태양력으로 1904년이
되었다.

그동안 여러 가지 일들도 많았다. 하지만 1897년 황후의 장례식과
대한제국의 선포, 그리고 오카모도가 청나라로 간 것을 전해 온 이후
로도 줄곧 서신은 오갔지만 이렇다 하게 큰 일은 없었다.

긴 시간 동안 이렇다 하게 굵직한 일이 없자 명성황후도 마음이 놓
였는지 정말 농군처럼 일에만 열중했다. 그녀가 일하는 모습을 보면
옆에서 보는 사람이 오히려 더 행복했다. 모든 것을 최선을 다해서 한
다. 대충 해도 될 일인데도 절대 그런 적이 없다. 8년이라는 세월 동
안 농사일을 하다 보니 이제는 모든 것을 알았다고 해도 과언이 아닌
데 전혀 그냥 지나가는 법이 없다. 정확하고 바르게 한다.

그리고 아무리 바쁜 농사철이라고 해도 저녁이면 의례히 은만이를
불러서 글을 읽게 하고 자신의 높은 지식을 전수해 주었다. 뿐만 아
니다. 농한기에는 가까운 세 집 말고도 근처에서 올 수 있는 아이들
은 누구든지 오라고 해서 함께 글을 읽고 학문을 가르쳐 주었다. 마

땅히 글을 배울 곳을 찾지 못하던 아이들에게는 더 없이 좋은 스승이요, 벗이 되어 주었다.

거기다가 인사성이 너무 밝았다. 준서 이웃이라 봐야 듬성듬성 떨어져 있는 세 집뿐인데 행여 들에서 그 사람들을 만나도 그냥 지나치지 않는다. 멀리 있어도 목소리가 들릴 정도라면 소리 내어 안녕하시냐는 인사를 반드시 한다.

차츰 이웃들이 그녀의 모든 행동에 마음이 끌렸다. 준서 막내 이모는 너무 예쁘고 싹싹한데다가 양반집 규수답게 그 지식도 대단하다고 하면서 칭찬을 아끼지 않았다. 그리고 그런 소리를 들을 때 그녀는 너무 행복한 표정을 지었다.

준서는 그런 그녀의 마음과 행동을 백분 이해한다. 그녀는 지금 이곳이 좋다. 하지만 더 좋은 것은 이곳으로 도망치다시피 온 백성들이다. 먹고 살기 힘들어 고향을 등지고 연해주로 이주한 사람들이다. 하지만 이곳에 와서도 조선, 아니 대한제국을 잊지 않고 자신이 조선 사람임을 자랑스럽게 생각한다. 그리고 나라가 잘 되기만 기원한다. 나라가 자주독립국으로 번영하면 언젠가 고향에 돌아갈 날만 기다리는 백성들이다. 그런 그들의 마음이 그녀의 마음 전부를 차지하고 있다. 조국은 그들에게 아무 것도 해주지 못해 그들로 하여금 이 먼 곳으로 이주하게 했다. 물론 이곳 연해주 역시 엄연한 조선 역사의 한 자리이니 대한제국의 땅임에는 틀림이 없다. 그러나 지금 대한제국은 힘이 없어서 그런 티도 못 낸다. 하지만 백성들은 그런 사정을 모르기에 이곳을 조국처럼 여기며 살아가고 있다. 그런 백성들이 어찌 그녀의 마음을 파고들지 않겠는가? 그녀에게 이곳의 백성들은 사랑하고 싶은 대상 그 자체였다.

그녀의 그런 마음은 비록 조국은 떠나 있어도 대한제국의 백성임을 자부하는 이들의 가슴에 전달되었다. 옛부터 전해오는 말 그대로 이심전심이다. 절대 그래서는 안 되는 일이지만 차라리 이대로 사신다면 인간적으로는 더 행복할 것 같았다.

정월 대보름이 지난 지도 한참 됐다. 이제 곧 일철이 다가올 것이다. 준서는 올해 땅을 더 개간할 예정이다. 언제 고향으로 돌아갈지도 모르는 일이다. 그러니 일에도 능률이 났고 해마다 풍작이 드는 이 김에 땅을 더 늘려놔야지 여기서 더 나이 먹으면 땅 개간하기도 힘들다. 그런 생각이 들자 준서는 해삼위를 향했다. 그동안 별 일이 없는 까닭에 해삼위에는 그리 자주 나가지 않았다. 하지만 마음은 항상 해삼위를 향해 있던 까닭에 걸음을 재촉했다. 해삼위에 들러서 처음 가는 곳은 늘 하던 대로 〈샹들리에〉 호텔을 향하는 일이다.

"어서 오세요. 기다리고 있었습니다."

준서가 들어서자 주인이 반기는 모습을 보니 소식이 도착해 있는 것이 틀림없다.

"무슨 소식이라도 있습니까?"

"있지요. 오늘은 아주 큰 소식이 있습니다. 자, 가시지요."

주인이 앞서서 준서를 안내하는데 전에처럼 사무실로 안내하는 것이 아니라 다른 곳으로 갔다. 준서는 아주 큰 소식이라는 주인의 말이 생각나자 커다란 소포라도 와서 창고에 보관했다는 생각을 하며 묵묵히 따라갔다. 하지만 주인이 준서를 안내한 곳은 별채에 마련된 객실이다. 전에 주인이 설명해 주기로는 이 별채에 있는 방들은 귀한 손님들에게만 내주는 곳이라고 했다. 그만큼 가격도 비싼 곳이다. 황후께서 이곳에 옥분이와 머무를 때 계셨던 곳이라는 이야기도 들었다. 물론 그 가격은 받는 사람도 안 받는 사람도 있다는 이야기 역시 들은 터다. 순간 준서는 긴장됐다. 누가 와 있는 것일까?

주인이 문을 '똑똑' 두드리고 방문을 열자 안에 있는 사람은 한 분에 보아도 러시아 사람이라는 것을 알 수 있었다.

"이준서 씨가 드디어 오셨네."

그러자 그 러시아인은 이준서라는 말에 마치 용수철에 앉아 있다가 튕겨져서 일어나듯이 벌떡 일어났다. 벌떡 일어나더니 문 쪽으로 다가왔다.

"저 사람이 바로 레빈스키, 아니죠. 정확히 말하면 세레딘 사바틴입니다."

사바틴이라는 소리를 듣자 준서 역시 깜짝 놀라지 않을 수 없었다. 저 사람이 어떻게 이곳 해삼위에 왔다는 말인가?

두 사람을 소개하고 주인은 자기 갈 길을 갔다. 저 사람이 사바틴이 아니라는 것을 의심할 필요는 없을 것 같았다. 이미 자신이 친필로 글을 써서 이 호텔에 황후께서 머무시면서 자신을 찾게 해준 사람이다. 고려인이 경영하는 식당을 수소문해서 자신을 찾게 해주고 이제껏 편지 배달을 성실하게 해준 사람이 거짓말을 하지는 않을 것이다. 하지만 만일 이 사람이 오카모도에게 고용된 사람이라면? 준서는 생각이 여기에 미치자 경계심이 일어났다.

그런 준서의 생각에는 아랑곳 하지 않고 사바틴은 문 앞까지 와서 준서에게 들어오라고 했다. 준서는 경계심을 늦추지 않으며 들어서자 문을 닫은 사바틴이 손을 내밀어 악수를 청하며 말했다.

"옥분이 이모님은 안녕하시죠? 옥분 씨도요."

순간 준서는 이 사람이 확실히 사바틴이라는 생각이 들었다. 사바틴이 아니면 이곳으로 옥분이가 황후와 같이 온 것을 아는 사람은 없다. 그래도 혹시 사바틴이 알려 줄 수도 있다는 생각에 경계심을 누그러뜨리지 않았다. 그러자 사바틴도 준서가 자기를 경계한다는 것을 알았는지 다시 말을 이었다.

"옥분 씨와 이모님이 저희 집에 머무실 때 제가 다른 좋은 것은 대접을 못하고 가끔 국밥을 사다가 드렸습니다. 국밥을 아주 좋아하시죠."

그제야 준서는 마음을 풀 수 있었다. 그 이야기는 이미 황후와 옥분이에게서 들은 이야기다. 사건이 있던 날 아침도 굶고 점심때가 되어서야 돌아온 사바틴이 사온 국밥을 너무 맛있게 먹는 것을 보고는 종종 국밥을 사오곤 했다는 이야기다. 그래서 자신도 해삼위에 나왔다가 집으로 돌아갈 때 일부러 국밥을 그릇에 담아 들고 가서 같이 먹기도 했다. 국밥을 들고 가기에는 먼 거리지만 자신이 사가지고 가는 국밥을 맛있게 먹을 황후와 옥분이는 물론 아내와 은만이를 생각하면 결코 힘들지 않았다.

"아, 사바틴 씨. 반갑습니다. 덕분에 안녕하시고말고요."

경계하는 마음이 풀린 준서는 사바틴의 손을 덥석 잡으며 말했다.

"어떻게 이리 먼 길을 오셨습니까? 정말 반갑습니다. 고맙기도 합니다. 당신이 구해주신 목숨은 이모님뿐만이 아닙니다. 이 나라 모든 백성의 은인이심은 물론 제 동생의 생명의 은인이기도 하시다는 겁니다."

"글쎄요. 그렇게 큰 일을 한 것은 아닙니다만 일이 제대로 마무리가 되어야 할 텐데 걱정이 한두 가지가 아닙니다. 물론 옥분이 이모님을 만나뵙고 자세한 이야기를 해야겠습니다만 지금 상황이 썩 좋은 것은 아닙니다."

사바틴은 아주 걱정스러운 표정을 지으며 말했다. 하지만 준서는 더 이상 묻고 싶지 않았다. 어차피 저 사람이 황후마마를 뵈러 가겠다고 하는데 자신이 먼저 들을 까닭이 없다.

"마침 제 처와 아이들이 일을 보러 밖에 나갔습니다. 이제 돌아올 때가 되었습니다만 돌아오기 전에 가도 됩니다. 제가 기다리는 손님이 오면 일 보러 갔다가 올 것이라고 미리 말을 해두었으니 제 친구가 소식만 전해주면 됩니다."

사바틴의 말을 듣자 준서는 국밥집 생각이 났다.

"그럼 우리 국밥 먹으러 갑시다. 제가 잘 아는 집인데 아주 맛있게 하는 집입니다."

그러자 사바틴은 무조건 동의한다는 표정으로 옷을 챙겨 입고 따라나섰다. 준서가 앞서서 나가고 주인에게 무언가를 이야기하던 사바틴이 아이들과 함께 오는 여인과 잠시 이야기를 하고는 준서 쪽으로 왔다.

"마침 아내가 들어오기에 일 좀 보러 간다고 했습니다. 제가 얼핏 듣기로는 여기서 멀다고 해서 오늘 들어오지 못할 수도 있다고 했죠."

"잘 하셨습니다. 오늘 되짚어 오기에는 먼 거립니다. 또 오랜만에 이모님을 만나시니 하실 말씀도 많을 것 아닙니까?"

사바틴과 함께 국밥집에 들어서자 주인이 반갑게 맞으면서도 사바틴을 의식하는 것 같았다.

"괜찮은 분이니 국밥 두 그릇에 탁배기 둘 가져다주시고 혹시 들어온 소식 있으면 그것도 전해주세요."

준서가 자리에 앉으며 이야기하자 주인은 얼른 국밥 둘을 말아 달라고 해놓고는 늘 그랬듯이 준서 맞은편에 와서 앉았다.

"러시아 양반 같은데?"

"예, 맞아요. 저와는 꽤 오래 안 사람이고 아주 좋은 분이니 걱정하지 않으셔도 됩니다."

준서의 말을 들은 주인은 안심이 되는지 입을 열었다.

"일본 놈들이 드디어 일을 냈다는데?"

"일본 놈들이 일을 내다니요?"

"러시아를 선제공격했대? 이제 러시아와 전쟁을 해보겠다는 거지. 청나라한테 이기더니 눈깔에 보이는 것이 없는 것 같아?"

주인은 약간 흥분한 어조로 한 마디 하고는 국밥과 탁배기를 가지러 주방 쪽으로 갔다. 준서는 그 말을 들으니 사바틴이 왜 직접 이곳까지 왔는지 알 수 있을 것 같았다. 그때 사바틴이 작은 목소리로 한 마디 했다.

"우리는 전혀 모르는 것으로 하고 일단은 들어 봅시다. 많은 사람들이 전황을 어떻게 보는지요."

두 사람 앞에 국밥과 탁배기를 놓고 주인은 다시 맞은편에 앉으며 이야기를 계속했다.

"청나라와 러시아는 다르지. 암 다르고말고. 청나라야 겉만 호랑이였지 실제로는 종이호랑이에 불과하지 뭐 있었나? 떼 지어 다니는 육군만 있고 해군이 약하니 조선에서 전쟁을 할 때 기동력이 형편없지. 하지만 러시아는 막강한 해군이 있다는 것을 왜 모르는지 모르겠어? 이번 기회에 러시아가 일본 놈들 본토라도 작살을 내서 우리나라에서 싹 몰아내줬으면 더 바랄 것도 없겠구먼."

"그건 아저씨 생각 아니에요?"

"그렇지. 내 생각이기도 하지. 하지만 많은 사람들이 그렇게 말들을 해. 어떤 사람들은 왜놈들이 미워서 졌으면 좋겠지만, 그래도 일본이 이길 거라고 말하는 사람들도 있어. 일본이 이번 전쟁을 위해서 엄청나게 군대를 증강했다고 말들 하더라고. 일본 해군도 러시아 해군에게 뒤지지 않는다는 거야. 하기야 사면이 바다인 섬나라 놈들이니 그 말도 일리는 있지. 게다가 어떤 사람은 이번 전쟁에 미국과 영국이 일본을 밀어준다는 거야. 결국 미국도 영국도 믿을 것이 하나도 없다는 이야기지. 두 나라 역시 아시아에서 무엇인가 자신들의 이권을 위해서는 일본과 비밀리에 어떤 조건을 달았을지도 모른다는 거야. 어쨌든 두 나라가 밀어주니까 일본이 이길 거라고 하더라고.

나야 뭐 아나? 이곳에 오는 우리 고려인 손님들이 하는 이야기 전해 줄 뿐이지.

하지만 내 바람은 정말이지 이번 기회에 러시아가 일본 놈들 아주 망가뜨려 주길 바랄 뿐이야. 깡패새끼들이 내 조국의 궁궐을 제집 안방 드나들 듯이 하면서 우리 국모를 시해한 놈들에게 본때를 보여줘야 하는데 우리는 힘이 없으니 어쩔 건가? 러시아라도 이기기를 바라야지."

주인은 끝 부분에서는 힘이 빠진 목소리로 말했다. 준서는 그 기분을 충분히 이해하고도 남는다. 그 이야기를 듣는 자기 역시 자존심이 상하는데 말을 하는 사람은 오죽하겠는가?

국밥집을 나와 집을 향해 걷는 준서의 손에는 국밥을 담은 커다란 그릇이 들어 있었다. 물론 집에 가서 데워 먹어야 한다. 그러나 밥과 국을 따로 쌌으니 큰 염려는 없다. 다만 사바틴의 굳은 표정에서 읽히는 저 말을 듣고 황후마마께서 이 국밥을 맛있게 드실지가 궁금할 뿐이다.

도대체 일본의 방만함은 어디가 끝이라는 말인가? 일본의 알 수 없는 끝을 준서 자신도 보고 싶었다. 비록 지금은 연해주에 머물고 있지만 내 나라가 제 모습을 찾고 투명해져서 목에 풀칠만 할 수 있어도 돌아갈 고향이다. 그런 고향을 더럽히고 있는 일본의 종말을 정말 보고 싶었다.

준서가 사바틴과 함께 들어서자 제일 놀란 것은 명성황후다.

"아니 공이 여기는 어떻게 왔소. 그동안 연락도 없더니 좋은 일이요, 나쁜 일이요?"

"먼저 절부터 받으십시오."

사바틴은 한국 고유의 방식으로 큰 절을 올렸다.

"딱 한 번만 불러보겠습니다. 황후마마, 기체후일양만강하셨는지요?"

사바틴은 목이 메는 소리로 인사를 올렸다.

아내는 준서가 전해준 국밥을 데우러 나가고 옥분이와 넷이서 함께 한 자리다. 사바틴의 목이 메자 나머지 세 사람은 콧잔등이 시큰해지는 것을 애써 참았다.

잠시 침묵이 흐르고 마음이 진정되자 명성황후가 입을 열었다.

"나는 잘 지냈소. 그동안 서신으로나마 공의 근황을 접하기는 했지만 공은 어찌 지냈소?"

"제가 서신으로 전해 드린 그대로입니다. 이모님께서 조선을 떠나시고 난 후 아버님의 배려로 많은 일을 했습니다. 경운궁을 다시 꾸미기 위해 지은 중명전과 석조전, 정관헌 등을 설계하고 건설에 참여했을 뿐만 아니라 독립문과 제물포 구락부 손탁 호텔 등도 지을 수 있었습니다. 하지만 제일 고마운 일은 영국 홈링거양행 건물을 지을 수 있도록 배려해 주신 겁니다. 그 덕분에 러시아의 동청해양기선회사 인천지점을 운영하는 홈링거양행에 취직해서 제가 인천지점장을 맡아 일했습니다. 그 일을 하면서 궁궐 증축과 호텔 등을 지었으니 저에게는 엄청나게 좋은 일이었습니다.

이 모든 것이 아버님의 깊은 배려에서 나온 것입니다.

사실은 지금까지 제가 말씀을 드리지 않았지만 이모님께 변이 생긴 이후 친일내각이 저에게 고문 자리를 요청해 왔었습니다. 물론 저는 제 입을 막기 위한 것이라는 것을 알았지요. 하지만 저는 더 이상 궁궐생활이 싫다는 핑계로 그 자리를 거부했습니다. 그게 아버님 보시기에 좋았던 것 같기도 합니다."

거기에 앉아 있는 사람들은 지금 사바틴이 말하는 아버님이 바로 고종 황제폐하라는 것을 못 알아듣는 사람은 한 사람도 없었다. 다만 명성황후가 '낮 말은 새가 듣고 밤 말은 쥐가 듣는다'고 항상 호칭을 조심하라고 이른 까닭에 그리 표현할 뿐이다. 황제는 백성의 아버지이니 아버님이라는 표현이 잘못 된 것은 아니다. 비록 사바틴은 대한제국 사람은 아니지만 누구보다 대한제국을 사랑하는 그로서도 당연히 그렇게 부를 수 있다.

"단순히 그것뿐이겠소. 자기 부인의 목숨을 살려준 은인에게 당연히 해야 할 보답이지.

그러나 저러나 그리 바쁜 일을 놓아두고 이곳에는 어인 일이오. 전할 일이 있으면 전처럼 서신으로 전하면 될 일 아니오."

"이번 일은 단순히 서신으로 전할 일도 아닌데다가 지금 러시아와 일본이 전쟁중이라 저도 조선에 더 머무르기가 어려워서 조선을 떠나온 것입니다. 만일 러시아가 이긴다면 다시 조선으로 돌아갈 것이지만 그 반대가 된다면 다시는 조선에 갈 수 없게 될지도 모릅니다."

사바틴의 말을 듣던 명성황후는 놀라움을 금치 못했다.

"일본이 이번에는 러시아와 전쟁을 한다는 말이오? 도대체 그들의 끝은 어디라는 말이오? 러시아를 삼키려는 게요?"

"그건 아닙니다. 아마도 대한제국에서 러시아 영향력을 잠재우기 위해서 그리한 것 같습니다."

"단순히 대한제국에서의 영향력을 잠재우기 위해서 그렇게도 무모한 전쟁을 한다는 말이오? 그리고 그 전쟁의 무대는 또 우리 땅이 될 것 아니오? 우리 백성들은 어찌 살라고?"

"글쎄요. 그 전쟁터가 대한제국이 될지 아니면 만주벌이 될지는 아직 모릅니다."

"만주벌은 대한제국 땅이 아니랍니까? 다만 조선 한양과 멀리 떨어져 강을 건너 있을 뿐이지 우리 백성들이 얼마나 많이 살고 있는데? 엄연히 토문강까지 우리 땅인데 결국 우리 땅에서 전투를 한다는 것 아니오?"

명성황후는 비록 목소리는 낮추어 말했지만 그녀가 하는 말 안에는 노기가 넘쳐흘렀다.

"이모님, 고정하세요. 물론 화가 나시는 일이지만 지금 현실로는 어쩔 수 없는 일 아닙니까? 이미 시작된 전쟁입니다. 지금 그것보다 더 중요한 일은 과연 어느 나라가 승리하느냐 하는 것입니다."

"어느 나라가 승리하느냐가 문제라면 러시아가 일본에게 질 수도 있다는 말인가?"

"솔직히 말씀드리면 그렇습니다."

"아니? 내가 알기에는 그리도 막강한 러시아가 질 수도 있다니? 도대체 무슨 말이오?"

"러시아가 어떤 방법으로 나올지 모릅니다. 일본이 선전포고도 없이 뤼순항을 선제공격해서 전함 2척과 순양함 1척을 파괴하고 다음날 제물포에 있는 러시아 함대를 격침시켰습니다. 그리고 2월 10일에야 선전포고를 했습니다. 이 상황을 러시아가 어떻게 받아들이느냐가 문제입니다. 발틱함대라도 동원해서 전면전을 한다면 승산이 있습니다. 하지만 이런저런 국제 정세를 감안해서 외교적으로 마무리를 해서 일본의 사과를 받고 손해배상을 받는 선에서 끝낸다면 지는 것이나 진배없습니다. 조선에서 러시아는 힘을 쓸 수 없으니까요.

더더욱 아까 국밥집에서 들은 대로 지금 영국과 미국의 태도가 수상합니다."

"국밥집에서 듣다니?"

"대한제국 백성들은 정말 나라에 관심이 많았습니다. 국밥집 주인이 저보다 더 많이 알고 있다고 해도 과언이 아니었습니다."

명성황후는 무슨 말인지 알 수 있다. 항상 사바틴이 보내는 서찰의 상세 정보를 제공해 주는 곳이다.

"나도 그곳 이야기는 들어서 알고 있소. 조선은 백성들이 항상 먼저 알고 더 현명하다는 것을 요즈음 새삼 깨닫고 있소. 하니 그것은 지나치고 이야기를 계속해 보시구려."

"지금 러시아가 입수한 정보에 의하면 미국과 영국이 이번 전쟁에서 일본을 응원할 것이라고 합니다. 제가 조선을 떠나기 전에 제물포에 정박해 있던 러시아 군함이 공격을 받았습니다. 그때 저희 회사여객선이 함께 정박해 있었습니다. 저는 당연히 저희 회사 여객선이정박해 있으니 침몰당한 함선의 선장에게 어찌 해야 좋을지 자문을구하고자 했습니다. 그때 침몰한 전함 〈바략〉의 함장 〈루든예프〉가제게 이렇게 충고했습니다.

'당신이 정말 여객선을 구하고자 한다면 폭파해 버리시오.'

저는 의아했습니다. 도대체 무슨 소리인지 알 수 없었습니다. 그러자 선장이 빙긋이 웃으면서 정말 믿기 어려운 이야기를 했습니다.

'내가 사바틴 당신의 이름과 명성을 알기에 이 말을 하는 말이오. 러시아가 이 전쟁을 이길 수 있기 위해서라면 발틱함대를 이곳으로 출동시켜 일본 본토를 공격하면 모를까 나머지 방법으로는 승산이 없소. 우리 군에서 입수한 정보로는 이미 영국과 미국이 아시아에서 자기들의 몫을 챙기는 조건으로 조선을 양보하기로 했다는 것이오. 이번 우리 러시아와의 전비도 일본이 약 절반을 감당하고 나머지는 두 나라가 차관 형식을 빌려 감당해주기로 했다는 정보요.

나는 어차피 전함을 잃은 함장이니 스스로 목숨을 끊는 것이 군인 정신이요. 하지만 당신은 엄연히 기선회사 직원일 뿐이니 목숨까지 끊을 필요는 없소. 다만 당신에게 하고 싶은 말은 이미 우리 러시아는 제물포에서 일본에게 모든 것을 빼앗겼다는 것이오. 당신 회사의 기선이 존재한다면 그것 역시 일본이 접수할 것이오. 그렇다면 본심이야 어떻든 간에 일본을 돕는 것이오. 그러니 내가 어차피 죽을 목숨이니 내가 그 배와 함께 갈 수 있게 허락하는 것 이외에는 더 이상 방법이 없는 것 같소.'

그 말을 들은 저는 더 이상 제가 감당할 수 있는 일이 아니라고 생각했습니다. 저는 그에게 알아서 하라는 말을 남기고 하루바삐 조선을 떠나기로 결심했습니다. 더 이상 조선에서 제가 할 일이 없었습니다. 차라리 제가 블라디보스토크로 와서 이모님과 아버님 사이에 좀 더 원활한 소통을 할 수 있게 해드리는 것이 차라리 돕는 일이라고 결론을 내렸습니다. 그래도 아직까지는 러시아 정부에도, 또 조선에도 제가 믿고 연락할 사람들이 몇 있으니까요. 그래서 제가 떠나기 직전에 폐하를 뵙고 제가 이모님의 의견을 직접 전하는 서신이라는 것을 알아 볼 수 있는 암호를 만들어 놓고 왔습니다.

물론 전쟁의 결과는 더 두고 봐야 합니다. 하지만 지금 전쟁 중에 제가 그곳에서 무슨 일을 하겠습니까? 다행히 우리 러시아가 승리한다면 이모님과 더불어 환국하면 될 것입니다. 절대 그래서는 안 되지만 그 반대가 될지라도 이곳에서 이모님과 방법을 모색해서 아버님께 전하는 것이 최선이라는 생각입니다.

그래서 굳게 마음먹고 조선을 떠났습니다."

"그럼 앞으로 어디에서 기거할 생각이요?"

"물론 블라디보스토크에 정착할 생각입니다. 결과가 좋으면 이모님과 같이 환국할 때까지만이라도. 그래야 이모님과 소통하기가 좋지 않겠습니까?"

사바틴은 자신의 확고한 의지를 밝혔다.

"해삼위에 머물겠다고?

나 때문에 그리 고생을 하고도 또 내 가까이에 머물겠다니 고맙기는 하지만 이해할 수가 없구려. 내 나라 백성도 아니면서."

명성황후가 도대체 알 수 없다는 듯이 이야기하자 사바틴은 미소를 띠면서 대답했다.

"세상에는 많은 이익이 생겨도 하고 나면 허무한 일이 있고, 아무런 이익 없이 힘이 들어도 하고 나면 보람 있는 일이 있는 것 아닙니까?

사실 제가 이모님 이리로 오시게 하고 나서 얼마나 많은 고충을 겪었는지 아실 겁니다. 정확히는 모르시더라도 미루어 짐작은 하셨겠지요.

제가 하루 전에 중국인으로부터 정보를 입수했다는 것을 스스로 흘렸습니다. 제 생각에는 그리해야 될 것 같았습니다. 하지만 제가 흘린 정보는 밤에 궁궐에 해산당할 조선 훈련대가 변란을 일으킨다는 정보를 입수했다고 했지 국모 이야기는 없었습니다. 그런데 말이 불어나서 제가 미리 알았던 것으로 확대된 것입니다. 어찌 되었든 간에 저는 아주 몹쓸 인간이 되고 말았습니다. 심지어 저희 베베르 공사께서는 우리나라 정부에 보내는 외교 보고서에도 쓸 정도로 제가 정보를 사전에 알고도 조치를 취하지 않은 근무 태만자가 되고 말았습니다. 저는 근무를 태만히 해서 조선의 국모를 시해 당하게 만든 사람이 되고 말았습니다.

하지만 저는 결코 억울하지 않았습니다. 제 직업이 경호원입니다. 제가 할 일을 완수하는 것이 중요하지 주변에서 제게 무어라고 하는 이야기가 중요하지 않다고 스스로 위로했습니다. 다행히 경호원은 그만 두었지만 아버님께서는 그런 저의 마음을 아셨는지 경운궁을 확장 보수하는 일을 제게 맡겨주셨습니다. 심지어는 대신들에게 지시해서 홈링거양행 사옥을 지을 수 있게 해주신 것은 물론 그 회사에 취직도 할 수 있게 해주셨습니다.

아마 사람들은 의아했을 겁니다. 자신의 직무를 소홀히 해서 국모를 시해 당하도록 한 사람을 왜 아버님이 저리도 감싸주시는가 하고 말입니다.

그러나 저도 아버님도 그 누구에게도 말하지 않았습니다. 제 명예가 실추되는 것이 조선의 앞날에 이익이 된다면 지금이라도 얼마든지 할 수 있습니다."

명성황후는 사바틴의 말에 고마움을 지나 감동되었다. 자신의 나라도 아니다. 자신과는 아무런 관련도 없다면 없다. 단지 몇 년 경호를 맡아준 것이 전부다. 그런데 저렇게 헌신적일 수 있을까?

그때 준서의 아내가 국밥 덥힌 것과 함께 나물을 풍성히 버무려 얹은 밥상을 들고 들어왔다. 김치도 아주 싱싱한 것을 보니 손님이 왔다고 땅 속에 묻어둔 새 독을 열은 느낌이다.

"더 이상 할 이야기 없으니 은만이도 건너오라고 해요."

다섯이 앉아도 풍성하던 밥상은 여섯이 앉아 아주 행복한 저녁을 먹었다. 황후가 즐기는 국밥으로.

패배한 러시아

:
:

이튿날.

저녁 후에 깍두기를 안주로 집에서 담가 놓았던 몇 잔의 막걸리와 함께 밤 늦도록 이야기를 나눈 사바틴이 돌아갔다. 돌아가기 전에 자주 소식을 가지고 올 것이니 이모님께서도 혹시 전하실 말씀이 있으면 즉각 전해 달라는 말을 잊지 않았다. 그리고 자신이 어디에 거처를 잡아도 〈샹들리에〉에 오면 연락이 닿을 것이라는 이야기도 세심하게 빼놓지 않았다.

사바틴이 떠나고 나서 준서는 해삼위에 가지 않아도 되었다. 황후가 먼저 전할 말이 없어서인지 아니면 농사일이 바쁜 것을 알아서인지 다녀오라는 말이 없었다. 물론 농사에 필요하거나 생활에 필요한 물품 구입을 위해 두어 번 나가본 적이 있다. 하지만 그때는 아무 소식도 없다고 했다. 그리고 벌써 석 달이나 지났다.

그러자 준서가 조바심이 났다. 도대체 러시아와 일본이 전쟁을 한다는 이야기는 들었는데 그 결과를 알 방법이 없으니 답답하기만 했다. 그런데 의외로 명성황후는 느긋했다. 느긋한 것을 지나서 오히려 농사일에만 더 열심이었다.

가을 추수가 끝나는 날 준서가 저녁을 먹으면서 입을 열었다.

"내일은 해삼위에 다녀와야겠습니다."

"왜? 무슨 볼 일이라도 있는 건가?"

"뭐, 특별히 볼 일은 없지만 그냥 소식이 궁금해서요?"

"소식? 궁금해 할 것 없네. 내가 이곳에 와서 10년이 다 돼 가는데, 배운 진리가 무엇인지 아나? 무소식이 희소식이라는 거야. 지난번에도 안 좋은 소식이 있으니까 즉각 달려오지 않던가? 그러니 무소식이 희소식이지."

"그래도 나가봐야겠습니다. 겨울도 다가오는데 식구들 신발도 살 겸, 겸사해서 한 번 다녀오렵니다."

"그렇다면 말릴 것까지야 없지만 가봐도 별 득이 없을 것 같아서 하는 소리네. 일부러 가지는 말라는 이야기네."

다음날 아침 준서는 서둘러 길을 떠났다. 명성황후는 가봐도 소득이 없을 것이라고 했지만 뭔가 좋지 않은 소식이 있을 것 같은 불길한 예감이 자꾸 드는 것이 발걸음을 재촉하게 했다.

이미 사바틴은 해삼위에 집을 마련해서 더 이상 〈샹들리에〉로 가지 않아도 되었다. 마침 사바틴은 집에 있었다.

"그렇지 않아도 요 며칠 동안 이모님을 뵈러 가야 할지 말지를 고민하고 있었습니다. 이 일을 전해 드리는 것이 잘 하는 것인지, 아니면 그냥 입을 다물고 있어야 하는 것인지 판단이 서지를 않아서요."

"좋지 않은 소식이라도 있는 겁니까?"

"그렇게 말할 수도 있습니다. 엄밀히 말하자면 지금 전쟁이 끝이 난 것이 아니니까 뭐라 말씀 드릴 수는 없지만 지금 전세가 불리한 것은 사실입니다. 하지만 발틱함대를 움직인다는 정보도 있는 마당이라 섣부르게 판단하기에는 아직 이릅니다. 단, 지난 5월부터 9월까지의 지상전에서는 우리 러시아 군이 연전연패를 했습니다. 일본군 13만 명과 저희 군사 22만 명이 격전을 치렀지요. 그러나 펑텐 전투에서 패배하면서 일단은 전세가 일본 쪽으로 기울었다고 볼 수 있습니다. 다만 그 전투를 통해서 얻을 수 있는 것이 있다면 발틱함대를 투입할 것이라는 정보가 확실하다는 것입니다. 왜냐하면 22만 명이라는 많은 군사를 투입하고도 전투에서 지고 물러선다면 러시아 국민들이 좌시하지 않을 것이기 때문입니다. 그렇지 않아도 지금 일본과의 전쟁에서 밀리는 것에 대해 사회적인 분위기가 영 좋지를 않습니다. 차르께서도 그 점을 많이 염려하고 계십니다. 더더욱 지금 사회적인 분위기는 '해방동맹'과도 연결되어 있는 관계로 학생 시위는 물론 파업까지 연계되고 있습니다. 이대로 가다가는 차르가 위험에 빠질 수도 있다는 이야깁니다. 그러니 쉽게 전쟁을 포기하지는 않을 것입니다. 다만 발틱함대가 언제 투입되느냐가 문제인데 아마 내년은 되어야 할 것 같습니다."

"기왕 투입할 것 같으면 진작하지 그랬습니까?"

"글쎄요. 그거야 윗분들이 알아서 하실 일이지 제 소관은 아니지 않습니까? 저는 여러 곳을 통해서 정보를 듣는데 제가 입수한 정보에 의하면 그렇습니다. 다만 제 생각으로는 아마 지상전에서 반드시 승리할 것으로 너무 자신했던 것이 아닌가 하는 생각이 들기는 합니다. 하지만 확실한 것은 저도 모르겠습니다."

"이모님께서 아시면 보통 걱정이 아닐 텐데 어찌해야 좋을지 모르겠네요. 그리고 미안한 말씀이지만 발틱함대가 투입된다고 반드시 승리하라는 법도 없지 않습니까?"

"그건 그렇지 않습니다. 우리 러시아 발틱함대는 전 세계에서 당해낼 나라가 없습니다. 기함 〈스와로프 호〉를 비롯해 전함 8척, 순양함 14척, 구축함 9척, 해방함 3척 및 공작선, 병원선, 수송선까지 고루 갖춘 세계 최정예 해군 군단입니다. 발틱함대만 뜨면 승리는 우리 것입니다. 지금 발틱함대가 자리를 비우면 그 사이에 유럽 정세가 어찌 될까 봐 망설이는 것 같은데 제가 보기에는 더 이상 망설이지 않을 것입니다. 만일 여기서 더 망설였다가는 국내 사정이 주체할 수 없게 변할 수도 있으니까요."

"그럼 지금이라도 나서야 하는 것 아닙니까?"

"글쎄요. 정치하시는 분들이 무슨 생각이 있겠지요. 하지만 아주 믿을 만한 분이니까 드리는 말씀인데 이미 발트 해를 떠났다는 정보가 입수되기는 했습니다. 아마 내년 늦은 봄쯤에는 일본을 공격할 것이라는 생각입니다. 발트 해에서 일본까지 오는 시간이 있으니까요."

사바틴은 자기 나라 발틱함대에 대한 자부심이 대단했다.

준서는 기함, 순양함, 어쩌고 하는 말은 알아들을 수 없었다. 다만 사바틴의 말이 단순한 자부심이 아니라 정말 그렇게 되기를 바랐다. 자신들이 지상전에서 반드시 승리할 것이라고 믿었던 것이 잘못이라는 것도 충분히 이해할 수 있다. 일본이 13만 명을 투입했는데 러시아는 22만 명을 투입한 것만 보아도 반드시 이기겠다는 의지를 보인 것은 확실하다. 하지만 결과는 졌다.

정말 일본 군대가 그렇게 힘이 센 것일까? 아무리 종이호랑이라지만 조선은 대대로 대국이라고 여기고 살아온 청나라를 이기고 러시아도 아직 결과는 나오지 않았다지만 혼쭐이 나고 있지 않은가?

"지금 말씀하신 발틱함대 이야기를 이모님께 해도 되는지요?"

"예, 하십시오. 비록 말씀은 안 하시지만 오죽 궁금하시겠습니까? 그래서 제가 가야 하나 말아야 하나 망설였던 겁니다. 물론 중간 결과라지만 공연히 좋지 않은 결과를 가지고 가서 말씀드렸다가 마음만 상하실 것 같아서 말입니다.

하지만 발틱함대가 오고 있는 중이라고 말씀드리면 이모님께서도 안심하실지도 모릅니다. 사실은 저도 발틱함대 정보는 어제 들었습니다.

자, 이제 나가시죠. 제가 점심을 사겠습니다. 지난 번 그 국밥집으로 가실 거죠?

요 며칠 전에 이 전쟁을 제 3자들은 어떻게 보나 듣고 싶어서 저 혼자 그 국밥집에 갔었습니다. 한데 주인이 저를 알아보는지 아니면 못 알아보는지 주문한 국밥과 탁배기만 가져다주고는 그냥 돌아가더라고요. 가는 사람 불러서 먼저 이 전쟁을 어떻게 보느냐고 물어볼 수도 없는 노릇이고 해서 그냥 국밥만 맛있게 먹고 왔습니다."

사바틴은 지금 발틱함대를 신뢰는 하고 있지만 행여 하는 불안한 마음을 감추지 못했다. 전쟁이라는 것이 객관적인 전력만 가지고 되는 일이 아니다.

하기야 세상 모든 일이 다 그렇기는 하다. 죽기 살기로 열심히 하는 사람과 그렇지 않은 사람은 결과에서 반드시 차이가 난다.

전쟁 역시 자신의 목숨을 정말 초개처럼 버리는 군사와 그렇지 않은 군사를 부쳐놓으면 승패는 눈에 보인다.

어쩌면 지금 러시아 지상군과 일본 지상군의 차이가 그것인지도 모른다. 러시아 병사 하나가 일본 병사 하나 붙잡고 죽는다는 심정으로 싸웠다면 22만 명이 13만 명을 어찌 당해내지 못했을까?

준서는 문득 명성황후가 경복궁에서 변을 당하기로 된 날, 궁궐 수비대 병사들이 훈련대 병사들의 총소리만 듣고 상의를 벗어던지고 도망쳤다는 생각이 났다.

두 사람이 자신만의 생각을 하는 사이에 국밥집에 다다랐다.

"아이고 이게 누군가? 준서 이 사람 얼마나 재미가 좋기에 이리도 오랜 만인가?

그래? 추수는 마쳤고? 소출은 좀 어때?"

주인은 반가운 나머지 한꺼번에 다 묻고 있다.

"예, 마쳤어요. 올해도 좋네요. 국밥 두 그릇에 탁배기 둘 주세요."

"그래. 자네가 원래 열심히 사니까 하늘이 도우시는 거야. 들리는 말로는 땅도 많이 개간했다며?"

주인은 주문 안 해도 안다는 듯이 주문에는 관심도 없이 그저 자기가 할 말만 하다가 국밥과 탁배기를 가지고 와서는 영락없이 맞은편에 앉았다.

"이 손님은 전에 같이 오셨던 분 같은데?"

일단 그렇다는 확인을 받자 주인은 말을 이어갔다.

"전쟁이 영 신통치 않게 돌아간다는 소문이야.

만주 거 어디라더라? 봉천이라고 하던가? 하여간에 거기에서 대 접전이 붙었는데 러시아가 무릎을 꿇었다지? 대패했다는 말이야. 말로는 아직 끝난 전쟁이 아니라고 하지만 일단 지고 들어가는 것 같아. 많은 사람들이 하는 얘기가 일본이나 러시아나 어차피 해군이 결판을 내줄 거라고 하기는 해. 머지않아 발튼가 뭔가 하는 바다에 있는 러시아 함대가 일본 본토를 공격해서라도 러시아가 반드시 이길 거라고 하는 사람들이 많아. 하지만 반대로 그렇지 않다는 사람들도 있어.

왜놈 군대가 어찌나 악바린지 러시아 군인들의 정신력으로 당해내기 힘들 거라는 얘기를 하는 사람들도 있어. 물론 그 사람들도 러시아가 이기기 바라는 마음은 마찬가지지만."

주인은 분명히 사바틴을 의식하고 있었다. 지난번에는 러시아가 반드시 이길 거라면서 거칠 것 없이 말했다. 하지만 오늘은 자기가 전해 들은 이야기라는 것을 확실하게 표현하기 위해서 일부러 기억을 더듬는 것처럼 말한다. 자기가 아는 저 주인은 그런 사람이 아니다. 기억력이 확실해서 적지 않고도 자기가 취할 말은 확실히 취하는 사람이다. 벌써 이 집을 드나든 지가 20년 가까이 되는데 그것을 모를 준서가 아니다. 준서는 더 이상 이야기를 들어도 나올 것이 없다고 판단했다.

국밥집을 나서려는데 사바틴이 계산은 물론 집으로 가져갈 것까지 주문해 주었다.

"이모님 걱정 안 하시게 말씀 좀 잘 드려주십시오. 발틱함대가 출격

했다니 반드시 우리 러시아가 승리할 것입니다."

"알겠습니다. 제발 그리 되기를 저도 바랄 뿐입니다."

준서는 신발만 얼른 사 가지고 집으로 향하는 길을 서둘렀다. 명성황후가 말로는 무소식이 희소식이라고 했지만 분명히 준서를 목 놓아 기다릴 것이다. 그동안 얼마나 궁금했을까? 그 생각을 하자 발걸음이 저절로 빨라졌다.

"그렇게 허망하게 졌다는 말인가? 왜놈 군대가 그리도 강하다는 말인가? 러시아 군대도 만만치 않은 줄 알았는데.

하기야 그것도 경험이라면 경험이겠지. 이미 왜놈 군대는 청나라를 상대로 큰 전쟁을 치러봤으니까 충분한 경험이 될 수도 있지. 청나라 본토까지 밀고 들어간 전쟁이었으니까 분명히 경험이 되었을 것이야. 그렇다고 그리 참패를 당할 수가 있나?"

"하지만 발틱함대가 출항을 했으니 승전의 가망도 있지 않습니까?"

"발틱함대 이야기는 나도 들어봤네. 세계 최고라고는 하지만 장담은 못할 것 같은데 모르지. 그리 되기를 바라는 수밖에. 어차피 발틱함대라면 일본 본토를 공격한다는 말이니 우리나라에 피해도 없고 잘 되기는 된 일이네만 제발 승리해주기만 바랄 뿐이네."

"사바틴이라는 분은 절대로 헛소리할 사람 같지는 않던데, 그 분은 승리를 자신했습니다. 발틱함대가 출항해서 늦은 봄이면 일본 본토를 쑥밭을 만들 거라고 했습니다. 제가 무슨 소리인지 몰라서 정확히 외우지는 못해도 군함만 해도 상당히 많았습니다. 그 정도면 지지는 않을 것 같다는 생각도 들더라고요."

명성황후가 무언가 석연치 않아 불안한 기색을 띠자 준서가 사바틴이 한 말을 약간 과장해 가면서 말했다. 준서는 명성황후가 불안해하거나 언짢은 표정을 짓는 것이 가장 싫었다. 자신이 잘못 해서 그런 것은 아니지만 이런 곳에서 고생하시는 국모의 얼굴에 수심이 깃드는 모습을 보고 싶지 않았다.

"그래? 그 사람 헛소리할 사람은 아니지. 하지만 자기 조국이라는 점을 염두에 두다 보면 자신도 판단이 흐려지기도 하는 법일세. 하지만 사바틴이 그 정도로 자신했다면 무언가 믿는 구석이 있기는 할 걸세."

사바틴이 자신했다는 말을 듣자 그래도 안심이 되는지 명성황후의 얼굴이 조금은 안심하는 표정으로 바뀌는 것을 준서는 금방 눈치 챌 수 있었다.

그 날 이후로 준서는 마침 농한기라는 핑계를 대면서 한 달이 멀다 하고 해삼위에 나갔다. 하지만 들리는 소리는 좀체 시원치 않다. 오히려 뤼순항을 일본군에게 점령당했다는 소리만 들리지 그렇게도 기다리는 발틱함대 소식은 전혀 들리지 않았다.

다시 일철이 시작되어 보리와 밀 타작을 끝내고 모내기를 마쳤다. 올해도 보리와 밀은 풍년이다. 이제 남은 것은 논농사만 잘 지면 올해도 대풍이다.

준서는 농사 생각만 하면 흥겹다가도 이내 전쟁 생각이 나면 궁금해서 견딜 수가 없다. 내일은 정말 해삼위에 나가 보려고 생각하면서 집으로 점심을 먹으러 갔다. 바쁜 철에는 아내가 집에서 밥을 들로 내오기도 하지만 큰 일이 아닐 때는 집으로 점심을 먹으러 간다.

대문에 들어서자 보지 못하던 남자 신발이 있다. 순간 준서는 사바틴이 생각났다.

인기척을 하고 문을 열자 사바틴과 옥분이가 명성황후와 앉아 있었다. 아내는 보이지 않는다. 그런데 공기가 낮게 가라앉아 있었다.

"먼 길을 또 오셨군요? 그렇지 않아도 내가 하도 답답해서 내일 한 번 나가보려던 참인데."

준서는 어색한 분위기도 깰볼 겸 일부러 길게 인사를 했다.

"아, 그러셨군요. 하지만 워낙 화급한 일이라 제가 어제 소식을 듣고 이렇게 달려왔습니다."

"저는 올케하고 점심 준비하러 갈 게요."

사바틴이 말을 꺼내자 옥분이가 일어서서 나갔다.

준서는 말을 듣지 않아도 알 것 같았다. 늦은 봄이면 발틱함대가 도착해서 일본 본토를 쑥대밭을 만든다고 하더니 그게 잘못 된 것이 틀림이 없다. 일본을 쑥대밭을 만들기는커녕 발틱함대가 쑥대밭이 된 것 같았다.

"그럼 앞으로는 어찌 해야 좋다는 말인가?"

명성황후의 입에서 탄식처럼 소리가 흘러나왔다.

"정말 무어라고 드릴 말씀이 없사옵니다. 어쩌다가 이런 꼴이 되었는지 저도 모르겠습니다. 세계 최강이라고 떠들어대던 우리 러시아

함대가 전멸하다시피 하리라고는 꿈에도 생각하지 못했습니다.

게다가 혁명의 불길이 이리도 거세게 불 것이라는 것도 전혀 예상치 못한 일이옵니다. 안팎의 사정을 볼 때 이 전쟁은 이미 진 전쟁이옵니다. 더 이상 버틸 여력이 없사옵니다. 이미 미국을 중재로 내세워 강화조약을 맺으려고 한다는 정보이옵니다.

용서해 주십시오."

"경이 무슨 잘못을 했다고 용서를 구하는 게요. 경이 전쟁에서 진 것도 아닌데 무슨 말을 그리하는 것이오? 오히려 용서를 구할 것은 나지."

사바틴이 고개를 숙이고 어쩔 줄 모르는 모습을 보자 명성황후는 당황한 기색으로 말렸다. 그러나 사바틴은 고개를 들지 못했다.

"그러지 말고 고개를 드시오. 경이 내게 얼마나 충심을 다했는지는 세상은 몰라도 우리끼리는 다 아는 이야기요. 한데 그리 괴로워한다면 오히려 내가 무안해지오.

그러나저러나 이제까지는 일본이 대한제국을 핥아대기만 했지만 전쟁에 이겼으니 아예 삼켜버리려 할 텐데 이 일을 어찌 막을 수 있을까? 이미 영국이나 미국은 일본과 손잡은 것으로 들어났으니 기댈 것도 없고.

조선이 일본판이 될 터이니 이 일을 어찌해야 할지 난감하기만 하구려. 이리 될 줄 알았으면 조선을 떠나는 것이 아닌데…, 죽더라도 그 자리를 지키고 앉아 있어야 하는 것인데, 공연히 애꿎은 사람들 목숨만 거두고 이게 무슨 꼴이란 말인가?"

명성황후가 탄식하듯이 뱉는 말에는 한이 서려 있다. 그것도 아주

큰 한이 서려 있다. 지금 저 한이 눈물이 되어 흘러도 끝이 없을 것이
지만 이제는 흘릴 눈물도 말랐는지 눈물도 흘리지 않고 한을 뱉어내
고 있다.

그 한을 몸으로 느끼는 준서의 가슴은 찢어지게 아팠다. 그리고 아
무 말도 할 수 없었다. 아마 옥분이도 올케를 도와 점심을 차리러 간
다고 했지만 이 자리를 피하고 싶었을 것이다. 지금 부엌에서 울고 있
을 것이다. 올케를 부둥켜안고 함께 울고 있을 것이다. 황후마마의
환궁을 위해 마지막으로 걸었던 기대다. 전세가 불리함에도 불구하
고 발틱함대인지 뭔지가 지상 최강이라기에 그 말만 믿고 잔뜩 기대
를 했다. 그런데 전멸하다시피 패전했다니 결과는 보나마나다.

명성황후의 말대로 조선의 운명은 언제 일본이 그 앞발을 내세워
잡아채느냐에 달려 있다. 그것을 알면서도 대책을 세우지 못하는 현
실이 너무 서글프다.

어느새 가슴속으로 울던 준서의 눈에는 눈물이 흐른다.

그 눈물은 준서만 흘리는 것이 아니다. 고개를 떨구고 들지 못하던
사바틴의 눈에서도 흐른다. 고개를 숙이고 있는 까닭에 방바닥에 눈
물이 뚝뚝 떨어졌다.

두 사람이 흘리는 눈물만큼이나 명성황후의 가슴에는 강물이 흐
르고 있으리라. 그러나 가슴을 흐르던 그 강물은 오래가지 못했다.
어느 순간인지 명성황후의 눈에서도 소리 없이 눈물이 흘러내리기
시작했다.

내가 저승에 가면
이토 히로부미
그 놈부터 데려갈 것이다

•
•
•

사바틴이 다녀간 뒤로 명성황후는 웃음을 잃었다. 전에는 은만이가 이모할머니를 부르면서 재롱을 떨면 잘 웃었다. 한데 그 이후로는 웃는 모습을 볼 수 없었다.

아무리 전쟁에서 진 것은 기정사실이라고 하지만 혹시 무슨 소식이 있을까 해서 준서는 해삼위에 거의 보름이면 한 번을 나갔다. 일철임에도 불구하고 어떻게든 시간을 만들기 위해 평소에 더 많은 일을 하고 하루를 할애했다. 하지만 신통한 소식은 없고 온통 러시아가 일본에 진 것이나 마찬가지니 앞으로 대한제국은 일본의 밥이 된 것이나 마찬가지라는 말만 나돌았다.

그런 소리가 듣기 싫어도 나갔다. 혹시 하는 마음에 나갈 때마다 사바틴에게도 들렸다. 하지만 사바틴도 분주한지 집에 없는 날도 많았다. 그런 날은 왔다갔다는 전갈을 남기고 국밥집에서 기다렸다. 그러면 사바틴이 그리로 오기도 했다. 여름이라 해가 길어서 늦게 출발해도 해지기 전에 집에 도착할 수 있다는 것을 최대한 활용했다. 그러나 얻고자 하는 소식은 얻지 못했다. 기껏 얻은 것이라고는 사할린의 땅까지 떼어주면서 러시아가 완전히 손을 들었다는 이야기다.

그런 소식을 들은 이후로는 해삼위에 나서는 횟수도 줄였다. 하지만 행여 하는 마음으로 한 달에 한 번은 나갔다. 그러나 들리는 소식은 대한제국의 소식이 아니라 러시아 소식뿐이었다. 러시아 혁명 때문에 차르가 두마 창설을 약속했다는 내용이다. 하지만 그런 것은 관심조차 없다. 마침 추수철이라 바쁜데 나와서 그런 이야기를 듣고 나자 기분만 상했다.

추수가 끝이 났지만 해삼위에 나가고 싶은 마음이 생기지 않았다. 오히려 아내가 왜 해삼위에 나가지 않느냐고 할 정도가 되었다. 아내는 아직도 미련이 남는가보다. 옥분이를 보나 황후마마를 보나 미련을 버릴 수는 없는 일이다. 하지만 준서가 생각하기로는 이미 종치고 막 내린 일이다. 더 이상 기대할 것도 없고 그저 황후마마께서 하루빨리 마음을 정리해 주기를 바랄 뿐이다. 그런 생각을 할 때는 모든 면에서 적극적이고 하면 안 되는 것이 없다는 신조로 살던 자신이 변한 모습에 자기도 모르게 섬뜩한 감정이 들기도 했다.

저녁에 잠자리에 들 때는 내일은 해삼위에 가봐야지 하다가도 막상 아침에 일어나면 가기 싫어서 나무를 한다는 핑계로 지게를 지고 산으로 갔다. 산에서 나무를 하면 그나마 잊을 수 있어서 좋았다. 하지만 나무를 하다가도 틈만 나면 가슴속에서 치오르는 분노를 삭일 수 없다. 도대체 누가 무엇을 어떻게 잘못했기에 나라꼴이 이 모양이 되었단 말인가? 대답도 없는 그 생각만 난다.

 그 날도 나무를 한 짐 해가지고 내려오면서 내일은 정말 해삼위에 가리라고 마음을 먹고 사립문 안으로 들어서는데 누가 뒤에서 인사를 한다.
 그 목소리는 사바틴이다. 처음 사바틴이 자신을 만나던 날 용수철에 앉았다 튀어오르듯이 일어난 것처럼 준서는 지게를 내팽개치듯이 내려놓고 돌아섰다.
 "어서 오십시오. 또 먼 길을 오셨습니다. 항상 제가 가야겠다고 생각하면 오시는군요. 자, 들어갑시다. 이모님께서 이모님 방에 계신 것 같으니 오시라고 할게요."
 두 사람의 목소리가 나자 방 안에 있던 김소현이 밖으로 나왔다. 사바틴과 인사를 나누고 뒤채로 가는 것이 황후마마를 부르러 가는 것임에 틀림이 없다.
 두 사람이 방 안에 들어가자마자 옥분이와 황후마마, 그리고 아내까지 한 자리에 앉았다. 사바틴은 자리에 앉자 무슨 말을 어떻게 해야 할지를 모르는 것 같았다. 아주 꺼내기 어려운 이야기가 틀림이 없다.
 "더 이상 무슨 해괴한 소리를 듣겠소? 그러지 말고 말을 해보시오."
 명성황후가 부드러운 목소리로 말했다. 그런데도 사바틴은 입을 열지 못하고 가만히 있더니 갑자기 울음을 터트렸다. 흐느끼는 울음은 아니지만 참지 못해서 어쩔 수 없이 흐르는 눈물이다.
 "왜, 또 무슨 안 좋은 일이 있는 게요?"
 황후도 갑자기 기운이 빠진 목소리로 물었다. 그러나 사바틴은 말을 못하고 입만 움찔거렸다. 얼마 동안 그렇게 하던 사바틴은 아주 낮은 목소리로 말했다.

"일본과 대한제국이 한일 협상조약을 체결했다 하옵니다."

"한일 협상조약이라니? 그게 무슨 내용이기에 그러시오?"

"말이 협상조약이지 일본이 대한제국의 외교권을 박탈하고 통감을 두어 폐하의 정치에 관여함은 물론 각 개항장에 관리를 두어 통상권도 빼앗는 조약이옵니다."

순간 명성황후의 얼굴이 하얗게 질렸다. 그리고 잠시 호흡을 가다듬었다. 격앙된 목소리를 낮추려는 노력이 보였다. 그러나 이내 부드러운 목소리지만 날이 선 목소리로 말했다.

"조선의 대신들은 무엇을 했다는 말이오?"

"참정대신 한규설과 탁지부대신 민영기, 법부대신 이하영은 반대를 했다고 합니다. 하지만 학부대신 이완용을 필두로 내부대신 이지용과 군부대신 이근택, 외부대신 박제순, 농상공부대신 권중현은 찬의를 표시하여 조약이 성사된 것으로 알고 있사옵니다. 특히 이번 조약을 위해서 이토 히로부미가 특명 전권대사의 자격으로 서울에 왔다고 하옵니다."

"이토 히로부미라 했소? 정말 징그러운 인간이오. 내가 저승에 가면 반드시 그 놈부터 데리고 갈 것이오!

그리고 이완용은 원래 러시아를 지지하던 인간인데 언제 일본으로 돌아선 것이오. 러시아가 전쟁에서 졌으니 나라야 어찌 되던 나는 살아야겠다는 심보 아니요?

정말 백성들 말이 틀리는 것이 하나도 없습니다. 궁궐에서 얼쩡거리는 놈 치고 간에 붙었다 쓸개에 붙었다 하지 않는 놈이 없다고 하더니."

명성황후는 북받치는 설움을 짓누를 길이 없어 목소리가 높아졌다. 하지만 그런 자신을 보여주기 싫어서 말을 중간에 끊었다.

시간이 흐르고 사바틴은 마음이 진정 되었는지 다시 입을 열었다.

"이제 러시아도 기대하기는 틀렸습니다. 그렇다고 다른 나라에 기댈 수도 없습니다. 그 조약으로 인해서 대한제국에 있던 모든 외국 공관은 철수를 했습니다. 이제 대한제국은 일본의 허락을 받지 않고는 어느 나라와도 외교적 관계를 맺을 수 없는 나라가 된 것입니다."

"이런 날이 올 것이라는 것을 알고는 있었소. 하지만 이렇게 처참한 꼴이 될 줄은 몰랐소. 진작 대원군이 나라의 문에 빗장을 채우지만 않았어도 이리 되지는 않았을 것이오. 나라의 문을 걸어 잠그고 그것도 모자라 천주교 신자들을 잡아 죽일 때 알아본 일이오. 죄 없는 내 나라 백성을 최고 권력자라는 자가 그리도 많이 죽였는데 어찌 나라가 무고할 수 있겠소. 죄 있는 사람을 용서해 주어도 시원치 않을 판에 죄 없는 사람들을 서양 신을 믿는다는 이유로 그리 많이 비명에 가게 했으니… 이 모든 것이 어쩌면 예고된 일인지도 모르오.

권력에 눈이 멀어 왜놈들 손을 빌려 자식을 궁궐 안에 감금하지를 않나? 며느리를 몇 번씩이나 죽이려 하는 이런 나라를 하늘이 벌하지 않는다면 이상한 일이지 않소. 다만 나를 비롯해서 벌 받을 인간들은 벌 받지 않고 공연히 죄 없는 백성들에게 그 고통을 지게 하는 것이 가슴 아플 뿐이오.

진작 내가 백성들의 목소리에 귀 기울여 갈 길을 정했어도 이런 일은 없었을 것인데 그것이 한이 되오. 내가 그리 못했던 자격 없는 국모라는 것을 알았으면 차라리 죽는 한이 있어도 그 날 그 자리에 머물렀을 것이오. 하지만 이제서야 백성들이 원하는 것이 무엇인지 겨우 알만 하니 다시는 그 자리에 갈 수가 없을 것 같다는 생각이 드는구려."

비록 명성황후의 목소리는 높지 않았지만 그녀가 하는 소리는 절규였다. 지난 날 백성들의 뜻을 진작 깨닫지 못한 것에 대한 후회의 절규였다. 어린 나이에 궁에 들어가서 허수아비 노릇만 하다가 겨우 자리에 앉자 백성들을 쳐다보지 않은 자신에 대한 후회의 절규였다. 권력을 쫓느라고 국모라 불리면서도 백성들의 어머니가 되어 주지 못한 지난날들에 대한 자기 반성의 절규였다.

명성황후의 그런 절규를 듣고 차마 아무도 입을 열지 못하고 한참 시간이 지났다.

"일은 그리 되었다고 치고 시간도 되었는데 먼 길 오신 손님 굶게 하실 건가?"

역시 큰 인물은 다르다. 지금 이 분위기를 풀 수 있는 사람은 자신뿐이라는 것을 안다. 명성황후의 그 말이 없었다면 감히 누가 점심 운운할 것인가? 비록 자신이 안 먹는 한이 있어도 남까지 그렇게 하면 안 된다는 생각에 명성황후가 입을 연 것이다. 그 말을 들은 옥분이와 아내가 부엌을 향했다.

"이모님, 아직은 포기하지 마십시오. 제가 생각하기에 반드시 기회는 또 옵니다. 지금은 미국과 영국이 일본과 손을 잡았다고는 하지만 언제 어떻게 변할지 모르는 것이 국제 관계 아닙니까? 영원한 적도 영원한 동지도 없는 곳이 그곳 아닙니까?"

"그건 그렇소만 내가 그때까지 살 수 있을지 모르겠소."

국제 관계가 어제의 적이 오늘의 동지라는 것은 명성황후가 더 잘 안다. 일찍이 세자 책봉문제 때문에 자신이 먼저 일본에 부탁을 한 적이 있었다. 그리고 임오군란으로 인해서 국망산 아래 여주 이씨 이 시일의 집에 피해 있을 때 은밀히 고종에게 밀지를 넣어 청나라가 대원군을 납치하게 했다. 그리고 러시아와 미국을 오가다가 지리적으로 가까운 러시아를 택한 것이 결국 오늘에 이른 것이다.

"사셔야 합니다. 오늘의 이 한을 풀기 위해서라도 사셔야 합니다. 이 한은 이모님 한만이 아닙니다. 우리 백성들 모두의 한입니다."

이제껏 말 한 마디 없던 준서의 말을 듣자 명성황후는 다시 눈에 생기가 돋기 시작했다.

"내가 조카를 보아서는 살아야 하는데…. 조카에게 진 신세를 갚으려면 살아야 하는데…."

"이모님, 저한테 신세 지신 것도 없지만 제가 그 신세 갚아 받기 위해서 사시라는 것이 아니라는 것을 잘 아시면서 왜 그러십니까?"

명성황후가 힘없이 하는 넋두리 같은 소리에 준서가 울분을 토하듯이 한 마디 했다.

점심상이 들어왔지만 그 날 점심을 제대로 먹은 사람은 한 사람도 없었다.

폐하께서 러시아로
망명을 하게 하십시오

•
•
•

사람의 마음과 세월은 전혀 연관이 없는 것 같다.

그런 일들이 일어나도 세월은 제 갈 길을 간다. 기다려 주지도 않고 그렇다고 빨리 가는 것도 아니다.

사바틴이 왔다가 간 지도 벌써 두 해가 된다. 하기야 햇수로 두 해지 실제는 일 년 반도 채 안 지났다. 농사철로는 한 바퀴 돌았을 뿐이다.

태양력으로 1907년을 가르치는 3월.

준서는 3월의 따스한 햇볕이 쪼이는 양지바른 툇마루에 앉아서 모이를 쪼는 닭들을 보며 이제 일철이 시작되기 전에 날을 잡아서 닭장을 더 키우리라 마음먹었다. 몇 년 동안 닭을 키우는 수를 늘리다 보니 계란은 물론 닭을 직접 잡아먹어도 큰 자리가 나지를 않는다. 그렇다면 본격적으로 닭을 많이 키워보는 것도 괜찮을 성 싶었다. 자리만 잘 잡아서 닭장을 지으면 여름에는 모이 걱정 안 해도 된다. 푸성귀 잎사귀만 줘도 잘 큰다. 그리고 겨울이 오면 쌀이나 보리의 속겨를 주면 닭은 저절로 자라는 것 같다. 자기들끼리 적당히 알아서 교미하고 알 낳고 품어서 병아리를 만든다. 그 병아리는 똑 같은 경로로 또 닭이 된다.

　그런 생각을 하면서 넋을 놓고 있는데 낯익은 사내 목소리가 들렸다.

"안녕하십니까?"

　사바틴이다. 준서는 반사적으로 고개를 들었다. 그러자 눈에 들어온 사바틴의 표정이 너무 밝아 보인다. 준서는 오늘은 좋은 소식이라는 것을 직감했다.

"어서 오세요. 이렇게 먼 길을 또 오셨네요. 자, 들어갑시다."

　준서의 목소리를 듣고 안에서 옷감을 바느질하던 아내가 나왔다. 전과 같은 방법으로 인사만 하고 황후를 모시러 뒤채로 갔다.

　사바틴만 오면 가슴이 덜컹 내려앉는 소리를 한 까닭인지 언제부턴가 아내도 사바틴이 오면 자리를 함께 했다.

"이제 어쩌면 마지막 기회가 될지도 모릅니다. 오는 6월 네덜란드 헤이그에서 만국 평화회의가 열립니다. 이미 1899년에 1차 회의가 열렸던 것으로 국제 간의 문제를 해결해 주기 위해서 열리는 회의입니다. 거기에 마지막 희망을 걸어 보는 수밖에는 없습니다. 물론 일본이 방해 공작을 할 것입니다. 하지만 지금으로써는 그 방법밖에는 없는데 어떻게 하겠습니까?

　이모님께서 아버님에게 서한을 한 장 써 주시면 제가 어떤 방법으로든 빠른 시일 내에 전달할 것이니 그곳에 대표단을 파견할 수 있도록 서한을 써 주십시오."

"그것이 얼마나 효과가 있을까?"

"그건 저도 모릅니다. 다만 한 가지 확실한 것은 국제 여론이 형성만 된다면 일본도 자기네들 마음대로는 못할 겁니다."

그 말을 들으면서 명성황후는 생각했다. 물에 빠진 사람은 지푸라기라도 잡는다. 지금은 할 수 있는 방법이 있다면 결과는 나중이다. 그 결과와 효과는 하늘이 알아서 할 일이다.

"경은 언제 돌아가는가?"

"이모님께서 서찰을 자세히 쓰실 수 있도록 제가 만국평화회의에 관해서 자세히 말씀을 드리고 내일이라도 서찰을 받으면 떠날 겁니다. 참, 그리고 한 가지 웃지 못할 사연입니다.

아직도 오카모도는 청국에서 이모님을 찾아 헤매고 있다고 합니다. 그 사건을 사전에 모의했던 자들이 히로시마 법정에 기소되기는 했지만 '증거 불충분'이라는 이유로 풀려난 후 무스 무네미스가 중심적인 역할을 했던 시바시로, 아다치, 호리구치, 고바야카와, 구스노세 등에게 모두 한 자리씩 해줬습니다. 자신이 원하는 대로 갈 수 있는 길을 열어준 것이지요. 결국 그것은 일본 최고의 실력자인 이토 히로부미가 해준 것이나 마찬가지지만요.

그 자리에서 모두 자신이 갈 길을 택했습니다. 외교관, 군인 언론인 등 화려한 직업들을 택했지요. 한데 유독 무스 무네미스가 친아들 이상으로 아끼는 오카모도만은 아무런 자리를 원하지도 않았습니다. 무언가 집히는 의문을 풀어보려는 속셈이지요. 그러더니 결국은 청나라로 간 것 아닙니까? 결국 묵가라는 사람이 그림자처럼 따라 붙고요.

며칠 전에 연락이 왔습니다. 묵가는 제가 블라디보스토크에 있는 것까지 아는 것을 보면 보통 사람이 아님에는 틀림이 없습니다. 물론 대한제국에 제가 여기 있는 것을 아는 사람이 있기는 하지만 그 정도로 발이 넓다는 것이죠."

"정말 대단한 백성이구려. 십 년이 넘은 세월을 보잘것없는 나 하나에게 투자하고 다니는 것 아니오? 경이 해삼위에 머무는 것을 알아낼 정도면 보통 인맥이 아닌 성 싶은데."

명성황후는 생전 보지도 못한 요동 묵씨의 모습을 스스로 그리며 감사하는 표정이 얼굴에서 읽혔다.

"오카모도라는 그 자가 아직도 나를 추적하고 있다? 청나라에서. 그 놈도 이토 히로부미만큼이나 질긴 놈입니다. 이토의 지시에 의해 친아비처럼 생각하는 무스 무네미스가 직접 지휘한 일이니 그가 죽고 난 후라도 절대 일을 그르치고 싶지 않다는 거 아니겠소? 성공한 거사로 영원히 남게 하겠다는 의도지. 소위 왜놈 칼잡이들이 생각하는 그릇된 명예를 더럽히지 않겠다는 뜻이겠지.

그런 것을 보면 왜놈들이 맹목적으로 집착할 때는 무서운 것 같다가도 무식하고 한심한 놈들이라는 생각이 드오.

무릇 사람이라는 것이 무엇을 하려하거나 하고 난 후에라도 자신이 잘못 된 것을 알면 그것을 고치고 바꿀 줄을 알아야 사람 아니오? 그런데 왜놈들은 전혀 그런 것이 없는 종족들 같소. 그저 긴 칼이나 차고 자기가 한 번 맹종하는 이에게 맹종하면 그것이 사람 도리를 하는 것이라고 생각하고 사는 인간들이오. 비록 그들이 우리보다 지금은 강하다지만 어찌 보면 불쌍하지 않소? 그런 종족들에게는 한계가 있는 법, 비록 지금은 우리가 이렇게 당하고 있을지 모르지만 언젠가 우리 후손들이 이런 수모를 반드시 갚아 줄 날이 올 거라는 사실은 믿어도 될 것 같구려."

사바틴은 명성황후의 서찰을 받아들고 이튿날 아침 일찍 길을 떠났다.

비록 어찌 될지 모르는 일이지만 모든 나라에 우리나라 현실을 알려 독립을 다시 찾으려는 일이다. 그런 일을 벌이는 것이 쉬운 일은 아닐 것이다. 하지만 준서는 사바틴이 서찰을 가지고 떠난 후에는 궁금증에 견딜 수가 없었다. 분명 6~7월에 네덜란드 헤이그에서 회담이 열린다는 사실은 들어서 알고 있다. 하지만 그 전에 서찰이 잘 전달되었는지 궁금해서 해삼위를 다녀왔다. 그리고 이미 폐하께서 4월에 세 사람을 파견하셨다는 답신도 가져왔다.

모내기도 끝나고 여름이 본격적으로 시작되자 준서는 답답했다. 날씨가 더워서 답답한 것이 아니라 가슴이 답답했다. 그러나 그것은 말을 안 할 뿐이지 이 집안에 사는 모든 사람의 공통된 마음이다.

전날 비가 내린 후라서 혹시 하는 마음에 논과 밭을 둘러본 준서는 기분이 좋았다. 올해는 이미 대풍을 예감하고 있다. 몇 년 만에 느껴보는 대풍 예감이다. 봄부터 기온도 적당하고 비도 아주 적당하게 와 주었다. 알맞은 기온에 강수까지 적당해 주면 병충해도 적어 그 해에는 큰 이변이 없는 한 대풍이 든다. 절로 콧노래가 나올 판이다. 그러나 마음 한구석에 웅크리고 있는 답답한 심정이 콧노래를 막고 있다.

집 앞에 다다른 준서는 사립문을 젖히기 전에 행여 하는 마음으로 해삼위에서 들어오는 길을 바라보았다. 그런데 누군가가 오고 있다. 아직 정확하지는 않지만 분명히 사바틴 같았다. 준서는 사립문 곁에 얼른 삽을 내려놓고 다시 한 번 쳐다보았다. 서둘러 오는 폼이 역력한 사바틴이다.

"여보 이리로 나와 보구려."

더위를 피해 방문을 열어 놓은 채 방 안에 앉아 부채질하던 김소현이 밖으로 나왔다.

"저기 좀 봐. 저거 분명히 사바틴 맞지?"

"그런 것 같은데 아직 확실히는 모르겠는데요?"

"아냐. 맞아. 나는 저 친구 마중을 갈 테니 당신은 시원한 냉수라도 준비하고 이모님께 안방으로 건너오시라고 해."

준서는 급한 마음에 사바틴을 마주하고 걸어 나갔다.

"아니, 웬일이십니까?"

마주 오는 준서를 보고 사바틴이 먼저 물었다.

"사바틴 씨가 오는 것을 집 앞에서 보았습니다. 그래서 이리 서둘러 마중 나오는 겁니다.

잠시라 하더라도 답답해서 기다릴 수가 있어야지요."

준서는 사바틴의 표정을 훔쳐보며 말했다. 결과는 아닌 것 같다. 만일 좋은 결과라면 지금쯤 웃음이 나오던지 대답이 나와야 한다. 그런데 사바틴은 표정이 굳어졌다.

"왜? 안 좋습니까?"

"집으로 가셔서 이모님과 함께 말씀을 나누시죠."

조심스럽게 묻는 준서의 말에 대답은 그 한 마디뿐이었다.

"저런 천인 공로할 놈들이 있나? 그러면 세자는 그 양위를 받았다는 말입니까?"

"세자저하를 탓할 일이 아니옵니다. 만일 그 시점에서 세자저하께서 양위를 받지 않으셨다면 폐하께서 어찌 되셨을지 모르는 일이옵니다.

통감 이토 히로부미가 헌병들을 이끌고 어전에까지 들어가서 협박했습니다. 그리고 폐하를 감금한 채 이완용과 송병준을 시켜서 퇴위하도록 협박했습니다. 결국 지난 7월 20일에는 군대가 궁궐을 포위한 채 양위하시도록 한 것입니다.

그런데 만일 세자저하께서 양위를 거부해 보십시오. 폐하께서 돌아가시면 자동으로 양위가 된다는 사실을 아는 저들이옵니다. 그냥 놓아두겠습니까?"

"내 나라 군주가 만국평화회의에 사절단을 파견하여 내 나라 독립을 만 천하에 알리려 한 것이 무슨 죄라고? 그것이 무슨 죄가 된다고 강제로 양위를 하시게 한단 말이요? 아무리 힘없는 나라라 해도 이건 아니지 않는가? 이토 히로부미 이 놈이 제가 왕을 하려는 게야.

어린 세자를 앉혀놓고 제 놈이 왕권을 행사하겠다는 것이야. 이완용, 송병준 이 놈들을 어찌 해야 한다는 말인가?"

명성황후는 끓어오르는 분노를 어쩔 줄 몰라 앞에 놓인 냉수사발을 들어서 단숨에 마셔버렸다.

"만국평화회의에 가서 발언도 제대로 못해 보고 이게 무슨 국치란 말인가? 일본 놈들은 그렇다 치고 영국, 프랑스, 미국, 심지어 의장국인 러시아마저 그리 쌀쌀하게 대할 수 있다는 말인가? 세상에 내 나라 힘이 아니면 그 누구도 믿을 수 없다는 것은 알았지만 이리도 냉정할 줄이야."

명성황후는 만국평화회의장에서 발언을 하기 위해 백방으로 노력했으나 어느 나라 대표단도 도와주지 않았다는 말을 곱씹고 있었다. 그리고 그 말 뒤에는 단순히 발언만 못한 것이 아니라 그 사건 때문에 고종황제가 순종황제에게 강제로 양위를 하고 손발이 묶여 있을 것을 생각하는 애절함이 배어 있었다. 그러나 그런 애절함보다는 앞날을 준비하는 것이 현명한 일이다.

"그러면 앞으로는 어찌하는 것이 좋겠는가?"

하지만 명성황후의 물음에 사바틴도 아무런 답을 못했다. 자신도 너무 충격적인 이야기를 들어서 구체적인 것은 고사하고 앞일은 전혀 생각지도 못한 채 사실을 알리려는 생각에 급급해 달려온 것이다.

"어찌해야 우리가 잃어버린 국권을 찾는다는 말인가? 그깟 나라이름만 대한제국이고 칭호만 황제면 뭐하나? 다 잃어버린 국권을 찾는 것이 더 시급한 일이지. 이 일을 어떻게 풀어야 잃어버린 국권을 찾는다는 말인가?"

사바틴은 더 많은 정보를 수집하고 더 많은 의견을 수렴해서 좋은 방법을 만들어 찾아뵙겠노라는 말을 남기고 떠났다. 언제가 될지 모르는 기약 없는 말이지만 어쩔 수 없는 일이다. 명성황후는 궁을 떠나 있으니 당장 자신이 무엇을 어찌 할 수도 없는 현실 앞에서 그저 깊은 나락 안으로 자꾸 빠지는 자신을 보는 것 같았다.

그런 명성황후를 보는 것이 안타까워서 준서는 해삼위에 몇 번을 다녀왔다. 하지만 사바틴은 긴 여행이 될 것이라는 말을 남기고 어디론가 떠난 후 가끔 무사하다는 안부만 전해 올 뿐이라고 했다. 〈샹들리에〉에도 가보았으나 그곳 주인 역시 어쩌다가 무사하다는 연락이 올 뿐 행방은 알 수 없다고 했다. 그러면서 자신은 고려인은 아니지만 지금 고려인들이 처한 상황을 안다고 하면서 위로의 말을 전해줄 뿐이었다.

준서는 해삼위에 나가서 그런 말을 듣는 것이 자존심이 무척 상했다. 상대는 위로의 말을 건네는 거지만 아직 끝나지 않았다고 믿고 싶은 준서에게는 자존심 상하는 일이다. 그래서 아주 필요한 물건이 있지 않고는 해삼위에 나가지 않았다.

사바틴이 마지막으로 다녀가고 일 년 하고도 반이 지났다. 사람의 마음이야 어떻든 간에 변함없이 명절은 다가온다. 설날이 지나고 정월 대보름도 지났다. 그래도 사바틴은 나타나지 않았다. 지난번에 명절 준비를 위해서 해삼위에 갔을 때도 들려 보았는데 아직도 돌아오지 않았다고 했다. 오히려 사바틴까지 걱정이 됐다. 하지만 자신으로서는 기다려보는 방법 이외에는 어쩔 도리가 없는 준서로서는 그저 연락이 있기를 학수고대할 뿐이다.

태양력은 어느새 1909년 3월로 넘어가 있다. 하지만 아직 사바틴에게서는 연락이 없다. 마침 내일은 해삼위에 가야 하니 다시 들려볼 예정이다. 은만이와 옥분이의 신이 다 헤져서 하나씩 장만해 줘야 한다. 말이 3월이지 아직 춥다. 이럴 때 헤진 신발을 잘못 신는 날에는 동상 걸리기 십상이다.

이튿날 길을 떠나 해삼위 중간 쯤 왔을 때다. 준서는 자신이 헛것을 본다고 착각했다. 맞은편에서 걸어오는 사람이 사바틴이다. 저럴 리가 없다는 생각이 들었다. 어디 가 있는지도 모른다는 사람 아닌가?

그러나 거리가 좁혀질수록 사바틴이라는 것이 확실해지자 준서는 저도 모르게 달음질치기 시작했다. 사바틴도 준서를 확인 했는지 마주 달려왔다.

두 사람은 서로 말도 없이 와락 끌어안았다.

한참을 말없이 끌어안고 있던 두 사람은 서로의 손을 풀어 다시 악수를 했다.

"도대체 어디를 갔다가 온 게요. 몇 번을 가봐도 무고하다는 연락만 가끔 온다는데 이제는 당신 걱정까지 하느라고 걱정만 하나 늘었소. 자, 갑시다."

준서는 발길을 집으로 다시 돌렸다. 해삼위는 내일 가도 된다. 신발은 내일 사도된다.

"먼 여행이었습니다. 수도인 상트페테르부르크는 물론 모스크바와 인근 도시는 물론 청나라까지 다녀왔습니다."

"무슨 일로 그리도 먼 길을 여행한 것이오?"

"무슨 일이겠습니까? 황후마마께서 어떻게 하실 것인가 대책을 세우기 위한 것이지요. 사람들도 많이 만났고요."

길을 가는 사람이 아무도 없자 사바틴은 이모님이라고 부르지 않고 황후마마라고 불렀다.

"그래 방법은 있습디까? 참, 그보다 고종황제 폐하께서는 강령하시답니까?"

"예, 속으로야 답답하고 애가 끓으시겠지만 겉으로는 강령하시답니다. 하지만 새로 즉위하신 순종황제 폐하께서 더 힘들어 하시는 것 같습니다. 일본 놈들이 여간 못살게 구는 것이 아닌가 봅니다."

"그야 말하면 무엇 하겠습니까?"

"한데 조선은 참 백성들이 보통이 아닙니다. 지난 을사년에 맺은 늑약과 고종황제의 폐위로 인해서 끊임없이 의병이 일어난다는 겁니다. 참 대단한 나라입니다."

"백성들만 그러면 뭐합니까? 몇 십 년 국가 녹을 쳐먹은 이완용이나 송병준 같이 나라나 팔아먹는 놈들이 가운데 자리를 버젓이 차지하고 있는데요. 을사년에도 이지용, 이근택, 박제순, 권중현, 이완용 같은 놈들이 그랬지만 이번에도 역시 이완용 그 놈의 짓이라면서요. 물론 송병준이 놈도 합세는 했다지만.

눈물을 흘리면서 목숨은 내놔도 나라는 못내 놓는다고 하시던 한규설, 민영기, 이하영 대감 같은 분들이 지금은 조정에 하나도 없겠지요?"

"없다고 합니다. 일본 놈들이 써 주지도 않겠지만 그런 분들이 지금 조정에 들어가시겠습니까?"

"하기야 그렇겠지요. 참 아까 황후마마에 대한 대책을 세우러 길을 떠났다고 했는데 방법은 있었습니까?"

"아, 그렇지요. 글쎄요. 이게 방법이 될지는 모르지만 많은 사람을 만나서 의논하고 방법을 연구해 본 결과 고종 황제폐하께서 망명을 하시는 것이 어떨까 하는 생각입니다."

"망명이라니요?"

"이리로 오시는 겁니다. 지금 조선에 계셔도 실권이 없으니 아무런 일도 못하십니다. 차라리 몸은 불편하실지 몰라도 이곳으로 망명을 하셔서 끊임없이 일어나는 대한제국의 의병들과 소통을 하시면서 국권을 찾기 위해 노력하시는 겁니다. 물론 이곳에 사는 고려인들은 물론 지난 번 러일전쟁으로 인한 깊은 상처를 안고 있는 우리 러시아인들도 도울 것입니다.

만국평화회의장에 갔던 러시아 대표들은 정치를 하는 사람들입니다. 그들은 자신의 마음은 있어도 행동으로 옮기기는 힘듭니다. 아무리 일본이 미워도 이미 전쟁에서 진 러시아가 의장국이라고 해서 마음대로 조선 사람이 연설을 할 수 있도록 허락할 수는 없습니다. 그랬다가는 나라에 위해를 끼칠 수도 있고, 만일 나라에 위해를 끼치면 그 순간 자신의 운명도 바뀌는 거니까요. 쉽게 말하면 겉으로는 나라를 생각하면서 속으로는 자신을 생각하는, 겉보기에 멋있는 판단을 내리는 생활을 하는 거지요.

하지만 우리 일반 국민들은 그런 것 상관 안 합니다. 자신의 가슴 속에서 가슴이 명령하는 대로 합니다. 머리가 가슴을 어찌 이기겠습니까?

그들이 머리로 산다면 우리 일반 국민들은 가슴으로 살고 있습니다. 그래서 항상 국민이 최고위라는 말을 하는 것 아닙니까? 실제 그런 대접은 못 받지만요."

"그런데 왜 하필이면 이곳 해삼위입니까?"

"저도 여러 군데를 생각해 봤습니다. 실제 가보기도 했고요. 하지만 이곳 이상으로 마땅한 곳이 없었습니다.

우선 조선에서 그리 멀지 않은 나라가 좋을 것이니 일본이나 청나라, 그리고 러시아밖에 없지요. 어차피 일본은 안 되고 청나라나 러시아인데, 청나라에는 너무 외국인들이 많이 들어와 있습니다. 그것도 일본 놈들이 판을 칩니다. 특히 상해에는 마치 제가 제물포에서 했던 일처럼 외국인 조계가 나누어져 있는데 그야말로 일본 놈들을 위한 조계 같았습니다. 그렇다고 지금 청나라 입장에서 고종황제를 특별히 보호해 줄 수 있습니까? 그렇다면 결국 여기입니다.

아까 말씀드린 대로 이곳 연해주 지방에 고려인들이 많이 살기도 하고 또 함경도가 가까우니 그곳 의병들과 힘을 합쳐서 일을 도모하기도 쉽고요.

특히 황후마마 말씀으로는 이곳 역시 조선의 땅이라고 하시지 않았습니까? 저는 어느 쪽이든 좋습니다. 이곳이 조선의 땅이라면 더 좋아요. 고종 황제폐하나 황후마마께서도 마음이 편하실 테니까요."

"그것이 가능은 하겠습니까?"

"그래서 제가 수도인 상트페테르부르크는 물론 모스크바와 인근 도시까지 돌아본 겁니다.

지난 번 혁명이 어떻게 되었는가 보느라고요. 만일 우리나라 내정이 복잡하면 망명은 어림도 없거든요. 하지만 아주 안정이 되어 있었습니다. 소비에트 쪽 사람들은 모두 정리가 되었더라고요. 이제 망명 신청을 해도 될 것 같아요."

"하지만 러시아도 일본과의 전쟁에서 졌는데 섣불리 망명을 허락할까요?"

"할 겁니다. 러시아가 한 번 전쟁에 졌다고 일본에게 영원히 무릎을 꿇은 것은 아니니까요.

다만 그때는 국내 악재가 겹쳐서 어쩔 수 없이 항복을 한 거지 조선을 포기한 것은 아닙니다. 그러니까 욕심을 내겠지요. 당장 조선에서 가져올 수 있는 이권들을 계산할 것이고 조선의 황제가 블라디보스토크에 망명하겠다는 데 허락 안 하겠습니까?

정말 제가 블라디보스토크로 오기를 잘 했습니다.

아니지요. 진작 황후마마를 이곳 연해주로 오실 동기를 만드신 분이 준서 씨니까 준서 씨가 일등 공신입니다."

"나는 공신 안 돼도 좋으니 일만 잘 되면 좋겠네요. 황후마마께서 저리 힘들어 하시는 것은 이리로 오신 이후 처음입니다."

"잘 될 겁니다. 이번에 여행을 하면서 청나라에 갔을 때는 요동 묵가 그 사람 생각이 났습니다. 한 번 보고 싶더라고요. 하지만 찾을 길이 없어서 보지는 못하고 돌아왔죠. 돌아오면서 그 사람 생각을 하니 보통 사람은 정말 아니라는 생각이 들어요. 어쩌면 그 사람은 오늘을 내다봤을지도 모른다는 생각까지 했습니다. 이곳 연해주를 최적지라고 찍어준 사람이 바로 그 사람이잖아요. 물론 옥분이 오빠께서 계신 곳이니 망설이지 않고 오기는 했지만요."

"어쨌든 잘 되기만 바랍니다. 사바틴 씨가 자신 있게 말하니 오랜만에 속이 다 시원합니다."

두 사람이 대화를 하는 동안 어느새 준서의 집 사립문이 보였다.

더 이상 그 누구도
말하지 않았다

⋮

　사바틴은 고종황제가 망명해야 하는 이유를 자세히 설명하고 명성황후의 서찰을 가지고 떠났다. 사바틴이 떠났지만 지난 번 그가 아무 대답도 못하고 떠났을 때보다는 훨씬 마음이 가벼웠다. 그리고 제발 일이 잘 되기만 바라는 기대가 생겼다. 하루하루가 기다려졌다.

　지난번에는 아무런 희망이 없다는 생각에서인지 기다려지기보다는 답답하고 궁금할 뿐이었다. 하지만 이번에는 희망이 있다고 생각하니 결과가 기다려진다. 하루가 길어도 내일이면 좋은 소식이 올 거라는 희망이 절로 생긴다.

　그러나 그 기다림은 여간 긴 기다림이 아니었다. 해가 바뀌고 모내기가 끝이 나서야 사바틴이 다시 찾아왔다.

　태양력은 1910년 7월로 넘어가 있었다.

　"채비를 하셔서 저와 함께 상트페테르부르크로 가시지요."

　고종황제가 러시아에 정식 망명요청을 했다는 소식을 가지고 온 사바틴이 명성황후에게 말했다.

"그러니까 황제께서 망명을 신청하셨으니 만일 허락이 안 된다고 할 때는 내가 황후임을 내세워 망명허가를 독촉하자는 거 아니오?"

"그렇습니다. 분명히 방법이 있습니다. 정 안 되면 손탁 여사를 찾아서라도 증인이 되게 할 겁니다. 이모님께서 베베르 공사의 처형인 손탁 여사에게 베푸신 것이 있으니 청을 들어줄 겁니다. 아니면 베베르 공사의 부인에게 부탁을 하든지요.

제가 알기로는 지금 러시아도 연해주 고려인들을 대일 방첩활동에 활용하려고 노력하는 중입니다. 러시아로서도 손해볼 것이 없는 장사인데 하지 않을 리가 없습니다."

"좋소. 그렇다면 가야지요. 지금 내가 못 할 일이 무엇이 있겠소?"

옆에서 듣고 있던 준서가 자신도 가겠다고 한 마디 했다.

"아니네. 조카는 이 많은 농사를 놓아두고 가면 안 되지. 식구들 굶겨 죽일 것인가? 게다가 일이 잘 되어 폐하께서 해삼위로 오시면 당연히 조카의 도움이 필요할 텐데 안 되네. 옥분이만 데리고 가면 될 거네. 나와 옥분이만 빠져도 일에 큰 차질이 생길 텐데 조카는 그냥 여기 머물게."

"맞습니다. 그렇지 않아도 시베리아 횡단철도가 생긴 이후로는 여행이 훨씬 쉬워졌으니 그리 걱정은 안 하셔도 될 겁니다. 다만 시간이 좀 많이 걸린다는 것이 흠이지요. 기다리기 지루하시겠지만 걱정 마시고 기다리고 계십시오. 반드시 좋은 소식 가지고 돌아올 것입니다."

황후와 사바틴의 말을 들으니 한 편으로는 맞는 말이다. 더욱이 옥분이가 동행한다니 그래도 안심이다.

"그러면 짐을 챙기셔서 저랑 내일 같이 떠나시는 겁니다. 저도 오늘은 이곳에 묵고 내일 함께 떠나겠습니다. 참, 짐 챙기실 때 아무리 내일모레가 8월이라고는 하지만 그곳은 날씨가 이곳보다는 훨씬 쌀쌀한 곳입니다. 그러니 옷 잘 챙기십시오."

사바틴의 말을 들으니 믿음이 갔다. 하기야 자기가 이곳에 온 이후로도 다녀온 곳이니 그를 믿어도 좋았다.

이튿날 길을 떠나는 황후에게 준서는 여비를 내놓자 황후가 웃으며 말했다.

"여비는 충분히 있네. 그 옛날 여주에서처럼 내가 이곳에 오자마자 조카가 마련해 주지 않았나. 내가 모를 줄 아는가?

조카는 그 돈에 한 푼도 손대지 않고 내가 필요한 것 사라고 하니까 이미 그 돈에서 샀다고 내게 말한 것을? 그리고 그 이후로도 조카는 그 돈에서 한 푼도 축내지 않았어. 나 역시 쓸 곳도 없었지. 조카가 사다주는 옷감으로 옷 지어 입고 신 사주고 먹여주고. 그런데 그 많은 돈을 다 무엇 하겠나? 이 돈은 도로 넣게. 상트페테르부르크라는 곳이 여기에서 얼마나 먼 곳인지는 모르지만 3년을 여행해도 남는 돈이네. 그렇지 않아도 내가 일부만 가지고 가고 나머지는 맡겨놓을 생각이었네. 이거나 잘 맡아주게."

오히려 명성황후가 돈을 맡겨놓고 떠났다.

명성황후가 떠나고 나서 하루도 해삼위 쪽으로 가는 길을 쳐다보지 않은 적이 없다. 바로 그 다음날부터다. 그런데 그것은 준서뿐만이 아니다. 김소현도 마찬가지다. 어떤 날은 준서는 논에서, 김소현은 밭에서 돌아오다가 서로 같이 바라보는지도 모르고 같은 방향을 응시하다가 자신들도 모르게 옆에 있는 것을 알게 된다. 그러면 서로 쑥스러워하면서도 한바탕 웃어넘긴다.

그렇게 웃을 일밖에는 좀처럼 웃음이 나지 않는다. 비가 많이 와도 걱정이다. 전 같으면 농사가 걱정이었는데 이제는 농사는 걱정도 아니다. 비가 오면 농사보다는 그 빗속을 걷고 있을지도 모르는 황후마마와 나머지 사람들이 걱정일 뿐이다. 그러면서 서로 위로한다.

"원래 넓은 땅덩어리니까 그곳에는 비 안 올 거예요."

"그럼, 오지 말아야지. 공연히 비 맞고 고뿔이라도 드는 날에는 어찌 하시라고."

그렇게 서로 위로하면서 시간이 지나갔다.

준서는 명성황후가 길을 떠나기 전에 나가던 만큼 자주는 아니지만 그래도 해삼위에 나가서는 꼭 사바틴의 집에 들렀다. 혹시 무슨 소식이 온 것 없느냐고 하면 무고하다는 전갈만 왔다고 할 뿐 더 이상의 소식은 없다. 하지만 그런 전갈만 들어도 안심이 된다. 그 전갈을 다시 듣고 싶어서 〈샹들리에〉에도 간다. 거기에서 듣는 이야기 역시 무고하다는 전갈이 왔다는 말뿐이다. 그래도 기분이 좋다. 무고하면 다 잘 될 것이다.

들에는 곡식들이 고개를 숙이기 시작했다. 일 년의 결실을 추수를 해야 할 시간이 다가오는데 연락이 없다. 농사를 추수하는 것도 중요하지만 더 중요한 것의 결실을 얻어야 하는데 연락이 없다.

그 결실을 얻는다고 자신에게 무슨 득이 되기를 바라는 마음은 추호도 없다. 다만 황후마마께서 결실을 얻는 것만으로도 자신은 커다란 결실을 얻는 것이다. 황후마마께서 좋은 결실을 얻어 함박꽃처럼 웃는 모습 한 번만 보면 자신은 더 이상 바라는 것도 없다.

혹시 하는 마음으로 다시 해삼위에 나갔다.

그 날 역시 무고하다는 기별만 왔었다는 말을 듣고 기분 좋게 국밥집을 향했다.

국밥집 앞에 다다른 준서는 이상하게 썰렁한 기분이 들었다. 문을 열고 안으로 들어서는데 주방에 있어야 할 주인아줌마가 혼자 넋을 잃듯이 벽을 보고 앉아 있고 아저씨는 보이지 않는다.

"오늘 장사 안 해요."

아줌마는 쳐다보기도 귀찮다는 듯이 쳐다보지도 않고 말했다. 순간 준서는 분명히 무슨 일이 있다는 생각이 들었다.

"아니, 무슨 일이 있습니까? 아저씨는 어디 가시고…?"

준서가 문을 닫으며 이야기하자 준서의 목소리를 알아들은 아줌마는 고개를 홱 돌렸다. 그리고 준서를 확인하자마자 눈에서 폭포수처럼 눈물이 흐르면서 입을 열었다.

"이 서방이 올 줄 알고 문을 열어 놓은 것 같구려. 어차피 장사도 안 할 거라 아예 문도 안 열려다가 혹시 하는 마음으로 문을 열었는데…?"

하지만 아줌마는 말끝을 맺지 못하고 아예 탁자에 얼굴을 묻고 엉엉 울었다. 준서는 당황했다. 무슨 일이 있기는 있다.

"아니, 아주머니 왜 그래요? 무슨 일 있어요?"

준서가 아줌마에게 다가가서 어깨를 흔들며 물어도 아줌마는 울기만 했다. 그러다가 얼마를 울고 나서야 눈물을 그쳤다.

"점심도 안 먹었을 텐데 내가 울고 있기만 할 일이 아니지."

주인아줌마는 자리에서 일어나 주방으로 들어가더니 국밥 한 그릇에 탁배기 두 사발을 들고 왔다. 그리고 준서 앞에 국밥과 탁배기 하나를 놓고 나머지 하나는 자신 앞에 놓았다. 준서는 깜짝 놀랐다. 이집에 이십여 년 드나들며 가끔 주인아줌마가 맞은편에 앉아 대화를한 적은 있어도 이렇게 탁배기를 마시려는 모습을 본 것은 오늘이 처음이다.

"들구려. 이 서방이 밥을 먹어야 내가 무슨 이야기를 해도 하지. 어서 들구려."

준서는 아줌마의 독촉에 숟가락을 들고 국물을 한 숟가락 떠서 입안에 넣었지만 궁금해서 견딜 수 없었다.

"도대체 무슨 일입니까? 이 국밥 다 먹는 동안 궁금해서 체할 것 같으니 까닭이나 들어봅시다."

그러나 아줌마는 입을 열려고 하지 않았다. 준서는 자신이 이렇게잘 먹을 것이니 이야기를 하라는 투로 다시 국밥을 한 숟가락 떠서입에 넣으면서 독촉했다.

"제발 얘기 좀 해보세요. 안 그러면 정말 궁금해서 제가 밥을 못 먹는다니까요?"

그러자 아줌마는 다시 눈물이 흐르는 얼굴로 울먹이면서 입을 열었다.

"죽었네. 다 죽었어."

"죽다니요? 누가 죽어서 아저씨는 거기 가신 거예요?"

"아니? 그이가 죽었어. 그이뿐만 아니라 나라도 죽고."

순간 준서는 자신이 들고 있던 숟가락을 떨어트렸다.

"아니? 아저씨가 왜 돌아가셔요? 그리도 건강하던 분인데? 그리고 나라가 죽었다는 것은 또 무슨 소리예요?"

그러자 주인아줌마는 탁배기를 단숨에 들이키더니 다시 하나를 더 가지고 와서 앉았다. 그리고는 기가 막혀 더 나올 눈물도 없는지 마른 얼굴로 이야기했다.

"지난 번 이 서방이 다녀간 다음 날인지 아니면 그 다다음 날인지 그럴 거요. 갑자기 왜놈들 몇 명이 들이닥쳤어."

마침 점심시간이 끝나갈 무렵이라 손님은 서너 명밖에 없었다. 이제 더 들어오는 손님은 저녁 무렵이나 되어야 한다는 생각에 아줌마는 측간에 가서 소피를 보고 막 주방으로 들어가 바빠서 밀린 점심 설거지를 하려던 참이었다.

왜놈 다섯이서 칼을 비껴들고 문을 밀어젖히며 물밀듯이 들이닥치자 밥을 먹던 손님들은 혼비백산 도망치고 주인인 아저씨가 앞으로 나섰다.

"왜들 이러시오? 무슨 일이오?"

"네가 주인이냐?"

"그렇소만 무슨 일이오?"

그러자 왜놈들은 일제히 아저씨를 향해 칼을 겨눴다.

"조선의 국모가 있는 곳을 대라."

"조선의 국모라니 무슨 소리요? 그 분은 이미 오래 전에 경복궁에서 돌아가시지 않았소?"

"허튼소리 마라. 다 알고 왔다. 네 놈이 조선의 국모가 갈 곳을 알려 주었다는 사실을 다 알고 찾아온 것이니 허튼소리 말고 바른 대로 대라."

"정말이지 나는 모르는 일이오. 더더욱 내가 누구에게 무엇을 알려 주었다는 말이오?"

아저씨는 이상하리만치 겁도 먹지 않고 또박또박 말대답을 했다. 그러자 왜놈들 중 하나가 칼을 드는가 싶더니 아저씨의 왼 팔을 깊이 찔렀다. 순식간에 아저씨의 팔에서는 피가 뿜어져 나왔다. 그러자 아저씨는 오른손으로 칼에 찔려 피가 뿜어져 나오는 자리를 감싸쥐었다. 그 순간 아줌마는 금방 소피를 보고 왔음에도 불구하고 오줌을 지렸다. 만일 금방 소피를 보지 않았다면 있는 대로 쌌을 것이다. 그리고 몸이 사시나무 떨리듯 떨려서 밖으로 나가 신랑의 상처를 처매주어야 한다는 것을 알지만 걸음이 떨어지지지 않았다.

"자, 어서 대라. 아마 십사오 년 전일 것이다. 분명히 이곳에서 자신들이 갈 집의 위치를 물었던 계집이 둘, 아니면 셋이 같이 왔었을 것이다. 이미 다 알고 왔다. 이번에는 네 놈의 팔이지만 다음에는 네 놈의 목을 찌를 것이다. 그러니 죽기 전에 어서 대라."

그러나 아저씨는 찔린 팔을 움켜쥐고 몸을 약간 웅크리기는 했지만 그들의 눈을 똑바로 쳐다보면서 말했다.

"더더욱 십사오 년 전 일이라면 어찌 기억을 하겠소? 먹고 살기 힘들어서 어제 일도 기억하기 힘든 세상이요."

그러자 왜놈 중 다른 하나가 야비한 웃음을 지으며 주머니에서 돈 한 뭉치를 꺼내 놨다.

"먹고 살기 힘들다고 했지. 자, 이 돈이면 집 서너 채를 사고도 남는 돈이다. 그냥 이 돈으로 먹고 살려고 마음만 먹으면 네가 평생 먹고 살고도 남을 돈이다.

어차피 조선은 이미 우리 대 일본제국과 병합되었다. 대 일본 제국의 천황폐하께서 자애로운 마음으로 혼자 살아갈 능력이 없는 조선을 거둬주신 게다. 그러니 국모는 더 이상 의미가 없다.

그러니 쓸데없는 일에 목숨 걸지 말고 어서 불어라. 그리고 이 돈을 가지고 여생을 편히 살면 될 것 아니냐?"

"조선의 황제가 계신데 무슨 소리요?"

주인은 자신의 손은 아랑곳도 하지 않고 되물었다.

"말귀를 못 알아듣는구나. 이제 이 세상에 조선이라는 나라는 존재하지 않는다. 조선은 우리 일본이 병합해서 일본이 된 것이라는 말이다. 조선의 황제는 그저 왕으로 예우만 해줄 뿐 우리 일본의 총독 각하께서 조선을 다스리신다. 물론 궁극적으로는 우리 천황폐하께서 다스리시는 것이지만, 조선이라는 작고 미개한 나라까지 신경 쓰실 수 없으니 총독각하께서 다스리신다."

"무슨 말을 하는 게요?"

"무슨 말인지는 차츰 알게 될 거다. 하지만 조선이 일본의 속국이 된 것은 사실이니 공연히 국모니 뭐니 하면서 네 목숨 걸 생각 말고 이 돈을 택하라. 설령 국모가 아니라도 좋다. 십사오 년 전에 길을 알려준 여자들이 간 곳만 대면 네게 이 돈은 무조건 준다. 물론 그 년들이 국모 일행이 아니더라도 이 돈은 회수하지 않을 것이다. 그러니 어서 바른 대로 말해라."

순간 주인은 돈다발을 흘낏 쳐다보았다. 그리고 무슨 생각이 났는지 머리를 흔들었다.

"모른다. 차라리 어서 죽여라."

"모른다? 죽이라고? 아니, 넌 분명히 알고 있다. 그때 길을 일러준 너를 찾느라고 이미 세 놈이나 죽였다. 그 놈들은 하나같이 돈을 보고도 네 놈을 대지 않아 억울하게 죽은 것이다. 하지만 반드시 억울한 죽음보다는 돈을 택하는 놈이 있게 마련이다. 결국에는 너를 찾지 않았느냐? 조선 놈들이 딴에는 의리도 있고 질기기는 되게 질기다. 하지만 그러면 뭐하냐? 반드시 돈을 택하는 놈이 나오는데.

자, 어서 말하고 이 돈으로 여생을 편히 살아라. 이미 우리 대 일본 제국의 속국이 된 나라 국모운운하지 말고."

그러자 주인은 뭔가 굳은 결심을 한 듯이 그 말을 하는 왜놈의 얼굴에 침을 '퉤' 하고 뱉은 후 절규하듯이 외쳤다.

"이 왜놈아. 그리 돈이 좋으면 네 놈이나 가질 일이지 왜 내게 주려고 하느냐? 네 놈들이 남의 나라를 강제로 빼앗고도 무사할 것 같으냐? 대대손손 천벌을 받을 것이다."

그러나 주인이 한 말 중에 뒷부분은 그리 힘이 들어가지 못했다. 얼굴에 침을 맞은 왜놈이 칼로 내리치는 바람에 죽어가며 저주하듯이 한 말이다.

"그렇게 가셨다오."

아줌마의 눈에서는 다시 눈물이 흐르기 시작했다. 하지만 이제는 눈물도 말랐는지 많이 나오지도 않았다.

"그이가 돈을 보고 마음이 약해질 수도 있으니까 일부러 침을 뱉었다는 생각이 드는구려. 나는 오금을 펼 수도 없이 겁은 먹었지만 그이의 그 마음을 이해하고도 남아요. 그래서 일부러 더 죽은 척 주방에 박혀 나오지 않았는지도 모르지요.

이곳으로 오기 전에 조선에서 비록 높은 직책은 아니지만 무관으로 나라를 위해 일하던 그이예요. 대신이라는 것들이 나라는 뒷전에 두고 너도나도 외세를 등에 업는 것이 꼴보기 싫다고 하루아침에 집어치고 이곳으로 오기는 했지만 그이가 마누라보다 나라를 더 생각하는 것은 내가 더 잘 안다오."

주인아줌마의 넋두리 섞인 마지막 마디를 듣는 순간 준서의 머리에 강하게 꽂히는 단어가 있었다.

'오카모도 류노스케, 겐요사'

그렇다. 분명히 오카모도 그 자식이 청나라를 뒤지다가 황후마마께서 그곳에 없다는 확신이 서자 이곳으로 사람을 보낸 것이리라. 이곳만은 아닐 수도 있다. 조선인이 많이 사는 곳이라면 어디든지 보냈을 수도 있다.

하지만 만일 그 놈이 고종황제께서 해삼위로 망명신청을 했다는 정보를 입수했다면 반드시 이곳을 지목할 것이다. 여기서 포기하지 않고 끈질기게 물고 늘어질 것이다.

생각이 거기에 미치자 준서는 불안해지기 시작했다. 다만 한 가지 다행이라면 다행인 것은 지금 황후마마께서 이곳에 계시지 않다는 것이다. 일단은 다행이라고 생각한 준서는 떨어트린 숟가락은 다시 집을 생각도 하지 않고 물었다.

"정말 나라가 일본에 병합되었답니까?"

그러자 아주머니는 마음을 다잡았는지 아니면 억울한 마음에 그런지 얼굴이 증오로 굳어지면서 말했다.

"그이 장례식에 온 사람들이 그렇다고 합디다. 특히 대한에 다녀온 무역상들은 하나같이 울분을 못 이기며 비통해 했소. 의병이 일어나고 난리라지만 이미 진 해가 다시 뜨려면 얼마나 긴 시간이 걸려야 하느냐면서 의병만 가지고 될 일이 아니라고 입들을 모았어요. 지난 8월 말에 일본이 궁궐을 포위한 채 병합조약을 체결했다고. 일본 황제인지 뭔지 하는 놈이 대한을 통치하고 대한의 황실은 일본이 주는 연금을 받아먹는 것으로 조약을 체결하고 이미 공표를 한 뒤라고 했소."

"이번에도 이완용 그 놈이랍니까?"

"그렇답디다. 이완용 그 놈이 전권위원이라는 것을 맡아 설치면서 그 놈을 포함해서 윤덕영, 민병석, 고영희, 박제순, 조중응, 이병무, 조민희 같은 여덟 놈들이 찬성했대요. 대신들 중에서는 이용직 대감만 죽어도 찬성 못한다고 하다가 결국은 쫓겨났다더군요."

준서는 기가 막혔다. 그런지도 모르고 상트페테르부르크로 폐하의 해삼위 망명을 독려하러 가신 황후가 이 일을 아시면 어떨까 생각하니 기가 막혔다.

'쳐 죽일 놈들. 도대체 귀신은 그런 놈들 안 잡아가고 뭐 먹고 사는지 몰라?'

준서는 자신도 모르게 저주하는 욕설이 터져 나왔다. 아니 이완용을 비롯한 그 놈들이 지금 자신의 앞에 있다면 그들을 죽여 없애고 말 것 같았다.

하지만 그 놈들이 이제 작위를 받는다니 그 앞에서 잘 보이려고 원숭이 짓거리 하는 놈들이 그들을 쳐 죽이고 싶어 하는 사람들보다 많을 것이다. 그러니 나라가 망한 것이다. 그 반대로 그런 놈들을 쳐 죽이고 싶어 하는 사람들이 더 많으면 나라는 절대로 안 망한다.

무언가 잘못 되어도 한참 잘못된 나라다.

나라의 녹을 먹는 대신 놈들은 나라를 팔아 제 목숨도 살리고 돈도 챙긴다. 그런데 민초들은 제 목숨을 버려 나라를 챙기려 한다. 굳이 목숨을 걸고 의병을 일으킨 백성들까지 들먹일 필요도 없다. 당장 국밥집 주인만 해도 이미 준서의 집에 와 있는 동생과 이모가 보통사람이 아니라고 생각하고 있었다. 당연히 그로서는 왜놈들에게 준서의 집을 알려주고 돈을 받을 수 있었다. 하지만 그는 그 유혹을 뿌리치려고 왜놈의 얼굴에 침을 뱉고 비위를 거슬러 일부러 죽음을 재촉했다. 그것은 아줌마도 마찬가지다. 돈은 차치하고라도 남편의 죽음을 막기 위해서 자신이 대신 말해 줄 수도 있었다. 하지만 남편의 죽음을 택했다.

준서는 국밥을 그대로 남겨 놓은 채 일어섰다.

준서는 일어서면서 돌아가신 주인아저씨는 물론 아줌마에게 정말 미안했다. 말을 안 했을 뿐이지 이미 서로 짐작으로 다 아는 일이다.

하지만 무어라 인사도 할 수 없는 자신의 마음을 돌아가신 아저씨와 앞에 앉아 눈물을 흘리던 아줌마는 충분히 이해해 주리라고 믿고 싶었다.

수십 년 간 나라의 녹을 먹고도 일시적인 자신의 영달을 위해 나라를 팔아먹은 이완용 같은 놈들 때문에 나라가 일시적으로 망했을지 몰라도 이런 사람들이 있는 한 반드시 되찾을 수 있다.

집으로 돌아온 준서는 광에 담아놓은 술독으로 가서 술을 단지에 퍼 담았다. 그리고 아내에게 깍두기를 가져오라고 한 후 바가지 채 마시기 시작했다.

"아니, 해삼위에 갔다가 오더니 웬 술을 그리 마시는 거예요? 무슨 일 있어요?"

아내가 물어도 말도 없이 퍼 마셨다.

"제발 말 좀 해보세요. 무슨 일인가? 답답해서 살 수가 없네."

아내의 그런 말을 들으면서도 말 한 마디 없이 준서는 술만 퍼 마셨다. 그리고 어떻게 잠든지도 모르게 잠이 들었다.

이튿날 아침 눈을 뜨자 아내가 걱정스런 얼굴로 쳐다보고 있었다. 그러다가 부엌으로 나가서 소반을 받쳐 들고 들어왔다.

"어제는 하도 술을 드시기에 무슨 일 나는 줄 알았어요. 마침 지난번 아버님제사 때 쓰고 남은 북어가 있기에 북어국 끓이고 쌀밥 좀 했으니 국에 한 술 얹어 드세요.

무슨 일인지는 모르지만 난 당신 아내예요. 속상한 일이 있으면 같이 얘기를 해서 풀어야지 그렇게 술만 드신다고 해결이 돼요?"

준서는 전혀 밥 생각이 없었다. 하지만 아내의 성의를 봐서라도 한 숟가락이라도 먹어야 한다.

준서는 국에 밥을 말아 국물부터 마셨다. 시원하다. 고춧가루를 듬뿍 넣어서 그런지 속이 확 풀린다.

"당신 지난번에 옥분아가씨 오던 날 생각나지요. 혹시 또 그런 불길한 소리 들으셨어요? 그럼 그냥 좋은 일이 일어나려고 그렇구나 생각하시고 넘어가세요. 정 제게 말하기 힘들면 말이에요."

아내의 이야기를 듣자 준서는 자기도 모르게 눈물이 났다. 지난번에는 다행히도 황후마마께서 잘 피하셨다. 그러나 이번에는 다르다. 나라가 망한 것이다. 지난번에는 설마 하는 기대라도 해볼 수 있었다. 그러나 이번에는 그런 기대조차 할 수 없는 상황이다.

"당신 울어요?"

"응, 울어."

"왜요? 정말 무슨 일인데 그러시는 거예요? 제발 말씀 좀 해보세요."

"죽었어, 모두가 죽었어."

"죽다니요? 모두 죽다니 그게 도대체 무슨 소리예요?"

준서는 어제 국밥집 주인아줌마에게 들은 그대로 아내에게 이야기했다.

아내의 얼굴이 백지장처럼 하얗게 변했다. 아내 역시 그대로 잠시 굳어서 동작을 멈추었다.

"세상에? 세상에 어찌 그런 일이? 정말 그런 일이 일어날 수는 있는 건가요?"

잠시 얼어붙듯이 굳었던 아내는 외마디소리처럼 몇 마디 하는 것으로 입을 열었다.

겨우 그 말을 하고는 말을 잊지 못하던 아내가 물었다.
"그럼 이제 어찌 되는 건가요? 사바틴 씨 하고 같이 간 일은요?"
"글쎄, 아마 모르면 몰라도 안 될 것이 빤하구려. 하지만 일단은 모르는 척 합시다. 설령 이모님이 오시더라도 먼저 무슨 말씀을 하시기 전에는 묻지도 말아요. 혹 그곳에서 이 소식을 듣고 오셨는지도 모르니까."

준서는 자기와 아내가 먼저 말을 꺼내는 것이 결코 황후마마의 마음을 달래기는커녕 상하게 할 것이 틀림없다고 생각했다.

그로부터 한 달이 채 안 되어 이제 막 추수를 시작하려고 할 때 황후가 돌아왔다. 옥분이는 물론 사바틴까지 함께 왔다.

황후가 도착하자 안방으로 드시라고 하자 점심은 해삼위에서 먹고 왔다며 너무 피곤해 쉬고 싶다면서 자신의 방으로 향했다.

아직 깊은 가을도 아니지만 연해주 밤바람은 차갑다. 준서는 밤은 안 됐지만 아내에게 군불을 조금 지펴드리라고 하고는 사바틴과 옥분이와 함께 앉았다.

"이미 아시리라 믿습니다."

같이 국밥집에 가본 경험이 있는 사바틴이다.

"그럼 결국?"

준서 역시 이미 알고 있는 일이기에 간단히 물었다.

"예, 황후마마를 모시고 가기 전에 우선 제가 외무성 관리를 만났습니다. 제가 조선 궁궐의 경호원이었던 신분을 밝히고 고종황제의 망명 요청이 어찌 처리 되었는지를 물었습니다. 그랬더니…"

"지난 6월 말 경에 저희도 그 사실을 알았습니다. 상하이 주재 고이에르 상무관을 통해서 말입니다. 그렇지 않아도 저희 이즈볼스키 외상과 스톨리핀 총리께서 그 문제를 가지고 심사숙고 하셨습니다.
사실 대한제국이 저희에게는 필요한 존재이기는 하지만, 그렇다고 일본과 대한제국 그리고 우리 러시아의 관계를 생각할 때 고민하지 않을 수 없는 문제였거든요. 그런데 이제 고민할 이유가 없어졌습니다."

"왜요? 받아들이지 않기로 했나요?"

"당연한 것 아닙니까? 망한 나라의 전 국왕을 우리 러시아가 받아들일 필요가 없지 않습니까?"

"그러니까 망명을 하려고 하는 것 아닙니까? 기울어져 가는 국운을 바로잡아 보려고."

"기울어가요? 모르십니까? 대한은 일본과 병합되었다는 사실을 모르고 하시는 말씀입니까?"

"대한이 일본과 병합이 되다니요?"

"먼 길을 오시느라고 소식을 못 들으셨나본데 이미 지난 8월 29일에 공표된 사실입니다. 자, 여기 우리에게 접수된 문서가 있으니까 보시지요."

"그 문서를 보는 순간 저는 심장이 멎는 것 같았습니다. 하지만 제 심장이 멎는 것이 중요한 것이 아니라 황후마마께 이 말씀을 어떻게 드려야 하는지가 더 문제였습니다. 일단 그 날은 관리를 만나지 못했다고 거짓 보고를 해놓고 혹시 하는 마음으로 제가 전부터 가깝게 지내는 친구를 찾아갔습니다. 기자인 그 친구에게 확실한 말을 듣고 싶어서였습니다."

사바틴은 여기까지 말을 하고는 한숨을 크게 들이쉬었다.

"그리고 그 친구를 만나 물어보니 그 모든 것이 사실이었습니다. 그래서 고종황제께서 망명을 원하시는데 받아들여지지 않았다고 하자 그 친구가 너털웃음을 웃으면서 제게 이렇게 말하는 겁니다.

'이 친구 어린애도 아니면서 왜 그렇게 정신을 못 차리나? 조선을 누가 갖느냐 할 때라면 당연히 망명을 받아 주겠지. 왕을 잡고 있으면 이익이니까? 전에 공사관으로 조선 왕이 올 때는 얼마나 반겼나? 하지만 이제 조선은 조선이 아니라 일본이야. 그런데 조선에서 뭐 건질 것이 있다고 그 나라 전 왕의 망명을 받아들이나? 이 사람아 국제 관계에 동지가 어디 있고 적이 어디 있어? 이익 되면 동맹 맺고 아니면 자르는 거지.'

저는 그 말을 들으면서 차라리 죽는 편이 낫겠다는 생각이 들었습니다. 도저히 나라가 병합되었다는 말씀은 드릴 수 없을 것 같았습니다. 하지만 어쩔 수 없이 말씀을 드리지 않을 수는 없었습니다."

사바틴의 말이 끝나자 옥분이가 말을 이었다.

"사바틴 씨께서 그 말을 하자 이모님은 처음에는 아무 말씀도 하지 않으셨어요. 하지만 그 후로는 영 식사를 못하시는 것 같더라고요.

그렇지 않아도 여기를 떠나 상트페테르브르크로 가는 중에도 아주 힘들어 하시기는 했지만 그 말씀을 들으신 후로는 더 심했어요.

저와 함께 마주앉아 식사하는 것도 부끄럽다고 하시면서 항상 혼자 드시겠다고 했지요. 그리고 저에게 따로 먹으라고 하셨고요. 아쉬웠지만 시키시는 대로 하는 수밖에요.

그리고 아주 피곤해 하셨어요. 어떤 때는 거의 혼절하시는 정도까지 간 적도 많아요. 저러면서 어떻게 걸을 수 있을까 걱정한 적도 한두 번이 아닌데 정말이지 기적 같은 힘을 내시더라고요."

옥분이의 말을 듣던 준서가 덧붙였다.

"하기야 지난 번 고종황제께서 강제로 양위를 하셨다는 말씀을 들으신 후로는 영 식사하시는 양이 줄어드는 것이 눈에 보였지. 거기다가 웃음도 사라지셨고. 그런데 막상 이렇게 나라가 없어졌으니 그 마음이 오죽하시겠어?"

어느 순간에 들어와 있던 아내의 흐느낌에 준서도 옥분이도 사바틴까지 모두 눈물을 흘렸다. 그 말을 듣는 순간 멎을 것 같았던 명성황후의 심장이 자신들의 심장까지 멎게 하는 그런 아픔을 눈물로 쏟아내고 있었다.

그 날 밤.

아내는 옥분이 방에서 함께 자기로 하고 준서는 사바틴과 술잔에 한을 녹여마셨다. 사바틴은 마치 자기 나라가 망하기라도 한 듯이 준서 못지않게 서글퍼하면서 눈물도 함께 흘리고 통한도 함께 나눴다.

그렇게 함께 통한을 나누면서 사바틴은 낮에 해삼위에서 서신 두

통을 받아 황후와 함께 읽고 희비가 엇갈렸던 일을 말했다.

첫째는 사람을 긴장시키는 요동 묵가의 서신이다. 〈샹들리에〉 사장의 말로는 도착한 지 아주 오래 되었다고 했다는 것이다.

'오카모도가 눈에 보이게 병약해졌습니다. 하지만 아직도 황후마마를 찾아 헤매고 있습니다. 13년이라는 긴 세월을 제 놈 판단에 제 놈이 미쳐 날뛰는 꼴을 보면 차라리 우습습니다. 하지만 뒤에서 웃고 넘기는 시간도 지난 것 같습니다. 최근에 그 놈의 측근 하나를 어렵게 사귀었는데 오카모도가 황후마마께서 청나라에는 없다는 결론을 내렸다는 겁니다. 그래서 다른 곳으로 가려고 하는데 아직 어디로 가려는지는 자기도 모른다고 합니다. 하지만 분명한 것 하나는 조선인들이 모여 사는 곳으로 갈 것이라는 생각이랍니다. 혹시 그 쪽이 될지도 모르니 각별히 조심하십시오.'

그리고 또 하나는 사람의 애간장을 녹이는 고종황제의 친필 서한이라고 했다. 그것은 도착한 지 한 달여가 되었다고 하는 것으로 보아 한일병합이 이루어진 후 쓴 것 같다고 했다.

'당신이 먼 곳에서 고생한다는 생각을 하면 당장이라도 달려가고 싶소. 아니 이곳에 있어도 나 역시 이제 아무 소용도 없는 한낱 장식품에 불과하오. 이미 나라도 막 내렸는데 내가 이곳에 있어서 무슨 일을 할 게요. 당장 고쟁이저고리라도 좋으니 평민의 복장으로 갈아 입고 당신 곁으로 달려가고 싶은 심정이오.'

"그러니 이모님 심정이 지금 오죽하시겠습니까? 아마 저 같은 범인이라면 미치고 말았을 겁니다."

"저라도 마찬가지지요. 한 놈은 13년간을 죽이겠다고 쫓아다니고,

사랑하는 황제는 당장이라도 곁으로 달려오고 싶다고 하시니 얼마나 황후마마의 애가 끓겠습니까?"

준서가 사바틴의 말에 맞장구치면서 해삼위 국밥집 주인 이야기를 해주었다.

"그렇다면 요동 묵가가 이야기한 대로 오카모도는 조선 사람들이 모여서 사는 이곳을 주목한 것입니다. 보통 일이 아닙니다.

그 놈이 황후마마를 찾아 헤매다가 한일병합이 되자 허무감이 엄습해 제 풀에 제 놈이 병약해졌지만 대신 제 수하들을 푼 것입니다. 벌써 그런 일까지 있었다면 대책을 마련해야 합니다. 오늘은 이모님께서도 피곤하시다고 하니 내일 함께 의논해 봐야 할 일입니다."

사바틴은 그 말을 듣더니 정신을 번쩍 차리며 대책을 마련해야 한다고 했다. 그 마음은 준서 역시 마찬가지다. 하지만 지금 두 사람은 대책을 세울 상황이 아니다. 물론 술을 마신 이유도 있지만 뾰족한 방법도 없다. 거기다가 한일병합이 이루어졌다는 참지 못할 슬픔이 함께 하고 있다.

두 사람은 술을 마시면서 울고 한탄하며 설움을 밤새 달랬다.

그런 사실을 분명히 아는 아내가 이튿날 아침 일찍 들어와 준서를 흔들어 깨웠다.

"여보, 이상해요. 아무래도 이모님이 이상해요."

이모님이 이상하다는 소리에 준서는 술이 확 깨면서 눈이 번뜩 떠졌다.

준서에게 하는 소리를 들었는지 사바틴도 뒤쫓아왔다.

황후의 방에 들어서자 옥분이가 황후의 머리를 받쳐 무릎을 베게 하고 있다.

준서는 당황해서 얼른 황후의 맥을 짚어 보았다. 맥이 가늘다. 비록 병원이 멀기는 하지만 엎고라도 가야 한다.

"이모님 업히세요. 지금 여기서 이러시면 안 됩니다."

그러자 명성황후가 손을 저으며 가느다란 목소리로 말했다.

"아니. 가봐도 소용없네. 이미 며칠 전부터 더 이상은 살 수 없을 것 같았지만 궁궐은 고사하고 한양까지는 못 가는 한이 있더라도 내 땅 연해주, 내가 사랑하는 동포들 곁에서는 죽어야 된다는 생각에 여기까지 겨우 온 거네.

조카, 정말 고마웠네. 내가 마음을 조급해 하면, 혹시 무슨 소식이라도 가져올 수 있나 해서, 바쁜 일철에도 다른 핑계대고 해삼위 오가면서 내 마음 편하게 해주려던 것 다 아네.

그리고 사바틴 경도 정말 고마웠소. 자신의 모든 것을 잃을 각오로 왕실 경호원직 근무태만이라는 불명예까지 뒤집어써 가면서 구해준 내 목숨이 이제 겨우 끝나려는가 보오.

옥분아, 정말 고맙다. 너야말로 영원한 내 은인인데….

조카며느리를 만난 동안 너무 행복했어. 나 불편하지 않게 해 주려고 노력한 거 내가 저 나라에 가더라도 잊지 못할 거야."

준서는 큰 소리로 외쳤다.

"이모님, 지금 무슨 말씀을 하시는 겁니까? 살아서 백성들과 함께 나갈 앞일을 생각하셔야지 여기서 끝내면 저희들은 억울해서 어떻게 살라고, 지금…?"

준서는 목이 메어 더 이상 말을 잊지 못했다. 그때 준서의 머리를 스쳐가는 생각이 있다. 아까 맥을 짚느라 잡은 황후의 손목이 어린 아이의 그것처럼 가늘었다. 그 생각이 나자 얼굴을 다시 드려다 보았다. 어제는 여행에 피곤하다는 말만 듣고 그냥 지나쳤는데 처음 자기 집으로 올 때의 황후와는 얼굴이 반쪽이다.

그러자 어제 저녁 자기들 넷이서 이야기를 할 때 옥분이가 황후께서 혼자 식사를 하셨다는 말이 생각났다. 그리고 가끔은 혼절 할 것 같이 힘들어했다는 생각도 났다.

준서는 아차 싶었다.

"그동안 혼자 식사를 하신다고 해놓고 정작 식사를 하시지 않은 겁니다. 그렇지요?"

그러자 명성황후가 힘들게 입을 열었다.

"그래. 맞아.

나도 먹기 싫어서 먹지 않은 것도 있지만 음식을 넘기면 토악질이 나고 배가 찢어지듯이 아파서 못 먹은 거라네. 굳이 살아야 하는 이유가 있다면 고쳐보겠지만 그럴 이유가 내게 남지를 않았지 않나? 사실 이곳에서 상트페테르브르크를 향해서 떠난 지 얼마 안 되어 아픔이 시작 되었네. 하지만 아픈 것을 억지로 참고, 일이 잘 되면 병을 고칠 거라 마음먹었지. 그리고 모르핀을 구해 아픔을 달래기 시작했어. 내 아픔을 치료하느라고 시간을 지체 했다가 폐하의 망명에 지장을 줄 수 있을지도 모른다는 생각이었네. 하지만 그런 아픔을 모르핀으로 대신해 가며 그곳에 가서 들은 대답은 나라가 일본과 병합되어 없어졌다는 것이었네.

그 이야기를 듣고 나자 정말 살 까닭을 잃었네. 하지만 그래도 살아보려고 먹으면 토하고 먹으면 토하고를 반복해서 더 이상 먹을 수도 없고, 통증은 점점 심해져 뱃속에서는 칼로 위를 후벼 파는 것 같았네. 그래서 먹지 못한 것뿐이야. 필시 나라가 망했으니 내 할 일도 끝이 나서 하늘이 거두시려는 것일 테니 공연한 생각들은 말게나.

그리고 지금 이렇게 된 내 모습을 가지고 누구를 탓하겠나? 하늘을 우러러 살 수 없이 부끄러운 나를 탓해야지."

순간 의학에도 상당한 상식을 지닌 사바틴의 머릿속이 혼란해졌다. 지금 황후께서 하는 이야기를 들으면 저건 반위(위암)다. 반위는 그 발병 원인 중 가장 큰 비율을 차지하는 것이 정신적인 피로나 분노, 심한 압박감이다.

얼마나 황후께서 정신적으로 힘이 드셨으면 반위에 걸리셨다는 말인가? 분명히 고종황제의 폐위로 인한 상처가 단순한 상처로 끝나지 않으신 것이다. 을사늑약이 체결된 후에 일어난 일이다 보니 황후께서는 아마도 오늘을 내다보셨던 것 같다. 단순히 을사늑약이나 황제의 양위가 아니라 일본이 병합을 할 것을 내다보시고 그것에 대한 대책을 더 고민하신 것이리라. 그 정신적인 고통에 짓눌리신 것이 결국 반위라는 씻지 못할 병으로 이어진 것이다.

그런데 여기서 떠난 지 얼마 되지 않아서부터 통증이 시작됐다는데 그 아픔을 이기고 그 먼 길을 여행하셨다. 제대로 먹지도 못해 아예 기운이 없었을 텐데 모르핀의 힘에 의지해 가며 오로지 황제의 망명을 위해 그 먼 길을 가셨다. 가서 기껏 들은 이야기가 나라가 병합되었다는 소리다. 그러니 그 순간 병은 급속히 악화되고 음식은 먹기만 하면 토한 것이다. 오로지 모르핀 하나의 힘으로 지금까지 살아오셨다.

그 고통을 참으며 여기까지 오신 이유가 비록 궁에는 못 들어가더라도 내 땅에서는 죽어야 하는 일념 때문이라고 하셨다. 정말 대단하신 분이다. 하지만 자신이 이미 죽을 것 같은데도 살아 온 이유를 이루셨으니 이제 더 이상은 힘들다. 저 정도면 반위가 아니더라도 이미 돌아가셨어야 하는 정도다. 오직 저 분이시기에 정신력으로 버틸 수 있었던 것이다.

그러면서도 혹시 반위가 아니기에 이제껏 사실 수 있었던 것은 아닐까 하는 생각이 사바틴의 머리를 뒤흔들었다. 만일 반위였다면 절대로 지금까지 살 수 없었을 것이다.

심하게 정신적인 압박을 받으면 반위가 아니더라도 위가 그 구실을 할 수 없는 병들은 많다. 정신적인 고통을 심하게 받으면 위뿐만이 아니라 대부분의 장기들은 그 기능이 저하되거나 기능을 발휘하지 못한다. 그리되면 밥맛을 잃게 된다. 지금 황후의 정신적인 고통은 최고조다. 그렇다면 굳이 반위라고 단정 지어서도 안 된다. 의사에게 보일 수만 있다면 방법이 생길 수도 있다.

하지만 황후는 당장이라도 죽을 것만 같았는지 계속 유언 같은 말을 이어갔다.

"내가 죽더라도 나는 이미 을미년 그 날 죽은 것으로 해주게. 내가 여기서 죽었다는 사실을 절대 알리지 말게나. 이미 죽음을 세 번이나 맞은 여인인데 한 번 더 맞는 것이 어려울 건 없네. 하지만 내 죽음에 다시 한 번 슬퍼할 백성들을 생각하면 내가 눈을 못 감을 것 같아. 별 볼 일도 없는 국모의 죽음에 백성들을 또 슬프게 하면 내가 저승에 서나마 어찌 그들을 보겠나?"

명성황후는 띄엄띄엄 힘들게 말을 이었다. 비록 말하기 힘들어 하는 그의 얼굴이지만 처음 임오년 군란 때 준서가 보았던 광채는 여전히 돌고 있었다.

"생각해 보면 한낮 꿈에 지나지 않는 것이 인생이거늘 어찌 그리도 서로 못 잡아먹어서 아옹다옹하고 사는지? 이렇게 죽음을 눈앞에 두면 모든 것이 부질없는 짓이거늘 어찌 그 놈의 부귀영화를 쫓아 맹목적으로 달려갔는지?

처음 궁에 들어왔을 때는 시아버지가 그리도 위엄 있어 보이고 근엄해 보였는데, 그 놈의 권력을 놓기 싫어서 아들까지 감금하고 며느리를 죽이려고 할 때는 추해 보였지. 그런데 지금 생각해 보면 나 역시 그런 추한 모습일세. 나도 말로는 나라의 앞날을 위해서 개방과 개혁을 해야 한다고 난리를 쳤지만 그런 명목으로 내 주변에 세운 인물들이 누구인가? 결국 우리 민씨 척족들 아니면 그 주변 사람들 아니었던가? 시아버지 욕할 일도 아니네.

외세에 기대면 안 된다고 하면서도 내 아들을 세자로 만들려고 일본에 은근히 부탁을 하고, 임오년 군란 때 다시 궁으로 돌아오려는 욕심으로 청나라에서 대원군을 납치해 가도록 폐하께 주청을 드린 것은 결국 외세를 이용해서 누구를 위한 일을 한 것인가? 외세를 등에 업으면 종국에는 그들의 밥이 되고 만다는 것을 안다는 사람이 결국 나 하나의 욕심을 채우려 그리한 것이 아니었던가?

나라가 병합이 되었다는 소리를 듣자 정말 부끄러웠지. 하지만 그 부끄러움은 나 자신에 대한 것이었어. 황제께서 망명을 하신다고 했을 때 황제를 다시 만날 수 있다는 그 기쁨이 무엇보다 앞섰네. 황제와 함께 쓰러져가는 나라의 주권을 찾을 수 있다는 기대도 있었지만 그보다는 한 여자로서 지아비를 만날 수 있다는 기쁨이 솔직히 더 앞섰네. 기껏 나를 대신해서 홍 상궁은 물론 많은 이들이 목숨을 잃었는데 국모라는 내가 그런 생각을 했으니 한심하지 아니한가?

궁궐을 나와서 살면서 이제는 정말 다시 궁으로 들어간다면 백성들을 위해서 살겠노라고 다짐해 놓고도 한낱 아녀자의 티를 못 벗는 꼴이 스스로 우스웠네. 결국 나는 평범한 한 여인으로 살았어야 했었어. 만일 내가 다시 인간으로 환생한다면 결코 궁궐 근처는 물론 권력이 닿는 곳에는 가지 않을 걸세.

생각해 보게나. 만일 나를 따르던 사람들이 정말로 나라는 존재를 인정하고 따라줬던 것이라면, 그 날 내 시체를 보지 못했으니 정말로 내가 죽었는지 의심이라도 해봤을 것 아닌가? 그리고 나를 찾으려고 노력이라도 했어야지? 나를 찾으려는 사람이 한 사람이라도 나왔어야 하는 것이 아닌가? 하지만 아무도 나는커녕 내 시신을 찾으려 한다는 이야기도 전해들은 적이 없지 않은가? 결국 내가 권력을 쥐고 앉아 있을 때는 혹시 내 눈에서 멀어져 보이지 않을까 봐 전전긍긍하던 자들이 내가 눈에 보이지 않자 오히려 다행이라는 생각을 하는 것이라는 기분까지 드네.

아마 하늘이 그걸 깨달으라고 나를 중전으로 간택되게 하신 것이 아닌가 하는 생각이 드는군. 이제 죽을 때가 다가오니 사람이 무엇을 위해 어떻게 살아야 하는지 겨우 알 것 같아."

여기까지 이야기를 하던 명성황후는 갑자기 통증이 오는지 배를 움켜잡으며 자신의 보퉁이를 가르쳤다. 김소현이 얼른 보퉁이를 열어서 모르핀을 꺼내드렸다. 모르핀을 삼킨 후 얼마간을 더 고통스러워하다가 겨우 안정을 찾았다. 이마에는 식은땀이 흘러 세안하고도 물을 닦지 않은 사람처럼 젖어 있었다. 무릎베개를 해드리고 있던 옥분이가 자신의 눈물을 그 땀 위에 보태며 닦아드렸다.

그러자 이제껏 힘이 빠져 있던 명성황후가 비록 목소리는 작지만 또렷하게 힘이 들어간 목소리로 말했다.

"나라를 걱정하고 사랑하는 마음 때문에 병이 걸리는 한이 있더라도 나라를 구했으면 얼마나 좋겠나?

나라를 위하는 것이 무엇인지 진작 깨달았다면 이런 병도 안 걸렸을 것이네. 자기 자신의 사욕을 버리고 백성을 위하는 것이 바로 나라를 위하는 것임을 진작 알았더라면 이런 병은 걸리지 않았을 거라는 말이네.

그것을 뒤늦게나마 깨닫게 해줘서 죽어도 여한을 남기지 않게 해준 모든 분들에게 정말 고맙네."

말을 마친 명성황후가 주위를 한 번 돌아보더니 한 곳에서 시선을 멈췄다. 모두들 그 쪽을 바라보았다. 어느새 은만이가 들어와서 서 있었다. 명성황후가 어렵게 손을 내밀었다.

은만이가 손을 마주잡자 힘들게 말을 이었다.

"내가 처음 올 때만 해도 어린 소년이었는데 아주 훌륭한 청년이 되었구나.

너희들이 바로 이 나라의 미래다. 너희들이 없으면 조선은 다시 돌아오지 않는다. 그런 너희들에게 유구한 역사를 자랑하는 자부심을 갖게 하는 투자를 하기는커녕 당장의 이익을 쫓아 서로가 자기 편한 대로 역사를 이용하려고 찢어 맞추고 단절시키다 보니 조선이 이 꼴을 맞았겠지. 미안하구나. 하지만 나는 죽어도 네 이모할머니란다."

"이모할머니, 그런 말씀 마세요. 이모할머니는 절대 지금 돌아가시지 않아요. 아니 돌아가시고 싶어도 돌아가실 수 없을 겁니다. 그렇게 사랑하시는 조국과 황제폐하, 그리고 이 백성들을 남겨놓고 어떻게 돌아가신다는 말씀입니까?"

은만이의 말을 듣자 모두 놀랐다. 하지만 단지 놀랐을 뿐이다. 지금 그 말에 신경 쓸 겨를이 있는 사람은 하나도 없다.

"맞습니다. 이모님. 용기를 잃지 마십시오. 마침 블라디보스토크에 제 절친한 친구가 의사로 있으니 제가 가서 데리고 오겠습니다. 절대로 이모님은 돌아가시지 않을 것입니다."

사바틴이 은만이의 말을 받아 한 마디 하자, 명성황후는 쉬고 싶으니 옥분이만 남겨두고 모두 나가 달라고 했다.

밖으로 나오자 아내는 미음이라도 준비를 한다고 부엌으로 들어갔다.

"아마 이모님께서 어제 받으신 요동 묵가와 고종황제의 전갈 때문에 더 심한 반응을 일시적으로 보이신 것 같습니다.

지금 저는 블라디보스토크로 가겠습니다.

아무래도 이모님이 당장 돌아가시지는 않을 것 같은데 이대로 손을 놓고 있을 수는 없는 일 아닙니까? 언뜻 반위가 아닌가도 생각을 해보았습니다만, 반대로 반위라면 아무리 정신력이 강해도 벌써 돌아가셨을 것이라는 생각도 듭니다. 그러니 제 친구를 데려다가 확실한 병명도 알고 치료가 가능하다면 해야지요. 아니, 하루라도 더 사실 수 있다면 해야지요."

"하지만 의사가 여기까지 오겠습니까?"

"제가 부탁하면 올 겁니다. 물론 대가는 치러야 하겠지만 그것은 제가 알아서 하겠습니다."

"아닙니다. 그런 말씀 마십시오. 이모님께서 상당히 큰돈을 제게 맡겨 놓았습니다. 얼마든지 치료하실 돈은 됩니다. 그러니까 그것은 걱정 마시고 추진하세요."

"그렇다면 더 잘된 일입니다. 그 친구 일정이 어떻게 되는지 몰라 언제 온다고는 말 못하지만 최대한 빨리 데리고 오겠습니다. 막말로 오늘이라도 되짚어서 올 수 있으면 밤이 되어도 와야겠지요.

더더욱 오카모도 그 놈이 추적의 끈을 조여 오는 상황이다 보니 한 시가 급하지 않습니까? 최대한 서둘러야지요."

사바틴은 그 말을 남기고 아침도 먹지 않은 채 걸음을 재촉해 해삼위를 향해갔다.

사바틴이 떠나고 나자 준서 곁으로 은만이가 다가왔다.

"사실 십사 년 전 이모할머니께서 처음에 오셨을 때 제가 일부러 모르는 척 했지만, 고모와 관계된 분이지 이모할머니가 아니라는 것을 짐작했어요. 하지만 아버지 걱정하실까 봐 티만 내지 않았던 겁니다. 그런데 언젠가부터 이모할머니 얼굴에서 보통 분이 아니라는 것을 느끼게 되었고 차츰 아주 존귀한 분이라는 생각이 들더라고요. 결국 국모시라는 것을 알게 되었지요."

준서는 은만이가 대견했다.

"은만이 장가가야겠다."

"예? 장가보내 달라고 그 말씀 드린 것 아닌데."

"은만이 네가 다 컸다는 이야기다."

부자는 마주보면서 빙긋이 웃었다.

그러나 이준서의 마음은 무거웠다. 당장 황후마마의 일도 그렇지만 지금 자신의 앞에 서 있는 외아들에게 자신이 너무 무심했었다. 나이 서른이 다 되어 가는데 아직 장가도 보내지 않았다. 물론 이 근방에 마땅한 고려인 처녀가 없다는 것이 핑계가 될 수도 있다. 하지만 황후마마를 모시는 일에 전력을 다하다 보니 정작 자식에게는 무관심했었다는 미안한 마음을 지울 수 없었다.

그 날 밤.

아직 가을이 깊지도 않은데 가을비가 제법 내리면서 낙엽이 떨어질 정도로 심한 바람이 불었다.

준서의 집 삽살개는 물론 띄엄띄엄 있는 집집마다 개들이 일제히 짖어댔다.

그리고 부는 바람을 못 이겨서인지 아니면 누군가에 의해서인지 준서의 집 사립문 젖히는 소리가 들렸다.

누가 그녀를
시해 당했다고 했나요?

"자신을 이호준이라고 밝히신 그 분에게서 들은 이야기는 여기가 끝입니다."

"그럼 마지막에 명성황후께서 어떻게 된 것인지는 모르는 것 아닌가?"

"그렇지요. 일기에 의하면 그 끝은 알 수 없습니다. 하지만 굳이 추리를 하자면 네 가지 중 하나라고 짐작은 할 수 있겠지요. 하나는 오카모도 류노스케에게 죽임을 당하신 겁니다. 물론 그 왜놈들은 잔인한 놈들이다 보니 이준서까지 죽여서 일기도 끝을 맺지 못하게 한 것일 수도 있겠지요.

또 하나는 병세가 깊어 자연사하셨다는 것도 배제할 수는 없겠지요. 하지만 이준서는 자신의 가슴속에 영원히 살아계신 황후마마의 죽음은 쓰고 싶지 않았던 것입니다.

다음으로는 반위가 아니라 치료하면 낳을 수 있는 병이라는 것이 밝혀져서 의사에게 치료를 받기 위해서 해삼위로 가셨거나, 아니면 오카모도의 추적도 피하실 겸 더 먼 곳으로 가시는 바람에 일기의 끝을 맺을 수 없었을 수도 있습니다.

마지막으로 가장 행복하게 상상해 보고 싶은 것은 정말로 고종황제께서 평민으로 위장하고 그곳까지 찾아가시자 내가 언제 아팠냐는 듯이 툭툭 털고 일어나 함께 환국하신다는 이야기죠.

저는 그 네 가지 중에서 어느 것으로 결론을 지을까 고민하고 있던 겁니다. 하지만 두 분과 대화하는 중에 저도 모르게 결정이 됐습니다.

제가 결론을 내지 않으렵니다.

만일 여기서 제가 제 마음대로 결론을 내린다면 결국 명성황후께서 을미난동이 있던 그 날 시해 당했다고 결론을 내리는 그들과 무엇이 다르겠습니까? 저도 제 마음대로 명성황후의 생사를 결정짓는 오류를 범하는 것이지요."

나는 그들과의 대화 중에 내린 결론을 이야기해 주었다. 그들과 대화를 하면서 내가 이 일기의 결론을 내리는 것이 얼마나 어리석은 일인가를 새삼 깨달았다. 내가 결론을 내리지 않겠다고 결심하자 한편으로는 무언가 섭섭한 것 같았지만 너무나도 마음이 홀가분해지면서 아주 잘 했다는 생각이 들었다.

나는 담배를 한 대 피워 물며 말을 이었다.

"다만 두 분께 말씀드리고자 하는 것은 제가 듣고 정리한 일기와 러시아 측에서 공개한 외교문서, 그리고 그동안 제가 수집해서 정리한 자료들을 비교하면서 추론해 나가면 아주 재미있는 것들이 많습니다.

우선 일기는 차치하고 역사라는 사실을 적어놓은 자료들과 러시아 외교문서에 나온 것들을 묶어서 비교 분석한 것부터 말씀드리지요. 아무래도 아직 일기는 신뢰하지 못하실 테니까요.

첫째, 제가 모은 자료에 의하면 소위 시해 현장을 목격했다는 사람들의 증언이 전부 다르다는 겁니다.

≪노스 차이나 헤럴드≫지는 '궁녀와 함께 뛰어나가는 왕비를 뜰 아래서 찔렀다.'고 보도했어요.

그 날 거사(擧事)에 참여했다고 한 고바야카와는 '방 안에 흰 속옷을 입었으나 무릎 아래가 드러난 스물대여섯밖에 되어 보이지 않는 왕비의 시신이 있었다.'고 훗날 기록했어요. 이 기록에 의하면 명성황후의 시신은 방 안에 있었어요. 이 기록에서 한 가지 더 이상한 것은 당시 황후의 나이가 마흔이 넘었는데 스물대여섯이 말이 되나요?

그리고 영국기자 메킨지가 쓴 「대한제국의 비극」에 의하면 오카모도 류노스케가 '방 구석에 몸을 숨기고 있는 여인의 머리채를 잡아 젖히고 왕비냐고 물으니 아니라고 하면서 복도로 뛰어 나가기에 칼로 베고 왕세자가 어마마마라고 부르기에 다른 궁녀들을 데려다가 왕비임을 확인시키고 그녀들도 죽였다.'고 되어 있어요. 여기에서는 왕비가 죽은 곳은 복도입니다.[1]

이렇게 명성황후께서 시해 당했다는 장소마저도 다른 것을 우리는

---

1) 유홍종, 『명성황후』(다큐멘터리 소설, 해누리, 1999) 참조. 이 책은 여기뿐만 아니라 다른 부분도 참조했음을 밝혀 둔다.

아무 생각 없이 그냥 받아들인 겁니다.

둘째, 공개된 러시아 문서에 보면 '이학균이 왕비는 어디에 있냐고 묻자 고종이 안전한 곳에 있다. 유혈사태에 대비해 이미 발포령을 내렸다고 했다. 고종은 이미 새벽 4시 반 전후로 궁궐이 소란함을 알고 있었으며 민 왕후는 위험한 침전인 옥호루를 떠나 어떤 피신처에 은신한 것으로 보인다.'고 되어 있어요.[2]

그런데 명성황후께서 시해된 장소를 모두들 옥호루라고 해요. 말이 되지를 않잖아요. 물론 옥호루가 건청궁 안에 있던 방이니까 설령 옥호루가 아닌 건청궁 안의 다른 방에서 황후가 시해된 것을 상징적으로 옥호루에서 시해 당했다고 한 것이라도 마찬가지입니다.

임오군란 때 명성황후께서 죽을 위기를 맞아 궁궐을 떠나 신흥마을로 도망쳐서 숨어사는 사태를 겪은 고종입니다. 미리 발포령을 내려둘 정도의 상황에서 그녀가 안전한 곳에 있다고 했어요. 그런데 옥호루가 아닌 건청궁의 다른 방에 숨겨 놓고 그런 소리를 했을까요? 러시아 문서에 나타난 옥호루가 아닌 어떤 은신처가 건청궁 내의 다른 방을 의미하는 것일까요?

나아가서 고종이 말하는 안전한 곳이 궁궐 내 어디에 숨겨 놓고 그런 말을 했을까요? 이미 명성황후께서는 궁궐을 떠난 것을 의미하는 것은 아닐까요?

---

[2] 《신동아》 2002년 1월호. 박종효(전 모스크바대) 교수에 의해 명성황후 시해 관련 러시아 외교문서가 소개된 인터넷 기사 참조.

그리고 이 부분에서 한 가지 더 짚어볼 것이 있어요? 고종은 왜 명성황후의 국장을 2년씩이나 미루었을까요? 물론 중간에 아관파천 같은 사건이 있기는 했지만 그게 전부일까요? 이미 자신이 안전하게 피했다고 한 말에 대한 대답은 아닐까요? 죽지도 않은 사랑하는 아내의 장례를 지내기 싫었던 것은 아닐까요?

마지막으로 이건 정말 중요한 겁니다. 이것은 제가 수집한 역사적인 자료들과 공개된 러시아 외교문서[3]를 함께 분석한 것입니다.

왜놈들 빼놓고 명성황후의 시신을 봤다고 증언한 사람이 없잖아요? 물론 궁녀나 왕비의 얼굴에 손수건을 덮었다는 상궁이라고도 하고 황후의 여 시의라고 하는 여인, 조선군 장교 현흥택 등이 있기는 해요. 그리고 불태우는 것을 목격한 환관이 있죠. 하지만 불태우는 장면을 목격했다는 환관은 여인의 옷을 봤다는 것이니 무시해도 됩니다. 문제는 시신을 봤다는 사람들이 정말 그녀의 시신을 본 것이냐는 거죠.

여러 기록을 보면 그 당시에는 자신들도 정신을 못 차리고 우왕좌왕하는 상황이었습니다. 러시아 외교문서에 보시면 외국인인 사바틴도 그렇게 정신이 없는데 당사자인 조선 사람들은 더 정신이 없었을 것 아닌가요? 그 바람에 말들이 모두 제각기 다른 겁니다.

우선 명성황후 시신의 얼굴에 수건을 덮었다는 여인은 황후와 궁녀들이 잠자리에서 뛰쳐나와 뜰 아래로 내려가서 살해된 후 얼굴에

---

3) 각주 2) 참조.

수건을 덮었다고 했어요. 현흥택은 자신을 결박하고 왕비의 거처를 묻던 낭인들이 국왕의 처소에서 '와' 하는 소리가 나자 자신을 놓고 그리로 몰려가는데 그때 황후의 시신을 보았다고 했습니다.

그렇다면 우리가 이제껏 사실로 믿었던, 그 당시 명성황후 시해에 참여한 낭인 이시즈카 에조가 썼다는 「에조 보고서」는 어찌 되는 겁니까?

그 보고서에는 '낭인들이 왕비를 끌어내어 두세 군데 칼로 상처를 입히고 발가벗긴 후 국부검사를 하고(웃기고 노할 일이다) 마지막으로 기름을 부어 소실시켰다.'고 되어 있습니다.

그런데 현흥택이 보았다는 황후의 시신은 낭인들이 자신을 놓아두고 국왕의 처소로 우르르 몰려갈 때 보았다고 했고, 시신에 수건을 덮었다는 여인은 황후가 숨을 거둬서 수건까지 덮었어요. 국부 검사를 하고 기름으로 소실한 그녀의 시체를 현흥택은 어떻게 보았으며, 여인은 어떻게 수건을 덮었습니까?

당장 여인이 보았다는 시신과 현흥택이 보았다는 시신도 서로 다르잖아요?

도대체가 전혀 맞지를 않습니다.

이런 것을 종합해 볼 때 명성황후의 시신을 정확하게 본 사람은 한 사람도 없다는 겁니다.

그러면서도 왜 명성황후께서 그 날 시해 당했다는 것이 정설로 굳었을까요?

제가 작가적인 관점에서 보는 그 날의 목격자들은 자신만이 상상하는 황후의 시신을 본 겁니다. 왜놈들은 그 놈들대로 자신들만의 황후 시신을 불태운 것이고요.

러시아에서 공개한 외교문서에 사바틴이 말했듯이 당시 피해자들은 제 목숨 부지하기도 힘든 상황이었습니다. 그 상황에서 무엇 하나라도 제대로 볼 수 있었겠습니까? 제대로 보지 못하는 상황이었을 겁니다.

하지만 아시다시피 인간의 기억이라는 것은 참으로 주관적이라 자신이 제대로 인지하지 못해도 그것을 스스로 보완해서 전혀 다른 기억으로 만들기도 합니다. 그 날 목격했다는 이들도 자신만의 명성황후를 기억해 놓고는 누군가 물으니 그 기억을 대답했을 가능성이 많다는 거지요. 물론 그들이 어느 정도 정신적인 안정을 찾은 후에 그런 질문을 받았다면 이야기는 달라질 수 있었겠지요.

하지만 그 날 오전에 그들이 정신적인 안정도 찾을 시간도 주지 않은 채 서둘러서 진상 조사에 들어갔습니다.

왜놈들은 조선의 자존심을 짓밟고 겁을 주는 것이 목적이었으니 목적 달성을 위해서 자신들이 명성황후를 시해하지 못하고 실패했다는 것은 자인하지 않았습니다. 다만 자신들이 벌인 일이 아니라고 발뺌을 하려고 했지요. 그러면서도 은근히 명성황후께서 확실하게 시해 당했다고 소문을 퍼트렸지요. 일부러 황후의 시신이라고 하면서 궁궐 내에서 불에 태운 것이 결국 그런 목적 아니겠습니까?

그렇다면 왜놈들은 그렇다 치고 나머지 사람들은 왜 명성황후께서 시해 당한 쪽으로 몰고 갔을까요?

목격자라는 사람들이 정신적인 안정을 찾을 시간도 주지 않은 채,

왜놈들이 꾸민 이 난동이 성공을 거둬 그 자리에서 명성황후께서 시해 당한 쪽으로 몰고 가는데, 가장 앞장 선 사람은 누구입니까?

바로 러시아 공사 베베르입니다.

러시아가 공개한 외교문서에 의하면[4] 그는 가장 정의롭고 발 빠르게 명성황후 시해의 주체를 밝히기 위해서 일한 것처럼 보이지요. 하지만 그의 발 빠른 행동은 어떻게든 일본을 궁지에 빠트리고 자기네가 조선에서의 기득권을 얻기 위해서 꾸민 연극이었습니다. 조선의 국모를 시해한 것이 일본이라는 논리를 만들어 반일 감정을 부추기는 것은 물론 러시아가 그 자리에 비집고 들어오기 위한 수단이었죠. 자기가 자기 손으로 만들어서 보고한 문서에서 사바틴은 분명히 5시 50분까지 왜놈들은 명성황후를 찾지 못했다고 적고 있습니다. 하지만 베베르는 아무도 시신을 보지도 못했건만 조선의 국모가 시해 당한 것으로 자국에 보고를 합니다.

그에게 조선의 국모가 시해 당하고 않고는 중요한 일이 아닙니다. 그는 자신이 이 기회에 조선을 위해 일하고 있다는 것을 고종에게 보여줌으로써 조선에 와 있는 외국공사 중에서 가장 신임 받는 공사가 되는 것이 더 중요한 급선무였습니다.

거기다가 내친김에 한 가지를 더 욕심냅니다. 어차피 일본이 일을 낸 것은 그 자리에 있던 모든 사람들이 증인입니다. 일을 벌인 주체는 드러난 사실이니 국모가 시해된 것으로 해야 백성들의 분노를 자아

---

4) 각주 2) 참조.

내 일본을 쉽게 몰아낸다는 것이죠. 그래야 자신이 목표한 것을 쉽게 얻을 수 있다는 계산을 한 겁니다.

그는 알렌처럼 고종이 믿는 사람들과 일본을 제외한 조선 주재 외국공사들과 연합해서 왜놈들을 추궁한 결과 명성황후께서 그 날 사건에서 시해 당한 것으로 결론을 내게 합니다. 그 사건에 연루된 47명의 왜놈 낭인들이 기소되는 데 중요한 역할을 한 겁니다. 모든 일은 일본이 저지르고 거기다가 명성황후가 시해 당한 것으로 일을 마무리 지은 겁니다.

하지만 힘없는 조선으로서는 사실을 밝힐 수 없었습니다. 당시 조선으로서는 일본의 야욕을 막아내는데 러시아 이상으로 의지할 곳이 없었습니다. 그가 하는 대로 두고 보는 수밖에 없던 겁니다. 또 그 길만이 명성황후를 살리는 길이었고요.

베베르는 그렇게 노력한 결과 아관파천을 이끌어냅니다.

아관파천을 이끌어낸 러시아는 1894년 대원군을 앞세운 일본의 경복궁 점령사건으로 인해서 온통 친일파로 도배를 해 버린 조선의 정부를 친러 일색으로 바꿉니다. 그리고 그 정권을 기반으로 본격적인 조선 강탈에 들어갑니다.

러시아 군함에 있던 수군 120명을 무장시켜 서울에 주둔시킵니다. 그리고 1896년 5월 14일 베베르-고무라 각서를 체결하여 친러 정권을 인정받고 일본이 을미난동의 책임을 시인하게 하였습니다.

뿐만이 아닙니다. 일본은 러시아 니콜라이 2세 대관식에 야마가타 아리토모를 파견하여 1896년 5월 28일에서 6월 29일에 걸쳐 비밀

협정을 맺게 합니다. 이 협정에서 일본은 39도 선을 경계로 조선을 분할 통치하자는 제안을 합니다. 하지만 조선의 왕을 손아귀에 넣은 러시아는 이 안을 수용하지 않고 공동 점거할 것만을 협의하자고 합니다.[5]

그뿐만이 아닙니다. 러시아는 경원·종성 광산채굴권, 인천 월미도 저탄소 설치권, 압록강 유역과 울릉도 살림 채굴권 등의 경제적 이권을 탈취합니다.

러시아는 아관파천으로 인해서 조선 땅에서 군사, 정치, 경제의 이득을 한꺼번에 손에 쥐는 셈이 되는 겁니다.[6]

엄밀히 말하면 을미년 난동의 최대 수혜국은 러시아입니다.

죽지도 않은 남의 나라 국모가 일본에 의해 시해 당했다고 부추겨서 자기네 이익 챙기기에 급급했던 겁니다.

재주는 왜놈들이 부리고 돈은 러시아 붉은 곰들이 챙긴 거죠.

세상 천지에 내 나라를 위해 대가도 없이 일할 남의 나라가 있겠습니까? 그건 오늘이나 그때나 마찬가지 아닙니까?

어쨌든 일본은 을미난동에서 참담한 결과를 자초했습니다. 이미 목격자들에 의해서 명성황후께서 시해 당하고 안 하고는 차지하고 일본이 일으킨 난이라는 것은 확인되었습니다. 하지만 조선의 모든 것을 차지하기 위해서 일으킨 난 때문에 얻는 것보다는 잃는 것이 많

---

5) 러시아가 훗날 러일전쟁에서 질 것은 예상하지 못하고 조선을 독식하려고 한 의도.
6) 디지털 한국민족문화대백과사전(동방미디어) 참조.

게 된 겁니다. 그것이 일본으로서는 끝까지 자기네가 명성황후를 시해한 것을 고집하게 되는 이유가 되기도 합니다.

만일 일본이 을미난동은 사건대로 실패하고 조선에서의 이권은 잃을 대로 잃었다는 것이 사실대로 밝혀져 보십시오. 그 사건 당시 총리였던 이토 히로부미는 물론 외무대신 무스 무네미스까지 영원히 일본 정계에서 사라졌을 겁니다. 기왕 그리될 바에야 처음에 시해를 시도한 목적의 전부는 못 얻더라도 반이라도 건지자는 겁니다.

조선을 겁줌으로써 일본이 조선 전체를 좌지우지하는 것은 못하더라도 조선의 자존심만은 최대한 짓뭉개자는 거죠.

그래서 점점 자신들이 조선의 국모를 시해했다는 것을 공공연히 저술이라는 명목으로 드러내는가 하면 우리나라 광복 후 최근까지 자신들의 저술에[7] 들먹이고 있는 것입니다.

자신들이 실패한 난을 성공한 정사로 만들어 두고두고 우리 민족을 욕보이자는 것이지요.

그렇게 함으로써 우리 민족의 자존심을 왜놈들이 영원히 짓뭉개는 것은 물론 무언가 또 다른 꿍꿍이를 펴려는 걸 겁니다."

"물론 지금껏 제가 드린 말씀은 실제 밝혀진 역사적 근거를 토대로 드린 말씀이지만 그것 역시 제 추론이 아니냐고 할 수 있습니다. 하지만 그것이 결코 추론이 아니라는 것을 밝힐 수 있는 정말 중요한 자료

---

7) 야마베 겐타로, 「민비사건에 대하여」(논문), 《코리아평론》, 1964년 10월호; 쓰노다 후사코, 김은숙 옮김, 『민비 암살』, 조선일보사, 1988 등에 민비를 시해하고 능욕했다는 설이 등장한다.

입니다."

나는 『조선왕조실록』 인터넷 홈페이지에서 찾은 기록들을 펼쳐보였다.

"정말 시신을 본 사람이 없다는 사실을 가장 확실하게 밝혀주는 것은 역시 왕조실록입니다.

왜놈들이 난을 일으켰던 날의 기록입니다.

묘시에 왕후가 곤녕합에서 붕서하다.

묘시(卯時)에 왕후(王后)가 곤녕합(坤寧閤)에서 붕서(崩逝)하였다. ≪이보다 앞서 훈련대(訓鍊隊) 병졸(兵卒)과 순검(巡檢)이 서로 충돌하여 양편에 다 사상자가 있었다. 19일 군부대신(軍部大臣) 안경수(安駉壽)가 훈련대를 해산하자는 의사를 밀지(密旨)로 일본 공사 미우라 고로[三浦梧樓]에게 가서 알렸으며, 훈련대 2대대장 우범선(禹範善)도 같은 날 일본 공사를 가서 만나보고 알렸다. 이날 날이 샐 무렵에 전(前) 협판(協辦) 이주회(李周會)가 일본 사람 오카모토 류노스케[岡本柳之助]와 함께 공덕리(孔德里)에 가서 대원군(大院君)을 호위해 가지고 대궐로 들어오는데 훈련대 병사들이 대궐문으로 마구 달려들고 일본 병사도 따라 들어와 갑자기 변이 터졌다. 시위대 연대장(侍衛隊聯隊長) 홍계훈(洪啓薰)은 광화문(光化門) 밖에서 살해당하고 궁내대신(宮內大臣) 이경직(李耕植)은 전각(殿閣) 뜰에서 해를 당했다. 난동은 점점 더 심상치 않게 되어 드디어 왕후가 거처하던 곳을 잃게 되었는데, 이날 이때 피살된 사실

을 후에야 비로소 알았기 때문에 즉시 반포하지 못하였다.≫ [8]

'묘시에 왕후가 곤녕합에서 붕서하였다.'고 기술하면서 훈련대와 왜놈들의 난동과 왕후의 시해에 관해 '그날 난동은 점점 더 심상치 않게 되어 드디어 왕후가 거처하던 곳을 잃게 되었는데, 이날 이때 피살된 사실을 후에야 비로소 알았기 때문에 즉시 반포하지 못하였다.' 고 괄호를 사용해서 추가로 기술합니다.

초두에 왕후께서 곤녕합에서 붕서했다고 기록된 것이 훗날 추가로 기술된 것임을 밝힌 것이죠.

이것이 무엇을 의미하겠습니까?

그날 시신을 본 사람이 없어서 왕후께서 시해 당한 사실도 모르고 있다가 왜놈들이 시해한 것으로 결론이 나자 추기한 것입니다. 뒤에서 다시 한 번 말씀드리겠지만 이보다 이틀 후에 적힌 실록에는 왕후가 죽은 것이 아니라 임오년 마냥 도망친 것으로 되어 있습니다.

시해 당하지도 않은 왕후를 시해한 것으로 만들자니 그저 갈팡질팡할 뿐이었습니다. 그것도 한 번 기록하면 건드릴 수 없다는 실록에서조차 횡설수설하고 있는 겁니다."

"왕후가 시해 당하지 않은 증거가 될 만한 실록의 기록은 또 있습니다. 이미 말씀드린 것처럼 난동이 있은 지 이틀 후의 왕조실록입니다.

<hr />

8) 『조선왕조실록』 고종 32년(1895) 8월 20일 1번째 기사

왕후 민씨를 서인으로 강등시키다

조령을 내리기를,

"짐(朕)이 보위(寶位)에 오른 지 32년에 정사와 교화가 널리 퍼지지 못하고 있는 중에 왕후(王后) 민씨(閔氏)가 자기의 가까운 무리들을 끌어들여 짐의 주위에 배치하고 짐의 총명을 가리며 백성을 착취하고 짐의 정령(政令)을 어지럽히며 벼슬을 팔아 탐욕과 포악이 지방에 퍼지니 도적이 사방에서 일어나서 종묘사직(宗廟社稷)이 아슬아슬하게 위태로워졌다.

짐이 그 죄악이 극대하다는 것을 알면서도 처벌하지 못한 것은 짐이 밝지 못하기 때문이기는 하나 역시 그 패거리를 꺼려하기 때문이기도 하였다. 짐이 이것을 억누르기 위하여 지난해 12월에 종묘(宗廟)에 맹세하기를, '후빈(后嬪)과 종척(宗戚)이 나라 정사에 간섭함을 허락하지 않는다.'고 하여 민씨가 뉘우치기를 바랐다. 그러나 민씨는 오래된 악을 고치지 않고 그 패거리와 보잘것없는 무리를 몰래 끌어들여 짐의 동정을 살피고 국무대신(國務大臣)을 만나는 것을 방해하며 또한 짐의 나라의 군사를 해산한다고 짐의 명령을 위조하여 변란을 격발시켰다. 사변이 터지자 짐을 떠나고 그 몸을 피하여 임오년(1882)의 지나간 일을 답습하였으며 찾아도 나타나지 않았다. 이것은 왕후의 작위와 덕에 타당하지 않을 뿐만 아니라 그 죄악이 가득차 선왕(先王)들의 종묘를 받들수 없는 것이다. 짐이 할 수 없이 짐의 가문의 고사(故事)를 삼가 본받아 왕후 민씨를 폐하여 서인(庶人)으로 삼는다."

하였다. ≪이때 탁지부 대신(度支部大臣) 심상훈(沈相薰)이 벼슬을 버리고 시골로 내려갔으며 내부 대신(內部大臣) 박정양(朴定陽)은 회의에 참

가하지 않았다.》[9]

대원군을 비롯한 주변의 압력에 의해 고종은 왕후를 난동 이틀 후에 서인으로 강등시킵니다.

보시는 대로 서인으로 강등시키는 이유가 있습니다. 하지만 어떤 기사보다 두드러지게 눈에 띄는 것이 있습니다.

'사변이 터지자 짐을 떠나고 그 몸을 피하여 임오년(1882)의 지나간 일을 답습하였으며 찾아도 나타나지 않았다.'는 구절입니다. 모든 사람들이 이미 알고 있는 일이지만 임오군란이 나고 명성황후께서 충주로 피신해 계실 때 고종은 수차 밀사를 보내 소식을 전하시는 것은 물론 아버지 대원군을 청나라로 강제 납치당하게 하면서까지 명성황후를 환궁하게 하신 분입니다. 아울러 임오년의 난 때 대원군은 명성황후께서 창덕궁에 난입한 군사들에게 죽음을 당했다고 국상을 발표하고 의대장례[10]를 치르라고 합니다. 하지만 명성황후는 그 때 분명히 죽기 않고 훗날 다시 환궁을 함으로써 국상이 거짓이었음을 증명합니다. 그런데 임오년의 일을 답습했다고 했습니다.

게다가 실록의 이 기록은 이미 일본과 러시아는 자국에 왕후께서 시해 당한 것으로 보고를 한 날의 기록이라는 겁니다. 일본이나 러시아는 모두 시해 당했다고 보고를 했는데 『조선왕조실록』에는 왕후가 몸을 피했다고 했습니다. 이상하지 않습니까?

---

9) 『조선왕조실록』 고종 32년(1895) 8월 22일 1번째 기사
10) 시신을 찾지 못해 왕후의 옷을 대신 관에 넣어 치르게 하는 장례

이 역시 황후께서 돌아가시지 않았다는 것을 암시하고 싶은 황제의 마음은 아니었을까요? 만일 왕후께서 정말 시해 당했다면 시해 당했다고 붕서 사실을 밝히면 될 일인데 왜 굳이 임오년을 들먹이며 찾아도 나타나지 않는다고 했겠습니까?"

"마지막으로 하나만 더 보겠습니다.

곤의의 간택 절차를 거행하도록 명하다.
조령을 내리기를,
"곤의(坤儀)[11]가 하루도 없어서는 안 되니 간택하는 절차를 거행하라."
하였다.[12]

왕후의 자리가 하루라도 비어서는 안 된다고 했으면서도 고종황제는 죽을 때까지 명성황후를 왕후 자리에 남겨 두었지 새로운 왕후를 간택하지 않았습니다. 하루라도 비어서는 안 되는 자리라는 것은 알지만 죽지도 않은 왕후를 다른 사람으로 간택하기 싫었던 겁니다."

나는 잠시 말을 끊었다. 내 스스로 검토한 자료들에 대한 이야기를 들은 두 분에게 판단하는 시간을 주고 싶었다.

---

11) 왕후(王后)의 덕(德)
12) 『조선왕조실록』 고종 32년(1895) 8월 26일 1번째 기사

"이제부터는 일기가 사실이라고 믿을 때 러시아 외교문서와 제가 모은 자료들이 맞아떨어진다는 결론이 가능한 것이지만 몇 가지 추론을 덧 부칠 수 있습니다.

사바틴은 자신이 사전에 중국인으로부터 정보를 제공받은 것을 인정하고 있어요. 이 부분도 일기에서 말하는 요동 묵가의 이야기와 너무 일치하는 것이 많습니다. 그러나 조선 군대의 소요로 알았다고 했어요. 자신이 말 못한 사연이 있는 것을, 그 날이 훈련대가 해산되는 날이니까 조선 군대의 소요로 알았다고 둘러댄 것은 아닐까요?

그 다음에 그는 자신이 5시 50분까지 있었는데 그때까지도 일본군이 왕비를 찾아내지 못 했다고 쓰고 있어요. 은연중에 사바틴은 왕비가 시해 당하지 않았음을 말하고 싶었던 것 아닐까요? 하지만 말 못할 사연이 있어서 돌려서 표현한 것이고요.

실제로 러일전쟁이 나자 사바틴은 조선을 떠납니다. 그런데 하필이면 블라디보스토크로 갑니다.[13] 그리고 공개된 러시아 문서 중에 1910년 6월 고종이 블라디보스토크 망명신청[14]을 한 것이 있습니다. 고종은 왜 블라디보스토크로 망명신청을 했을까요?

이 일기에 의하면 명성황후께서 머물던 곳이 해삼위에서 겨우 한나절 걸음이 채 안 되는 곳이었습니다.

그런데 사바틴도 그곳으로 왔고 고종황제도 그곳으로 망명신청을

---

13) 경남대학교 김태중 박사의 논문을 주로 인용했음을 밝힌 건국대학교 실내디자인 학과 동문 인터넷카페 참조.

14) 2010년 8월 18일 ≪연합뉴스≫ 인터넷에서 참조.

했다는 것을 그냥 우연으로만 넘길 수 있겠습니까?

작가적인 추론이라고 웃어넘길 수도 있는 이야기 하나만 더 할까요? 고종이 국상을 무려 2년이나 미룬 것은 물론 자리가 빈 황후간택을 끝내 하지 않습니다. 그냥 우연으로만 넘기기에는 무언가 아쉬운 점을 배제할 수는 없다는 것이 제 심정입니다. 혹시 명성황후께서 살아 있다는 것을 아는 고종의 양심 아닐까요? 사랑하는 아내에 대한 예의죠. 명성황후가 자신을 위해서라도 국상은 꼭 치르라고 하니까 마지못해서 치렀지만 국모의 자리에는 차마 다른 사람은 앉힐 수 없어서 그랬던 것은 아닐까요?

그리고 그냥 넘어가기에는 아쉬운 것이 또 있습니다.

바로 오카모도 류노스케입니다. 당시 난동에 참여한 중심인물들은 이토 히로부미의 배려 하에 무스 무네미스가 자리를 만들어서 탄탄대로를 달립니다. 그 당시에 보답을 받았던 아니면 훗날을 예약 받았던 모두 자기가 가고 싶은 길을 갔습니다. 미우라는 추밀원 고문으로 추대되었고 시바 시로는 중의원을 여러 번 지냈습니다. 구스노세는 육군대신까지 했습니다. 그 외에도 겐요사 양아치들 빼고 중심인물들은 다 하나씩 보답을 받았습니다. 하지만 정작 핵심인물이자 무스 무네미스의 친아들 이상으로 그에게서 떨어질 수 없는 사이인 오카모도는 1897년부터 줄곧 중국을 떠돌다가 결국 1912년에 객사하고 맙니다.[15]

---

15) 위키백과 '오카모도 류노스케' 참조.

이 사건에서 그저 잊고 넘어가기에는 아쉽고 희한한 일 아닙니까? 요동 묵가라는 그 사람이 보냈다는 서신과 너무 일치하는 것들이 많습니다.

물론 세세하게 더 파고들면 또 있지요.

첫 번째 이유를 말씀드릴 때, 고바야카와는 '스물대여섯밖에 되어 보이지 않는 왕비의 시신.'이라고 했지요.

일기에 의하면 홍 상궁이 명성황후보다 십여 세 아래라고 했으니 죽어서 조금 창백하진 것을 감안하면 충분히 가능한 일입니다.

또 있습니다.

'왕후침전에서 일본인 폭도들이 자행하는 만행을 자세히 보았다. 일본인 폭도들은 10~12명의 궁녀들을 왕후의 침전에서 2m가 넘는 창밖의 뜰에 내던졌다. 놀랍게도 궁녀들은 한 사람도 달아나거나 소리 지르거나 신음소리를 내지 않았다. 머리채를 잡혔을 때도 창밖으로 던져졌을 때도 시종일관 묵묵히 침묵을 지키며 무서운 고통을 참고 있었다. 궁녀들은 옥호루에 있었으며, 뜰에 내쳐진 궁녀들은 전원이 사망한 것으로 보였으나 확실히 알 수는 없었다. 이런 추측을 한 이유는 내가 조선 여성의 고매한 순절(殉節)정신을 잘 알고 있기 때문이다.'

공개된 러시아 외교 문서에 사바틴의 증언을 적은 글입니다.

이상하지 않습니까? 옥호루에서 창밖으로 던져진 궁녀들이 침묵으로 일관하고 전원 사망한 것 같다고 하면서 조선 여인의 순절정신을 이야기했습니다. 2m 창밖으로 던져져서 전원 숨을 거둔다는 것이 이상하지 않습니까? 사망했다고 추측한 이유가 조선 여인의 순절정신을 잘 알고 있기 때문이라고 했어요.

일기에서 오카모도 류노스케가 자신이 먼저 중전이라고 착각한 여인을 겁탈하면서 일행에게 궁녀들을 겁탈해도 좋다는 허락을 했고, 궁녀들은 혀를 깨물고 죽었다고 했습니다. 혀를 깨물고 죽어가는 궁녀들에게 개만도 못한 짓을 한 왜놈 양아치들이 죽은 궁녀들의 시신을 집어 던진 것을 그렇게 표현한 것 아닐까요? 신음소리 한 마디 내지 않았다고 하면서 죽었다고 한 것은 이미 죽은 시신이 내던져진 것을 그리 말한 것이라는 생각입니다. 일기의 그 장면과 너무 일치하지 않습니까?

거기에다가 이 일기가 사실이라고 생각하게 만든 극적인 이유입니다. 이 일기에는 사바틴이 우리나라에서 건축한 것에 대한 것은 물론 그의 행적에 대해서 너무나도 소상하게 적고 있다는 것입니다. 연해주에 사는 일흔이나 된 노인이 일부러 꾸며낸 이야기라면 사바틴에 대해서 그렇게 자세히 알 수 없을 것 같습니다. 그가 했던 건축이며 그가 러일전쟁이 나자 우리나라를 떠나 러시아로 간 곳이 해삼위, 즉 블라디보스토크라는 것까지 알 수는 없다는 생각입니다.”

“작가님 말씀 들으니까 정말 명성황후께서 그 날 왜놈들에게 시해당하지 않았다는 것이 확실합니다. 전 확실히 믿습니다.”

“나 역시 확실한 믿음이 가는군. 그렇게 방대한 역사자료를 검토하여 유추해낸 추론이 확실히 맞는 것 같네. 우리 조부장이 어제 전화해서 「에조 보고서」 얘기했다가 핀잔만 당했다고 하더니 핀잔 줄 만한 일을 했구먼. 정말 훌륭한 일을 해냈네.

하지만 명성황후께서 시해 당하지 않으셨다는 것을 우리는 믿는다고 할지언정 밝힐 근거가 없지를 않은가?"

"근거요? 있지요. 이호준 노인이 전해주신, 연해주에서 작성된 일기에 나오는 얘기지만 황후께서 고종황제의 친필 서한을 한 부 가지고 나가셨습니다. 저는 그것이 확실히 러시아로 전달이 되었다고 믿습니다. 그래서 베베르가 유임을 한 겁니다. 실제 베베르는 유임했었거든요. 러시아 외교문서 중에서 그 친필 서한만 찾아내면 됩니다. 물론 그것은 러시아 협조가 있을 때 가능한 이야기지요.

하지만 그보다 더 쉽게 증명하는 방법도 있습니다.

명성황후의 국장을 시신도 없는 상태에서 어떻게 치렀습니까? 시신이 불에 타고 없어졌다고 해서 난감한 상태였습니다. 그때 늙은 환관 한 사람이 일본 낭인들이 불로 소실시킨 자리에서 몰래 타다 남은 뼛조각을 수습해서 가슴에 품고 도망을 쳤는데 국상을 발표하자 그 뼈를 가지고 와서 국장을 치렀다고 합니다.[16]

지금 명성황후의 능은 우리가 알고 있는 대로 경기도 남양주시 금곡동에 모셔져 있습니다. 고종황제와 합장을 했다는 홍릉입니다. 그리고 다행히도 그곳에는 순종황제가 모셔진 유릉이 함께 있습니다. 그래서 홍유릉이라 불리죠. 거기에서 명성황후의 뼈로 알려진 유골의 DNA와 함께 아드님이신 순종황제의 DNA를 채취해서 분석해서

---

16) 유홍종, 『명성황후』(다큐멘터리 소설), 해누리, 1999 참조.

일치하는가를 보면 금방 알 수 있습니다.

저는 의사는 아니지만 현대의학과 건축기술로는 굳이 능을 파헤치지 않고도 DNA를 채취하는 것이 어려운 일이 아니므로, 그 뼈가 진짜 명성황후인지 아닌지 여부는 금방 밝힐 수 있을 테니까요."

"그래? 그거야말로 정말 좋은 방법이 될 수 있겠네 그려? 하지만 그렇게 하려면 일단은 어떤 여론이 형성되는 것도 중요한 일 아닌가? 명성황후께서 시해 당하지 않으셨다는 국민적 공감대 형성이 있어야 하지 않을까 하네만?

어떤가? 그렇지 않아도 이곳에 오면서 조부장과 이미 얘기를 했네만 그런 글이라면 우리 신문에 연재를 하는 것이?

그렇게 연재를 하면서 국민적 공감대를 형성하는 여론을 만들면 작가가 고생해서 얻은 결론들을 증명할 수 있는 길이 빨리 열릴 수도 있는 것 아닌가 하네만?"

"아니오. 단행본으로 냅니다. 여론 형성도 중요하지만 단행본으로 발행해서 많은 분들이 한꺼번에 읽게 하고 싶습니다.

공연히 신문에 연재해서 궁금증만 키우는 그런 허구가 아니라 단행본으로 출간해서 진짜 사실이라는 것을 밝히고 싶습니다.

신문이 사건보도를 위한 기사는 연재하는 것을 못 봤습니다.

이 이야기 역시 사실입니다. 그렇다면 연재를 해서는 안 되는 거지요. 독자들이 한꺼번에 지식을 습득한 후 스스로 판단하게 할 겁니다.

내 주장이 사실이냐 아니냐는 훗날 반드시 밝혀질 겁니다. 물론 빠를수록 그만큼 좋은 일이기는 하지만, 인위적으로 공감대를 형성하기 위해 연재를 하는 그런 짓은 하지 않을 겁니다."

나는 명성황후께서 시해 당하지 않았다는 것이 허구가 아니라 역
사보다 정확한 사실임을 밝히고자 하는 내 강한 의지를 다시 한 번
밝혔다.

"제가 이 글의 작가라서 하는 말이 아닙니다. 이 글은 허구가 아닙
니다. 그러니 발표 역시, 비록 역사서로 내지는 못할지언정, 사실을
발표하는 형식을 갖출 겁니다. 아까 그 일기의 끝을 제가 결론 내리지
않는 대신 이 시를 마지막으로 덧붙여서 단행본으로 낼 겁니다."

「그녀는 죽지 않았습니다」

누가 그녀를 그 때 죽었다고 했나요?

조선의 마지막 자존심, 그녀를
누가 능욕 당하고 시해되었다고 했나요?

임오년 내 나라 군인들이 시해하려 할 때도
갑신년 왜놈들이 난입했을 때도
갑오년 경복궁에 감금되어서도
나라 걱정하는 마음에 폭도의 총칼이 지나쳐가고
조국 사랑하는 힘에 낭인의 총칼도 피해갔건만
아무런 검증도 없이 내뱉은 말들.

그녀는 능욕 당하고 시해 당했다.

눈보라 흩날리는 연해주 복판 한 겨울
눈물마저 얼어붙어 울 수도 없는 그곳.
손가락 시린 볼 어루만지며 그 말이 한이 되어 흐른 눈물은
토문강 강줄기를 얼려버리고.

백두산정계비를 저들끼리 나누려
토문을 두만이라 나불거린 떼놈.
이 나라 능욕하고도 성 차지 않아
총 칼 들고 목숨까지 위협했던 왜놈.
그 놈들을 징벌해야 할 그녀.

죽고 싶어도
사랑하는 조국과 황제와 백성들 생각나 눈 감을 수 없고
살아도 살았다고 말할 수 없던
그녀의 차가운 혼은
지금도 소리 없이 흐느끼건만
을미년 그 날, 그녀가 죽었다고 누가 말했나요?

그녀는 그 때 능욕 당하고 시해 당하지 않았습니다.
아니, 그녀는 영원히 죽지 못할 겁니다.
죽고 싶어도 죽지 못할 겁니다.

왜놈들이 그어놓은 38선 허물고

남북통일 되어 힘 기르는 그 날,

잃어버린 요동 땅 수복하고

지구에서 일본해와 죽도라는 말 사라지고

대마도 되찾아

그녀에게 주었던 떼놈과 왜놈의 치욕을 갚지 않는 한

그녀는 영원히 죽지 않을 것입니다.

그녀는 아직 죽지 않았습니다.

이 나라 백성들의 한이 풀릴 때까지

영원히 죽지 않을 것입니다.

명성황후는 시해 당하지 않았다

© 신용우, 2011

1판 1쇄 발행__2011년 03월 20일
1판 6쇄 발행__2021년 11월 01일

지은이__신용우
펴낸이__홍정표
펴낸곳__작가와비평
　　　등록__제2018-000059호

공급처__(주)글로벌콘텐츠출판그룹
　　　대표_홍정표　이사_김미미　편집_하선연 권군오 최한나 홍명지　기획·마케팅__김수경 이종훈 홍민지
　　　주소__서울특별시 강동구 풍성로 87-6
　　　전화__02) 488-3280　팩스__02) 488-3281
　　　홈페이지__http://www.gcbook.co.kr
　　　이메일__edit@gcbook.co.kr

값 15,000원
ISBN 978-89-955934-4-8 03810